四川历史名人丛书 小说系列

此命如书

雨村烟舍李调元

刘甚甫 …… 著

四川文艺出版社

图书在版编目（CIP）数据

此命如书：雨村烟舍李调元/刘甚甫著. —成都：
四川文艺出版社，2022.11
（四川历史名人丛书小说系列）
ISBN 978-7-5411-6495-8

Ⅰ．①此… Ⅱ．①刘… Ⅲ．①长篇历史小说－中国－
当代 Ⅳ．①I247.5

中国版本图书馆 CIP 数据核字（2022）第 198948 号

CI MING RU SHU: YUCUN YANSHE LITIAOYUAN

此命如书：雨村烟舍李调元

刘甚甫　著

出 品 人　张庆宁
编辑统筹　罗月婷
责任编辑　罗月婷
内文设计　史小燕
封面设计　魏晓舸
责任校对　蓝　海
责任印制　桑　蓉

出版发行　四川文艺出版社（成都市锦江区三色路 238 号）
网　　址　www. scwys. com
电　　话　028 - 86361802（发行部）　028 - 86361781（编辑部）
传　　真　028 - 86259306

邮购地址　成都市锦江区三色路 238 号四川文艺出版社邮购部　610023
排　　版　四川胜翔数码印务设计有限公司
印　　刷　成都紫星印务有限公司
成品尺寸　168mm×238mm　　　　　开　本　16 开
印　　张　18　　　　　　　　　　　字　数　290 千
版　　次　2022 年 11 月第一版　　　印　次　2022 年 11 月第一次印刷
书　　号　ISBN 978-7-5411-6495-8
定　　价　69.00 元

四川历史名人（第二批）丛书总序

——传承巴蜀文脉，让历史名人"活"起来

文化是民族的血脉。文化兴国运兴，文化强民族强。

党的十八大以来，习近平总书记以政治家的战略眼光，以唯物主义的科学态度，从中华文化的思想内涵、道德精髓、现代价值和传承理念等方面多维度、系统化地阐述了对待中华文化的根本态度和思想观点。他将中华优秀传统文化提升到"中华民族的基因""中华民族的根和魂"的崭新高度，指出"一个国家、一个民族不能没有灵魂"，要"加强对中华优秀传统文化的挖掘和阐发"，努力实现传统文化的"创造性转化、创新性发展"。

中华文化源远流长，积淀着中华民族最深沉的精神追求，是中华民族独特的精神标识，为中华民族生生不息、发展壮大提供了丰厚滋养。与古印度、古埃及、古巴比伦文明相较中华文明至今仍然喷涌和焕发着蓬勃的生机。四川作为中华文明的重要发源地之一，历史文化源通流畅、悠久深厚。旧石器时代，巴蜀大地便

有了巫山人和资阳人的活动，2021年公布的全国十大考古发现之一的稻城皮洛遗址，为研究早期人类迁徙提供了丰富材料。新石器时代，巴蜀创造了独特的灰陶文化、玉器文化和青铜文明。以宝墩文化为代表的古城遗址，昭示着城市文明的诞生；三星堆和金沙遗址，展示了古蜀文明的不同凡响；秦并巴蜀，开启了与中原文化的融通。汉文翁守蜀，兴学成都，蜀地人才济济，文风大盛。此后，四川具有影响力的文人学者，代不乏人。文学方面，汉司马相如、王褒、扬雄，唐陈子昂、李白、薛涛，宋苏洵、苏轼、苏辙，元虞集，明杨慎，清李调元、张问陶，现当代巴金、郭沫若等，堪称巨擘；史学方面，晋陈寿、常璩，宋范祖禹、张唐英、李焘、李心传等，名史俱传；蜀学传承，汉严遵，宋三苏、张栻、魏了翁，晚清民国刘沅、廖平、宋育仁等，统序不断，各领风骚。此外，经过一代代巴蜀人的筚路蓝缕、薪火相传，还创造了道教文化、三国文化、武术文化、川酒文化、川菜文化、川剧文化、蜀锦文化、藏羌彝民族文化等，都玄妙神奇、浩博精深。瑰丽多姿的巴蜀文化，是中华文化的重要组成部分，是四川人的根脉，是推动四川文化走向辉煌未来的重要基础。记得来路，不忘初心，我们要以"为往圣继绝学"的使命担当，担负起传承历史的使命和继往开来的重任，大力推动巴蜀文化的传承、接续与转化，让巴蜀文化的优秀基因代代相传。

"四川历史名人文化传承创新工程"是深入贯彻习近平新时代中国特色社会主义思想，践行"两个结合"，推动中华优秀传统文化创造性转化、创新性发展的生动实践。自2016年10月提出方案，2017年启动实施，推出首批十位四川历史名人，彰显了历史名人的当代价值，推动了中华优秀传统文化传承发展。2020年6月，经多个领域权威专家学者的多次评议，又推出文翁、司马相如、陈寿、常璩、陈子昂、薛涛、格萨尔王、张栻、秦九韶、李调元等十位第二批四川历史名人。这十位名人，从汉代到清代，来自政治、文学、思想、教育、科学、史学等领域，和首批历史名人一样，他们是四川历史上名人巨匠的杰出代表，在各自领域造诣很高，贡献突出：文翁化蜀兴公学，千秋播德馨；相如雄才书大赋，《汉书》称"辞宗"。陈寿会通古今写三国，并迁双固创史体；张栻融合儒道办书院，超熹迈谦新理学。薛涛通音律、善辩慧、工诗赋，女中豪杰；格萨尔王征南北、开疆土、安民生，旷世英雄。陈子昂提倡兴寄风骨，横制颓波，天下质文翕然一变；李调元钟情乡邦文献，复兴蜀学，有清学术旗鼓重振。常璩失意不愤，潜心历史、地理、人物，撰《华阳国志》，成就中国方志鼻祖；秦九韶在官偷闲，精研天文、历律、算术，著《数书九章》，站上世界数学顶峰。

"四川历史名人丛书"的编纂出版，是深入贯彻落实中央《关于加强和改进出版工作的意见》和中办、国办《关于推进新时代古籍工作的意见》精神，推动四川出版高质量发展的重大举措，是传承巴蜀文明、建设文化强省、振兴四川出版的品牌工程。其目的是深入挖掘历史名人的思想精髓，凝练时代所需的精神价值，增强川人的历史记忆，延续中华文化的巴蜀脉络，推动中华文化传承创新，为实现中华民族伟大复兴提供精神力量。

"四川历史名人丛书"的编纂出版，始终坚持正确的政治方向、出版导向、价值取向，深入挖掘名人的精神品质、道德风范，正面阐释名人著述的核心思想，借以增强川人的文化自信，激发川人了解家乡、热爱家乡、建设家乡的澎湃力量；始终坚守中华文化立场，着力传承中华文化的经典元素和优秀因子，促进人民在理想信念、价值理念、道德观念上团结一致；始终秉承辩证唯物主义和历史唯物主义观点，用客观、公正、多维的眼光去观察历史名人，还原全面、真实、立体的历史人物，塑造历史名人的优秀形象，展示四川文化的独特魅力，让历史名人文化为今天的社会发展提供精神动能。

"四川历史名人丛书"的编纂出版，注重在创新上下功夫，遵循出版规律，把握时代脉搏，用国际视野、百姓视角、现代意识、文化思维，将思想性、知识性、艺术性、可读性有机结合，找到与读者的共振点，打造有文化高度、历史厚度、现代热度的文化精品，经得起读者检验，经得起学者检验，经得起社会检验，经得起历史检验；注重在质量和水平上下功夫，立足原创、新创、精创，努力打造史实精准、思想精深、内容精彩、语言精妙、制作精美的文化精品，全面提升四川出版的知名度和美誉度，为建设文化强省、助推治蜀兴川再上新台阶提供思想引领、舆论推动、精神鼓励和文化支撑，为增强中华文化影响力贡献四川力量。

"四川历史名人丛书"编委会

2022 年 4 月 5 日

目录

第一章

一

乾隆四十五年（1780）冬，李调元已经卸任广东学政，即将登程。

广东与内陆最大的不同，并非风俗，而是气候。虽值隆冬，但广东犹如初夏，无须衣棉着裘，一袭单衣足矣。

凡五品以上外放官员，一旦任满，皆须面见皇帝述职。李调元此番入朝，乾隆帝一定会询及两广吏治，而李调元之褒贬，必将影响上至总督，下至知县的命运前程。于是近些天来，各级官员纷纷筵请，唯望李调元面见天子时，能上以美言。首先设宴邀请的是总督巴延三。

巴延三任两广总督未足半年，仅因考选贡生，与李调元有过直接交往，两人却几乎翻脸。

那是本年仲冬，李调元最后一次行学政职权。按大清规制，贡生试毕，学政须与总督、巡抚共审试卷，通过会商，议定中选者。

此次选试的阅卷官，由广州府所辖番禺、顺德、东莞等县知县充任，誊卷官则由各县颇善书写的县丞担当。经轮番审阅，试卷被分为甲、乙、丙、丁四等，交李调元复阅。

经府、县推举，本次应试生员共计二百余人。李调元耗时三昼夜，逐一复阅，以为阅卷官评级中肯，只待与总督、巡抚一起拆阅本卷，以编号对应考生姓名，而后决定当选者。

是日傍晚，李调元来至总督府外，敲响了那道重新上过朱漆、门钉也刚刚上过色的大门。拉开这道大门的是门子阿四，阿四盯着一身五品冠服的李调元，近乎呵斥地问："何事打门？"

李调元曾听巡抚李湖说过，巴延三的门子阿四，倚仗主子，颇为骄狂，凡有人求见，都需给通禀钱。李湖贵为巡抚，也不能例外。

此时，李调元不露声色，递上名帖说："广东学政李调元，因选试一事，特来拜会总督。"

阿四伸出双手，一手接过拜帖，另一手却不收回。李调元笑问："是否有第三只手？若有，且示我看看。"

阿四虽只是个勉强识字的恶奴，但也能听出这话的讥讽，顿时满面泛紫，却不好发作。那手收也不是，不收也不是。

李调元摸出事先备好的一枚铜钱，扔进阿四手里。阿四又羞又愤，恨不得把铜钱砸到李调元面上。但似觉李调元有备而来，也不敢放肆，只好冷声冷气地说："稍候。"

随即将门关上，传出一串愤愤的脚步声。李调元抬头一望，恰冷月当空，暮色已换成了月色，忍不住随口笑吟——

冷冷一弯月，偷照公侯门。

舍却一文钱，宅犬无吠声。

等了许久，不见开门，也不见阿四回来，于是再次举手拍门，拍得一阵山响。

来开门的，仍是阿四，手里扔捏着那枚颇带侮辱性的铜钱，盯着李调元，厉声呵斥："有你这么敲门的吗？"

李调元不说话，一把抓住阿四，拖了便往府第里去，边走边喊："学政李调元，因公事拜会总督，却为门子所阻！试问总督大人，何以使奴才如此猖獗？"

阿四骇得面无人色，何曾想到，李调元竟与李湖等人不同，如此不给面子，赶紧赔礼："得罪、得罪，求李学政放过小人！"

李调元哪里肯听，直接拽着阿四，一路喊至会客厅前。这动静早惊动了巴延三，他赶紧出来，止于客堂外。见阿四犹如被老鹰捉住的小鸡，十分狼狈，巴延三遂骂道："狗奴才，胆敢刁难堂堂五品学政，给我打！"

早有几个家仆上来，拉过阿四，当着李调元的面，打了个满嘴里求饶。

官场里有句行话，宁可得罪顶头上司，不可慢待离任官员。李调元身为五品学政，离任后，必须入京面圣述职，无论其前程如何，任上事宜，包括主官及同僚功罪，都将涉及。

巴延三虽属爱新觉罗族裔，一贯骄矜，但此时此刻，也不敢大意。何况巴延三在军机处任职时，早已风闻过李调元的脾性。

乾隆三十二年（1767），李调元由翰林院庶吉士，转为吏部考功司主事。某日，依职事，往宫里递交文武百官的岁察簿册。自康熙以来，凡群臣上封事，或各类奏请，均须首先通过奏事处太监递入内阁。长此以往，太监权势渐重，奏事官员为求早日批复，不免向奏事太监行贿。至乾隆年间，此风早已大行，官员也熟视无睹，几乎无人以为不妥。

李调元性情刚烈而耿介，况且初涉仕宦，正壮心如日，意气凛凛，此种龌龊勾当，岂能容忍。这日，李调元来至宫门，把簿册递给当值太监，说："吏部考功司主事李调元，受主官差遣，前来呈递岁察簿册，请及时转送。"

照惯例，凡官员来此呈递各类奏请，均先奉以贿钱。太监见李调元除簿册外，两手空空，已知他初涉此道，不明规矩，遂不接，只问："贵部主官没教你如何见人？"

李调元大惑，反问："此言何意？"

太监伸出右手，拇指与食指互搓，笑道："去阎王殿报到，还需带上买路钱呢！"

李调元顿时明白，这是公然索贿，不禁大怒，指着太监骂道："阉贼，竟敢污蔑天子禁苑为阎王殿！"

太监自知失言，大骇，赶紧接过簿册，惶惶入宫去了。此后，李调元每日来此等候御批，皆无果而还。袁守侗时任吏部侍郎，见李调元总是不能带回乾隆手批，唯恐误事，不免询问。李调元也不隐瞒，将递交情形一一禀报。袁守侗摇了摇头说："太监索贿，已成风气，犹如重车下行，岂是一臂可当！"

李调元见袁守侗以螳臂当车而喻此事，似有讥刺之意，慨然道："我虽位卑职低，耻为蝇营狗苟之徒！"

翌日上午，李调元再往宫门外等候。各部主事正忙着领走批文。李调元见许多批示文书的递送时间远在自己之后，不由愤愤。恰值内掌太监高云从持户部所呈出来，待户部主事接过文书，李调元快步上去，问高云从："高公公，吏部岁察簿册，何时批出？"

高云从盯住李调元，冷笑道："你就是考功司主事李调元？"

李调元忙道："正是。"

高云从忽然变色，指着李调元，厉声喝骂道："小小主事，贱若猪狗，竟如此轩昂自大！岁察簿册，事涉百官功罪，你自己每每延误，竟有脸催问！"

李调元大怒，一把扭住高云从，往宫里拖去，愤愤回骂："我虽位卑，亦为天子门生，岂容辱骂！岁察簿册，已递交半月之久，你等索贿不成，故意截留不送，反污我误事！我不惜拼却此身，也要拉你面圣，是非曲直，自有公道！"

高云从虽深受乾隆宠信，但索贿阻挠，毕竟肮脏，见不得真，若皇上闻知，岂不坏事！只好软下来，反向李调元求饶。一众太监得知，纷纷围过来劝解。高云从当即承诺，立刻将簿册呈送皇上，今日下午即可批出。

但此事经宫外候批的官员传开，很快震动朝野。乾隆闻知，即刻下旨，严禁太监以任何形式索贿，此风遂绝。

巴延三深知李调元壮烈勇往，不敢得罪。加之其离任在即，意欲讨好，即命家仆设宴，要好好款待。李调元坚辞，表明来意。

巴延三却说："我非科举出身，于文章而言，不能与李学政等量齐观。要不这样，烦请李学政先将试卷拆封，再将编号与姓名标注，送到这里，容我慢慢审阅。"

李调元以为巴延三所说在情在理，一口答应。所幸誊卷官尚在贡院待命，赶紧回去，请他们将试卷再各抄一份。

翌日一早，李调元又请巡抚李湖来贡院拆卷复阅。李湖与李调元很快达成一致，以为顺德生员黄丹书，文辞宏美，论述精切，当为第一；新兴生员陈如璩，言词简捷，俱中要害，可为第二；阳春刘世馨、琼州莫景瑞，其文皆有唐、宋遗风，虽在黄丹书、陈如璩之下，但其品其格俱在诸生之上，宜为第三、第四。只待巴延三阅毕试卷，联名报奏。

二人依巴延三所说，将考号及生员姓名，逐一写上抄件，由李调元亲自送交巴延三。

此次选试，属岁贡，广东一省，仅有四个名额。中选者，将入国子监就读。

二日后，巴延三遣人送来试卷抄本，已拟出自己点选的四名贡生，一并附后。其中一人，评在乙等，其余三人，俱在丙等。李调元一见便知，此四人一定拿钱买通了巴延三！

历来科举关乎江山社稷，巴延三身为皇族，竟如此荒唐！

作为学政，李调元曾主持过多次包括拔贡、岁贡、恩贡、岁考在内的各种选试。不免有人通过种种渠道，予以贿赂，欲使应试子弟得到照顾。李调元不管来者是谁，一律严词拒绝。于是李学政正气盈怀、清风满袖的名声不胫而走，再无人自讨无趣了。

清晨，李调元带上阅卷官评语，欲往总督府，当面质问巴延三。行至街衢，恰遇往粤风坊吃早茶的李湖。李湖见李调元行色匆匆，且满面愠色，忙问："羹堂兄如此匆忙，意欲何往？"

李调元一把拉住李湖，仅三言两语，就把来龙去脉说了个清清楚楚。李湖却不容分说，执意将李调元拉入粤风坊，叫了几样早点，两碗擂茶。

粤风坊是广州城里颇有名气的茶楼，所营擂茶尤其受士大夫追捧。所谓擂茶，即将茶叶放入牙钵，加上炒熟的花生、核桃、芝麻等，以擂槌又捣又搅，待成糊状，再加盐，以开水冲拌，最后加上熟米，再搅，以碗盛之。其滋味之香浓，沾唇惹齿，几乎终日不散。

但李调元生长于西蜀罗纹江畔，溪前山后不乏好茶，或冲泡，或烹煮，无不清新爽快。至于擂茶，在李调元看来，已夺尽茶叶本性，不过似茶非茶。因此，李调元居广州三载，几乎罕有涉足。

李湖劝李调元不可操切，巴延三毕竟贵为皇族，颇有根基。李调元已有主意，勉强吃了这碗茶，立刻回去，写好上报文书，署名钤印，再去巡抚官署拜会李湖。李湖接过文书一看，便知李调元之意，亦署名钤印。李调元谢过，带上文书，再往总督衙门，直接摆在巴延三面前。

巴延三把这份文书看了一遍又一遍，想说，又说不出口。李调元只字不提巴延三拟定的那份名单，只说："黄丹书、陈如璐等四人，经阅卷官反复斟酌，以为其才其学，皆在诸生之上。又经我与巡抚复阅、商榷，拟定名次。试卷及评文，俱已归档漆封，可随时察验。总督大人放心，绝无一失。"

巴延三实在无话可说，只好签名画押，加盖官印。

如今，李调元即将离广还京，巴延三虽恨之入骨，也不得不委屈自己，设宴款待。

<h1 style="text-align:center">二</h1>

广州府南海县的知县吴玉春，乃乾隆三十五年（1770）进士，自负文才，一向妒忌李调元声名远播，却又惮于其贵为学政，品级在自己之上，虽亦曾同场际会，吟诗联句，但不敢造次。

南海乃省、道、府、县治所，其市肆之繁盛，堪比京都。尤其十三洋行，自开办以来，为对外贸易之所在，各色货物进出，无不经其主理。作为知县，吴玉春自然不会放过这一取财之道，与各行人物，包括洋人过从甚密，中饱私囊的事，几乎不暇一日。

巴延三初为两广总督，第一个前来拜会，并奉上礼金的，便是吴玉春。二人一见如故，利益关系从此缔结。此次岁贡，那些欲获点选的生员，走的正是吴玉春这条门路。吴玉春将贿钱适当截留，再转贿巴延三。不曾想，巴延三惮于李调元即将离任，不敢强逼。指望落空，吴玉春深恐巴延三转而生怨，赶紧备上一份厚礼，求见巴延三，除了表示敬意，只字不提岁贡的事。巴延三颇为高兴，亲自送吴玉春出府。到了门口，拍着吴玉春肩头说："就在明天吧，本督打算请李调元吃顿饭，你也过来，一起坐坐。"

吴玉春受宠若惊，赶紧朝巴延三一揖，几乎带着哭腔说："总督大人不嫌下官位卑职低，如此垂爱，下官感激涕零！"

巴延三笑道："不必感激，更不必涕零。请你来，是想借你的才华，折一折李调元的锐气。那家伙不是以才思敏捷、极擅属对而名满天下吗，吴知县若能使其于席间出丑，岂不为一大快事？"

吴玉春一怔，作为知县，他同样担心得罪李调元，但不敢有违巴延三之命，只好满口答应。何况一直以来，他欲通过与李调元比试才华而扬名，加之有巴延三为依靠，也顾不得许多了。

为了使李调元当众落败，吴玉春告辞还家，苦思冥想，想出了一条暗带讥刺，又难以应对的上联。

翌日，巴延三发出请柬，遍邀在广官员，包括广东巡抚、布政使、按察使、指挥使、提督以及广州道道员、南海县知县等。主宾当然是离任学政李调元。

官员们并不知道，这是一场精心策划的鸿门宴，只以为巴延三欲笼络李调元，并显示自己礼贤下士的风度，其目的，当然是封李调元的嘴。

华灯初上，巴延三特意换上一件绣有梅花图案的员外服，立在客堂门外，迎接如期而来的官员们。他惯有的官威忽然收敛，显得颇为亲和。这使官员们反而更为紧张，似觉别有用心。

巴延三将来宾引入客堂，分尊卑落座，李调元被奉上主宾位。早有婢女献上擂茶，堂上顿时一派香馥，自带几分热烈，似乎巴延三外袍上的那些梅花，已经开得无拘无束，梅香全融入茶里了。

平心而论，巴延三的擂茶，比粤风坊的更有滋味。道员冯扶柳不失时机地称赞道："哎呀，总督大人莅广不足半载，擂茶功夫已臻化境，不仅我辈汗颜，恐怕东南茶师，无一人能出总督之右！"

巴延三笑道："入乡随俗而已，不足挂齿。"

众人围绕一碗擂茶，极尽阿谀奉承之词。唯李调元、李湖，只吃茶，不附和。

茶毕，家仆来报："酒肴俱备，请各位大人入席。"巴延三将众人引入筵堂，一张巨大的圆桌当厅搭下，席上已是琳琅满目，其颜色之艳丽，滋味之香浓，确乎不同凡响。

李调元仍被邀入主宾席，紧挨巴延三右手；左边是巡抚李湖。然后依次为布政使、按察使、指挥使、提督、将军、道员等。末席奉陪的，自然是知县吴玉春。

几个姿色绝好的婢女已经斟好了酒。巴延三举起酒杯，说了一通客气话，多是赞美李调元如何勤于学政，如何惠及广东子弟，等等。随后便是祝愿，诸如步步高升、鹏程万里云云，都是台面上的话。

十几只酒杯碰在一起，皆一饮而尽。照席上风气，巴延三敬酒三巡，接下来便是巡抚李湖，最后才是吴玉春。一番觥筹交错，一壶特意备下的剑南春酒已经罄尽，再上一壶，仍是来自西蜀的剑南春。婢女开壶斟酒，李调元依次回敬一杯。方敬毕，巴延三看了吴玉春一眼，笑道："今夜席上，多为雅士，何不吟诗属对，以助酒兴？"

众人酒意已浓，无不附和。巴延三又说："常言道，自古席上无尊卑。吴知县文采斐然，亦曾饮誉四方；李学政诗文杰出，思如泉涌，领一时风骚。二位若能互展才情，岂不妙哉！"

众人又一齐叫好，尤其冯扶柳，简直有些迫不及待。吴玉春站起，向李调元拱手一揖说："总督大人之命，实不敢违。下官愚鲁，但不惜抛砖引玉，斗胆出一上联，望学政大人赐教。"

李调元只当席间游戏而已，并不在意，拱手还礼，笑道："吴知县不必客气，尽管出句。"

吴玉春遂将早已备好的上联朗声念出——

木子为李，惜乎二儿皆弃首。

木与子上下相构，乃李；二与儿结构，乃元。元，仅取正体"兒"字的下半部，故曰"弃首"。

时年四十七岁的李调元，膝下恰有二子，长子李朝础，次子李朝隆，俱已成人，并随任在广。吴玉春上联，巧用李调元姓名，颇有诅咒二子不得善终之意。

众人不禁愕然，一时无语。冯扶柳却击掌赞道："语带双关，出得好！"

一年前，冯扶柳履任广州道，不免宴请官员，众人无不欣然赴会。唯李调元声称，将往琼州复察廪膳生，辞而不往。冯扶柳由此生恨，故而为吴玉春叫好。

李调元似乎浑然不觉，亦不假思索，随口对出下联——

口天是吴，奇哉三人共得日。

口与天相构，乃吴；三人加上一个日字，乃春。吴氏正好兄弟三人，吴玉春为长；二弟吴含春，举人出身，时为江宁府检校，善诗文，亦有才名；三弟吴应春，学业荒芜，进身无望，便随吴玉春来广，借其权势，经营洋货，不出两年，已是一方巨贾。

三人共得日，借用并拆分了吴玉春兄弟三人的那个春字；尤其"共得日"，语意双关，暗指三兄弟有失人伦。

席间一片沉寂，似乎都在认真咀嚼随口而对的下联。吴玉春当然明白下联的意思，没想到李调元随口就来，把自己放出的那一箭，轻描淡写反射回来，反让自己落入自取其辱的尴尬。

忽听李湖高声赞道："李羹堂不假思索，冲口而出，对得如此贴切，无愧此中圣手，实在令人佩服！"

巴延三假装糊涂，大笑道："一个出得好，一个对得好，难得、难得，当浮一大白！"

于是众人举酒，各饮一杯。李湖先于巴延三来此任职，吴玉春虽也属自己的治下，但只一心巴结总督，对自己虽无冒犯，却不算恭敬。此时，见吴玉春既羞又恨，很想借李调元之才，好好辱他一番，于是笑道："二位才子同席，堪称一时盛会。不如借总督大人衣上梅花为题，共赋七言绝句一首，以代酒令，如何？"

众人一齐叫道："好！"

吴玉春正愁找不回面子，听见此话，立即答应："下官不才，极愿献丑。"

不等李调元出声，李湖又道："这样，二位各赋两句，优者不饮，劣者罚酒三杯。"

李调元笑道："悉听尊便。"

李湖随手拈起一粒虾仁，捏在手里，欲让李调元、吴玉春猜枚，以定先后。李调元却笑吟吟看着吴玉春说："不必如此，既然吴知县已占前次之先，何妨再来?"

吴玉春求之不得,竟不推让,一口答应。巴延三、李湖、冯扶柳等,都望着他。吴玉春暗想,一定要借两句好诗,使李调元自愧不如,把面子找回来,但不可再含讥讽,以免再次招辱。

吴玉春世居杭州,也是书香门第,七岁能文,八岁能诗,有神童之誉。一代宗师袁子才,曾赞其为钱塘第一才俊。

毕竟不是浪得虚名,只片刻,吴玉春淡淡一笑说:"有了!"

于是吟出两句——

　　　　谁裁梅花著紫衣,天香一派满琼席。

冯扶柳立即鼓掌称赞:"好句,绝对好句!"

李调元也不禁暗自叫好,虽吴玉春讥刺在前,但此二句,来得既快,又不失才情。冯扶柳看着李调元说:"尤其这个琼字,不仅指席上酒肴精美,而广东治下恰有琼州。今夜,总督大人设宴酬宾,佳肴重叠,琳琅满目,确是琼席。吴知县之句,又是一语双关!"

李调元笑了笑,随口接吟——

　　　　若能再借织女手,何必东风过粤西。

李湖抢在冯扶柳之前说:"李雨村这两句,不仅承接吴知县所吟,也把自己的心意融合进去了。"

雨村是李调元的号,他近年著述,多署此号。

巴延三似乎有些惊讶,扭头看着李湖问:"是吗?"

李湖忙道:"且容我解析。"

于是看了众人一眼,满脸认真地说:"先说第一句,若能再借织女手。其含意是,我等若能用心职事,广东无疑会一派欣荣。再说第二句,何必东风过粤西。东风,此处代指天子。若我等能使治内如锦如绣,天子何必为广东挂怀。此外,李雨村借两句诗明确表态,此次还京面圣,不会有任何不利于我等的话。

以我之见，李雨村格局之阔大，用心之良美，实非吴知县可比。"

除了冯扶柳、吴玉春，众人无不点头，似乎都吃下了一粒定心丸。冯扶柳却说："既是以诗代令，本应论出优劣。但依我看，李学政、吴知县不分伯仲，就算打了个平手吧。"

李湖笑道："二位不愧一时圣手，字字如珠，且言辞雅正，寓意深长。但李雨村境界阔大，词句精练，音韵华美，应在吴知县之上。"

李调元已有怜才之心，忙道："自古作诗，破题最难。若非吴知县披荆斩棘，开荒拓路，在下真不知该向何处觅句，故而岂敢称优。"

吴玉春见李调元如此自谦，颇觉意外，赶紧站起，双手举起酒杯说："学政大人虚怀若谷，令下官感佩不已！容我借总督大人之佳酿，敬大人一杯！"

李调元也不推辞，与吴玉春共饮一杯。因李湖那一番解析，巴延三颇觉欣慰，不免再敬李调元。

席上一片欢欣，杯来盏往，直到二更时分，酒宴方散。

三

吴玉春不顾李调元一再推辞，一定要送其回去。一路穿街过巷，眼看快到大门外了，李调元停下，朝吴玉春拱手说："请吴知县留步，已到门外了。"

吴玉春赶紧还礼，十分恳切地说："下官欲备一席薄酒，特为学政大人饯行，望能赏光。"

李调元拍了拍吴玉春肩头说："你我同是读书人，不免惺惺相惜。然迎来送往，洗尘饯行，俱乃俗风恶习。所谓君子之交淡如水，何必拘于常礼。"

停了停，李调元又说："临别之际，有一言相赠，望吴知县勿怪我唐突。"

吴玉春忙道："学政大人有何见教，但请直言，下官定将谨记！"

李调元略一沉吟，说："吴知县才思敏捷，令我钦佩。然读书人立身处世，应以德行为上。有才无德，与禽兽何异？李调元不才，愿与吴知县共勉。"

吴玉春顿觉羞愧不已，只恨此地无缝。李调元朝吴玉春一拱手说："你我就此别过，但愿后会有期。"

言毕，快步走入大门。吴玉春呆在原地，一动不动。那些话，犹如一把看不见的利斧，将他当头劈开，所有藏在外表下的龌龊与污秽，一一暴露在灯月之下，如此残忍，如此不堪。

不知过了多久，他似乎看见，那个曾经风流倜傥、志气干云，但已杳无所见的吴玉春，正在远处挣扎。

一连好些天，李调元虽然不屑种种宴请，但因收拾家私，一来无法早日登程，二来也不好驳人家的面子，只好勉强应酬。那些曾受过他指点、教诲，并获点选的生员，纷纷登门，除了宴请，无不奉以各种礼物。李调元一律拒绝，只说，所谓教诲、点选，不过职责所在，并非私情。若接受宴请或馈赠，岂非揽君国之恩为己有？

生员们无奈，只好遗憾而去。

这些年来，李调元早已感到，自己秉性太过率直，往往不合官场大流，得罪人也越来越多。此次任满，是否再获他任，实在难说。故此，欲命长子李朝础，携家人取道江西，溯江回蜀。自己只身入京，若无委任，再经燕赵、三晋、中原、关中一带还家。其时正值芳春，甚可游历。况其间不乏同年或文朋诗友，却因人在宦途，彼此相违已久，仅托书鸿雁，积下了太多的云树之思。若顺道访问，把酒言欢，吟风咏月，岂不快哉。

行李准备就绪，五十多口箱子堆在院子里，只待运往码头。未及五更，李调元便催家人及婢仆起床梳洗。草草用过早餐，事先雇请的几个车夫也如约而来。

一阵忙碌，几十箱家私装上推车，运去码头。照事先计划，李调元将与家人并婢仆一同乘船，经粤水入赣水，再转长江，逆流往蜀。船到南昌，李调元将辞别家人，舍舟登岸，北上京城。

此时，码头尚且空旷，那些待发的客舟货船，皆泊在岸边。长子李朝础已于昨日赁好一条篷船，并约定出发时辰。船主见推车吱吱嘎嘎过来，赶紧叫船夫搭手，把行李搬上船去。

几十口箱子码在船舱下两侧，船主进来，黑着一张脸，看了看满满一舱的主仆人等，再把行李逐一看过，伸出两手，将一口箱子抱起，又赶紧放下，扭头看着刚刚搀扶继母吴氏进来的李调元说："这么重的行李，水都快过船帮子了，又是上水，太费劲了。"

李调元的正妻胡氏和小妾马氏，忙着将一块厚实的棉垫铺在座位上。见李调元刚好扶着吴夫人入舱，马氏赶紧过来搀扶。二人一左一右，将吴氏扶上座席。

李调元不出声，似未听见船主的话，只顾挨吴夫人坐下。船主眉头紧皱，又说："这样，再加五两银子，我给桨橹手说说，好歹送到赣州去。"

依行规，这船最多只能到赣州，赣州往上，属另一派船帮，不能越界。李朝础与船主事先讲定，船资为十两银子，听见这话，差点跳起来，瞪着两眼说："这是哪里话，男子汉大丈夫，岂能出尔反尔？"

船主冷笑道："这话就过分了，你们做官的，捞了这么多油水，就算我甘愿助纣为虐，起码也不能叫我吃亏吧？"

李朝础哪里听得了这话，把搂在怀里的儿子扔给一旁的妻子，要跟船主理论。李调元呵斥道："坐下，休得无理！"

船主偏不放过，似乎得理不饶人。李调元望着船主说："你不要漫天要价，我也不坐地还钱。五两银子，打个对折，如何？"

船主想了想，说："好，一言为定。"

船主出去了，李朝础还在抱怨。李调元颇不耐烦地说："船家风来雨去，不容易，何必斤斤计较。"

李朝础这才闭嘴，但心里却不以为然，要是川资富足，哪里用得着跟人家计较！

对这个儿子，李调元也不满意，甚至有些失望。主因在于学业，都二十出头了，仅勉强中了个秀才，参加了几次乡试，无不名落孙山。所以带来任上，意在耳提面命。但这家伙心里似乎有头野鹿，永远安静不了，几年下来，仍不见长进。

船篷十分简陋，仅用几张篾席连缀起来，搭在一个木架子上，内外蒙了一层油布。舱内两侧各有一方小窗，可以撩起。次子李朝隆已将小窗撩开，欲一览江景。此时，天色尚未开亮，率先醒来的，仍是城里的灯火，远远近近，千束万点，都映在这一派黑幽幽的碧波里，恍然不在人世。

李调元呵斥道："梅官儿，只管自己高兴，竟不顾祖母年高体弱！"

梅官儿是李朝隆的小名，听见这话，赶紧放下小窗。但不想错过美景，悄悄叫上李朝础，往船头观光。

船已开动，桨橹声声。李调元也不禁走出船舱，伫立船尾，眼望那一片深深浅浅的灯火。毕竟在此履任三年，那些鳞次栉比的楼阁，熙来攘往的街衢，以及挥洒的翰墨，清朗的书声，抑或芳尘香雾，酒兴诗思，都将一一远去，怎不令人暗生离愁。

这船虽是逆水而上，但借一股早生的东风，走得十分快捷。当旭日临江时，那座繁华竞逐的城，已被远远抛下。

马氏叫自己的两个女仆拿着一件披风出来，替李调元披上。

乾隆三十九年（1774），钦命李调元等典选广东乡试。五月下旬，李调元等人离京，正天气大热。同行随员，多为北方人，不曾经历过南方的酷暑，竟逐一病倒，甚至先后有二人病死。李调元生于西蜀，其父任余姚、秀水等地知县时，又曾随侍身边，早已习惯了江南的暑热。

行至杭州，除李调元外，余者皆染疾，只好暂止，延医调治。

杭州富商马秉禹，心慕李调元已久，得知其寓居客舍，赶紧备下名帖，前往拜会，请李调元往府上做客。李调元虽与马秉禹素昧平生，但一来旅次无聊，二来见其殷勤，遂欣然而往。

马秉禹刚刚修起一座高楼，欲请名士题诗。其心仪者，一是名重天下的袁枚，二是任职京都的纪晓岚和李调元。曾给袁枚一个旧交送了一百两银子，求其代请袁枚题诗一首，愿奉官银五百两为笔资。

那个旧交专程去了一趟南京，拜会袁枚。袁枚却以老大才疏为由，坚辞不题。马秉禹正为此憾恨，忽闻李调元淹留杭州，不免有心请其题诗。

酒席设在一座朱檐如飞的水榭里，湘帘高卷，凉风盈盈。四周是一派红红绿绿的荷塘，人在其间，恍然若处画中。

李调元心神俱佳，竟不推杯，只顾开怀畅饮。酒到半酣时，马秉禹才说明用意，并叫下人捧出事先备好的五百两银子来。李调元时为吏部考功司主事兼文选司事，官阶正六品，年俸六十两银子，加上六十两恩俸，总计不过区区一百二十两。当然还有一千余两养廉银，但因岁察苛刻，往往无人足取。

五百两银子，差不多等于五年的俸禄，李调元岂不心动。何况题诗留字，收取润格，自古有之，既不辱文士风度，也不违国家典律。

马秉禹见李调元并不推辞，大喜，于是暂停酒席，请李调元登楼。此楼建于后院，底下是一座条石堆成的平台，四面皆石级，为清一色汉白玉，太阳落上去，精光万点，恍若层层琉璃。

楼为三重，马秉禹已请人写就楼名，做成匾，悬于正门。李调元停在那块匾下，见是"楼上楼"三字，不禁笑道："字不错，名也贴切。"

马秉禹忙道："难得李大人赞赏！"

一路说笑，已至顶楼。楼栏间早已搭下一张书桌，桌上备好纸笔墨砚，两个面容姣好的绿衣女子已然候在这里。李调元不禁笑道："马先生真是有心人！"

马秉禹拱手道："马某祈盼李大人题诗，恰如久旱望甘霖，唯恐奉之失礼。"

李调元也不多说，倚楼望去，一派高高低低的城阁，一片远远近近的山峦，加之淡烟轻浮，风花暗动，仿佛神仙境界。城阁相倚处，是万亩碧水，绿柳环绕，芳树错杂，彩船画舸，逐波而走；一条缎带似的绿堤锁住水面，连接两岸，更有荷叶田田，菱歌声声，目所及，耳所闻，莫不使人心旷神怡。

不用问，那是闻名遐迩的西湖；那条横堤，便是令人追慕不已的苏堤。李调元早已逸兴遄飞，捋袖笑道："东坡先生在天有灵，勿笑后辈猛浪。"

于是拿起笔来，饱蘸浓墨，挥臂运腕，写下两句诗来——

人在马家楼上楼，风光无限不可收。

写至此处，忽又停下，望着马秉禹笑问："马先生以为如何？"

马秉禹一脸惑然，正紧盯纸上两行新字，说不出半句话来。心里却不免失望，没想到大名鼎鼎的李调元，笔下竟如此粗俗，此二句，与顺口溜何异。但毕竟由自己礼请而来，不好明说。于是笑道："马某不习诗书，不敢妄言。所幸膝下一女，不爱女工，尤好读书。且传入楼中，容其评定。"

李调元不禁回身望向楼里，心里暗想，马家竟有此等女子，若能一睹芳颜，岂不美哉！

两个绿衣女子，已将诗稿送入楼去。楼栏间仅剩李调元与马秉禹，彼此一时无话，不免有些尴尬。片刻，两个女子带着诗稿出来。马秉禹忙问："小姐以为如何？"

两个女子望一望李调元，似颇犹疑。李调元笑道："但说无妨。"

一个女子怯怯地说："小姐的原话：字句浅陋，岂能为诗。"

李调元哈哈大笑，笑毕，将诗稿拿过，铺回书桌，再蘸一笔墨，下笔如飞，后两句跃然而出——

不是山中云雾隔，看破江南十九州。

写毕，将笔一抛，望着两个女子说："烦请再送小姐审阅。"

两个女子赶紧拿起诗稿，转入楼中。马秉禹已从后两句中觉出不凡，不免笑逐颜开，正要说几句赞美的话，李调元道："马先生勿急，且由小姐品评。"

不一时，两个女子满面喜色出来，望着李调元和马秉禹说："小姐赞不绝口，说此诗深入浅出，句句递进，才思如水，简直不输东坡。"

李调元万没想到，这首起句平庸的应景之作，居然博得了马氏的芳心。回馆舍的第二天，马秉禹即遣媒人过来，说小女马氏非李调元不嫁，甚而不惜为妾为婢。

此时，滞留杭州的官员们已渐次习惯江南气候，病也逐日见好。得知此事，纷纷撮合。李调元本人也颇愿与这个浸淫于诗书中的女子缔结良缘，故而也不推辞。

不觉，天色已暗，船借一江顺风，已到吉安。李朝础留在船上，守护行李。其余别舟上岸，寄宿客舍。不料一日风波，吴夫人忽然病倒，又发烧，又呕吐。李调元不顾舟车劳顿，赶紧去城里寻医诊治。抓回药来，又亲手熬制，服侍吴夫人喝下。一夜下来，不仅未见好转，反而更为深沉。

李调元亦通医道，颇知此病不轻，决定留住吉安。遂往码头与船主交涉，折算船资。船主一口咬定，不能到赣州，过不在己，必须照议定的价钱结算，除了五两银子的定金，还需补七两五钱。李调元不禁发怒，指着船主厉声说：

"不要以为吃定我了，我李调元素来服软不服硬。银子在我手里，给或不给，在我，你想怎的？"

船主脖子一梗，话更加放肆："你就是个离任的贪官，不比往日，少给我摆什么官威！"

李调元一把扭住船主，骂道："你这厮越来越不像话！吉安并非化外之地，也有官衙。我这贪官就拉你去见知县，好好治一治你这刁顽之徒！"

几个船夫赶紧过来，劝船主算了，毕竟是个官官相护的世道，哪里斗得过人家。船主也软下来，由李调元折算。李调元命李朝础把银子付了，又叫他去雇几个挑夫，把行李挑去客舍。

殷勤侍奉了几日，吴夫人的病仍无起色。李调元只好改变主意，写了一份奏表，命长子李朝础昼夜兼程入京，拜托国史院大学士李侍尧转呈皇帝。

李侍尧出身汉镶黄旗，以父、祖军功受荫为官，也曾做过两广总督。乾隆二十七年（1762），李调元之父李化楠，时为沧州知州，与李侍尧等人一起，奉旨随乾隆南巡。因二人皆姓李，且意气相投，遂为莫逆之交。

家人滞留吉安，不敢擅行。李调元一边为继母诊治，一边等候李朝础带回旨意。忽一日，一个满面风尘的男子来到客舍，自称是南海知县吴玉春的家仆，特将一封信送来。

李调元有些意外，没想到交往其少，且意气相左的吴玉春，竟派人送信来此。遂当着来人的面将信拆开。信上说，广州道员冯扶柳，在李调元离广当日，即将受雇运送行李的几个车夫全数挡获，也不知问话内容。那个船家回去后，也四处放话，说李调元带了五十多箱金银珠宝。冯扶柳已派出心腹，飞赴京城。料想于李调元不利，请其早做打算，以免猝不及防。

李调元不以为意，笑对等着回复的来人说："旅次慌忙，加之老母病重，不便笔复。烦请回禀吴知县，一片好意，当铭记在心。"

又过了几日，李朝础带回圣旨，准李调元所请，容其先送继母还西蜀，再转道京城。并有许多褒赞，诸如，侍继母如亲生，堪为当朝楷模，等等。

其时已是腊月下旬，年关在望。李调元深知无法赶回故乡过年，一边请胡氏买些年货，打算暂住吉安，待年后再行；一面命李朝础赁几间民房，以免一家人住在旅舍开销过巨。

四

吉安知县王文存得知李调元因老母生病，滞留此地不能成行，赶紧往客舍拜会，欲请李调元一家去他家居住。王文存与李调元并无交往，慕其文名而已。李调元赶紧推辞，只说老母病重，不便打扰。

王文存却说："下官仰慕已久，已视李学政之母为下官之母，望勿推辞。"

李调元手头本不宽裕，所备盘缠仅够一家人回蜀。耽搁了这些日子，加之为吴夫人求医买药，已经耗去许多，正为此忧愁。王文存之举，无异雪中送炭，于是答应下来。

王文存特意腾出南院，供李调元一家居住。吉安士子闻知李调元寄寓王文存家，纷纷持帖拜望，少不了又有许多馈赠。李调元虽囊中羞涩，仍不受一物。

经悉心调养，吴夫人的病渐有起色，已能食羹用汤。李调元大为欣喜，总算缓过那口气来。

李调元五岁那年九月，正霜菊暗开，生母罗氏忽然病故。同年，其父李化楠却三试连捷，终登三甲进士，随即还乡，继娶吴氏。此后，其父宦游海内，继母吴氏成了李调元唯一的依靠。吴氏不仅温雅娴静，且知诗书，堪称李调元真正的蒙师。

乾隆三十三年（1768），李化楠忽然卒于保州任上。其时，吴夫人已年过花甲，也随任寓居保州，自是痛不欲生。时为吏部考功司主事的李调元获知噩耗，即上奏解职，赴保州，为父举丧。尔后持葬故里，并照规制，丁忧三载。三载之后，李调元携家人复入京都，费尽周折，仍复吏部考功司主事兼文选司事。从此以后，李调元绝不让吴夫人离开自己半步，其孝敬恭顺，为一时美谈。

腊月下旬，依大清官制，王文存已将官印封存，无须问事，于是陪在李调元身边，整日饮酒赋诗，颇为风雅。

正诗酒流连，忽有几十个官差闯了进来，声称乃大理寺官吏，奉旨拦截李调元。家人无不大惊失色，赶紧往花厅报与李调元和王文存。王文存顿时惶恐，忙问李调元何以至此。李调元想起吴玉春的那封信，已知并非空穴来风，有些无奈地笑道："文存兄勿忧，所谓清者自清。李某非贪赃枉法之徒，何惧拿问。"

二人走至前庭，见为首者，正是大理寺少卿袁江，与李调元为同榜二甲进士，只是颇知通融，官品已在李调元之上。

袁江直视李调元，面若寒霜，久不出声。李调元笑道："袁少卿来此，料非好事。既然钦命在身，勿碍于同年之好，但请依令办事。"

袁江这才冷声冷气地问："家私何在？"

李调元忙道："俱在南院。"

袁江朝大门外叫道："引车进来！"

只听车辘辘吱吱嘎嘎响起，几辆既高且大的车已经进门。李调元五十多箱家私，全部堆在南院一角，用油布覆盖。随行将油布撩开，袁江望了望堆积如山的木箱，面色愈加严厉，命随从拿出事先备好、盖有大理寺官印的封条，逐一贴上箱口，再一一装车。这才转向李调元说："皇上有旨，任何人不得妄自开箱察验。你有任何话，都不必啰唆，且去京城，自有说处。"

胡氏、马氏及李朝础、李朝隆等，望见此情，无不悼恐。不待众人开口，袁江厉声厉色地说："李调元家人及婢仆，一律不得擅离吉安，待皇上旨意下来，何去何从，自当知会！"

早有两个随从过来，一人持铁镣，一人持枷，要给李调元披枷戴锁。李调元两眼圆睁，厉声斥道："既未开验，是否有罪，尚无定论，岂能滥用刑具！"

彼此到底有同年之谊，袁江不好过分，朝二人摆了摆手。

家人早已哭了起来，尤其李朝础刚满五岁的儿子润儿哭得格外伤心。李调元指了指屋里，李朝础会意，将润儿抱起进门去了。李调元看了看环立的家人，笑道："塞翁失马，安知祸福。依我看，天子怕我还蜀之后，隐而不仕，故而中途截留。且耐心等候，年关一过，必有佳音。若不出所料，至少可与袁少卿并驾齐驱。"

言毕，转向手足无措的王文存深深一揖说："老母家小，有赖文存兄照看，此恩此德，自当没齿不忘！"

王文存虽怕受到牵连，但所谓难中好救人，不便推辞，忙道："雨村先生且去，勿虑家人；是非曲直，自有公道。"

正要出门，忽听马氏泣道："袁少卿留步，此去京城，冰天雪地，夫君仅一袭夹袍，恐不耐风寒，且容带上棉衣！"

袁江岂能不应，遂命暂止。不一时，马氏提着一个包袱出来，挂上李调元肩头。恰此时，仍在养病的吴夫人由丫鬟翠儿搀扶，哭哭啼啼出来，看上去格外恓惶。李调元心如刀割，却望着吴夫人笑道："母亲勿泣，临别之际，且容我打一壶油，好炒菜。"

袁江、王文存等无不诧异，一齐望着李调元。李调元旁若无人，煞有介事地吟道——

一鹤飞来吉安城，停在岸边不肯行。

本想叼个鱼摆摆，却挨猎人一闷棍。

吴夫人哪里忍得住，不禁破涕一笑说："你也是只老鹤了，到了这一步，还如此不正经！"

李调元乳名鹤儿，因其诞生前夕，其父梦见白鹤翔于庭院，故以鹤为名。李调元忙向吴夫人施礼说："过些日子，说不定还能带回一个鹤侣。若胡、马二夫人不生忌妒，善之善者也！"

胡氏、马氏深知李调元用意，也装出笑脸，只为使吴夫人不再伤悲。

两个随从一左一右，将李调元推出王家，片刻不留，立即出城，取道北行。

滞留王文存家的家人，虽未被驱逐，但情景已大不同往日。王文存妻杨氏生怕祸及自家，执意要将其赶走。王文存虽觉有理，但拉不下面子，遂收拾出门，往苏州访友去了，把一切交给杨氏，杨氏随即上演了一出指鸡骂狗的好戏。胡氏惶惶不安，遂与马氏商议，打算变卖随身首饰、衣物，补足费用，移居客舍。待恩旨下来，先往杭州，投靠马氏之父马秉禹，求其周济。

翌日，李朝础持生母胡氏及马氏的首饰衣物，寻了一家当铺，经几番讨价还价，典得纹银二十两。

一家人都围在吴夫人床前照料劝解，无暇顾及润儿。润儿独自在厅堂里玩耍，不小心将一只摆在案上的青花瓷瓶弄翻在地，打了个粉碎。润儿骇得大哭，其母余氏飞步赶来，见此情景，大为惶恐。正不知所措，王文存之妻杨氏进来，随即叫道："这孩子，景泰年间的青花瓶子啊，值二十两银子呢！"

余氏赶紧赔礼："孩子小，不懂事，实在抱歉！"

杨氏哪里肯依，瞪着两眼斥道："孩子不懂事，未必大人也不懂事？"

胡氏、马氏也闻讯而来，虽说尽好话，但杨氏不依不饶，一口咬定，必须赔偿。正尴尬不已，李朝础带着二十两银子回来，得知此事，只好以此赔了那只瓷瓶。

此处片刻也不能再留，一家人草草收拾，告辞出门。胡氏、马氏带着一家老小，于街边一棵老榕树下等候。李朝础、李朝隆一起去找房子。找遍了吉安城，最终看上了一所破屋，虽窄小肮脏，但尚可居住，而且租金低廉。

李朝础让李朝隆赶紧回去，将家人带来，自己留下，忙于洒扫。

安顿下来，已是日薄西山。勉强做了一顿饭，待吃过，胡氏将马氏及李朝础兄弟召在一起，把剩下的盘费尽数摆在桌上，看了看几人说："只剩下这么多了，老爷此去京城，尚不知祸福，更不知将在此滞留多久。今天已是腊月二十七，眼看要过年了。虽然手头拮据，但太夫人已过七旬，况且大病初愈，拖累不得。明天，朝础去城里采买，只买粗粮、素荤，但需给太夫人买一只母鸡补补身子。油也不能少，一来太夫人病弱，二来几个孩子幼小，也不能亏欠。"

马氏看了看胡氏说："我想给娘家写封信去，求父亲周济，不知姐姐的意思如何？"

胡氏苦笑道："钦命在先，不准擅离吉安，况且正当年关，邮传已停，恐怕远水难解近渴。"

几个人再不说话，都凝在这派闪闪烁烁的灯影里。忽听门外有人询问："李羹堂家人可在此居住？"

胡氏等满脸惶惑，竟无人答应。李朝础反应过来，快步过去，将门拉开。走进门来的，竟是南海知县吴玉春，后面跟着一个仆人，挑着一对沉沉的竹筐！

不待胡氏等开口，吴玉春拱手道："听到消息，我立刻收拾，连夜乘船来吉安。今日午后上岸，一路打问，先去了王知县家，却说已经搬走了。真是费尽功夫，总算找到了！"

李朝础赶紧接过仆人的担子，放在一边。胡氏等早已起身让座。吴玉春环顾屋内，摇头说："如此破败，岂能居住。吉安城里不乏馆舍，何不赁几间像样的房？"

胡氏苦苦一笑说："一时囊中羞涩，也是无奈之举。"

吴玉春也不多说，命仆人打开竹筐，取出一坛绍兴酒，一对金华火腿，几封糖果，二十斤猪肉，外加几样海鲜，并整整一百两银子，摆了满满一桌。胡氏哪里肯受，一再坚辞。吴玉春十分恳切，只说："一切皆因李学政临别时，对我说的那几句话，恰如当头棒喝，等于救了我。否则，一路堕落下去，最终恐怕毫无人样了。这点薄礼，只为了表示感激之情。"

话到这个份上，胡氏也不好再推，只好千恩万谢收下。吴玉春见此处实在狭窄，不便久留，带上仆人走了。

翌日早间，吴玉春又来拜望，说已经赁好了客舍，请胡氏举家移住。胡氏不好有违美意，又收拾起来，搬去那家客舍。

五

一路换舟策马，晓行夜宿，到京城已是正月初四。各部衙门正在假期，无人问事。袁江将李调元交入大理寺狱，也回府上度年假去了。

这趟差事，乾隆本是批给刑部的，刑部却奏称，时值岁末，等待决狱的要案如山，实在抽不出人来。乾隆又批给都察院，都察院又赶紧上奏，说本院今岁移任或满秩的官员近十人，尚未补缺，更派不出官差。乾隆无奈，最后批给大理寺。大理寺不能再推，只好接了这趟差。

李调元当然明白，时当新年，朝廷各部皆处于暂休，不可能问案。好在袁江给司狱做了交代，只是寄押，并非正式收监，当与其他人犯有别。司狱遂将李调元关进一间上等监室，吩咐狱卒，不可虐待，其有罪无罪，尚待定夺。

照大清规制，囚犯每日给仓米一升，菜钱却极少，每人每日仅二文钱。但李调元只是寄押，并无囚粮。然送来的饭菜，却有酒有肉，堪称丰盛。李调元问狱卒，狱卒也不隐瞒，称酒饭为其从弟李鼎元送来。

李鼎元乃李调元叔父李化樟长子，乾隆四十三年（1778）进士，现为翰林院检讨，充内阁中书。忽闻从兄李调元被囚大理寺狱，而往途中截拿的，是大

022

理寺少卿袁江，赶紧备礼拜问。

袁江据实相告，说广州道员冯扶柳，遣心腹入京上奏，称李调元行李五十余箱，每箱逾百斤，非金银珠宝，不可能如此沉重，必是广东学政任上贪腐所得，请予拿问。于是圣旨三下，大理寺无可推脱，遂往吉安缉拿。

李鼎元见是钦案，深知不可周旋，唯有叹息而已。袁江劝道，若李调元所携真是赃物，活该问罪，若并非如此，自有公论。天子特命将行李全部贴封，严勒任何人不得开验，或许另有用意。至少，有心栽赃的人将无从下手。

李鼎元请袁江尽量促成快审快结，使之早有定论。袁江见李鼎元持送的礼物中，有一幅八大山人的花鸟，十分欢喜，故而满口答应。

李鼎元告辞回家，命家仆每日三顿，好酒好菜送入狱中。又知兄嫂胡氏等滞留吉安，深为忧虑，于是另遣一仆，携足银两，往吉安接济。

终于熬到了正月十九，各部堂都将于正午时分开印。大理寺也不例外，处处张灯结彩，一派新春气象。上至大理寺卿、少卿，下至评事、录事，全员毕集。一场隆重的开印仪式之后，官员们本当回去，只因无不有许多宴请需应酬，至少要到正月底，官场的年才会结束。

袁江因那幅不可多得的花鸟，独自留在官署，写了一份奏表，称李调元已于正月初四寄押大理寺狱，一应行李暂存大理寺仓，唯待圣上御裁。

奏表递入宫去，袁江这才回府第应酬。

正月二十二上午，狱丞带着两个狱史来到监室外，也不说话，只命李调元出来。走出监房，便是执事厅，大理寺主簿、司直等，共十余人，已经候在这里，人人面无表情。主簿盯了李调元一眼说："走吧。"

两个评事在前，主簿等人在后，簇拥李调元出来，径往大理寺官署去。

官署已是侍卫林立，内外一派肃然。不用问，李调元已自明白，圣上已经驾临大理寺。

先有人进去禀报，李调元等远远止步，等候旨意。不一时，一个太监出来，女声女气地说："圣上有旨，宣李调元一人觐见！"

主簿、司直等只好仍止于此，眼睁睁望着李调元随太监进了大门。

乾隆端坐大理寺正堂上，正卿、少卿等则与一众侍卫分列两旁。李调元的五十多箱行李，已从专门存放犯官赃物、赃银的大理寺仓全部取出，排在堂门两边，封条依旧。

李调元望乾隆赞拜，跪地不起。堂上一片寂静，似乎空无一人。过了许久，才听那个已经有些苍老的声音响起："李调元，那是你的行李吗？"

李调元叩拜道："正是。"

乾隆又说："朕准你自行验看，是否有人启封。"

李调元头也不回，只说："不必，既已贴封，无人敢开箱。"

稍停，乾隆说："朕且问你，五十余箱，究竟何物？"

李调元答道："除自作文稿，并文房四件，余者皆是宝物。"

乾隆脸色骤变，袁江等也面面相觑。但大堂内外却更为死寂，似乎都不敢呼吸。过了许久，乾隆厉声道："开箱！"

几个明显事先接受安排的侍卫，在乾隆贴身太监的监督下，将五十余口木箱逐一撬开。太监把箱子看过一遍，满脸惊愕，居然说不出话来。乾隆冷笑一声，站起，绕过仍跪地不起的李调元，也把五十口箱子看了一遍。

这一看，乾隆不由怒火冲天，快步回座，指着李调元喝问："狗贼，既五十余箱皆是书籍，何不自辩？"

李调元忙叩头奏称："袁少卿猝然而至，不容分说，立即封存行李，押臣上路。臣惶恐不已，至此尚不明情由，何以自辩！"

乾隆冷笑一声，再问："方才，朕问你五十余箱是为何物，你答皆是宝物，岂非欺君？"

李调元再叩首道："陛下学富五车，才冠今古，必知读书人眼里，书最宝贵，虽足金良玉，不可比拟，故而臣有此说！"

乾隆看了看众人，明显已有缓和，想了想说："若耿直刚烈如李调元者，尚不能洁身自好，四海之内，普天之下，岂有清官？"

堂上缓和过来，乾隆这才命李调元起来说话。李调元以为乾隆将询及广东吏治，或官员作为，谁知问的仍是这些书的来历。

李调元不禁有些怆然，几乎泪下。任职广东三年来，凡有闲暇，李调元便四处搜购书籍，耗去俸禄近半，攒下了三千余册。家人受此拖累，除吴夫人及几个小孩，其他，包括李调元自己，几乎吃糠咽菜，甚而每有断炊之窘。

多亏马氏写信给家父马秉禹，诉说困境，希望周济。马秉禹深知李调元清高，不便直接赠予，趁来广贸易，暗地里给了女儿一笔银子。马氏又将这笔银子全数交给胡氏，一家人的日子才算有了依靠。

当然，李调元无心家事，也不管收支，逢上好书，只顾向胡氏要钱，其中艰难，并不全知。只是离任前夕，胡氏忍不住对李调元说："这些年，你只管由着性子买书，也不问家底。若非马秉禹暗相资助，恐怕早就舀水不上锅了。目下仅剩七十二多银子，一家人途中耗费，加之那么多书，想必不少运费。你又要另道入京，实在有些短缺。"

李调元却说："此去京城，一路不少故旧，我可分文不带。至于你们，若川资不足，可于杭州登岸，去泰山马秉禹那里告借。"

说到这里，把嘴凑上胡氏耳畔，笑道："放心，我去马家题诗那天就看出来了，马秉禹心疼女儿，远比我更甚！"

正陷入回忆，忽听乾隆的声音响起："你也知道，这些年，朕命协办大学士纪晓岚等搜尽天下所藏，总纂《四库全书》。你这些书，想必是孝敬给朕，以供编选的吧？"

李调元一惊，没想到乾隆会觊觎自己的书，赶紧奏道："陛下恕罪，这些书是臣耗费许多俸禄，四处搜购，欲押回蜀中，以供本邑士子借阅。陛下藏书百万，不屑区区之数。纪晓岚圣旨在手，所获之巨，更非臣能所比。望陛下开恩，容臣了此心愿。"

乾隆冷笑道："白文翁开蜀以来，西蜀文风不亚齐鲁，藏书之富，多于三春芳花，何用你四处搜求，远道押回？"

李调元又奏道："诚如陛下所言。然明季末年，巨寇张献忠大掠西蜀，几乎杀尽士子，焚尽典籍，使蜀中寸草不生，片纸不存，满目凋残。子弟虽有慕化之心，而苦于无书可读！"

乾隆忽觉无语，心中暗忖，凡地方官员入京，无不绞尽脑汁向自己奉献，唯恐非天下珍稀。这个李调元，无所奉献不说，朕已经开了口，他竟然为这些书，毫不顾及朕的面子。但其说不仅在情在理，还颇具故土之爱，实在不好发作。

想了想，又问："广东洋货荟萃，洋商云集，其富庶已过苏杭；你做了三年学政，岁考、选试数十场，想必收了不少棚费吧？"

所谓棚费，早已成为流俗，并受朝廷默许。各省学政，其职责主要在于主持本省各类选试及生员岁考。各道、府、县官员，为了使辖内士子得以中选，至少免于吃亏，会在试前收取棚费。一般而言，童生一至五两银子，秀才五至十两，举人十五至三十两，多少不等。若所在地富饶，则往往加倍。各级官员截留之后，余者则全部转送学政。

李调元到任广东翌年春，即逢雷州岁考，遂前往主试。府、县官员早已会集雷州城外，迎候新任学政。

各地生员，皆须接受岁考，其名列前茅者，将被拔为廪膳生。廪膳生因享有国家钱粮，格外引人垂涎。按照大清规制，皆从岁考中择出，不仅有皇粮皇款，更是莫大的荣耀。故而即使大富人家，也会竭尽所能，使子弟中选。

一般说来，岁考共分六等，一等为廪膳生，二至三等为合格，四至五等则需受罚，末等直接逐出官学，其秀才功名亦将夺去。

官员们收取的岁考棚费，一般会视生员家境而定，低者不下五两，最高可达数百两之多。

知府选定的酒楼也颇具用心，推开窗户，便是一派无际无涯的碧海。恰春月正圆，一派清辉融入海里，愈觉邈远，似乎突然挣脱了那个嚣尘飞扬的俗世。

这酒便喝得有些不同凡响。半酣之后，知府笑道："李学政才名远播，如此良夜，理当作诗。"

在座官员纷纷附和。若论品级，知府为从四品，学政为正五品，故而话说得相当直接。李调元不管这些，看了看窗外说："碧海明月，处处如诗，恕我不敢开口。"

知府也不好强求，毕竟李调元是省府僚属，况且来此主持岁考，还须恭敬。

又一番你来我往，已经酒足饭饱。一个衣着华丽的中年男子满脸堆笑进来，远远便朝主宾位上的李调元拱手作揖："哎呀，李学政大名远扬，仰慕不已，今日光临雷州，实乃我等之幸！"

李调元不知此人来历，只好勉强应付。知府赶紧介绍，原来是雷州盐商，姓顾。李调元立即明白，这顿酒席的金主，并非知府，而是这姓顾的有钱人。忍不住开姓顾的玩笑，看着他说："我家在西蜀，那里把盐商通通称作盐贩子，且无论大小。"

席上众人不禁大笑。姓顾的却并不尴尬，笑道："这叫法好！且容顾盐贩子借花献佛，敬学政大人一杯！"

李调元也不推辞，领受了。顾盐贩子也算识趣，敬了众人一杯，告辞去了。

此时，知府拿出一张银票，递给李调元说："雷州虽在天涯海角，不过僻壤之地，但也不能不讲礼数。这是五百两银子的棚费，望笑纳。"

离京之前，设宴饯行的同僚或好友，也有做过学政的，席间亦曾说起棚费，知道是学政的油水。

李调元一直在京做官，习惯了清贫；没想到一次岁考，居然有这么多棚费！难怪那么多人不惜极尽手段钻营，谋求外放！

于是不接，甚至不看那张递到面前的银票。知府等人不禁有些愕然，面面相觑，颇有几分尴尬。

李调元想了想，看着知府说："请先收起，容我说几句话。"

知府只好一笑，把银票搁在自己面前。李调元说："李某未举时，好读史籍。每读至官员索贿、贪财，往往恨怒盈怀。故而曾对天立誓，若他日跻身仕途，除官俸之外，凡取一钱，贿一文，皆断子绝孙。所以不是李某不爱钱，唯因年少无知，立此重誓。而苍天在上，实在不敢恣意。"

李调元把话说到这份上，知府也罢，其他人也罢，除了恭维，再也无话可说。

乾隆听了这番自述，不禁暗自赞叹，李调元之清廉，看来不下前朝遂州那圣祖皇帝曾为之亲书匾额——天下第一廉吏的张鹏翮。李调元之清正，颇有张鹏翮之遗风。足见蜀人秉性倔傲，敢作敢为。

但这家伙居然连朕的面子都敢驳，实在让人难分爱恨。想了想，声色严峻地说："自古天子一言九鼎。朕既已开口，岂能收回！"

听这口气，明明吃定了自己，李调元虽然心痛不已，岂敢再说。

六

乾隆当即下了一道口谕，命先将李调元手稿和用物择出，所有书籍，全部送往翰林院，由负责总纂《四库全书》的纪晓岚、陆锡熊仔细选鉴，若有禁书，再问罪李调元不迟。

下完口谕，乾隆起身欲去，忽见叩头谢恩的李调元浑身颤栗，几乎哭出声来，遂停下，再问："惶惶如此，难道果真有禁书？"

李调元泣道："臣虽愚鲁，亦知所禁书目，岂敢有违圣意！"

乾隆笑了笑说："谅你也不敢。起来吧，不就几千册书嘛，何至如丧考妣？回去候着，待朕闲暇时，召你来菊香书屋觐见，让你见识见识朕的藏书。哼，你以为朕眼红你那几箱子破烂！"

李调元再次谢恩，待乾隆离去，才起身。回头之际，除了几箱自己多年撰写或编纂的手稿，其余书箱已被一帮大理寺衙役抬出大堂。

好在心里已经有了主意，自己跟纪昀和陆锡熊都有交情，不如转求二人，看能否通融通融，好歹保住这批来之不易的书。

李鼎元获知从兄李调元正于大理寺接受乾隆御审，不免过来打听。过了一阵，有人传出话来，说李调元所携，不过五十余箱书籍，此外几乎别无他物。李鼎元悬着的心终于踏实了。

袁江也早早换上一副笑脸，连说自己根本不信李调元会贪赃枉法。坚持要请李调元去府上，为其设酒压惊。

李调元坚辞，说照看之恩，容日后再报，目下只想早早还家，以免兄弟悬望。袁江也不强邀，叫来几个衙役，挑上李调元的几口箱子，送其还家。

李调元任职考功司主事期间，曾以一年的养廉银，于梁家园购得一所老宅，虽破旧，亦可居住。赴广东履职时，恰逢李鼎元携其弟李骥元赴京，亦需于此安居，遂将此宅借与李鼎元。

走出大理寺，李鼎元仍候在这里，彼此相见，悲喜交集。想当年，李调元丁父忧于家，从弟李鼎元、李骥元皆从其就读，学业大进。李鼎元能登进士第，多赖从兄教诲，故而彼此情谊之深，过于同胞。

李鼎元已带话回去，要为从兄设宴，一叙幽怀。

三年前，李鼎元携胞弟李骥元提前半载入京会试。尔后，李鼎元中三甲进士，李骥元却不幸落榜。李鼎元入翰林院为庶吉士，一年后，庶吉士散馆，经考选，因其名列前茅，留翰林院为检讨。于是李骥元一直留居京城，随兄苦读，以待来科。

家宴既备，兄弟三人正欲入席，忽有家仆来报，称宫中来人，命李调元接旨。

李调元不敢怠慢，赶紧出来。一个太监站在院子里，两个随从侍立两侧，无不面色如铁。时正傍晚，院内外有几株老树，声声鸦噪从树上传出，令人不安。李调元理衣整冠，跪下迎旨。太监只看着他，并不宣诏。

片刻，李鼎元匆匆出来，将两锭银子恭恭敬敬交到太监手里。太监这才朗声传乾隆口谕。

原来，是召李调元即刻往菊香书屋觐见。太监看着叩头谢恩的李调元说："走吧。"

李调元忙道："恩旨猝下，不及更衣，如此穿戴，岂敢面圣。"

太监却说："主子说了，李调元已经离任，不必着官服觐见。"

李调元无话可说，只好随行。一场手足团聚的家宴，遂被圣旨搅散。一番穿街过巷，在满城灯火里迤至中南海，止于菊香书屋外。不愧皇家禁苑，虽极尽幽深，却因处处宫灯，远比那市井灯火明丽。

太监先进去禀报，早有侍卫过来搜身。不一时，那个太监出来传话，命李调元进去。

菊香书屋始建于康熙年间，四周亭树相望，楼阁相依，更不乏奇花异树。与此相对的恰是一池碧水，水中一座亭榭，名曰瀛台，使人自然想起蓬壶仙境。乾隆爱其雅致，辟为书房，且常在此间盘桓。

李调元跟随太监入内，不敢抬头。似觉到了厅堂，一派灯烛照耀，恍若白昼。太监止步，只听一个不男不女的声音说："主子，李调元来了。"

李调元已知到了乾隆跟前，赶紧跪拜。过了一阵，那个苍老的声音总算响起："起来吧。"

李调元谢恩，站起，仍不敢抬头。乾隆笑道："呵呵，李调元素以勇往著名朝野，何故如此惶恐？"

李调元忙道："臣虽生性莽撞，而天威浩然，岂不畏怯。"

乾隆声色温和起来，说："不必如此，朕命你来此见识藏书，抬起头来吧。"

李调元遂抬头，一间宽阔富丽却又极尽雅致的书屋尽入眼里。几个垂首侍立的太监分布四侧。乾隆坐在一张铺着兽皮的紫檀雕花大椅上，手捧一卷古书，恰好露出书名，为王十朋所著《东坡先生诗集注》。

乾隆面前燃着一炉旺火，炉上是一具银丝织成的灰罩。隔着火炉，是一张宽大的条几，几上摆着一个寿山石雕成的茶盘，类如一条搁浅的扁舟。盘里是一把造型独特，刻着一枝蜡梅，填上金泥的紫砂壶，并一对粉彩茶盏。茶盘一侧，是一个明宣德年间的赤铜香炉，炉内香烟袅袅，沁人心脾。此外，还有一件白玉雕成的假山，和一棵颇具动感的珊瑚树。

大椅两侧，分别竖着黄花梨花架，各摆着一个景德镇官窑烧制的花盆：一个盆里是一方通体红润的鸡血石；另一个里是一块未经雕琢天然成趣的田黄石。

乾隆身后，是一架镶着各色宝石的屏风，屏风上为山水四条屏，依次是北宋董源、李成、范宽、张择端的山水小品，其笔墨之精奇，旷古绝今。不用细看，便知皆为真迹。屏风后，是一张巨榻，除了锦绣合璧的被褥，还码着许多书籍。

南窗下，搭着一张巨大的书案，除了文房四宝，仍有几件清玩，都是不可能见于他处的绝世珍品。最使李调元惊讶的，是那个碧玉凿成的笔洗，大若巨钵，通体莹洁，仿佛天成。不知需多大的璞玉，才能做成如此巨大的物件！

不用说，环四壁而立的，都是书架，每架都整整齐齐挤满书籍。李调元粗略一算，至少不下万册。

忽听乾隆笑道："此处藏书，不过九牛一毛而已。小五，领他去看看吧。"

那个叫小五的太监过来，轻声说："请。"

李调元谢恩，随小五走近东面书橱，一路看去。这一面都是经典，主要为御定十三经，以及数千种各家注疏，涵盖历朝历代；南墙这边，被那张书案隔成两半，一半是诸子著述，另一半是不同刻本的官修正史及种种类书；西墙也被一道用于进出的朱漆大门分为两半，两边都是小说、杂记、稗官野史之类。

看到西面时，李调元不禁心惊肉跳，甚而有些胆寒。所列书籍，几乎尽是乾隆钦定的禁书，包括《玉楼春》《金瓶梅》《品花宝鉴》《剪灯新话》《苏材小纂》《祝子罪知录》等，简直应有尽有。

何承想到，这些严令上缴，必须焚毁的禁书，竟然如此堂而皇之地摆在天子的书架上！

禁令一下，这些年来，不知有多少人因书获罪，或锒铛入狱，发配边关；或论以重罪，累及家族。其中不乏斩首弃市，抄没家业者。而乾隆自己，则在这座幽深静谧的书屋里，饮茶焚香，随意取读！

太监将李调元领回原处。乾隆将那卷书合上，一个太监赶紧过来，双手接过。乾隆看了看李调元问："如何？"

李调元赶紧跪拜，说："陛下揽古今所有，尽人间所稀；臣所藏区区，岂能望陛下后尘！"

乾隆笑道："起来说话。赐座。"

小五搬来一条春凳，搭在李调元身旁。李调元再叩头谢恩，坐了上去，心里暗想，要是乾隆问起架上那些书，自己该如何作答？

乾隆似乎看透了他，靠入椅子里说："朕问你如何，并非指藏书多寡，而是品类。"

他指着西面满满几大橱书问："诸如《品花宝鉴》《剪灯新话》之类，你家是否藏有？"

李调元不紧不慢地说："陛下当初的圣旨，臣记忆犹新——所谓书者，当载圣贤之说、道德之义。至于淫词秽语、江湖传记，无不惑乱人心，败坏世风，理应焚禁。而《品花宝鉴》《剪灯新话》之流，俱在禁书之列，臣岂敢私藏！"

乾隆当然明白，李调元这番话，字字皆如锋芒，针对的正是自己。他面色立刻严峻，直视李调元说："朕之所以召你来此看书，只想让你明白，普天之下，唯朕可以任意！余者，无论何人，皆须臣服，虽心念之间，不得有丝毫妄想！"

李调元不再出声，颔首而已。

一时陷入沉默，气氛不免紧张。小五赶紧上去，捧起那把紫砂壶，往盏里斟茶，双手递给乾隆。乾隆不接，瞪了小五一眼。小五惶惶放下，退去一边。

过了好一阵，乾隆忽然转过话题，说："朕想起了一件圣祖朝的旧事，你不妨听听。"

李调元赶紧跪拜说："请陛下教诲。"

乾隆所说，乃康熙年间湖南巡抚赵申乔。赵先为浙江巡抚，因自身为官清廉，对僚属格外严厉，官吏纷纷不满，大多上奏，请求离任。康熙无奈，遂下旨，迁赵申乔为湖南巡抚。到任湖南不足半年，赵申乔竟将治下官员一一参奏。康熙接到最后一份奏本，已知全省官员赫然在列，几乎不漏一人，遂召赵申乔入京。

是日，康熙大会群臣，训谕赵申乔说，自古清官多刻薄，刻薄则下属难堪。清正而宽容，才是尽善。正如朱子所言，居官人清，而不自以为清，始为真清。朕以为，凡事当于大处体察，不可刻意苛求，宽则得众，刻则失人。赵申乔参遍下属，未必湖南一省，竟无一人是好官？

听完这"故事"，李调元已明白，乾隆并不想听自己说广东官员的不是。不禁有些惘然，堂堂天子，竟不愿听闻实情，真是匪夷所思！

七

过了一阵，乾隆才问李调元："巴延三为两广总督已近半年，不知政声如何？"

李调元近乎荒诞地答道："巴延三上任伊始，宵衣旰食，殚精竭虑，几乎不暇一刻。两广士庶感其勤政公允，无不交口称赞。"

乾隆直视李调元，过了片刻，才问："所言无虚？"

李调元不抬头，只看着自己的脚尖，说："臣不敢妄言。"

乾隆似乎比较满意，又依次询问巡抚、布政使、按察使、提督以及各道道员等。李调元始终低头，把这些官员一一赞扬一番，说得自己差点忍不住笑了。心里却十分危惧，生怕一不小心说漏了嘴，让乾隆看出破绽。

做了这么多年官，直到此时，他似乎才有所明白，谎言不仅百官需要，天子也需要。但制造谎言以及传说谎言的人，必须做到天衣无缝，使听取谎言的人哪怕心知肚明，也不能露出破绽。否则，彼此难堪的同时，说谎者也将大祸临头。原来，这是一场上下默契的共谋，一个欣欣向荣的盛世，就这样顺理成章地产生了。

李调元的对答，乾隆似乎颇为满意，竟离座站起，一边来回踱步，一边称赞说："看来，任广东学政三年，你是大大地长进了，不负朕一片殷切之望。自古以来，凡才华横溢者，多有傲岸之失。以你之才，若能磨尽棱角，圆融而不圆滑，将来必有大用。"

李调元忙道："陛下夸奖，臣不敢当！"

乾隆回座，过了片刻，又说："朕本欲让你复任考功司主事，但你今夜应对切实有据，将另有任用。还有，朕已下旨，容你滞留吉安的家人即刻还乡，途中可寄宿官驿，不费川资。回去候旨吧。"

李调元松过那口气来，赶紧跪拜谢恩，仍由那个宣旨的太监领出中南海。腹中早已空虚，亦知李鼎元、李骥元一定在家等候，几乎有些慌不择路，踩着满地灯火，匆匆归去。

李鼎元、李骥元果然于院子外悬望。见李调元回来，忙迎上去，询问到底何事。李调元笑道："召我去菊香书屋，只是让我看看天子藏书而已。"

三人回席，家仆忙着将早已冷却的菜肴热了一遍，再送上桌来。因李鼎元入仕不久，加之李骥元正准备应试，故而李调元只字不言内心的挫败或失望，只问李骥元学业。当然，不免说及广东风俗，唏嘘之余，往往大笑。

饮至三更，酒宴方散。李鼎元早已命家仆收拾出一间上房，供李调元安歇。但李调元内心波澜起伏，毫无倦意。

他似乎走到了人生的十字路口，向左，仍是那个气宇轩昂，不容纤芥的李调元；向右，则需唯唯诺诺，苟苟且且，甚至同流合污，狼狈为奸。

但那么多著于典籍的圣贤之说，未必只是欺世盗名的路数？

所谓江山易改，禀性难移。就算他愿与世俗和解，但那些根深蒂固的习性，未必真能磨去？好个圆融而不圆滑！所谓圆融，不就是视而不见，知而不言吗？

令人愕然的是，身为天子，竟不容直臣，康熙如是，乾隆亦如是。那些虚假的繁盛，岂不是会将大清拖入末路？毕竟世间一切，无不切切实实，真相虽然残忍，但不敢或不愿面对，如何消除藏在假象后的危机？

不，不能因难为俗世所容，就委屈自己。大不了脱下这身官袍，回归家山。想到此处，顿时坦然，很快便进入梦乡。

翌日清晨，李调元穿衣起床，步入厅堂，却见李鼎元、李骥元正忙着收拾用物，看样子要搬走。李调元赶紧把兄弟二人叫住说："何必如此，我将往何处任职，尚无定夺。若再次外放，此宅闲置，岂不可惜？"

李鼎元说："早在去年，我已买了一座宅子，距此最多一里，往来照应，十分方便。若不搬去，也是闲置。"

李调元点了点头，又说："这样，待我去向定后，再迁如何？"

李鼎元不好推辞，答应下来。早饭后，李调元遂往翰林院，拜访纪晓岚、陆锡熊，欲把那些书讨回来。

因奉旨编纂《四库全书》，翰林院专辟一隅，以为编室。据说，刚刚升任文华殿大学士的和珅，同时被委为《四库全书》正总裁官，奏准于翰林院一侧，另修一院，专门用于编纂此书。但完工尚早，纪晓岚等仍留翰林院内。

历时数年，适合选用或应当焚毁的书目早已界定，纪晓岚、陆锡熊正忙于编写目录。其余数百人，正致力誊抄，都是通过层层筛选，极善馆阁体的读书人，或官或吏，个中佼佼者，几乎网罗一尽。

得知李调元来访，纪晓岚已明用意，出来迎接。纪晓岚比李调元年长三十余岁，彼此倾慕，为忘年之交。

李调元见银须皓首的纪晓岚出来，赶紧施礼说："晚辈本不敢惊动大学士，无奈足不由头，身不由心，还是来了。"

纪晓岚笑道："一别数年，李羹堂风采依旧，机趣仍如当年，善哉！"

于是携李调元之手，登堂入室。陆锡熊正伏案校对目录，见李调元进来，也起身问候。李调元忙施礼说："数年不见，陆前辈健旺如初，足见雨露滋润，朝夕春风。"

彼此一番客气，皆落座。李调元也不啰唆，直接表明来意。陆锡熊看了看纪晓岚，转向李调元说："我等接到天子旨意，不敢怠慢，已将三千多册书逐次翻检一遍，所幸并无禁书。"

李调元笑道："我虽孟浪，岂敢违天子之命！"

纪晓岚却说："然羹堂所藏，确有许多当入选汇编之列，恐怕难以足君所愿。"

李调元顿时急切,声音也高了起来:"大学士此言差矣,所谓君子不夺人之爱。这些书,系晚辈缩衣节食,吃糠咽菜,耗费许多俸禄购得……"

纪晓岚打断他说:"李羹堂何有此说,翻检选用,皆天子之命,我等岂能抗旨不遵?"

话到这份上,李调元再也不好强求,想了想问:"不知二位前辈选了哪些书?"

陆锡熊拿出一份书单,递给李调元。李调元接过一看,几乎尽是自己最爱的那些书,不禁心如刀割,那手早已颤抖起来。

看了一阵,已是泪花满盈,如丧考妣。过了许久,李调元抬起头来,隔着一层泪花,望着陆锡熊说:"既然逝水不复,能否将书目携回,以为纪念?"

纪晓岚伸手将书目拿走,不容商量地说:"此书目需呈送天子,恕难从命。"

李调元看了看二人,只好退之而求其次,又说:"且容晚辈将未被选用的书携回。"

纪晓岚摇了摇头说:"不可,天子御旨送书来此,若欲携回,亦需圣命。"

李调元大失所望的同时,不禁有些愠怒,淡淡一笑说:"假使李调元与二前辈换位,定不致如此无情。"

纪晓岚看了看陆锡熊,问李调元:"这话倒有些意思,若如是,你当如何"?

李调元一本正经地说:"我也会奉旨选择,但抄录之后,一定物归原主。至于未入选者,无须二位前辈开口,自当送还。"

言毕,向二人一揖,转身便走。到了门口,忽听陆锡熊叫道:"李羹堂且慢!"

李调元停下,转身笑问:"前辈有何见教?"

陆锡熊站了起来,望着李调元说:"南粤三载,炎风热雨,李羹堂仍耿直如初。老夫有个不情之请,晓岚与羹堂,皆以才思敏捷知名于世,尤擅对仗。不如这样,由晓岚出上联,羹堂对下联,若为工对,便将未入选的书还与羹堂。不知二位意下如何?"

李调元立即转忧为喜，忙拱手道："极愿奉命！"

纪晓岚也站起来，抚须笑道："陆耳山有心成全，老夫岂能不依。这样，老夫取一句现成的上联，被称为绝对，至今无人对上——烟锁池塘柳。此五字，分别以金木水火土为偏旁，且意味清美，音韵铿锵，堪称好句。实不相瞒，老夫觅句数年，至今未能对上。若羹堂能足成一联，未入选之书，老夫不惜冒杀头之罪，一定全数奉还！"

李调元久知此句难对，亦曾苦思冥想，终无下联，于是苦苦一笑说："此联占尽五行，而世间再无他说可与之匹对。以晚辈之见，即使东坡再世，也未必能对。若前辈并非使我知难而退，请另出一联。"

纪晓岚似乎有些释然，点了点头说："以李羹堂之才气，尚无处觅句，那就真是绝对了。"

似乎李调元不能属对，于纪晓岚而言，是莫大的欣慰。

李调元不禁暗自一惊，幸好自己也对不上，若对上了，岂不使这个盛名一时，傲视天下的大儒为之自愧？纪晓岚曾六次主考会试，门生故吏遍及海内，普天之下，除皇子皇孙和新贵和珅，几乎无人可与之比肩。

纪晓岚望着李调元，近乎亲切地说："也罢，老夫随口出上联，羹堂随口对下句。请陆耳山击掌为数，须在三下之前对上，否则算输。"

李调元拱手一礼说："请前辈赐教！"

纪晓岚随口吟道："大河一万里，波翻浪涌，敢问先生从何而来。"

纪晓岚家在河间，比邻黄河，以此为句，看似简单，却暗寓故土风物，也不易对。

陆锡熊立即击掌，未足两下，李调元叫道："有了！"

二人一齐望着他。李调元先朝二人拱手说："二位前辈见笑。"随即吟道，"巫山十二峰，云蒸霞蔚，却道晚辈自天以降。"

李调元出自四川，巫山恰是蜀中名胜，须臾之间，应对恰如其分，堪称绝妙。

纪晓岚、陆锡熊一齐称善。李调元不无自谦地说："二位前辈见笑。"

纪晓岚笑道："君子一言，驷马难追。实不相瞒，老夫与熊耳山亦爱书如命，岂不知李羹堂之意。昨日，大理寺押书过来，宣示圣谕，老夫即与熊耳山商议，极愿成人之美。故将可用之书择出，命誊抄官昼夜抄录，现已抄毕。一并完璧归赵，不知羹堂是否还有怨言？"

李调元喜出望外，赶紧朝二人深施一礼，谢不绝口。

第二章

一

　　三千多册书失而复得，李调元欣喜过望，整日待在梁家园那座旧宅里，置酒畅饮。从弟李鼎元公务冗繁，无暇陪伴。李骥元志在来科登进士第，闭门苦读，只偶尔请教举业。李调元亦不推辞，每有指点。

　　眼看已是正月底，春风初度，草木欲华，即使位处燕赵的京城，也严寒将尽，暖气渐生。

　　一日上午，一个太监忽来宣旨，传李调元往勤政殿觐见皇上。李调元赶紧换上五品常服，随其前行。

　　勤政殿不在皇宫，而在香山，距京城六十余里。李调元随太监坐上一辆宫车，一路飞驰，到香山时已是正午。

　　勤政殿依山而建，苍松古柏环拥四周，楼宇重叠，重檐朱壁，隐显其间，尽露皇家气象。几条山脊缓缓而下，与大殿相接，颇有吞吐之势。人在其间，自有渺天下之小的豪气。

　　宫车止于配殿一侧，太监命李调元在此等候，自己进去禀报。李调元首次应召来此，不禁放眼四顾。此时，正太阳当顶，浩荡的日光肆意挥洒，使起伏有致的群楼更加金碧辉煌。山与古木则浮着一层油亮，似乎那支完成晕染的大笔刚刚收起，需将这一派浓墨重彩留给太阳。

正看得忘情，忽听一声捏腔拿调的吆喝响起："宣李调元觐见！"

李调元一惊，赶紧收回目光，捋衣整冠。早有一个太监过来，引李调元走过一段大理石铺就的甬道，走上一座玉桥。此桥通体雪白，犹如卧龙，横跨一池碧水。过了玉桥，便是勤政殿，早有几个侍卫候在这里，拦住李调元搜身，不放过每一寸肌肤，甚至拖在脑后的那条辫子也仔细捏了一遍。

搜毕，侍卫及太监，如同押送囚犯一般，将李调元带入殿里。一派暖意扑面而来，如沐春风。未必殿上也置有炭火？这么大的殿堂，如此温暖，不知需要多少炭炉。

他只知道，香山比京城更冷，却不知道，大殿四面皆是火墙，只是经过精心装饰，看不出端倪而已。

乾隆一身便服，端坐殿上。李调元一番赞拜，仍伏地不起。乾隆笑道："起来吧。"

李调元谢恩，站起，这才看见，一身顶戴的袁守侗立于对面，朝自己微微一笑。李调元立即明白，看样子，自己将再为袁守侗属官。

李调元由庶吉士转吏部考功司主事时，袁守侗为吏部侍郎，是其上司。如今，袁守侗是直隶总督，已从正三品升为从一品了。

恰如李调元预见，乾隆发下圣旨，让其充任直隶通永道道员，官阶正四品。他不由想起大理寺少卿袁江带自己离吉安之际，曾对哀哭不已的家人说此去京城，其官品或能与袁少卿并驾齐驱。大理寺少卿，恰为四品。

宣诏完毕，乾隆对袁守侗说："朕为你放了一个好道员，此后，白河治水事宜，袁总督可高枕无忧了。"

袁守侗忙道："臣为吏部侍郎时，李羹堂为臣僚属，故而素知其勇毅。河防事务有李羹堂主理，料想困扰多年的水患将不日尽除，不再为害。"

乾隆笑道："李羹堂为官清正，性情耿介，恰如一柄利剑，若用之得当，可披荆斩棘；若不当，或反伤自身。朕愿你等同心协力，励精图治，勿以小节而碍大局。"

李调元、袁守侗赶紧跪拜，声称当谨记教诲，不负天恩，不负重托。

依照规制，李调元将于次日往通永道治所通州赴任，赴任前，须再次面圣，恳请训示，故称请训。而香山距京城较远，往来不便。于是乾隆命李调元去碧云寺暂住，以便明日请训。

碧云寺位于勤政殿以北，相距二里左右，是一座殿宇嵯峨的古刹。自明朝以降，皇室多来此进香，于是声名鹊起，远播四海，士庶官商，无不仰慕。尤其九至十月，霜风寒露滋润遍山红叶，来此赏秋者，更是红尘紫陌，络绎不绝。

住持见陪李调元而来的竟是乾隆的贴身太监，不免大为恭敬，遂命执事僧以上宾待之，并将一间上佳的客房洒扫一番，请李调元居住。得知李调元未用午膳，又叫知客僧赶紧备下几道精美的素食，送入客房。餐毕，知客僧带着几个小僧，送来一具红铜茶炉，一篓子木炭，一套白瓷茶具，一罐产于四川的明前茶，并一担山泉。

不一时，住持僧过来敲门，恳请留题。李调元不好推辞，随其来到一所幽静的僧房。房内一张素榻，一炉旺火，一壶热茶，一张宽大的书案，案上已经摆好纸墨笔砚。四壁之上，悬着几幅当朝名士的字画，包括范文程、张鹏翮、纪晓岚，等等。李调元逐一看过，笑说："就写一副联吧。"

于是趋近书案，提起笔来，一挥而就——

树隐西山云，
楼吞北海风。

住持击掌大赞，不愧当朝才子，不假思索，便成好句！

客气一阵，李调元告辞回来，正燃炉烹茶，忽又有人敲门，赶紧过去将门拉开。站在门外的竟是执事僧和袁守侗，不由一惊，忙施礼问："袁总督何以到此？"

袁守侗还了一礼，说："有几句话，想同李道员说说。"

李调元请其入内，就座。茶已将好，立刻洗出两只茶盏，斟上茶，递一盏给袁守侗，说："此茶叶片短小，汤色碧绿，而香气馥郁，绵延盈室，不用问，一定出自蜀中。袁总督不妨一试。"

袁守侗接过，轻轻闻了闻，透过几缕茶烟望着李调元，笑问："据我所知，闽南、江浙，乃至滇黔一带，俱出好茶，何言此茶一定出自蜀中？"

李调元笑道："诚如袁总督所言，然蜀中所产，或因气象温湿，虽采于早春，但叶片厚实而不轻薄。至于滋味，则清苦之中暗蕴缕缕微甘，缠舌绕齿，经久不绝。我生于川蜀，自幼饮啜，故知与别处不同。"

袁守侗点了点头说："不愧一代才子，这番话若书于纸上，亦算一篇好文。"

饮过一盏茶，袁守侗说："我来此，是想与羹堂说几句真心话。天子委羹堂为通永道员，且称，将白河治理事宜全权委托于你。以我看，这里面，其实别有意思。

"白河源于昌平山区，一路流来，携溪带水，进入通州，已是一条洋洋洒洒的大河，东下，即注入天津。借这一河水，上下京城的货物，俱在通州集散，故而通州亦是北运河的起点。

"每到夏季，山洪暴涨，奔泻而下，往往危及天津。乾隆四十三年以来，前任通永道员谢朝宪，请命治水，欲沿白河左岸另开一渠，于天津界内挖造湖泊，使之能吞能吐，尔后再引归运河。如此，不仅可以分流，还利于灌溉。

"陛下接到奏报，以为虽工程浩大，但能根绝水患，且有益稼禾，即命工部、户部前往复验。二部派员勘察，即刻回奏，通永道所呈方略得当可行，预算翔实，宜准其所请。

"于是先后调出二千多万两库银，用于开渠造湖。且自此以来，通永道所辖府、县，以三年为期，一应税赋皆无须上解，皆用于治水，直至工毕。两项相加，将近四千万两白银。如今三年过去，直隶总督以及道、府、县官员，已经换了一茬，但那条分流河渠，以及用于吞吐的湖泊，却远未完成。"

李调元遂问："何故如此？"

袁守侗说："或因急功近利，谢朝宪征调民夫十余万，全线铺开，造湖掘渠，指望毕其功于一役。不料一场洪水猝来，一切尽被水毁，成了名副其实的烂摊子；且洪水沿已掘出的沟渠狂泄，添了许多灾民。"

李调元顿觉疑惑，又问："既然夏季山洪必发，理当先于下游开挖，待湖与渠完工，再置闸破岸，何致毁于洪水？"

袁守侗却不再说，只顾饮茶。李调元忽有所悟，想了想说："除非那个谢朝宪有意让洪水冲毁，否则，不可思议。我不管这些，只要几千万两白银尚未耗尽，可用于治水，也就够了。"

袁守侗咂了咂嘴，不看李调元，说："我是去年十月才往直隶履任，不免询及工程并那些银子。结果，不仅工程尽毁，银子也不剩分毫。"

李调元霍然而起。袁守侗赶紧示意他先勿出声，又说："我首先想到的，肯定是贪赃枉法。甚至以为，所谓治水，根本就是个幌子，是上至朝堂大员，下至谢朝宪的一次共谋！目的就是借治水为由，贪没这笔令人惊愕的巨财！"

李调元直视袁守侗："试问袁总督，如此惊天大案，是否已经参奏？"

袁守侗冷笑道："若不参奏，你李羹堂可能做不成这个道员。实不相瞒，谢朝宪任满之前，已有人盯上了这个缺，并通过和珅，得到天子认可。恰因我的奏本，天子改变了主意。"

李调元如梦方醒，再问："如此说来，皇上不过因我刚直，不知畏惧，使我履任通永道，意在查明实情，而非治水？"

袁守侗却说："以我揣度，天子既有意用你查清事由，也望你根绝水患。你离开之后，我请皇上另拨资费，但皇上不应。"

李调元两眼圆睁，满面愠色地说："无米，岂能为炊，无钱，焉能治水？"

袁守侗却说："事已至此，走一步看一步吧。"

沉默一阵，袁守侗站起说："羹堂是皇上钦点的道员，不必依例走那些过场，只需携带告身和印绶，便可走马上任。"

说完这话，袁守侗立即告辞，带上随从，回保州总督官署去了。送走袁守侗，李调元仍回客房，烹茶自饮，却再也喝不出滋味。

翌日一早，李调元向住持僧告辞，沿一条没在林间的石板路，来至勤政殿外，求见乾隆。执事太监通报进去，却久无回音。李调元心里急切，但不敢离开半步。约半个时辰后，那个嘶声嘶气的声音才响起："宣李调元觐见！"

进入殿堂，依规制赞拜，并请乾隆训示。乾隆却问："昨日，直隶总督袁守侗也去了碧云寺？"

李调元一惊，忙叩头道："陛下之至察，虽渊底潜鱼、云间飞鸿，亦难有纤毫之隐！"

乾隆点了点头，转过话题说："前任通永道员谢朝宪，治水无功，而耗费颇巨。朕委你接任，其因有二。一者，你清正勇壮，雷厉风行；二者，你思路广阔，多谋善断。故此，虽不费一钱，亦能驯服狂流，根绝水患。"

这席话，几乎堵死了增拨库银的路。乾隆这才命李调元起来，又说："圣祖朝文华殿大学士张鹏翮，亦是蜀人，也曾奉命治水。蜀人大多忠壮勇直，又颇清廉。然张鹏翮既有玉石秋水之品质，又有藏污纳垢之胸襟。你与之为乡党，虽斯人已逝，而遗风尚在，愿能以之为楷模。"

李调元顿时明白，乾隆不想自己生事，或者不想自己去翻谢朝宪那笔旧账。身为天子，何故容忍巨贪？未必也有无可奈何处？

二

回到梁家园旧宅，已是下午。李调元磨墨展纸，写了一封家书，嘱胡氏及两个儿子留在老家，一来侍奉老母，二来经营祖业，并照看坟茔。只让妾马氏携两个婢女，径往通州，料理起居诸事。

这座旧宅及藏书，仍委托给李鼎元兄弟。

翌日上午，朝廷派人送来告身、印绶及文书。下午，内织局又奉命送来几套正四品顶戴及常服，那些五品旧服，则需交还。

一切就绪，李调元赶紧收拾行李，除了尚未完成的书稿，亦需带上些书籍。李鼎元早早回来，提着一只嘎嘎叫的鹅，说正好烹来下酒，为从兄饯行。李调元厨艺高绝，不禁技痒，亲自下厨，做了几样正宗的川味，香浓鲜美，极其可口。李鼎元兄弟称赞不已，说自来京城，不曾如此痛快。

三人乡思萦怀，饮至大醉。李调元一早起来，雇了一辆马车，辞别李鼎元兄弟，即离京城，往通州赴任。待故旧得知其获任通永道员，登门祝贺时，李调元已在途中。

京城至通州，仅五十余里，一条通衢大道，甚可驰骋。不足半日，李调元已到任所。

有关李调元任职通永道员的朝廷文书，已先一日送达，直隶总督府的邸抄也到了官署。库大使、仓大使、关大使、盐课司大使、税课司大使、河道司大使等一应僚属，已于昨日齐聚道台衙门，准备迎候新道员。

诸大使中，当数河道司大使品级最高，为从六品。原本并无此职，因谢朝宪力主治水，特请旨而设。

照一般规制，李调元应先去保州，拜会直隶总督，再由总督派出僚属，送其到任，并先遣官差，告知抵达时日。但李调元为乾隆钦点，无须通过种种关节，何况已于碧云寺与袁守侗会面，加之不屑此类凡例，故此只身而来。

僚属们忽闻新任道台已经到了衙门外，骇得面色涨紫，立即鱼贯而出，争着跪拜。李调元刚下车，正要搬下行李，结付车资，见了这阵势，赶紧过去，将众人扶起，笑道："不速之客，何须礼待。"

众人见李调元出语机趣，顿时轻松下来，争着将行李搬去官邸。官邸早已洒扫一新，窗明几净，不余纤尘。众人一齐动手，帮忙安顿下来。

僚属中，年纪最长、资历最深的当属库大使夏继新，已于昨日定下一桌酒席，于是请李调元赴宴。李调元腹中正饥，欣然答应。

这是一家位于城中但相当幽静的酒楼，几乎不闻喧嚣。一众人簇拥李调元进入一间包房，看这装潢和摆设，已知这顿饭耗用不菲。

久在官场，李调元深知其中奥妙，但凡官员于酒楼宴客，几乎不会自掏腰包，都会找人包揽下来，而这冤大头，一般是店主。

众人依尊卑落座，李调元看着身边的夏继新，笑问："这酒席，该不是夏大使出的钱吧？"

夏继新看了看一众同僚，答道："我等每人凑了些钱，以表敬意而已。"

李调元当然不信，只叫拿菜单上来，说要审阅。话传下去，仅片刻，一个面相机灵的小二快步进来，把一张菜单双手递给夏继新。夏继新接过，恭恭敬敬递给李调元。李调元拿过菜单，脱口赞道："好一手黄山谷行书！"

菜单上写满了菜名，先是十道凉菜，再是三十道热菜，最后是几道汤品，满汉相杂，尽是山珍海味。那字笔笔飘动，陡峭而不失饱满，确是山谷体势。李调元暗自惊讶，如此铺张，至少需几十两银子！

于是不动声色地对小二说："请借笔墨一用。"小二看一眼夏继新，不敢有违，说一声稍候，赶紧出去。同僚们面面相觑，颇为不安。李调元假作不知，只赞这手好字。片刻，小二拿着笔墨回来。李调元接过，一阵圈画，将菜单并笔墨还给小二说:"请照此炮制。"

小二答应一声,拿着菜单去了。又过了一阵,一个身着长袍马褂的中年人不无谦卑地进来,向席上一一施礼,笑说:"若依圈画,实在有些寒酸,只怕不够官长们享用。"

夏继新等不敢吱声,都望着李调元。李调元笑道:"我等薪俸不厚,一顿饭,哪里花得起这许多银子?"

店主见坐首席的李调元,一身四品顶戴,已知是刚履任的道员,忙道:"一席薄酒而已,何须大人们花费。小人不才,菜肴酒水,皆由小人孝敬。"

李调元故意把所有好菜全部删除,就是想把这个心甘情愿的冤大头逼出来,也借此敲打敲打夏继新这帮深谙此道的家伙,望他们自此能知收敛。于是看着店主说:"就算你请客,也不必浪费,你的钱也是钱。不用多说,就那些余下的,已算得丰盛了。"

店主只好依从,朝李调元一揖告退。待他走至门口,李调元忽道:"且慢!"

店主停下,再向李调元拱手道:"请大人吩咐。"

李调元笑问:"敢问菜单上的字,出自何人?"

店主极快地飞了夏继新一眼,尚未回答,夏继新已经站起,向李调元一揖:"道台大人恕罪,这份菜单,实为卑职手书,那些菜品,也是卑职安排的。"

李调元点了点头,请夏继新落座。席上一片沉默,都有些危惧。所谓新官上任三把火,李调元借一张菜单,算是烧了第一把,烧得绵里藏针,软中带硬。无须厉声厉色,已能使人敬畏,实在比那些假作威严的官员,高明了许多。

这把火还在燃,但似乎转了风向。李调元大谈山谷书法,极赞夏继新颇得要领。眼看众人心里渐渐松下来,李调元话锋忽然一变,看了众人一眼说:"历来以为,黄山谷之书长枪大戟,痛快而又沉着。习其字者,无不从此论着手,可惜多得其形,而无其神。殊不知山谷体势,不在表面,而在背后。所谓痛快,因其自信;所谓自信,因其品德。黄山谷为人正直,为官清廉,可谓行高一世。人到此境,顶天立地,笔下所出,若非长枪大戟,岂有其他?"

席间已是一派死寂,除了李调元,其余似乎都成了石头。李调元又说:"依我所见,凡习书者,到最后,一笔一画,写的都是自己,正所谓字如其人嘛。"

这一派借题发挥，确实堪称高妙，夏继新等已然明白，李调元确与谢朝宪之流不同，足见传言不虚。李调元见众人皆不出声，气氛有些紧张，于是笑道："各位或许有所耳闻，我这人有个永远也改不了的毛病，总爱与种种流俗过不去。为考功司主事时，曾因太监索要例钱，大闹宫门，打破了这项延续近百年的陋规。为广东学政时，又因拒收棚费，差点与雷州知府翻脸，使人家到手的银子打了水漂。日后若有冒犯处，还望各位海涵。"

言毕，向众人一揖。夏继新等纷纷站起，赶紧还礼，不免说了些感谢教诲，一定唯命是从等场面上的话。

说话间，酒肴渐次上来，虽减去大半，也堆了满满一桌。众僚属一一敬李调元酒，李调元又一一回敬，到酒席散时，已近黄昏，众人坚持送李调元回官邸。

此前，夏继新见李调元未携家人，也无仆从，立即派了两个衙役去官邸，以供使唤。其中一个叫陈大华的，曾做过厨子，正好打理饮食。

李调元请众人各自还家，明日再于官署议事，却留下河道司大使汪文成，欲问治水事宜。

李调元将汪文成邀入书房，彼此落座。书房里，除了常备的文房用具，自然有一张书案，几把椅子，一张茶几，几架环壁而立的书橱。两个衙役，已将李调元带来的书放了上去。

时当二月初，乍暖还寒，太阳已经落下，屋子里一派阴冷。李调元把窗户关上，往手心里哈了口气，笑说："看来，通州比京城还冷。"

汪文成忙道："此时东风正紧，加之不如京城人烟繁密，确实更冷。"

说话间，陈大华恰好送来一盆炭火，另一个叫秦仁方的，提来一壶热茶，并两只茶盏。李调元大喜，笑道："这便是雪中送炭了！"

秦仁方斟好两盏茶，随陈大华退了出去。李调元的话十分直接，看着汪文成说："有关治水事宜，我已耳闻，但百思不解，特请汪大使指教。"

于是提了两个问题：第一，开渠引流，造湖吞吐，耗费巨大，最不可取，何故偏偏采用；第二，即使另开一渠，何故不从下游开挖，而偏要自源头下手。

汪文成却说，自己这个河道司大使，其实就是替道台跑跑腿，哪里知道实情。何况治水方略成于前，而河道司设于后。

汪文成甚至委婉提醒，谢朝宪已迁为都察院右都御史，又与大学士和珅往来密切。意思非常明确，招惹不起。李调元当然明白，河道司大使之类，并非常设，但却不曾裁撤，足见汪文成与谢朝宪颇有瓜葛，甚至可能是留在这里的眼线。自己的目的，当然不是要从汪文成嘴里听到实情，只是治水需要，还得靠他协助。

想了想，李调元说："皇上一再叮嘱，通州乃北运河起点，而白河乃其水源；水者，善则为利，恶则为害。因而治水乃通永道第一要务，实在不敢怠慢。至于前任作为，于我无涉，或功或罪，朝廷自有评判。既然皇命在身，务必尽忠尽责，故而请汪大使鼎力相助，不负天子之望。"

汪文成似乎松过一口气来，赶紧表态，诸如唯李道台之命是从，赴汤蹈火，在所不惜之类。李调元呵呵笑道："治水非将兵赴敌，无须以命相搏，不致如此。"

这话使汪文成愈觉轻松，言行举止也更加自如。李调元又问了些汪文成的私事，包括家乡何处及父母妻室等。

汪文成乃河南陈州人，与谢朝宪同乡，并一同中举。谢朝宪三试连捷，汪文成却止步会试，且屡试不第。后经谢朝宪推举，曾做过怀庆府幕宾。谢朝宪为通永道员，请旨治水，又举汪文成为河道司大使。来通州不久，汪文成买下一座庭院，将家小一并迁来。

说了些家长里短，李调元送走汪文成，草草洗漱，看了一阵书，便去睡房安歇。

第二天，李调元穿着一身簇新的常服，来到道台衙门时，夏继新、汪文成等早已候在这里。众目睽睽下，李调元登堂入座，说了一席必不可少的套话，便去官廨里坐下，叫来汪文成，说趁时候尚早，不如沿运河走一走。

汪文成赶紧答应，立即出来，忙着张罗。李调元则去官邸，换了一身便服，待其回来时，一乘官轿，四个轿夫，一队衙役已整整齐齐排在官衙里。李调元笑道："随便走走而已，不用如此排场，散了吧。"

汪文成却说："今日太阳极好，想必坚冰已化，出城后道路泥泞，不便步行。"

在汪文成的一再劝说下，李调元答应带上几个衙役，仍拒绝坐轿。

三

一行人步出通州城，走下一挂宽约十步的石阶，便是码头。石阶颇为沧桑，被来来往往的脚步踩得早已变形，有些凹凸不平。码头上一派空寂，几只货船泊在岸边，却不见装卸，亦无人看守，与想象中的繁忙大相径庭。

李调元止于码头上，抬眼望去，两岸一片枯索，一株株岸树，尚未抽芽，无不光枝秃叶；死去的苇草不存一息，全部委地，即使暖风吹拂，似乎也难活过来。太阳照耀下，郁结的冰霜正在化去，逸出缕缕水气，氤氲氲氲，漾起一派无边无际的薄雾。

雾气笼罩之下，河水清清浅浅，悠悠扬扬，有气无力。不用问，一定因为冬季水量大减，所以才断航。

李调元指着河水问："未必每至冬季，运河都会断航？"

汪文成忙道："去冬尤其寒冷，上游溪流封冻，水量小过常年，到这里时，几乎断流。不过，据当地人说，此类情形，堪称百年难遇。"

李调元明白过来，不再说话，沿河上行。路越走越窄，几乎彻底隐没在长长短短的荒草里。草叶上的霜彻底化去，地面湿漉漉一片，而一寸以下却仍是坚冰，故而格外湿滑。汪文成遂叫两个衙役搀扶李调元，以免摔倒。李调元不许，说家乡也有霜冻，太阳一晒，同样泥泞，老家人把这叫硬头滑。

一路走去，待太阳当顶时，那座千门万户的通州城，已被抛得远远的。这一带，两岸人家渐渐稀落，那些种在地里的小麦，已在立春前后经碾子碾过，待春雨来时，会再次生苗，并逐日丰茂。

岸边有一块难得的巨石，光滑而平整，石前是一棵似已死去的野柳，柳下便是河。水流至此，绕了一个弯，形成一片深潭。李调元止于石上，笑道："若所料不差，此处颇宜垂钓。"

一个随行的衙役接话说："大人说的是，等柳树都绿了，这里最好钓鱼。为了争到好钓位，总有人天不亮就跑来了。"

这个衙役姓郭，叫郭永怀，老家恰在对岸，未做官差时，农闲时节，偶来河边钓鱼。李调元有些意外，没想到自己身边就有住在河边的人，真是请神仙不如遇神仙，遂让郭永怀说一说这河的情形，尤其夏季是否危害一方。

郭永怀告诉他，每到雨季，各处的洪水涌入河里，免不了会有水灾。尤其难忘的，是他二十岁那年。那一年，他刚刚娶了媳妇，春天来得极早，刚到二月，这棵野柳就发了芽，麦子也醒过来，长势特别好，绿油油一片。到了仲夏，满地都是麦穗，齐齐崭崭，望不到头。几乎每天，他都带着自己新婚的媳妇，去自家那块地里看，剥开眼看将熟的麦粒，闻那股清香。某日，他仍旧在麦地里游荡，媳妇在麦垄间扯猪草，忽觉内急，就蹲在麦苗间方便。

刚走到地头，忽听一片哗哗的响声猝然而来。他并不当回事，以为是风。但那片响声越来越近，越来越急。当他觉出某种异常，抬头望去时，一股狂怒的洪水沿河而来，卷起层层浊浪。浊水越来越猛，如数不清的狂蛇，渐渐越过河岸。只在顷刻之间，一片连一片的麦地已被洪水吞没。出于本能，他不顾一切地向高处狂奔，当他奔到通向自家那座茅屋的石阶时，忽记起媳妇还蹲在麦地里。回头一看，已是一片黑色的汪洋，麦子、媳妇，俱无踪影。

李调元等暗自唏嘘，未料这个任人驱使的衙役，竟有如此惨痛的经历。过了好一阵，郭永怀说："那是山里下了一场暴雨，水才来得那么猛。不过，这种事也难得遇见，许多人一辈子都没见过。"

郭永怀望了望左右，又说："住在两岸的人，这河水既是福，也是祸。要是逢上连日大雨，洪水　定会翻过两岸，不要说庄稼，就连性命都不一定保得住。前些年，谢道台治水，两岸的居民，以为是做梦都不敢想的好事，既愿出力，又愿出钱。只可惜三年过去……"

汪文成猛地咳嗽起来，将郭永怀的话打断。李调元不动声色，只问："距谢道台选定的开渠引流处，还有多远？"

汪文成忙道："还远呢，至少不下十里。"

汪文成那几声不失时机的咳嗽，已把自己和谢朝宪暴露给了李调元。李调元望着上游说："走吧，去看看。"

汪文成不敢再说，只好随行。李调元也不出声，几个衙役更不好开口。这路便走得一如那些枯死的草木，近于无声无息。

渐渐望见一派宽广而绵长的狼藉，仿佛一幅笔墨有致的山水画，被人极其蛮横地泼了一瓢粪。

汪文成注意到，边走边望的李调元神情极其肃然，似乎那些化去的霜都到了他脸上。

终于走进了这派狼藉，李调元停下。这是一个向此岸荡开的河湾，开挖地点就选在此处。至今尚能看清，已然挖出的一道宽十余丈的缺口，缺口两边，残存两堵厚丈余的石墙。

李调元走近石墙，手脚并用爬了上去。汪文成也跟着爬上来，站在李调元身边。李调元沿着那道宽大的缺口望去，洪水留下的痕迹，仿佛一条被刻意掘毁的大道，绵绵延延，无际无涯，所到处，都是满满的泥沙和乱石。

不禁暗想，这哪里是开渠引流，分明为了把这绵延近百里的工地，交给那场几可预料的洪水！

一帮狗官，活该千刀万剐！

本欲发怒，忽忆起乾隆那些叮嘱，似觉那个深居皇宫的天子，早已料到自己将目睹怎样的情景，所以才说了那些话。于是忍住怒火，不发一言。

一旁的汪文成，神情惶惶，仿佛一个等待判决的囚徒。见李调元始终不语，遂指着脚下这堵石墙说："谢道台的本意，是要挖一条人工河，再于下游造湖，让洪水在湖中得到驯服，再引至天津以下，归入主河道。所以才在这里修几道水闸，由专人看守，若洪水大涨，即将几道闸全部升起，至少能分流一半。到秋冬季节，仅开一闸，以保证航运畅通。这个方案，照谢道台上奏的折子上说，是以西蜀都江堰为鉴，即所谓治水之要，堵不如疏。不仅工、户二部以为可行，皇上也做了御批。"

李调元点了点，笑说："呵呵，好主意，只可惜老天不给面子。"

说完这话，李调元沿石墙下来，拍了拍手，看着郭永怀问："你世居河岸，最知水情。以你所见，这河当如何治理？"

郭永怀满面惶惑，迟迟疑疑地说："小人愚笨，哪有这等本事，不敢乱说。"

李调元哈哈大笑，笑毕，举步回走。

回通州官邸，已近傍晚。夜饭后，李调元写下一道奏折——

臣通永道员李调元奏启陛下。臣奉恩旨，于某年某月某日已抵任所。因皇命在身，不敢懈怠，翌日即沿河踏勘，所幸已有治水之策，特呈于后，请陛下阅裁。

其策曰，调集辖内民夫，于冬季水落并农闲时节，淘低河床，以沙石堆高河岸，既可使容量大增，亦能使洪水不至破岸而漂屋没稼。

臣未仕时，曾游历都江堰，亦曾询知个中奥秘。所谓堵不如疏，开渠引流云云，仅为其表。堰成伊始，秦守李冰曾书六字于岸壁，即曰，深淘滩，低作堰。自此以来，每至冬季，流域各县，皆征民夫，依此之说，淘尽浮沙，掘尽淤积，名曰岁修。臣每闻此间邑人言曰，若无岁修，即无都江堰。足见谢朝宪者流，仅知其然，未知所以然。

本道衙役郭永怀者，世居运河左岸，曾因水患，妻亡家破。由此得知，两岸居人，愿狂水得治，胜于久旱之望甘霖，此臣可用也。

臣之所举，无须加拨库银，仅请任内三年，恩准免尽通永道赋税，使民欣然赴役，则治水有望矣。一旦工毕，可效都江堰，定例岁修，其资费，可以土地多寡抽取，如此，则永无祸患矣。

惜乎臣赴任时，已阳春二月，冰雪将融，春水将生，不能行此策。唯待今冬，溪河封冻，水量大减，方可施行。

臣求功心切，草草上奏，不免疏忽。此策是否可行，请陛下量裁。

不甚诚惶诚恐之至

臣李调元再拜

写毕，再润色一番，誊抄一遍。翌日一早，即付邮传，带给李鼎元，托其呈送内阁，以免耽误。但李调元等不及乾隆御批，且以为方略得当，一定获准。于是早早来至官署，嘱夏继新、汪文成等依职责各行其是，自己欲往各府、县走访，与知府、知县就治水事宜磋商，以便早做准备。

首欲访问的，是顺天府尹余凤山。顺天府虽属通永道，但因治所设于天子脚下，且京城及近郊各县，俱在治下，故与他处不同。自大清开国以来，顺天府尹皆由侍郎兼任。

李调元深知，若余凤山愿鼎力相助，治水之事当再无阻碍。依李调元吩咐，衙役郭永怀选了一匹骨力遒劲的官马，早早候在官衙外。

借这匹快马，不足两个时辰，已至京都。李调元于顺天府衙门外下马，将名帖递入。不一时，余凤山着三品顶戴，端步而出，却见李调元仅一身便服，不免有些诧异。李调元抱拳施礼道："通永道员李调元，来此拜会余府尹。"

余凤山为户部侍郎，领顺天府尹，正三品。李调元故意不着官服，不称侍郎之职，意在表明，你虽然官品高于我，但属通永道。余凤山何其精明，当然明白李调元的意思，忙还礼说："不知李道员来此，有失远迎，恕罪、恕罪！"

寒暄几句，余凤山邀李调元入官廨，看座上茶。余凤山笑问："李道员轻车简从，只身而来，不知有何见教？"

李调元伸出一指说："就一件事，治水。"

余凤山点了点头说："通永道所置，正在于固岸缮河，以利水运。然前道员谢朝宪，耗白银近四千万两，却无尺寸之功。若再兴此役，恐难获恩准。"

李调元笑道："根绝水患，非我之意，实乃天子之命。"

余凤山看了看李调元，又说："在下为户部侍郎，颇知国库虚实。近年来，修造频繁，叛乱四起，所耗之巨，几乎已到入不敷出的地步。即使天子有命，恐怕也难以筹集治水所需。"

李调元虽与余凤山无深交，但亦知其品性，其最大指望，不过欲屡获升迁，最好能跻身内阁。于是笑道："本官此行，实欲将治水功绩，拱手赠予余府尹，若余府尹不肯笑纳，岂不有负我一片美意？"

余凤山报以一笑，望着李调元说："李道员此话有趣，愿闻其详。"

李调元啜了一口茶，侃侃言道："通永道所辖，或白河所经，多为顺天府治下，若欲治水，一应征调，多在余府尹属地。若有成，即使本官，也无能与余府尹争功。"

余凤山端起茶盏，只饮茶，不再说话。李调元等了片刻，又说："若余府尹无意建功，本官只好求助通州、永平、蓟州诸府了。"

言至此，李调元恰到好处地站起，朝余凤山拱手道："多有搅扰，告辞。"

余凤山一怔，忙道："李道员何致如此匆匆？且请暂坐。本官尚不知如何治水，故不敢应。"

李调元复座，遂将策略详尽告知。并一再表示，待治水工毕，上奏请功时，一定将余凤山列为第一。

余凤山深知，朝廷再也拨不出库银，若李调元欲通过层层摊派，筹措费用，则有可能激起民怨，甚至可能引发民变。近些年来，因苛捐杂税屡增，引发叛乱日多，朝廷举兵弹压的同时，不免拿地方官问罪。自己作为顺天府尹，若因举措失度，致京都近郊骚乱，绝不是丢官那么简单，甚至可能招致杀头之祸。而如今李调元所欲，除了征调民夫，无须摊派资财，不会激起民怨。若李调元果然将自己列为第一，上奏请功，至少能官至尚书。于是答应下来，并邀李调元去酒肆饮宴。

四

酒足饭饱，李调元告辞，也不回梁家园，即往蓟州。他非常清楚，只要说服了余凤山这个三品大员，其他各府、县一定会纷纷响应。

果不出所料，包括蓟州、遵化、永平等各州、府，无不应命。至于各县，更是一片蚁从，唯恐落他人之后。

这一趟走下来，已是二十余日，不免人困马乏。回到通州时，马氏带着两个婢女，并一个姓王的厨娘，已先几日到了。李调元喜出望外，即命在此侍候的陈大华和秦仁方仍回衙听命。二人似乎有些失望，正要离去，马氏赶紧出来说："王嫂正煮夜饭，吃了再去吧。"

二人哪里敢在道员这里吃饭，道了一声谢，立刻便走。马氏让二人稍候，拿出两盒核桃糕，说自蜀中带来，要他们拿回去尝尝。二人虽谢不绝口，仍不敢领受。李调元将糕拿过，递与二人，笑说："我家夫人最讲礼数，不像我，一惯大大咧咧。"

二人不好再推，接过，一连称谢，施礼去了。待二人出门，马氏看着李调元问："我何时成了你的夫人了？"

李调元伸手往她腮上轻轻一揪说："在我眼里，你就是夫人。"

马氏脸一红，正要说话，李调元却松了手，抬脚便往书房去。马氏忙道："一身都是风尘，还不换下来。"

遂叫婢女芸儿将已经洗过的常服拿来。李调元只好止步，脱下外袍，换上芸儿拿来的那件。立时闻到缕缕清香，知是马氏用香薰过。

一进门，不由心里一热。书房显然被仔细收拾过，那些放在箱子里尚未来得及整理的书稿，已整整齐齐码在了书架上。

书房不但十分整洁，案上还多了一只花瓶，插着几枝已然泛绿的柳枝。李调元平生所爱，唯柳与蜡梅，不用问，一定是马氏亲手所折。

正顾盼之间，马氏捧着一壶热茶并一只茶盏进来，搁在几上，要为李调元斟茶。李调元忽然过去，一把将她搂入怀里，轻声说："一别数月，越发惹人怜爱了。"

马氏忙道："快快松手，芸儿要送茶点过来！"

李调元尚未把手松开，芸儿已经低头进来，手里是一个碟子，装着几片桃糕和几枚去核的红枣。李调元回座，望着那只碟子问："可是老家院子里那棵枣树结的？"

马氏刚斟好茶，瞅了他一眼说："就是呢，谭元把一切都照顾得好，去年九月，待枣红透了，才摘下来，不仅去了核，还浸了蜜，特意留了些，给你带来。"

李谭元是李调元胞弟，屡试不第，渐渐冷了那份心，留在老家，一边打理家业，一边应一家书院之邀，在那里任教。

李调元拈起一枚，喂入嘴里，一边咀嚼一边称赞："好，很好！家山万里，尽在其中！"

芸儿正要出去，李调元忽问："香儿呢，何故不见？"

芸儿瞅一眼马氏，答道："香儿路上染了风寒，还需将息。"

李调元哦了一声，又问："问过诊了吗？"

马氏说："那还用说，吃了一剂药，已大有起色。我怕有反复，叫她再养几天。"

芸儿、香儿，正是李调元应邀往马秉禹家题诗新楼，早早候于楼栏的两个绿衣女子，本是马氏的贴身丫鬟。马氏嫁李调元为妾，芸儿、香儿也陪嫁过来。

几年过去，芸儿、香儿已长大成人，也越发俏丽。

不一时，王嫂来书房门口，说晚饭好了。

王嫂本姓梁，自湖北逃荒，辗转去了罗江。当时李调元之父李化楠于家候缺，为知县所邀，去县城饮酒。乘月还家时，遇上饿倒路旁的王嫂，即命随行家仆救起，带回家去，资以饮食。清醒过来的王嫂，见李家富足，愿留下为婢。李化楠知其未嫁，而佃户王应祥三十未娶，遂出面做媒，成就了一段姻缘。不料仅一年过去，王应祥死于肺痨。王嫂尚无一男半女，却不愿再嫁，仍去李家为仆。吴夫人可怜她新寡，让她去厨房打打下手，几年下来，竟做得一手好菜。

毫无疑问，这顿饭是地道的家乡味，李调元吃得格外酣畅。尚未下席，留值官署的夏继新就来敲门，说通州知府孟宁甫前来拜会，在官署恭候。

李调元让夏继新请其来官邸，自己则换上顶戴，去客厅里等候。不一时，听见孟宁甫的声音响起：“哎呀，得知李道台履任通永，下官曾数来拜会，未料李道台外出察访，不得一见。”

李调元遂去厅堂外迎接，已至阶下的孟宁甫望见，赶紧一揖，又说：“刚刚得知李道台回来，风尘未洗，下官即来搅扰，万望恕罪！”

李调元拱手还礼，笑道：“实因事务紧急，不及拜会，望孟知府勿怪。”

彼此客气一番，遂入室就座。芸儿送上两盏茶来，放在二人面前。有关治水事宜，孟宁甫已有风闻，而李调元舍近求远，故而深恐自己落于他人之后，于是曾数次来官署拜访，却总不见李调元回衙，只好嘱托夏继新，若李道台回来，烦请通报。

话题很快转到治水事上，李调元只粗略说了自己的构想，孟宁甫随即站起，言辞恳切地说了一番话，意思是，通州为运河首善之区，理当尽心竭力，即使无他府他县相助，也不惜举一府之力，使李调元的构想得以实现。

二人就此说了许多，而孟宁甫并无去意。李调元遂请王嫂温一壶酒，炒几样菜，送去书房，欲邀孟宁甫同饮。

孟宁甫并不推辞，二人遂离客堂，往书房坐下。三杯酒后，孟宁甫却说：“此处别无他人，且容下官说几句题外话。”

李调元立即明白，此人所以滞留不去，原来别有意思。于是笑道：“李某生性痛快，不喜委婉。无论何事，请孟知府直言。”

孟宁甫却举起酒杯说：“容我借花献佛，再敬一杯酒。”

两只酒杯相碰，各自饮下。孟宁甫却欲言又止，似乎说不出口。李调元又道："孟知府既有话说，何故再三沉吟？"

孟宁甫却说："我与李道台虽无交往，但李道台之大名，早已如雷灌耳。且素来仰慕李道台之才，恨不得牵马坠镫，追随左右。"

李调元不禁有些生厌，但不能表露，只笑道："如今彼此于一地为官，还需坦诚相见为好。"

孟宁甫忙道："是是是，李道台说得极是。正因为此，下官才想把近日听见的话，禀告李道台。"

说到这里，抬眼看了看李调元，见其两手抱在胸前，背靠在椅子里，明显等得有些不耐烦。于是才说："是这样，下官前日去京城，拜会内阁首席大学士和珅大人，听他说了一席话。"

又停下，再望了望李调元。见李调元不露声色，正一动不动望着自己，孟宁甫咳嗽一声，有些尴尬地说："下官拜见和大人，并非攀附，也属无奈。如今和大学士深受天子宠幸，权倾一朝，实在得罪不起。"

李调元见他始终不及正题，只好问："不知和珅究竟所说何事？"

孟宁甫似乎等的就是这话，遂说："直隶总督袁守侗，参了原通永道员谢朝宪一本，指其借开渠引流、造湖吞吐为名，伙同朝中大员，贪没巨款，请予查办。和大人的意思是，袁总督根本看不清风向，谢朝宪所请，包括开渠、造湖，并全线同时开工等，皆是天子御批。若要查办，岂不查到天子头上了？幸好袁总督或有所悟，并未催问，否则，他那个总督的顶戴，恐怕已经到别人头上了！"

李调元顿时明白，孟宁甫急于求见，且滞留不去，就是为了把这话说给自己。那么，是谁让他说这些话？是谢朝宪，还是另有其人？

他把和珅搬出来，难道开渠引流、造湖吞吐的背后，有和珅的影子？照说，谢朝宪虽为都察院右都御史，但袁守侗身为堂堂总督，既有参奏，即使权势如天的和珅，也无力阻碍。难道这一切，真与皇帝有关？

想了一阵，心里已有主意。作为通永道员，第一要务，是那条始于辖区的运河，既要畅通，又不能使之为害。那就不管其他，治水要紧。

于是李调元对颇有来历的孟宁甫说："道员任期不过三年。本官别无所求，更不管任何人的闲事，只要能在任内根绝水患，已该谢天谢地了。"

孟宁甫似乎相当满意，又敬了几杯酒，总算起身告辞。

卧室里灯红火热，马氏靠在床头，捧着一卷手稿，认真阅读。那是李调元花了数十年心血，编纂的一部汇集巴蜀典藏的鸿篇巨制，上及魏晋，下至今世，录入之广，凡一百六十余种，共八百余卷。

运至京城的手稿，也包括这部巨著，意在闲暇之余，再予校对。

见李调元推门进来，马氏赶紧合上手稿，搁在床边条桌上。李调元一边闩门，一边笑道："夫人挑灯夜读，实在难得。"

马氏捋着额前的头发说："这是你从广东带回的手稿，近水楼台，先睹为快。"

李调元走近床前，望着马氏，一脸认真地说："叫你来任上，就两件正经事，一是替我校对书稿。"

说到这里，忽然打住，匆匆剥下外衣，偎上床去，一把将马氏搂入怀里。马氏将他推开，似嗔似怨地望着他说："还有第二件呢？"

李调元将手一松，坐得端端正正，一本正经地说："这第二件嘛，更要紧，抓住机会，生儿育女。"

马氏握起一只粉拳，打在李调元肩上说："你个不正经的家伙，都快五十岁了，还这么坏！"

李调元将那手抓住，将她拖过来，双双倒在枕上。马氏扬起头，要吹灯。李调元一把将她的嘴蒙住，龇牙一笑说："许你挑灯夜读，就不许我挑灯夜战？"

马氏不再出声，如春雨中的梨花，已然娇弱无力。

五

一番缱绻，如风如雨。二人并无睡意，嘴里的话，如春江之水，随心任意。马氏忽然想起一件家事，说是吴太夫人和李朝础的意思，要李调元做主。

那座远在故乡的老宅，由李调元祖父李文彩始建。李文彩膝下三子，最爱的是长子李化楠。李化楠也不负所望，三试俱捷，获誉罗江第一名士。

李文彩谢世前，特将次子李化梗、李化樟并李化楠叫来榻前，将一纸遗言留给他们。照其所嘱，李化梗、李化樟即分门别户，各自另筑一宅，祖屋遂由李化楠居住。

李化楠于家候缺时，将此宅翻修一新，并予扩建。那时，李调元刚于县试夺魁，在家苦读，欲赴乡试。李化楠欲给这座宅院命名，每想起一个，便写在纸上，一连写了十几个，都不甚满意。恰此时，李调元找父亲解惑。李化楠见其进来，一把将那张纸抓起，揉成一团，望着李调元说："给你个题目，为这座宅院起个名字吧。"

李调元随口应道："就叫醒园吧，取屈灵均《渔父》句，众人皆醉我独醒，岂不上佳？"

李化楠略一思忖，点头说："嗯，尚可。"

又命李调元题写。李调元展纸提笔，写下了两个端稳沉着的大字。

如今，醒园由李调元、李谭元共居。李谭元娶有一妻四妾，子嗣众多，那座巨宅不再宽敞，加之李调元二十余口一并还乡，更显得有些窄迫。李谭元遂请继母吴夫人做主，欲另卜一地，别建一宅，自己一家搬出去居住。吴夫人却说："照你父亲的意思，这座宅子是留给你的。但兹事体大，而李羹堂为长，还是由他做主吧。"

先父的意思，李调元当然知道，听了这话，想了一阵，问马氏："不知这些年，家里有多少存钱？"

马氏说："包括历年田租，并商铺租金，总计一万多两银子。"

李调元翻身坐起，两眼直视马氏，愣了片刻，才惊诧地说："一万多两银子，简直称得上巨富了！"

马氏嗔道："你看你，惊风失火的，吓人一跳！还不快躺下，谨防着凉！"

说着，将被褥撩开。李调元钻回去，马氏赶紧替他掖好被子。李调元略一思索，扳住她肩头说："这样，明天，你代我写一封家书，告诉李朝础，叫他在自家地界上找一块好地，依醒园的格局，另造一宅。我们一家子搬出去，把老宅让给谭元。"

话越说越多，几乎说了一个通宵。李调元真正上心的，是自己上的那道奏折。掐指算来，已近一月，尚不见御批，一定出了问题。

自李调元因太监索贿大闹宫门之后，乾隆御旨，官员上奏，不再经太监转呈，但需先呈送内阁审阅，若内阁以为所奏不宜，则无须上呈皇帝。

　　李调元坐不住，不待天明，即收拾上路，骑上一匹官马，驰往京城。至梁家园时，恰遇李鼎元穿戴整齐走出门来，欲往内阁点卯应差。李调元翻身下马，只问那份奏折。李鼎元忙说，接到邮传，即依所嘱，亲手交给内阁首席大学士和珅。但是否择出上呈，不得而知，也不便询问。

　　李调元当然明白，李鼎元虽在内阁，却不过一个从七品中书，与和珅这个首席大学士哪里说得上话。当即决定，与李鼎元同去内阁，会会和珅。遂将那匹官马系在院子里，与李鼎元并肩而往。

　　到了东华门外，那些分属军机处和内阁的官员，赶着进去点卯，一溜数百人，直接排到金水桥外。

　　两个太监并十多个一身戎装的宫卒，分列门口，对这些人一一搜身，如临大敌。

　　轮到李调元时，太监却不准进，说大清规制，五品以上官员，须自午门出入。李调元无奈，只好往午门去。值守午门的太监亦不准进，说文武百官，无召不得入宫。李调元赶紧解释，说有要事需去内阁，并非求见皇帝。太监不听，只说不敢擅自做主。李调元两眼一瞪，斥道："那请你立即转奏天子，勿把内阁设在皇宫里！"

　　太监素知李调元脾性及名声，不敢强逼，只好放他进去。

　　内阁设在午门一侧，此时，李鼎元等近两百人，正排在门外。面向众人的，是一个年约四十的内阁学士，手捧簿册，依次点名。

　　李调元只好远远止步，待点卯完毕，才不紧不慢过去。此时，内阁官员各依职事，已经忙了起来。李调元与一众学士都很熟，打过招呼，即表明来意。一个学士却说，首席大学士尚未来此，一般先去军机处办事，事毕才会过来。

　　和珅身兼军机处领班大臣，其显贵，天子之下，唯此一人。军机处设在养心殿一侧，与皇帝所居左近，乃大清权力中枢，完全等于禁地。李调元虽历来任性，亦不敢擅往，只好耐心等候。

　　约一个时辰后，忽听一个人说："来了！"

　　正忙于事务的僚属们纷纷站起，气氛顿时肃然。远远坐于大厅一侧的李调元明白，来的一定是和珅。

和珅穿着正一品冠服，迈着方步进来。僚属们站得端端正正，几乎不敢呼吸，大厅里一片死寂。李调元仍坐着不动，像一个旁观者。和珅立在门内，两眼扫视一番，神情冷漠地说："忙吧。"

僚属们似乎松过一口气来，继续繁忙。和珅似未看见李调元，在几个学士的陪同下，往大厅一侧的执事房去。李调元这才站起，向和珅远远一揖说："通永道员李调元，拜见首席大学士。"

和珅停了下来，转向李调元这边，先皱了皱眉，随即笑道："哦，原来是李雨村，来此何事？"

李调元快步过去，边走边说："所谓无事不登三宝殿，无缘不来凤凰台。"

和珅已经进了自己的执事房，似未听见。李调元不管，也往门里跟去。几个学士止于门口，向李调元点了点头，各归其位去了。

执事房相当宽敞，其摆设之华丽，不必细言。最使李调元诧异的，是立在座椅一侧的那棵玉树，通体高约三尺，躯干遒劲，枝叶繁茂，形如虬龙。其雕镂之精，堪称极天下之工。尤其玉质，通透洁白，如脂如膏，不用细看，一定出自昆仑山。

一个身着正七品冠服的青年官员，将刚刚煮好的茶，捧到和珅面前，斟上一盏，躬身退下。李调元不等和珅出声，即往一旁坐下，望着已将茶盏拿在手里的和珅说："敢问大学士，下官上的那道有关治水事宜的奏折，不知下落如何？"

和珅抿了一口茶，咂了咂嘴说："哦，看过了，只是近来军国大事颇多，一件比一件要紧，故此还未上呈。"

李调元点了点头，心里忽然一动，笑道："其实，我也不急，急的应是谢朝宪，虽已满任，且擢迁都察院右都御史，但如此大的烂摊子仍摆在那里，若不把屁股擦干净，终非好事。"

和珅正拿起茶壶要斟茶，听见这话，一怔，将茶壶放下，微微一笑，看着李调元说："开渠引流，造湖吞吐，包括全线动工，虽为谢朝宪奏请，但有皇上御批，试问谢朝宪何辜？"

李调元立即站起，朝和珅拱手说："只怪我自作多情，告辞！"

和珅忙道："羹堂兄既来之，有话请讲，何必急切？"

就凭和珅的反应，李调元已然料定，那几千万两打了水漂的银子，一定与他有涉。自觉已经吃定了这个不可一世的权臣，于是复座。和珅摸出一只碧玉茶盏，斟了一盏茶，亲手递来。李调元起身接过，回座，抿了一口，咂了咂嘴说："我之所以上了那道奏折，只想替谢都御史把心头之患了结，此外别无他意。"

和珅却不接话，只问："羹堂兄见多识广，博知今古，以为此茶如何？"

李调元笑道："此茶清芬如兰，滋味丰实，一山一水，尽在其间。应出自闽南，且与当年蔡君谟手制小团茶遗风相承，实在不可多得。"

和珅呵呵笑道："好个李雨村，真不愧当今名士。西蜀亦是产茶圣地，自李唐以来，贵为贡品。不知雨村家山，是否亦有此等风物？"

李调元再啜一口，说："蜀人制茶，以本朴自然为要，不喜大费功夫，其滋味清新绵长，终日绕齿，令人欲罢不能。二者相比，犹如西子与文姬，或轻纱逐水，或胡笳弄雪，各尽其妙，并无优劣之分。"

和珅表现得一本正经，一直看着李调元，待其说完，再问："以羹堂所见，何为轻纱逐水，何为胡笳弄雪？"

李调元只好答道："建茶一入口，其美妙即在唇齿间荡漾，但失之短暂，仿佛轻纱离水；蜀茶妙在回味，虽弃饮半日，一吞一咽，仍是清香，犹若笳声虽尽，而余音未绝。"

和珅就茶说了好一阵，始终不言及那份奏折。李调元暗自感慨，这家伙所以如鱼得水，原来极善与人周旋，此等功夫，实在冠绝一时。

李调元终于忍不住，遂朝和珅再次拱手说："皇上点我为通永道员，其旨主要在于治水。那份奏折，也是依皇上的意思所拟定。望大学士早日上呈，以免下官悬望。"

和珅点头笑道："诚如所言，通永道乃运河之始，疏浚水道，确保航运，乃第一要务。这样吧，你且回去，我今日即将奏折上呈，三日之内，必有御批。"

李调元也不多说，告辞出来，径回梁家园。本欲解马即走，却耐不住李骥元一再挽留，只好吃了几杯酒，用过午饭才回通州。

果如和珅所说，仅过了两天，乾隆的御批就由驿传送来通州。李调元正欲带上御批，去保州拜会直隶总督袁守侗，忽接邸抄，袁守侗丁母忧，已去官回乡，其职由湖广总督郑大进接任。

六

郑大进乃广东潮州人，乾隆元年（1736）进士，曾履任浙江按察使、贵州布政使、河南及湖北巡抚，署湖广总督。李调元任广东学政时，主持潮州府试，其中一个考生，恰是郑大进外甥。潮州知府特意告知李调元，请予照看。

李调元最恨这一套，冷笑道："各级选试，旨在择优，虽王子王孙，亦当无欺。"

结果，郑大进的外甥落榜。知府恨李调元不近人情，遂鼓动那个外甥写信给郑大进，污称李调元徇私舞弊，应试考生，若无贿赂，不论贵贱，皆不予点选。

郑大进接到此信，不免震怒，但久经仕宦，养成了谨慎而沉稳的习性，遂写信给时任广东巡抚杨景素，询问潮州府试，并索要上榜名录。杨景素颇知郑大进用意，将此信交给李调元。李调元阅毕大怒，两眼如炬，瞪着杨景素说："且告诉郑总督，李调元上不欺天，下不欺人，若其有疑，尽管参奏！"

并要求杨景素将这些话一字不漏写在回信上。郑大进接到回信，不免惶恐。自己多年外放为官，虽未曾与李调元谋面，但其曾扭着内掌太监高从文面圣的惊人之举，当然有所耳闻。于是亲笔给李调元写了一封信，极尽谦卑，表示道歉。

李调元正要往保州拜会新任总督郑大进，郑大进忽遣僚属来此，称不日将来通州巡察。于是止而不往。

通州知府孟宁甫匆匆来拜，请教如何迎接新任总督。李调元笑问："以孟使君之意，当如何迎候？"

孟宁甫说："一应官员，出城十里迎候，这是常礼。此外，城里城外，皆需洒扫一新；管弦歌吹，也必不可少；最要紧的，是守住所经之路，以免有人跳出来喊冤叫屈。"

李调元点了点头说:"扫除污秽,乃日常之举,即使郑总督不来,亦该如此。管弦歌吹,就大可不必了,既非送葬,亦非迎亲,若如此,岂不怪诞?迎候自然少不了,但本官历来不屑于此,孟使君尽管去好了,与我无涉。至于守住道路,免使人拦路喊冤,尤其可笑。既然公正清廉,不兴冤狱,孟使君何惧?"

孟宁甫不免窘迫,也不便多说,告辞而去。

三天后,郑大进乘一辆八抬官轿,布政使、按察使、提督等亦乘六抬官轿。随行数百人,前呼后拥,吆吆喝喝,浩荡而来。

孟宁甫率所有僚属,早早恭候于十里长亭之外,并备有几壶美酒、若干菜肴,都摆在长亭里,意在接风。

走在前面的,是一个鸣锣开道的衙役,背后也是两排衙役,俱着皂衣,举着几面回避字样的牌子。官轿最后,是两队并行的士卒,人人带刀持枪,无不威风凛凛。

孟宁甫听见锣声渐近,抬头一望,见已在百步开外,忙朝僚属叫道:"跪下!"

一府官吏,立即跪地,不敢抬头。过了好一阵,忽听那个执锣的衙役拖长声音喊道:"直隶总督来通州巡察,道、府官员,上来跪迎!"

孟宁甫抬眼一瞅,见几乘官轿停在了五十步外,并不过来,赶紧爬起,躬身前行,在距那些官轿约十步处停下,再次跪地,扬声叫道:"通州知府孟宁甫,恭率同僚,迎候总督大人!"

无人回应。布政使、按察使等已经下轿,一齐走向那乘八抬大轿,争相撩起轿帘,将年过七旬的郑大进扶出来。

郑大进看了看伏在地上的孟宁甫等,吩咐道:"让他们起来。"

布政使忙道:"起来吧!"

孟宁甫等人起身,弯腰垂首,分列道旁。郑大进见来此迎候的官员,只孟宁甫着从四品顶戴,其余品次皆低,已知李调元不在其中。

孟宁甫见郑大进等人仍不前行,忙拱手施礼说:"下官特意备下一壶浊酒,几样凉菜,为总督大人一行接风,万望赏光!"

郑大进扫了孟宁甫一眼,一挥手说:"不必了。"转身钻入轿里。

布政使等也纷纷登轿。那个衙役随即敲响那面铜锣，放声高叫："直隶总督巡察到此，挡道者罚！"

孟宁甫赶紧率僚属走在最前面，欲将郑大进等引入通州府衙。那里不仅洒扫一新，还张灯结彩，且备了许多等待馈赠的礼品，并预定了几桌上好的酒席。不料进城之后，郑大进传出话来，直接去通永道署，并令孟宁甫不必随行。孟宁甫深感遗憾，却不便说话，只眼睁睁望着几乘官轿，沉沉浮浮走过街衢，往李调元的官署去了。

今日一早，河道司大使汪文成、库大使夏继新等穿戴得分外齐整，欲随李调元出城，迎候新任总督。李调元按时来到官署，将汪文成、夏继新等叫去官廨，只照各自职责，分派事务，只字不提迎候。夏继新不免提醒说，依照既定行程，新任总督将于今日午后来通州，孟知府已率僚属出城，想必已到长亭。

李调元看了几人一眼，一脸正色地说："我所恨者，此等俗例也。况我为天子之臣，非他人私仆，何必卑躬屈膝，远道迎候！"

众人岂敢多说，各自出来忙于事务去了。此前，李调元曾吩咐汪文成，重新丈量所属运河长度，并以各府、县人口多寡为据，划分河段，以便冬季开工。昨日，汪文成已将图文一并送来，请李调元审看。

李调元气定神闲，于官廨里认真翻阅。不由感叹，汪文成真算不可多得的能吏，其丈量分派，精细无比，几乎面面俱到。

正午，李调元回官邸午饭，饭毕，仍去官廨审看。恰此时，衙役陈大华匆匆来报，说总督大人一行已到官署外。李调元这才理衣整冠，走出衙门。

几乘官轿恰好歇在衙门外，郑大进等纷纷下轿。李调元远远站下，拱手一揖，朗声说："通永道员李调元，恭迎郑总督一行！"

郑大进抬眼一望，见李调元不卑不亢站在那里，不由眉头一皱。布政使厉声喝道："堂堂直隶总督，乃一品大员，尔等何不跪迎？"

李调元放下两手，直视布政使，冷笑道："所谓跪迎，不知出于何律何典，请赐教！"

布政使立即语塞，明显下不了台，气氛顿时尴尬。郑大进毕竟久经宦途，见多识广，立即笑道："不必多礼、不必多礼。"便率先走上前去，向李调元拱手还礼，客客气气地说，"多有搅扰、多有搅扰。"

李调元笑道："总督大人随行如此之众,大出下官所料。官署狭窄,实在难以容纳,失礼之处,望能海涵。"

郑大进只好命衙役、士卒及轿夫,都在官署外等候,仅率布政使、按察使、提督等随李调元进去。

李调元将郑大进等领入官廨,一一请坐,遂问:"时已午后,不知各位大人是否用过午饭?"

郑大进等不禁有些瞠目结舌,何承想到,李调元竟连午饭都不曾准备。郑大进愈知李调元非庸官俗吏,不屑常例,只好如实相告:"我等一早发自顺天府,一路行来,几乎未曾稍息,故而尚未用午饭。"

李调元拱手说:"诸位大人一心为公,废寝忘食,实乃我辈楷模。然历任通永道员,无不寅吃卯粮,尤其谢都御史履任本道时,因开渠引流、造湖吞吐,消耗更甚。下官接任后方知,库银罄尽,几乎不余分文。而我身无余财,虽此心如玉,奈何囊中羞涩。且容我吩咐家人,备几样菜蔬,一壶浊酒,送来此处,聊以果腹。"

言毕,朝郑大进等一揖,走出门去。官廨里一时沉寂。布政使看了看几人,向郑大进拱手说:"李调元如此无礼,实在可恶!"

郑大进摆了摆手说:"此言非也,李调元节若劲竹,质如冰梅,其言其行,令人敬佩。其实,老夫亦恨种种恶俗,但终不敢奋起。多年来随波逐流,熟视无睹,面对李调元,实在汗颜。"

郑大进如此说,其他人岂能多言。不一时,李调元复回,两个衙役也随之进来,给郑大进等献茶。李调元又拱手说:"至于随从,下官已命库大使领去街衢,委屈委屈,好歹吃一顿浆水面,管饱。"

郑大进笑问:"这面钱,也是李道员自掏腰包?"

李调元拱手答道:"自然如是,总督大人的随从,总不能让他们倚仗官势,出去骗吃骗喝吧!"

这话说得郑大进呵呵大笑,布政使等也跟着笑,气氛松弛下来。说笑一阵,李调元将乾隆御批,并汪文成拟定的河段划分及说明,一并呈给郑大进。

郑大进一一看过,抬头说:"老夫履任直隶前,依规制入宫,请皇上训示。皇上一再告诫,通永道已拟定疏浚运河方略,嘱我鼎力相助。老夫一路行来,所过府县，俱称已受李道员之命，均做好冬季动工之备。不料李道员未雨绸缪，已将河段划分得如此之细，实在难能可贵。足见皇上用人英明，而根绝水患，指日可待矣！"

言毕，竟向李调元躬身一礼。李调元一怔，慌忙还礼。布政使等，见郑大进对李调元如此礼待，也一一表示致敬。

十几个衙役将酒菜送来，就此摆开，李调元请郑大进等用餐。酒买自街衢，菜却尽是川味，又麻又辣，吃得郑大进等满脸冒汗，唏嘘不已。

郑大进不禁笑问："菜肴如此火辣，未必潮州府试，李羹堂至今未曾释怀？"

布政使等不知其中过节，无不望着李调元，人人一脸疑惑。李调元却一脸正色，朝郑大进一揖说："李调元耿介无礼，然郑总督从善如流，可敬可慕。至于麻辣，实不相瞒，乃我特意嘱咐厨娘，尽量施放，否则，若不够吃，岂不又要耗我许多薪俸？"

这话，说得郑大进等不禁喷饭，继而笑得前仰后合。李调元当然知道，这笑，不免有些故意，有些做作。

笑毕，郑大进赞道："李道员之坦荡，实乃老夫平生仅见！"

接下来，郑大进将潮州府试前前后后，一一道来。布政使等不免纷纷赞扬。

酒饭既毕，郑大进请布政使等出去，称有几句话，要单独跟李道员说。待几人出门，郑大进沉吟片刻说："实不相瞒，老夫自赴任以来，时有风闻，说谢都御史任职通永道时，以开渠引流、造湖吞吐为由，贪没官银至少不下三千万两！不知羹堂是否亦有所闻？"

李调元与郑大进素无交往，不知底细，更不知此话用意。于是正色道："下官一心只在运河，至于前任是清是浊，实在无心过问。"

郑大进亦知李调元对自己并不信任，点了点头，又说，"羹堂凡有所为，老夫必定竭力相助。"说到这里打住，看着李调元，见其只向自己拱手称谢，并不应和，又说，"老夫虽赴任不久，但已知直隶官员，大多乃曲意逢迎之辈，如羹堂之刚直者，实在罕有其人。日后诸事，尤其整肃贪腐，还望羹堂多多出力。"

李调元亦知官场险恶，不便多说，只说了些司空见惯的套话。郑大进似乎有些失望，最后说："天色不早，请李道员带我等去运河看看。"

于是李调元令汪文成随行，陪同郑大进等再往河岸。

七

一个期待已久的冬季终于来了。按照计划，李调元会同通州知府孟宁甫，率先调集民夫一万余，于冬至前，照事先划分，往河道里铺开。其余府、县也相继响应，数万民夫，纷至沓来。一场疏浚运河，以防水患的浩大工程，就这样拉开序幕。

李调元只留库大使夏继新于官署值守，其余人等全部随自己下河，与民夫一起淘沙掘石。消息传开，各府、县官员也不敢怠慢，纷纷效法。即使贵为总督的郑大进，也率布政使、按察使、提督、学政等赶来劳作。虽只是做做样子，但其效应实在不可估量。民夫们受此鼓舞，更是起早贪黑，不惜竭尽全力。

辖内有钱人家，得知此情，无不慷慨解囊，每日买来许多酒肉菜米，雇请厨子，沿两岸埋锅造饭，以供饮食。

依河道司大使汪文成所拟方案，开工伊始，先将流量大减的河水导入右侧，使左侧河床裸出；待掘尽左侧沙石，再将河水导入左侧。如此，既有利工程，又不碍冬季船运。

根据测算，疏浚工程将于腊月底结束，因官员们极其罕见地率先垂范，竟在腊月初全线毕工。

欣喜若狂的李调元叫上汪文成，二人各骑一匹官马，沿刚刚垒成并经夯筑的河岸，上下走了一遍。所到处，不仅淤塞尽除，河岸也足足高了数尺。

翌日傍晚，二人驰还通州码头，并马而立。李调元望着一条顺水而下的客船，问汪文成："汪大使来通永道任职已数载，比我熟悉水情。假如今夏洪水大发，能不为害否？"

汪文成亦看着那条被夕晖浸透的客船，不无欣然地说："经全线疏浚之后，容量倍于之前，虽洪水百年不遇，亦当无害。此外，经全面淘洗，航道深浅均匀，了无阻碍，虽腊月水少，亦可行船。"

李调元点头一笑，忽指汪文成说："此番疏浚，汪大使必居头功！"

汪文成满面惶惶，忙道："身为河道司大使，一切俱在分内。若论疏浚之功，李道台不仅首肇其端，还亲身垂范，四十余日，未暇一刻，若不居首，天理不容！"

李调元掉转马头，猛加一鞭，头也不回地说："日后，汪大使必知李某用心！"

汪文成一愣，似觉李调元话中有话，却不知所指。

这些天来，李调元每每早出夜归，一应家事几乎毫不在意，甚至顾不上跟马氏亲热。

见李调元满面春风回到官邸，马氏立即吩咐王嫂做几样好菜，温一壶好酒，予以犒劳。

疏浚毕工那日，菜已备下，只待李调元回来。一阵忙碌，王嫂端上桌的，是一钵干辣椒烧鸭，一碟干蒸腊肉，一钵芸豆炖老母鸡，外加两道时蔬，都是李调元的至爱。王嫂却说，此地不产辣椒，更无腊肉，都是从老家带来的。吃了这一顿，再无下顿了。

李调元笑道："入乡随俗吧，况我久居京城，习惯了此间风味，无妨。"

说话间，李调元见仅摆了一只酒杯，且芸儿、香儿也不见上桌，就拿筷子敲着桌沿说："夫人竟忍心让我独饮，芸儿、香儿也不来作陪。"

马氏赶紧叫道："芸儿、香儿，都来陪老爷吃饭！"

两个女子袅袅婷婷走来，往桌边坐下。李调元盯着二人，点了点头说："这段日子没怎么留意，芸儿、香儿越发秀色可餐了。"

马氏看了看李调元并两个女子，一噘嘴说："听你这意思，未必有心摘花？"

李调元忙道："岂敢、岂敢，说说而已嘛！"

两个女子羞得满面飞红，低头不语。马氏看着芸儿说："替老爷斟酒吧，多灌他几杯，免得满嘴里胡说。"

芸儿拿起酒壶，要斟酒。李调元忙把酒杯捂住，看着马氏说："运河疏浚完工，了却了一件大事，实在可喜。夫人不陪我痛饮一番，哪里说得过去？"

王嫂并芸儿、香儿相互一笑，不说话。马氏看着王嫂说："王嫂，告诉他吧。"

王嫂遂向李调元贺喜，说夫人已经有身孕了，都快三个月了。李调元两眼圆睁，看了马氏一阵，轻声问："真的?"

马氏热热切切飞了他一眼，带着三分羞七分喜，虽不出声，已不言自明。李调元一拍桌沿说："这是双喜临门，活该一醉! 王嫂，再拿三只杯子来。你和芸儿、香儿，一起陪我痛饮!"

这酒喝到二更时分，芸儿、香儿早已醉颜如花，王嫂也一再推辞，连说喝不得了。

照马氏吩咐，芸儿、香儿已在书房里插了两瓶蜡梅，并为李调元另设一榻。李调元却不愿去榻上睡，一定要跟马氏同床共枕。马氏不肯，说："此前怀过两胎，都流了产，就因随了你。"李调元信誓旦旦，说只老老实实睡觉，绝不动你一根寒毛。马氏被逼急了，叹了口气说："自从做你的女人那天起，我就知道，自古才子多风流，并非传说。这样吧，芸儿、香儿也成人了，都对你有意，你也喜欢她们。不如就随你的意，收一个也行，两个都收了也行。"

李调元哪里敢应，忙说："好好好，我这就去书房里睡。"

书房里梅香盈盈，令人心驰神荡，加之马氏有孕，实在欣喜过望，简直无半点倦意。

李调元曾先后纳有四妾，然十数年间，相继亡故，唯马氏尚在，且堪称至爱。马氏身后有嗣，是他一大心愿。

李调元兴奋过度，辗转反侧，难以成眠，干脆起来，磨墨拈毫，写了一份表功奏折。

依先前承诺，以户部侍郎兼顺天府尹余凤山、通永道河道司大使汪文成并列头功；各府、县主官，俱列二等；同知、通判并相关僚属，包括李调元自己，皆置于三等。

翌日一早，李调元带上依规制封漆，并盖上印鉴的奏表，往通州驿，交付驿传，请其直接递送内阁首席大学士和珅。

那日与和珅相见，他一番不露锋芒的敲打，想必已使和珅有所忌惮。这份奏表，一定会很快到达皇帝手里。

奏表传往京城仅三日，乾隆的贴身太监小五，便率两个专事传达的小黄门，飞驰而来。小五宣乾隆口谕，命李调元立即随行，往养心殿面圣。

李调元骑上一匹官马，即随小五等启程，不足一个时辰，已至午门外。小五让两个小黄门将李调元的坐骑暂寄官厩，立即引李调元进门。

时当正午，军机处及内阁官员俱在用餐，不见出入。皇宫里，除了侍卫无人走动。

到了养心殿外，李调元远远止步。小五说："以往此时，主子都要小憩，不知今日是否如旧。李道员且稍候，容我先去看看。"

恰此时，两个牛高马大的侍卫过来，朝李调元低声喝问："何故在此停留？"

刚刚走出几步的小五，忙朝二人呵斥："若无诏令，岂能到此？滚一边去！"

两个侍卫一怔，赶紧走了。李调元暗自好笑，似觉这偌大的紫禁城，几乎是一片丛林，而置身丛林顶端的，只能是皇帝。至于小五之流，不过狐假虎威而已。

过了一阵，小五迈着碎步出来，声音极低地说："主子正在午睡，李道员只好等一等了。"

那副小心谨慎的样子，似怕惊了圣驾。小五说完这话，竟转身走了，把李调元一人扔在这里。李调元顿时觉得危惧，某种从未有过的孤独油然而生。这座宏伟壮丽的紫禁城，恍若一片汪洋，自己恰如一叶孤舟，被遗弃在汪洋里，不知该往何处，更不知岸在何方。

他不敢走动，不敢徘徊，只能站在这里。幸好有梅香，清清冷冷，缠缠绵绵，如某种告慰，不断向他涌来，并将他从恐慌和无助中拯救出来。

今日奉召，到底是福是祸？那份请功奏表，是否已到皇帝手上？和珅真的有所忌惮，已将奏表上呈了吗？

李调元忽觉心里没底。和珅乃满洲正红旗出身，天生比所有的汉臣高贵。且极善经营，左右逢源。不仅位极人臣，据说，其长子丰绅殷德，颇受皇帝垂青，欲将十公主下嫁，只待双方成人。其权其势，举朝罕有，岂会在意区区一个道员！

正胡思乱想，小五已到身边，笑嘻嘻地说："主子心里记着李道员呢，只打了个盹。随我觐见吧。"

李调元理衣整冠，正要开步，忽听小五又说："主子脸色不怎么好，似乎有些怒气，李道员回话时，可要小心。"

李调元不禁一凛，看来凶多吉少。转念一想，所谓身正不怕影子斜，管他的，进去再说。

李调元被带入正殿，自然是暖风盈盈，毫无寒意。乾隆已经坐在那把宽敞的宝座上，放在御案上的，似乎正是自己上的那份奏表。看来，自己想多了，赶紧赞拜。

乾隆却不让他起身，两眼放出冷光。李调元顿觉寒意逼人，四面涌流的暖气也化为阵阵冷风。

过了好一阵，乾隆忽将那份奏表拿起，扔到李调元跟前，随即冷冷地问："这就是你的表功奏折？"

李调元赶紧回话："正是，乃臣亲笔所书。"

乾隆近乎呵斥地问："何故将自己置于三等？"

李调元奏道："臣为通永道员，治理运河，乃职责所在。而户部侍郎兼领顺天府尹余凤山等，俱非职任所系，故臣不敢居前。"

乾隆冷笑道："那个河道司大使汪文成，岂非职责所在，何故置为头等？"

李调元顿时哑口无言。乾隆得理不饶人，声色愈厉地说："你之用心，朕岂不知！世间最可恶者，追名逐利之徒也！尤其视声名如性命者，最为可恨！你自置末等，无非欲博得清名，获誉于同僚之间，朕岂能使你得逞！"

李调元本来有满腹委屈，但乾隆把话说到这份上，也不必自辩了。停了片刻，乾隆似乎怒气渐消，语气也缓和下来，叫小五拿来笔墨，让李调元自己动手，将汪文成列为三等，自己与余凤山则并列头功。

恰在此时，皇子永琰亲自送梅羹汤过来，见李调元当堂跪地，只把汤碗交给太监，草草问了安，就要离去。乾隆却将他叫住，说不妨见识见识，何为沽名钓誉之徒。

这话深深刺痛了李调元，那股宁输其头、不折其志的脾性，立即复燃，遂叩头，神色从容地说："臣虽卑微，然可杀不可辱。至于自置末等，乃君子谦让之风，陛下不应斥责，而应嘉赏。"

乾隆似被这番话噎住，竟一时无言。李调元也不再说，等候发落。乾隆似乎回过神来，坚持要李调元与汪文成互换。

李调元再叩头，奏称："臣所以将汪文臣置于头功，实因臣仅三年任期，而河道司大使并无任期所限。况汪文成堪称能吏，运河虽得疏浚，但需岁修，有汪文成在，当不虑水害。"

乾隆想了一阵，也退一步，只命李调元将自己与余凤山、汪文成并列。李调元无奈，只好从命。

待李调元拜辞出去，永琰见乾隆神色愤愤，不由笑道："李调元刚正纯直，清名四播，殊为难得，父皇何故愤愤？"

乾隆斥道："竖子之见！所谓直臣，无不恃清廉而自傲；傲则不驯，不驯则难驭。如此直臣，与不臣何异！"

永琰满面惶惑，连称受教。

八

不数日，一道论功行赏的诏令传至通永道各府、县。诏书表明，依通永道员李调元所奏，运河疏浚之功，以李调元、余凤山、汪文成居首，余者分列二、三等。

那些精明过人的官员，无不一眼看出，是李调元把自己列为头功，皇上不过准其所奏。很快，有关李调元自居众官之上，而无谦让之风的流言，于辖内盛传。

李调元当然明白，一切并非清者自清浊者自浊那么简单。皇上的用意，正在于折毁他多年的清誉，使他自认平庸，让他这身与生俱来的傲骨软下来，最好变得俯首帖耳、唯命是从。

这是他入仕以来，面对的一次真正的危机。最无奈的是，危机来自皇上，而非其他。

正值年关，衙门依规制封印。李调元几乎拒绝了所有的应酬，把自己关在书房，饮茶读书，以解忧愁。

正月初五，从弟李骥元自京城来会。李调元转忧为喜，即命治酒，于书房里与之对饮。李骥元将于今春再赴会试，故而带来十数篇文章，趁着酒兴，请李调元指教。

李调元一一阅毕，满口称赞。李骥元却颇为焦虑，唯恐再次落榜。李调元把那些文章高高扬起，看着李骥元说："文章做到如此份上，无论会试题目如何艰深，皆不在话下，何必忧虑？"

李骥元沉吟片刻说："若不出所料，此番春闱，亦将由协办大学士纪昀为主考，不知能否入其慧眼。"

李调元立即明白，李骥元的意思，是让他凭与纪昀的私交，予以引见。于是把手里的文章放下，神色肃然地说："且不说国家典试，意在遴选贤才。单论为人，若以钻营求名，即使擢冠多士，亦乃平生之辱，当为君子所不耻！"

李骥元赶紧解释，说因前科败北，至今依然疑惧。随考期将至，几乎寝食不安。李调元想了想说："人言中与不中，乃命中注定，我则不以为然。中，因才学所致；不中，亦因才学不逮。"

李骥元点了点头说："兄长所言有理。依兄长所见，小弟文章，不知此科吉凶如何？"

李调元略 思索，极其认真地说："依我所见，不说位列一甲，至少当在二甲之内。"

李骥元顿觉欣喜，忙朝李调元一揖说："兄长吉言，令小弟胸怀俱开，多日阴云，一扫而空！"

酒饭既毕，李骥元告辞欲去。李调元虑其复生忧思，一再挽留，并携其出城，往运河边散步。

此时，春风未临，草木依然枯寂。经去冬修整的河岸，被严冰封冻，看上去，恰如两条蜿蜒不尽的玉龙。码头却与李调元初来那年冬天不同，虽不算繁忙，却不乏舟船上下，更不乏货物装卸。亦有归来和出发的人，他们别舟登岸，或别岸登舟，在同一片夕照里，擦肩而过，或相见一笑。

二人停在码头一侧，望着那些来去的舟船和行人。一派若有若无的暮烟里，一切渐渐蒙眬，渐渐虚淡。李骥元笑道："未来运河前，以为此间渔歌声声，或者捣衣不绝，没想到是如此景况。"

李调元却指着身边一株枯柳说："待此柳泛绿，春水渐生，你指望的景象会应时而来。不信，到阳春三月，再来看看。"

说话间，两只野凫不知从何处飞来，扑棱棱落进寒水里，一边漫游，一边四顾，仿佛充满疑惧。二人顿时被它们所引，目光里是两缕微笑般的水纹。李骥元指着两只渐渐放松的野凫说："此可入诗！"

李调元笑道："确如所言，且容我打一壶油！"

于是眉头一皱，随口吟道——

　　　　两只凫雁翩然来，寒水悠悠笑颜开。

　　　　游到江心激流处，一沉一浮皆趁怀。

李骥元击掌笑道："好个游到江心激流处，一沉一浮皆趁怀！"停了停，又说，"实不相瞒，近日，兄长谤声四起，家兄闻之颇为忧虑。小弟受命而来，求教文章乃其次，以示慰问乃其要。然把酒之际，不好言及。兄长这壶好油，已然答尽疑虑，我与家兄当不必忧心了！"

李调元神色凝重，顺流水望去。暮色已浓，码头已空，两只野凫沿着一条去舟剪开的两行水纹，渐行渐远。船的前方，是一派遥远的、落日的余晖。船和野凫忙于奔赴的，仿佛正是那一缕最后的余光。

李调元有些感慨地说："设若斯世不容刚直，罪不在我。况人生于世，当上不欺天，下不欺人。虽曲意逢迎、委屈隐忍颇能得利，然君子不屑！即使前方寒夜沉沉，何妨我行我素！"

话未落脚，一声枪响猝然而起，沉寂的河岸，在突来的惊悚里微微一颤。

二人抬头望去，去舟身后，一只野凫惨叫一声，仓皇而上；另一只却在水面扑腾，弹起一片缭乱的波纹。那垂死的破败——荡开，又——收拢。

一团浓郁的硝烟正在水岸弥漫。此时，一只牛皮筏子，从硝烟里撞出，向漂在水里的野凫划去。

遥远的天际，那缕余晖彻底隐没，随之泛起的是一片无边的黑暗。黑暗犹如狂卷的怒潮，迎面扑来，瞬息之间，这条日夜不息的运河，包括两岸或疏或密的房舍，已被席卷。那只漂在水面的野凫，那只正在靠近的皮筏，恰如其分地被黑暗遮掩，仿佛无法捕捉的罪证。

二人无可避免地落入这片黑暗里，恰似两棵枯树。过了许久，李调元的声音响起:"走吧。"

于是回走,一路无言。走近官邸,恰逢满面风尘的广东南海知县吴玉春询问而来。吴玉春衣衫褴褛,形容憔悴,全不似当初那般雍容华贵。

彼此见礼。李调元万分惊愕,忙问:"吴知县何以如此?"

吴玉春摇头叹息,只说:"祸起萧墙,一言难尽!"

李调元忙将其邀入官邸,去书房坐下,随即吩咐上茶,并嘱王嫂治酒备菜,又为李骥元、吴玉春作介绍。

饮过一盏清茶,吴玉春才将经过一一道来。

李调元离广前夕,因怜吴玉春之才,故而以言相赠。那番话,几若当头棒喝,使吴玉春寝食不安。几经辗转,遂有悬崖勒马,从头做人之想。于是命胞弟吴应春弃商还乡,以所获之财,兴一所书院,造福乡梓。

吴玉春则不再讨好巴延三等,更无贿赂。巴延三见吴玉春前恭后倨,大为不解,曾召其询问。吴玉春那番话,顿时惹怒了巴延三,遂命广东道员冯扶柳暗查吴玉春向来作为。

很快,吴玉春借曾辖之便,敲诈十二洋行,并为胞弟吴应春经营洋货大开方便之门,敛财颇巨的种种罪行,摆在了巴延三案头。

巴延三一边参奏,一边抄没吴氏家财,且全部纳为己有,并将吴玉春兄弟关入大牢,等候圣裁。

吴玉春二弟吴含春,为江宁府检校,得知此信,即往南京拜会袁枚,求其搭救。袁枚虽退隐多年,但朝中要员无不以与其交往而为荣。况其才名与大学士纪昀并驾齐驱,且彼此倾慕,世有南袁北纪之誉。

袁枚亦曾盛赞吴玉春之才,虽事涉贪赃枉法,却不好推谢,遂写信给纪昀。纪昀不好驳袁枚面子,特意将吴含春引见给和珅。和珅直接开价,十万两银子,可免死罪。

照巴延三的奏折,吴玉春不仅罪不容诛,还应问及三族。因和珅从中斡旋,最终乾隆御批下来,容吴氏兄弟以白银二十万两赎死罪;夺去吴玉春知县及功名,永不叙用;其妻妾子女,皆收入总督衙门为官奴。

吴玉春兄弟虽捡回一条命,但倾家荡产,几乎一贫如洗。广东已非立足之地,又无颜见家乡父老,思前想后,遂来通州,欲为李调元做幕宾,以求生路。

听完这话，李调元虽感慨唏嘘，却无以劝慰。毕竟善恶有报，吴玉春如此下场，也是罪有应得。

吴玉春见李调元不语，忙道："吴某虽侥幸获生，一文不名，但反觉轻松，毕竟还清了宿罪，心里格外坦然。"

李调元这才叹息一声说："迷途知返，善之善者也。但我为官，绝不贪毫厘，除俸禄外，别无所入。故乡虽有薄产，但家人众多，亦不可引远水而解近渴。若为幕宾，仅能以恩俸为酬，不知能如吴君之愿否？"

吴玉春赶紧向李调元一揖说："吴某孑然一身，何须薪酬，夜有一榻，日有三餐足矣。能追随李道台左右，聆听教海，实乃吴某所幸。"

李调元坚持以恩俸为薪，吴玉春却固辞不受。李骥元见二人相持不下，于是劝说："幕宾非家奴，若无薪水，有违常规。不如这样，吴先生取兄长恩俸一半为酬，如何？"

吴玉春当然明白，作为四品道员，恩俸为每年一百零五两白银，岂能取其一半！遂退却一步，再朝李调元一揖说："吴某无意分食恩公禄米，但恩公一再强予，不敢再拒。照时下行情，幕宾岁酬，一般在二十两上下，吴某取其一半，若恩公不应，那就是不容吴某在此安身了！"

话到如此份上，李调元不好再说，答应下来。

九

是夜，因来不及准备，吴玉春只好与李调元并在书房，同榻而眠。

那年腊月，李调元家人被迫滞留吉安，穷蹙之际，有赖吴玉春接济，马氏对此感激不已。翌日一早，遂叫芸儿、香儿，将前院一间空置的小屋收拾出来，供吴玉春栖身。

吴玉春见官邸里皆为女眷，深恐不便，愿去衙门里居住。李调元也不多说，带上吴玉春去官署里转了一圈，前前后后都看了，皆不怎么合适。几间分属各大使的执事房，最宜居住，但开不了这个口。此外，班房虽足够宽敞，也一直空置，但不吉利。

想了一阵，遂把自己那间官廨开了，问吴玉春："这里如何？"

吴玉春忙道："不可不可，万万不可！"

李调元呵呵一笑，一把拉上吴玉春，往街上走去。时当正月初六，城里节气正浓，许多商铺尚未开张。

李调元想找一家木器铺子，替吴玉春买几样家私，一连去了好几家，都关门闭户。正无所适从，忽有人迎面走来，远远地站住作揖："小人给李道台拜年！"

竟是衙役陈大华，李调元赶紧拱手还礼。陈大华提着一篮子酒肉，说受拜兄所邀，去他家做一席菜，几个兄弟一起聚聚。

李调元当然记得，马氏未来之前，正是陈大华替自己做饭，手艺确实不错。陈大华得知李调元欲买家私，立刻笑说："真是巧了，我家妻舅就开了个家私铺子！"

于是陈大华领路，一路走去，到了一家铺子前，也是关得紧紧。陈大华喊了几声，一个中年男子从旁门里出来，尚未开口，陈大华便说："这是李道台，想买几件家私。"

男子赶紧施礼，顿时手足无措。李调元笑道："不好意思，新年之期，冒昧搅扰。"

男子立刻将李调元等请入门去，经另一道门进了铺子。李调元选了一榻一柜，问明价钱，请送去官廨。陈大华将菜篮子暂寄这里，执意要与妻舅一起，将两件东西送过去。

到了官廨，二人照李调元的吩咐安放妥当。正要照价付钱，陈大华一把拉上妻舅，抬脚便走。李调元几步追上去说："若是这样，只好有劳二位带回去了。"

好说歹说，妻舅只按七折计价。李调元不好再说，付了钱，送走二人，仍回官廨。李调元指着两样东西说："榻用于歇宿，白日，可将被褥藏入柜里，无碍公事。至于三餐，就委屈委屈，随我一起用吧。"

吴玉春忙道："吴某给恩公添了许多不便，实在不知以何相报。"

李调元笑道："川人好辛香，滋味迥异，只怕吴君吃不消！"

此话一语多义，颇有机锋，吴玉春当然听得出来，忙说："吴某千里来投，为的就是那股难得的辛辣！"

自此以后，李调元每日皆邀吴玉春来书房，或茶或酒，谈古论今，颇为相得。

不觉，年假已尽，衙门于正月十九开印。仪礼结束，李调元将吴玉春引见给汪文成、夏继新等。各大使见李调元聘了个师爷，不免对吴玉春表示恭敬。

当日傍晚，李调元与吴玉春饮酒。酒过三巡，李调元说："我有一事，欲劳吴君远行，不知愿往否？"

吴玉春忙道："虽赴汤蹈火，不敢辞谢；无论何事，但请恩公吩咐。"

李调元遂说出自己的意思，欲请吴玉春往河道司大使汪文成故里，即河南陈州，暗访其家世，包括产业、出身以及未来通州时如何为生等等。吴玉春一口答应，声称当依所嘱，无论巨细，绝不遗漏。

翌日一早，吴玉春带上李调元所予盘缠，即出通州，径往陈州去了。

半月后，吴玉春回来，将暗访所获一一禀报。李调元胸有成竹，即命吴玉春随行，去拜会汪文成。

路上，李调元才将谢朝宪任通永道员时的所作所为，包括察访汪文成家底的用意，告诉吴玉春。

汪文成被列为头功，与李调元、余凤山一样，获赏白银二百两、珍珠一合、端砚一方、蜀锦两端等等。关键他与李调元、余凤山同列，绝对是值得夸耀的荣誉。

年关前，汪文成备下一份厚礼，前往京城，趁给都察院右都御史谢朝宪拜年之机，委婉表示，愿再投谢朝宪，为其幕僚。谢朝宪冷笑道："李调元以你为头功，足见恩信之重，何必求我？"

汪文成深觉无趣，不敢再说。彼此闷了一阵，谢朝宪似有缓和。汪文成又说："以我看来，李调元并无追问开渠引流之心，大人当不必为虑。"

谢朝宪却说："开渠引流、造湖吞吐，乃皇上御批，即使追问，我有何惧？"

谢朝宪离任前，曾嘱咐汪文成，若继任者欲问前事，请早早告知。何承想到，坐稳右都御史的谢朝宪，已毫不在意。碰了这一鼻子灰，汪文成哪里坐得下去，起身告辞。

李调元携师爷吴玉春忽然来访，汪文成不免有些诧异，忙命家仆献茶治酒。

三人于客堂坐下，李调元一番环顾，笑对汪文成说："向来未登汪大使之门，谁料竟如此宏富！"

汪文成顿时心虚，只说："李道台谬赞，实在令我愧疚。汪某不才，但亦不乏祖业。来通永道为幕僚前，将田产、房屋全部变卖，以其所获，购下这座宅院，添置家私。一衣一饭，俱赖父祖之荫，如此而已。"

说到此处，酒菜已备，遂邀李调元、吴玉春入席。三盏酒后，李调元看着汪文成说："运河疏浚完毕，我与你沿河岸并马相驰；翌日傍晚回通州码头，我说了一番话，汪大使是否记得？"

汪文成一脸惶惶，忙说："李道台一应教诲，字字句句，汪某无不铭记在心。"

李调元偏不放过他，又问："那日所言，请汪大使说来听听？"

汪文成满面涨紫，望一眼李调元，随即低下头去，不免尴尬地说："汪某实在不知李道台所指，还请赐教。"

李调元微微一哂，点了点头说："当时我说，将以汪大使为头功；又说，日后汪大使必知李某用心。"

汪文成赶紧向李调元一揖道，确有此说："确有此说！李道台之恩，重若岱岳，汪某感激不尽！"

抬眼之间，见李调元面若寒霜，不禁一怔，赶紧打住。李调元指着吴玉春说："实不相瞒，吴师爷曾为广东南海知县。李某离广之际，因怜其才，说了几句话。不料竟使吴知县迷途知返，免了灭族之祸。"

吴玉春颇知李调元用意，赶紧站起，深深一揖，谢再生之恩。李调元请其复坐，看着汪文成，又说："唯愿那份头功，亦能保汪大使项上人头。"

汪文成惶恐不已，正要说话，李调元朝他摇了摇手，再说："汪大使勿急，亦无须分辩，且听我把话说完。所谓明人不做暗事，吴师爷受我所托，已往陈州问过汪大使家底。乃父以耕读为生，仅有薄田十亩，瓦屋一所，此外别无家业。汪大使来此履任时，确将田产变卖，所获不及二百两银子。而汪大使曾为怀庆府幕宾三载，满打满算，不吃不喝，所入也不过数十两。然汪大使购此巨宅，斥资三千余两；置办家私，亦在千两上下。敢问汪大使，如此巨财，不知取自何处？”

汪文成冷汗淋漓，说不出话来。沉寂一阵，李调元语气缓和下来，话题一转说：“人生在世，祸福往往只在一念之间。我虽有搭救之心，而汪大使若无求生之望，终是枉然。”于是站起，朝汪文成拱手道，“多谢款待，告辞。”

吴玉春也向汪文成一揖，一并告退。汪文成忙道：“李道台且慢！”

二人回身，看了看汪文成，还座。汪文成却欲言又止，明显有许多疑惧。李调元开导说：“以我揣度，汪大使绝非罪魁，且职低位卑，身不由己，助纣为虐，在所难免。然罪孽已成，岂能逃脱！何况天网恢恢，疏而不漏！这样，我也不逼你，你好好想想，若有亡羊补牢之心，再说不迟。”

李调元深知，汪文成所虑，一定是谢朝宪等那些幕后黑手，不能逼得太紧。临别时，李调元一再声称，若汪文成敢于揭开黑幕，不惜以顶戴花翎保其性命。

二人回到官邸，往书房里坐下。吴玉春有些迟疑地说：“依我所见，汪文成绝对不干净，并有后台。既如此，恩公何不将其拘捕，以免通风报信？”

李调元冷笑道：“非也，此乃打草惊蛇耳！汪文成的背后是时任道员谢朝宪，但谢朝宪背后到底何人，汪文成不一定清楚。不出所料，此时，汪文成已在驰往京城的路上。要不了几天，那条比谢朝宪更大的蛇一定会露出头来。”

翌日，汪文成、夏继新等，如往常一样，准时来官署点卯应差。走完这套路数，李调元便去官廨。吴玉春早已候在这里，煮了一壶清茶，为他斟上一盏。李调元啜了一口茶说：“以吴君所见，汪文成今日当如何？”

吴玉春略一沉思，说：“一定会来这里求见。”

李调元点了点头，又问：“我当如何？”

吴玉春说：“最好假装糊涂，以不变应万变。”

李调元笑道：“真不愧才名远播！到时，我与汪文成唱戏，吴君只管旁观，看他背后那些鬼影是否跟了来。”

十

不出所料，约半个时辰后，汪文成迟迟疑疑进来，望李调元一揖。不等他说话，李调元一本正经地问："汪大使来此何事？"

汪文成一怔，看了看李调元并吴玉春。吴玉春只顾举盏饮茶，抿嘴咂舌，显得有滋有味。汪文成略一沉吟，吞吞吐吐地说："昨夜……昨夜，李道台一番……一番教诲，属下想了一夜，实在……实在不明所以，还请……还请李道台明示。"

李调元一脸茫然，望着汪文成问："昨夜李某所言何事？"

汪文成一凛，飞快瞟了李调元一眼，见其两眼如炬，正盯着自己，顿时方寸大乱，语无伦次地说："这个这个，汪某愚钝，不知李道台那些话，这个这个，汪某痴蠢，到底……到底所指何事。"

李调元呵呵一笑说："或者汪大使的酒劲大，李某不胜酒力，不免胡言乱语，到底说了些啥，通不记得了。汪大使复述一番如何？"

汪文成脸色如蜡，支支吾吾，再也说不出一句完整的话，只好向李调元一揖说："怪汪某多心，打搅了。"

汪文成正要出门，李调元忽道："汪大使昨夜梦游，想必通宵劳苦，早点回去补一觉吧！"

汪文成顿时愣在那里，迈不开步，片刻才回过神来，转身，尴尬一笑说："没有、没有，汪某从不梦游！"

待汪文成走了，李调元问吴玉春："演得如何？"

吴玉春点头说："真是恰到好处。尤其梦游一说，堪称神来之笔！"

李调元想了想说："不难看出，汪文成是受主使之命，来此试探。这几天，先让姓汪的辛苦辛苦，直到把去京城那条路跑出意味了，再往下说吧。"

第二天上午，汪文成走入官廨，拿来一个簿子，说是谢朝宪当年开渠引流、造湖吞吐的支出明细，请李调元查看。

李调元不接，瞪着汪文成问："汪大使何意，未必是谢都御史的意思？"

汪文成忙说："不不不，卑职只想请李道台过过目，免得误会。"

李调元冷笑道："我误会了吗，这话无头无尾，也太费解了吧？"

汪文成只好连声道歉，惶惶去了。

再来时，李调元一眼看出，汪文成不仅瘦了一圈，且须发缭乱，两眼深陷，面色形若废纸，写上去的几乎都是煎熬。汪文成看了看李调元和吴玉春，挤出满脸笑来，说："这个、这个，卑职有件事，想单独向李道台禀报。"

李调元却说："无妨，吴师爷与我情同手足，无须避讳。"

汪文成想了想，咳嗽一声说："是这样，卑职昨日风闻，今岁会试，将以首席大学士和珅与协办大学士纪昀并知贡举，和珅为满臣，列在纪昀之前。"

李调元只微微点头，并不出声。汪文成等了等，又说："李道台从弟将入春闱，此番定能高中。"

那个等候多日的影子，终于从汪文成嘴里跳了出来。李调元不动声色地问："除了和珅，还有何人？"

汪文成瞠目结舌，答不出话来。照谢朝宪的意思，把和珅搬出来，李调元一定不敢妄举。何况李骥元即将入闱，李调元必定投鼠忌器，就此罢手。

汪文成知道，这是谢朝宪的最后一招，也是最有力的一招。但李调元似乎不吃这一套，话竟问得如此直白！

李调元见汪文成不出声，想了想说："汪大使夜游不止，岂不担心一旦失足，落得个粉身碎骨？"

汪文成其实早已撑不住，只是顾虑重重，不敢开口。

谢朝宪的背后是和珅，其实早在李调元意料之中，但因和珅是当朝第一权臣，且极获恩宠，若无铁证，不仅难以将其扳倒，还会引火烧身。只有从汪文成嘴里吐出来，再顺着汪文成一路摸去，才可能捉住和珅的鬼影。

李调元脸色一沉，盯着汪文成说："戏唱到这一步，也该收场了。不知你累不累，反正我早就累了。"

汪文成已被推到绝境，前为深渊，后为悬崖，无论进退，都可能粉身碎骨。

心思缜密的吴玉春看出了汪文成的茫然和迟疑，望着他说："吴某有几句话，请汪大使斟酌。李道台多次说过，汪大使是个不可多得的能吏，也无大恶，不忍眼睁睁见你走那条绝路。此时此刻，你若向前一步，或能绝处逢生；若执迷不悟，那就没救了。"

汪文成脸上一阵抽动，浸出两行泪来，遂朝李调元缓缓跪下，声泪俱下地说："望李道台体谅汪某的难处，说到底，汪某只是一具木偶，提线在人家手里，也是无奈啊……"

李调元松过那口气来，心里明白，汪文成彻底垮了，已无须施压，遂将他拽起，把那晚的话，几乎重说了一遍。汪文成只顾磕头，苦请李调元救命。李调元劝道："依本朝惯例，治水之功，等同开疆拓土、戡乱平叛。汪大使又在头等，定能折死罪一次。况你不过胁从，至少有和珅、谢朝宪两位大员顶在前面，何必忧虑？"

汪文成总算平静下来，主动提出，把一应过程写出来，交给李调元。

翌日，汪文成果然把一叠厚厚的文书交到李调元手里。李调元立即带上吴玉春，关在书房里，交替阅读。花了大半个上午，二人从头至尾看了一遍。

依汪文成笔述，开渠引流、造湖吞吐、全线动工，实为阴谋，意在使工程毁于洪水，而无从查验所费多寡。他先后分得赃银五千余两，至于谢朝宪或者和珅，是否有贪没之罪，他并无证据，也不敢断定。只是某日，在陪谢朝宪饮宴时，听其说过，多亏大学士和珅在乾隆面前斡旋，方使奏请获得御批。以此猜度，和珅或者有染。此外，谢朝宪命他把和珅将与纪昀同知贡举的消息告诉李调元，并提示李骥元将赴会试。由此，或不难看出，和珅大有可能是获赃最多的罪魁。

汪文成最后写道，谢朝宪与我为乡党，又有擢拔之恩，故而视我为心腹，治水事务，主要由我承担。其银两支配，虽不由我经手，但就治水本身而言，因无长久之算，故而一切草草，计其所费，最多不过一千万两白银。而支出簿册，虽难获取，但除通永道所在通州府，由谢朝宪直接掌理支出外，其余皆需拨与各府。欲知究竟，可往各府查对。

从汪文成的陈述看来，这是一起牵涉极广的窝案，时任知府、知县，或许都与之有染。

李调元见吴玉春皱眉不语，遂问："吴君有何高见，说来听听？"

吴玉春摇了摇头说："谢朝宪等如此胆大妄为，且手段如此低劣，却能得逞，实在令人悲哀。究其原因，不外乎有二：其一，借和珅之权，并遮天蔽日之术，使不可能成为可能。其二嘛，唉，不说也罢！"

李调元看了看他说："此处并无他人，吴君何故欲言又止，未必李某不可信？"

吴玉春忙道："不不不，只因大逆之言，不敢出口。"

李调元点了点头说："然吴君已非仕宦中人，何必瞻前顾后？"

吴玉春又叹了口气，说："古稀天子，已无昔日之明！"

这话使二人陷入沉默，久久挣扎不出。直至芸儿捧着一壶热茶进来，沉默才被打破。待芸儿出去，吴玉春问李调元："不知恩公有何打算？"

李调元说："去年，郑大进接袁守侗为直隶总督，来通州巡察，曾言及上任之始，便有风闻，谢朝宪借整治运河，颇有贪腐之嫌。临别之际，亦曾嘱我，整肃治下望我能助一臂之力。故此，我欲携汪文成所述，往保州拜会，请郑总督联名上奏。"

吴玉春力劝李调元不可操切，因事涉和珅，未必准奏，即非如此，亦需一一查验。然牵涉之广，虽三法司合力查办，至少也需一年半载，方有眉目。而李骥元应试在即，若此时上奏，和珅定会从中作祟，使其名落孙山。不如待放榜之后，再计较不迟。

李调元却不以为然，称此时上奏，不仅为国，也为李骥元不至落榜。和珅贪心如日，既知贡举，岂能不借机敛财。然李氏兄弟，人人傲岸不群，岂愿折节贿赂。若上奏，和珅反而不敢胡为，以李骥元之才学，反而不会落榜。

二人重回官署，将汪文成召来官廨，命其于文书上签字画押。送走惴惴不安的汪文成，李调元即以自己和郑大进的名义，写下一份奏表。翌日一早，即领吴玉春，各乘一匹官马，驰往保州，拜会郑大进。

通州至保州，全程四百余里，是一条坦坦荡荡的官马大道。二骑一路飞奔，到保州城时，已是日暮时分。

保州东倚太行，北望京城，明清以来，一直为京畿重地。故有北控三关，南达九省，地连四部，势压中州之称。

此时，城内城外浮着一层轻薄的暮烟，烟里，那些参差的城阙，零落的老树，以及往来的车马，进出的人群，织就一幅颇有几分恬静的市井画卷，几乎令人沉醉。

二人打马入城，目所及处，那些沿街的店铺，已燃起点点灯火。灯火四面铺染，给这个尚未明确的夜晚，早早添上几许亲切。风似乎也格外轻柔，有了些含蓄的春意。

不觉，人影纷杂，喧嚣渐起，想必已至闹市。二人只好下马，顾盼而走。穿过一条大街，望见一条迎风招摇的幌子，恰是一家客栈，遂走过去。两个候在门外专事迎客的小厮早早上来，一个笑吟吟接过马缰，将两匹马往马厩里牵去。另一个更加乖巧，见二人衣着不俗，且马匹饱肥，已知非富即贵，殷勤地将二人引入门去。

李调元要了一间置有双榻的上房，并一壶酒，几样菜，几个春饼。待送上来，即与吴玉春临窗对饮。随酒兴渐起，吴玉春一本正经地说："吴某曾习占卜，且为恩公此行问一卦如何？"

李调元笑道："知其当为而为之，知不可为而止之，此乃为人之本，何须求神问卦？"

十一

酒兴正浓，李调元却忽有所悟，抓起一个春饼，边吃边说："只顾饮酒，差点误了大事！"

吴玉春不解，一脸疑惑地望着李调元。李调元咽下尚未嚼碎的春饼说："此时，郑总督应在官邸里，即使有应酬，也该回去了。若明日再去拜会，多半只能在衙门相见，那里人多，善恶相杂，岂是说话处！"

于是站起，抹了抹嘴，带上汪文成的文书，并那份拟好的奏表，独自出来，去拜见郑大进。

任吏部考功司主事时，因种种考绩，李调元曾多次来保州公干，一切熟门熟路。无须打问，很快便到了总督官邸。

那道朱漆大门已经关上，两盏灯笼悬在屋檐下，在时紧时慢的夜风中，散出一派摇曳的黄光。李调元步上台阶，举手敲门。片刻，一个有些苍老的声音飘出来："郑总督夜不会客，已成惯例。若因私，请勿再来；若因公，请明日去官署相见！"

李调元朗声说："通永道员李调元，飞驰一日，有要事求见郑总督，不敢有一刻耽搁，烦请通报！"

那人稍事犹疑，隔着这道厚厚的大门说："如此，请稍候！"

过了一阵，听见郑大进的声音响起："李道员非蝇营狗苟之徒，老夫必须为之破例！"

门开了，灯光下，满头白发的郑大进率先向李调元拱手一揖："老夫恭候李道员已久，终于来了！"

李调元赶紧还礼，忙道："不速之客，猝来搅扰，望制台大人海涵！"

一阵寒暄，郑大进将李调元引入一间宽敞的客厅，请李调元坐。李调元拒坐，四顾之间，见几道门窗虚掩，且不乏婢仆往来，遂向郑大进拱手说："请恕下官唐突，若能借一步说话，甚好。"

郑大进呵呵一笑，遂起身，斥退仆从，引李调元去书房。彼此落座，李调元将奏表及汪文成自述，一并递上。郑大进看一眼李调元，借着灯光，阅读起来。

一个仆人送上一壶茶，一碟鲜果，正要斟茶，郑大进眉头一皱说："无须来此侍候！"

仆人赶紧答应，躬身退走，将门紧紧带上。李调元顾自饮茶，一直不出声，只待郑大进说话。约半个时辰后，郑大进终于阅毕，将文书及奏表搁在身边那张小几上，一脸肃然，望着李调元说："李道员先拟奏表，再与我谋面，莫非要逼老夫就范？"

李调元忙道："下官与制台虽素无交往，但制台为官清正，敢于直言，且疾恶如仇，种种风尚，四海闻名。否则，不敢斗胆。"

郑大进一笑，又问："何故要拉老夫下水？"

李调元答道："下官位卑职低，所奏不能直达御前。然制台官居一品，凡上封事，皆可绕过内阁，径抵天子之手。此奏因事涉和珅，若无制台联名，等于去和珅那里告和珅，岂不枉然！"

郑大进点了点头，沉吟片刻，再问："老夫已年过古稀，功名利禄、身家性命俱无所谓。然李道员正当壮年，且才压当世，宏图方展，岂不虑因此罹祸？"

李调元霍然而起，慨然而言："为君分忧，为国除害，乃人臣之分。虽和珅之流权势如天，何惧以卵击石！"

郑大进高声赞道："壮哉！李道员凛然如是，老夫何惧！"

于是二人说定，明日同往京城，面见皇上。

翌日一早，李调元命吴玉春先回通州，自己则牵马来郑大进官邸外，候其同行。郑大进年事既高，无力骑乘，又嫌官轿太慢，遂命僚属备下一辆马车，驱乘而往。随行仅有一个车夫，外加一个私仆。

一路颠荡，至京城时，已逾二更。郑大进于京城购有宅第，由仆人看守，遂邀李调元同住。李调元许久未与李鼎元兄弟相见，颇为想念，谢过郑大进，自往梁家园歇宿。

会试将近，因李鼎元为内阁僚属，和珅将与纪晓岚同知贡举的消息，早有耳闻。和珅是满人，纪晓岚与之相比，不可等量齐观。

各省举子，多于年前入京，各尽所能，皆欲打通和珅这道关节。来自四川的生员，亦不乏与李骥元颇有交谊者，相会之际，不免言及此事。李骥元大生忧虑，又不愿趋附，几乎寝食难安。

此时，春夜寂寂，兄弟二人于灯下饮酒，却无话可说。忽有敲门声响起，而家人俱已就寝，李骥元赶紧出来，问："何人？"

李调元答道："是我！"

李骥元听出是李调元，大喜过望，赶紧开门，将那匹官马接过，拴入院子里。李鼎元也飞步出来，得知李调元自保州而来，赶紧烧火，将半升豆子煮进锅里，以作马料。

酒肴俱在，无须另备，三人围坐同饮。得知李调元往保州请直隶总督郑大进，联名参奏和珅、谢朝宪等，李鼎元兄弟不禁大惊失色，面面相觑。虽不曾出声，但其忧惧，尽在眉目之间。

李调元说："以和珅秉性，若无贿赂，虽旷古之才，也未必获选。所以此时上奏，意在使其有所忌惮，想必反而利于骥元应试。若骥元果然落榜，我必扭和珅面圣，直接向皇上讨说法，正好把和珅的面皮撕开！"

李鼎元却说，近日宫里传出一番话来，着实让人绝望。

乾隆自忖年高，精力日减，遂命皇子永琰每日去御前行走，见习国政。永琰颇知和珅贪得无厌，蓄财如山，有心剪除。恰逢云南总督舒常绕过内阁奏称，当年，和珅查办原云南总督李尧文时，曾将其贪腐所得五百万两白银，并一应家财，全部吞没。

奏本到了乾隆手里，乾隆命永琰暂勿声张，只暗中召问舒常。舒常却携李尧文之子李毓秀一起觐见，将奏表并抄没清单摆在永琰面前。清单上，不仅有李尧文画押，也有和珅的签名及印鉴。

李毓秀朝永琰跪下，叩头泣诉，说和珅当时许诺，只要不说出底细，可保李尧文不死。于是留下这张清单，以为保证。谁知和珅不但不守诺言，还有恃无恐，仍将李尧文斩首，并暗遣心腹，欲杀尽其子嗣，以绝后患。李毓秀只身逃脱，亡命天涯。后知新任总督舒常与李尧文友善，遂辗转而往，冒死求见。

永琰以为除掉和珅的时机已到，立即面见乾隆，将奏表及那张清单呈上，并把李毓秀之说一一禀报。不料乾隆微微一笑说："李毓秀不过丧家之犬，其说何足为信！而和珅诛其父，李毓秀为此怀恨，欲借刀杀人，岂非情理之中？"

永琰忙道："和珅之贪，朝堂内外，无人不知，官员参奏不已，庶民恨声载道。是非曲直，或有或无，不难鉴知。父皇何不下旨，立拘和珅，交三司会审，一切岂不大白于天下？若和珅无罪，可还其清白，且能堵悠悠之口；若果如李毓秀等人所指，则当明正典刑，以还天下公道！"

乾隆却把那张清单撕碎，扔在地上，同时下了两道口谕：其一，命云南总督舒常即出京城，径还治所，不得逗留；此后，凡无诏命，不得擅自入京。其二，将犯官之子李毓秀押送大理寺，严究诬陷之罪。

太监即去向舒常并李毓秀宣告。永琰忙向乾隆跪下，奏道："臣每有耳闻，和珅敛财之广，恐府库之藏难比其富。如此巨贪，竟春风得意，位极人臣。父皇英明如日，何故不识巨奸在侧！"

乾隆满脸怒气，斥道："身为皇子，竟如此短见！起来，且听朕教你为君之道！"

永琰不敢执拗，起身，垂首聆听。乾隆笑道："朕岂不知和珅贪婪，而你竟不知和珅所得，是在为你积财！"

永琰大为惶恐，赶紧分辩，称自己何曾与和珅有染。乾隆将其打断，说了一番足以惊世骇俗的话。大意是，官员们的钱财，无论俸禄，抑或搜刮所得，一旦到手，那就是他们自己的。即使身为天子，也不能无缘无故将其罚没。但和珅权重位高，秉性贪婪，官员们若不贿赂，非但难以晋升，还可能丢掉顶戴。钱到了和珅手里，无论如何都是赃款。将来永琰继位登基，若想要那些钱，尽可以贪腐之名，将其斩首，那么多钱岂不成了你永琰的？所以，和珅不过是养在圈里的一头猪，杀与不杀，或者何时动刀，一句话而已。

最后，乾隆说："和珅不过是朕为你留下的存钱罐，那都是你的私房钱，你可以随便取用，有何不好？再说，和珅做贼心虚，在群臣面前，尽可趾高气扬，但在朕这里，却必须俯首帖耳，处处小心。因为朕便是那把悬在他头上的利刃，随时可让他家破人亡。朕年事已高，既离不开李调元之流的清正之臣，也离不开和珅之类的贪婪之徒。所谓为君之道，不过在忠臣与贼子之间，纠偏取正，左右逢源而已。若朝无贪官，或皆为直臣，请问谁愿为爪牙，谁愿为刀俎？"

这些话听得永琰颤颤巍巍，冷汗淋漓。

李调元、李骥元同样听得浑身发寒。席上一时无声。过了好一阵，李调元望了望二人说："以我所见，此说未必可信。禁宫深似海，即使有，岂能流传至外。何况身为人臣，若疑天子之心，此身何寄，此命何倚？"

李鼎元随即附和，称自己也不相信，甚至可能是和珅有意放出这些话来，以图一时之安。毕竟这些年来，参奏和珅贪赃敛财的官员，并非一二。

李调元见李骥元始终不言，遂举起酒盏说："依骥元之才，此番一定高中，切勿忧虑。我敢断定，明日奏表一上，无论结果如何，和珅绝不敢妄为。我虽不过区区道员，但勇往之名，却朝野俱知。况妖邪之气，不遮皓日之光，此乃天道，自古莫不如此。来，为兄敬你一杯，预祝名标金榜之上，足登天子之堂！"

李骥元虽饮了一杯，却仍无喜色。李调元捋了捋衣袖，抬起右手说："为兄在广东时，有人曾传我六壬掌，颇能断近日吉凶，几乎万无一失。骥元且默想应试，随口报一个时辰，为兄替你起一卦看看。"

李骥元估计已当丑时，请以丑时起卦。李调元一边掐着指节，一边念念有词。片刻，停在中指第二节，高声说："此乃速喜，大吉！"

李骥元直视李调元，只问："果然有验？"

李调元一本正经地说："骥元岂不知为兄秉性，平生以来，何曾有一言之妄？"

李骥元顿时笑逐颜开，缓和下来。三人正欲再饮，李鼎元忽记起煮在锅里的豆子，叫了一声不好，赶紧出去。

十二

一早起来，草草梳洗一番，不及用饭，李调元便告辞李鼎元兄弟，往郑大进府上去。那个从保州带来的仆人老远便迎上来，说郑总督早往皇宫去了，叫李调元去奏事处相会。

依本朝规制，都统、总督这类一品大员，若需面见皇帝奏事，可绕过内阁，但必须先往外奏处，由外奏太监转内奏太监，再由内奏太监禀报内宫太监。若请求面奏的官员众多，往往需排队等候，等上十天半月的也不在少数。故而郑大进未等天明便动身了。

李调元赶到奏事处时，已有好几位大员候在那里，刚落座，内奏太监便过来传话，说皇上有旨，宣直隶总督郑大进、通永道员李调元，往养心殿觐见。

李调元不由暗自感慨，郑大进不愧久经官场，要依自己，不知要等到何时！

到了内宫门前，内奏太监将二人交给候在这里的小五。

乾隆已端坐正殿上，皇子永琰侍于阶下。郑大进、李调元一起赞拜，随后伏地听命。乾隆不无温和地问："郑总督、李道员双双求见，何事？"

郑大进赶紧拿出奏本并汪文成所述，举过头顶说："臣直隶总督郑大进，通永道员李调元，联名参奏现都察院右都御史谢朝宪。因其为通永道员时，借治理运河，欺上瞒下，贪没巨款。此有通永道河道司大使汪文成笔述详情，一并呈上，望陛下圣裁！"

乾隆略一沉吟，说："递上来。"

一个随侍太监赶紧过来，接过奏表及文书，转递乾隆。乾隆看了看伏在地上的二人，若无其事地翻阅起来。永琰见郑大进浑身微颤，似不胜匍匐，遂请乾隆准其起身。

乾隆瞥一眼郑大进，似带讥讽地说："郑总督年过七旬，不忘忧国，实在难得。昨日疾行数百里，车马劳顿；今日，为争他人之先，想必五更即出，实在辛苦。起来吧。"

郑大进赶紧谢恩，站了起来。

乾隆冷冷一笑，又说："李道员傲骨铮铮，若不堪跪伏，亦可起身。"

李调元一惊，忙叩首说："陛下如昊日在天，微臣如纤尘委地，跪伏听训，乃臣本分，实在不敢起身。"

乾隆鼻子里轻轻哼了一声，继续翻阅。直到李调元两膝彻底麻木，乾隆才将奏表及文书放上御案，清了清喉咙说："召首席大学士和珅！"

小五答应一声，赶紧出去。乾隆却再不发话，殿上一片沉寂。御花园那边传来的鸟语愈发清晰，一声一声，令人心悸。

过了一阵，和珅随小五快步而来，止于李调元一侧，赞拜跪地。乾隆却不看和珅，忽问李调元："朕恍惚记得，李道员从弟李骥元前科落榜，今岁或将再入春闱？"

李调元顿觉惶然，忙道："陛下秋毫之察，虽一草一芥，莫不详尽；李骥元昼夜苦读，文章精进，今春或可登第！"

乾隆却不再问，指着御案，紧紧盯着和珅，厉声喝问："和珅，是否知罪？"

和珅一怔，赶紧叩头说："臣愚不可耐，不知罪在何处，望陛下训示！"

乾隆又不接茬，转向李调元说："李道员请起来说话。"

李调元叩头谢恩，有些吃力地站起。乾隆又说："郑总督年高，所奏朕已尽知，先谢恩吧。"

郑大进岂敢逗留，叩拜而去。

乾隆这才对和珅说："郑总督与李道员联名参奏，谢朝宪借治河之便贪没巨资，而你与之狼狈为奸，沆瀣一气。先不论此案真伪，朕必先予正告，凡内外官员，皆有参奏之权。你身为军机处领班大臣、内阁首席大学士，位居群臣之上，若以权势挟私报复，朕必唯你是问！"

和珅不住叩头，连称不敢。

乾隆停了停，又说："朕曾风闻，前科会试，蜀中生员李骥元才学俱佳，本应登科，然知贡举纪昀，念其太过年轻，当却早誉，故而令其磋磨。如今春闱将至，而你颇有手眼通天之能，无论如何，若他日不见李骥元殿试，朕必拿你问罪！"

和珅忙道："陛下怜才之心，如昭昭天日，朝野上下，无不共知；而遴选英才，乃国之大计，臣岂敢作梗！"

乾隆冷笑道："谅你也不敢，去吧，且候定夺！"

和珅叩头谢恩，惶惶而去。李调元已从这些话中听出了乾隆的意思，似别有用意。乾隆转对李调元笑道："朕为李道员从弟今岁入闱，踢开了这个拦路虎，还不谢恩？"

李调元只好跪拜，口称陛下天恩，没齿不忘。乾隆忽然脸色一冷，语气严峻地说："朕虽年老，但不糊涂，所谓联名参奏，必由李道员肇端。而谢朝宪治水方略，乃朕御批，李道员何不连朕一并参奏？"

李调元心惊胆战，赶紧叩头。乾隆却又语气转暖，缓缓地说："此案因事涉和珅、谢朝宪，朕即命大理寺主办。但朕于此与你约法三章：其一，无论进展如何，你均不得追参；其二，无论结果如何，你也不得追问；其三，无论牵连何人，你更不得保奏。若违此约，即是欺君。"

李调元岂能再说，只好谢恩。

回到梁家园，李骥元已备好酒饭。饮食既毕，已是午后，李调元牵出那匹官马，先往郑大进府上，欲与之告别。留守此处的仆人拿出一封给李调元的信，说郑总督留下此信，已回保州去了。

信很短，仅廖廖数语。郑大进写道："李羹堂见字如面。你我联名面奏，意在绕过和珅，不料陛下竟召和珅前来。而天意究竟何在，不敢妄猜。但依和珅秉性，定会寻机报复。老夫来日不多，无谓生死荣辱。但李道员宦途辽远，需防悄然之祸。切切。郑大进即日草草。"

李调元亦知此事并非那么简单，但作为朝臣，当尽职责，而有关结果，既非自己可以左右，也只能恭候天意了。至于报复，所谓身正不怕影子斜，也无须在意。

告辞出来，正欲回通州，忽遇大理寺少卿袁江，说欠李雨村一席酒，今日正好补上。于是不顾推谢，将李调元拽入酒肆。

一番应酬下来，已近傍晚，驰还通州时，已差不多二更。刚把马交给值夜的衙役陈大华，吴玉春便从官廨里匆匆出来，朝李调元一揖说："恩公总算回来了！汪文成之子黄昏来报，说大理寺来人，已将汪文成监车押往京城，看来凶多吉少！"

李调元顿时目瞪口呆，至此才有所醒悟。看来，袁江并非与自己偶遇，而是精心安排，料定自己必往郑大进府上辞别，遂去那里逗留；所以强邀饮宴，实虑自己若早回通州，或阻碍抓捕汪文成！

恍恍惚惚回到官邸，正欲洗漱，汪文成之妻黄氏、小妾林氏，及长子汪雨竹，一起求见。李调元只好将三人邀入客堂，安慰说："你等不必忧心，此案资额之巨，令人惊愕。而汪大使为证人，依本朝律法，监押质询，实属正常。况运河整治，汪大使身居头功，即使有罪，亦可折抵。李某不才，愿以顶戴印绶，力保汪大使无虞！"

这番话，使黄氏等勉强安下心来，哭谢而去。李调元心里却并不安宁，想起乾隆跟自己约法三章，以及昨夜李鼎元所说宫中传闻，不禁浑身发寒。这个满头白发的古稀天子，何曾老迈，不仅深知自己的脾性，还能准确预知自己将如何作为！

转念一想，汪文成虽有罪，但与谢朝宪及和珅相比，恰如泥丸之小与泰山之大。即使乾隆欲给内定的继承人永琰，保住和珅这个存钱罐，总不至拿汪文成当替死鬼吧！

那个约法三章，大约是帝王之术的精髓，它们犹如三条无影无形，但无处不在的绳索，将自己彻底束缚起来，几乎无法动弹，不能喘息。

没办法，只有耐心等待，等待结果。为了抵销内心的焦虑，李调元决定，事务之余，开始将自己费尽心血编纂的那部名为《函海》的巨著，雕成刻板，以利日后印行。吴玉春自然不肯袖手旁观，也天天过来镂刻。

等到三月底，传来了一个好消息，李骥元会试获选，将于四月下旬进入殿试。然四月初，却相继传来两个坏消息。先是谢朝宪竟于府第自缢身亡，经刑部、都察院、大理寺共同勘验，定了个畏罪自杀。

李调元感到事情越来越迷茫，谢朝宪一死，藏在他背后的和珅，以及那些与之有涉的一众官员，都可以高枕无忧了。这个结果，难道仅仅是和珅等人的愿望？他不敢多想。

不几日，另一个坏消息传来，直隶总督郑大进猝死任上！

李调元不禁大哭，暗自料定，郑大进的年纪，恰恰是他们报复的机会。谢朝宪也罢，郑大进也罢，他们的死，自然会使人想起和珅。但一切无凭无据，又如此顺理成章，简直无话可说。

他当然会为郑大进的死深感痛悔。如果不邀郑大进联名参奏，他会死吗？他回答不了这个问题，除了以一盏薄酒、三炷清香予以遥祭，实在别无选择。

当然，如果这一切仅与和珅有涉，他尚可接受，毕竟古来权臣无善类，贪赃枉法，杀人灭口，清除异己，乃其秉性。但若与那个端居宝座之上的天子有关，则实在令人不寒而栗！

江山社稷，犹若大厦，而贪官污吏，恰似蛀虫，若容忍他们胡作非为，岂不有倾覆之险！

四月底，殿试放榜，李骥元列第二甲，选为翰林院庶吉士。或因李调元早已预知，并不怎么欣喜，仅以一诗相寄，以示祝贺——

又见春风起幽燕，群芳一夜开满园。

最是多情拈花手，撷取数枝赠翰苑。

时至五月，暑气日甚，虫吟蝉噪，昼夜不息。马氏早已出怀，身子也愈见沉重，一应家务，几乎全落在了芸儿、香儿两个婢女身上。李调元吩咐芸儿、香儿并王嫂，多买些鸡鸭鱼虾，为马氏滋补。自己也偶或熬些羹汤，以利保胎。毕竟马氏曾流产两次，实在不敢大意。

十三

眼看已进六月，那部卷帙浩大的《函海》已刻了将近十分之一。忽有邸抄传来，称原通永道员、现都察院右都御史谢朝宪与原通永道河道司大使汪文成，狼狈为奸，互为帮凶，借开渠引流、造湖吞吐，贪没巨款，罪大恶极。谢朝宪虽自缢殒命，但罪不可赦，即抄没家财，妻妾子女，充官为奴。汪文成虽治水有功，然不足折罪，判监候斩，亦抄没家财，其妻妾子女，发还原籍。已故直隶总督郑大进，并通永道员李调元，联名参奏此案，功不可没，各赐银千两、玉器两件、杭丝十斤、蜀锦两端云云。

这份邸抄恍若一记闷棍，打得李调元差点晕倒在地。他可以接受谢朝宪畏罪自杀，也可以接受郑大进猝死任所，甚至可以接受和珅稳若泰山，但无法接受将汪文成与谢朝宪并列为罪魁。

恰在此时，小黄门来通州传话，命李调元某日某时往养心殿面圣领赏。

李调元知道，这是替汪文成保命的唯一机会，也是最后的机会。

三日后，李调元特意穿上一身洗得干干净净的正四品常服，依时登程，往京城面圣。

郑大进之子，奉直大夫郑维祉，已先一步到达。二人被引入养心殿，乾隆也坐上了宝座，皇子永琰仍侍立阶下，御案上摆着两份光灿灿的赏赐物。二人赞拜伏地。一个太监拖着干巴巴的腔调宣读圣旨。

宣毕，两份沉甸甸的赏赐物分别递到两人面前。郑维祉双手接过，或因太重，险些失手，赶紧置于一旁，叩头谢恩。李调元不接，只叩头谢称："臣有负汪文成，实在无颜受赏！"

乾隆似乎知道李调元不会受赏，命郑维祉退下。几个太监帮着将那堆物品送出去。乾隆这才看着李调元问："李道员何有此说？"

李调元奉道："此案始末，臣不敢多说，更不敢妄论是非。然臣为使汪文成自陈案由，曾将其列为治水头功，并应允保其不死。如今，汪文成监押候斩，臣若受赏，岂不等于以彼之血，利己之私？"

乾隆强忍怒火，又说："此乃朕意，与你无关，不必自责。受赏谢恩吧。"

李调元摘下顶戴，叩头再奏："臣今日之来，不为受赏，只愿以顶戴花翎，赎汪文成一命，望陛下开恩！"

乾隆勃然大怒，厉声斥责道："如此大胆，竟敢一再逼朕！拉下去，监入诏狱，以候审裁！"

永琰赶紧劝道："李调元生性耿介，胸无藏掖，然忠君体国之心，无不寓于言行，举朝之内，无人可出其右！请父皇恕其操切，斥退即可！"

李调元似未听见永琰这番话，仍朗声宣称："臣虽万死，亦不负当初诺言。若陛下不予恩准，臣愿与汪文成一并受戮！"

永琰几步抢过来，一把拽住李调元，欲拖离养心殿。李调元却拼命挣扎，不肯出去，嘴里只哭喊陛下。永琰疾呼小五等："都过来，将这个不要命的家伙拖出去！"

小五等见乾隆并不呵止，纷纷上去，将李调元拖了出去。乾隆气得满面涨紫，看了看永琰说："看清楚了，这就是直臣！"重重呼出一口气，又说，"他们依仗自己勇直，言他人所不敢言，行他人所不敢行，肆意妄为，无所忌惮！朕虽恨之入骨，但杀也不是，不杀也不是！幸好朝堂之上，不只有直臣，亦有如和珅者流，否则，这个皇帝还有何滋味！唉，天下苍生，谁知为君之难！"

永琰唯唯诺诺，不出一言，深知父皇此时需把那口闷气彻底吐出来。忽然，乾隆指着那些仍然堆在那里的赏赐物说："把这些东西通通给李调元送去，他要敢不受赏，朕不仅要他生不如死，他那从弟李鼎元、李骥元，亦将受累！"

永琰赶紧叫上几个太监，带上东西，快步出来，去追李调元。

小五等人将李调元拉出内宫，一再劝解，李调元仍不肯去。永琰追上来，把李调元拉去一边，将乾隆那番话悄声说给他听。李调元泣道："殿下用心良苦，臣岂不知。然臣若受赏，非但无颜与世人相见，更无脸与汪文成相会于黄泉之下！"

永琰斥道："李道员向来敏捷过人，何故今日如此糊涂！所谓天子一言九鼎，岂有更改之理！虽血洒当庭，于事何补！汪文成死罪已定，但妻子犹存，既抄尽家财，李道员何不以受赏财物，资其活命？"

永琰这话确实有理。李调元恍然大悟，赶紧谢恩。永琰又命自己的随侍太监，替李调元叫一辆宫车，送其回通州。

此时，汪文成家人已被逐还陈州，并无音信。李调元总觉得有无数双眼睛暗暗盯着自己，充满鄙弃与嘲讽。遂请吴玉春先带上两件玉器并蜀锦，去京城变卖，意在换成银子，一并送予汪文成家人。又嘱王嫂，往通州城里寻一家丝织作坊，将十斤杭丝，也换成银子。

当年，吴玉春赴京应试时，曾邀约同窗好友去过几次琉璃厂，颇知那里的行情，只要是宫中出来的物件，哪怕是只夜壶，都能卖个好价钱。于是把几件东西裹进包袱里，赁一匹好马，一早驰往京城。

到琉璃厂时，恰值正午，各路玩家挨肩接踵，处处都在讨价还价。吴玉春只装作一个看客，也不声张，意在摸清行情，以免贱卖。走了一阵，遇上一群人围住一个穿一件白绸坎肩，手摇蒲扇，另一手摊着个鼻烟壶的汉子。那汉子操一口地道的京腔，信誓旦旦地说，这是雍正皇帝当年赏给某贝勒爷的物件，需出二百两足银，才敢出手！

围观者一片喧嚷，说真说假的都有。吴玉春止于一旁，欲看结果。恰好一个蓄着三绺长须的男子挤进来，拿过那东西看了看说："一百两。若卖，立即成交；若不卖，拉倒。"

汉子将鼻烟壶一把拿回来说："二百两，少一分不行。"

旁人开始起哄，都说要价太高。那人拿着鼻烟壶便走，长须男子一把将其拉住。一番讨价还价，一百二十两成交。

但吴玉春明白，这两件玉器并蜀锦，远比鼻烟壶值钱，不可当街叫卖。行走间，望见一家古玩行，颇为气派，遂走进去。

依靠曾于广东与十三洋行打过交道养成的精明，吴玉春顺利出手，共卖得二千多两银子。日暮时分，回到官邸，将一张银票交给李调元。李调元没想到能卖这么多银子，几乎喜出望外，连日来的忧郁似乎一扫而光。遂请王嫂治酒备菜，邀吴玉春共饮。

翌日，托吴玉春带上一千两赏银，以及十斤杭丝换的钱，并吴玉春贩卖所得，往陈州寻找汪文成家人，将其交付，使之能借此立业。

但李调元却并未因此感到轻松，除了去官署问事，几乎成天侍在书房，对酒独饮。书稿刻板似乎也雕不下去，几乎毫无进展。

半月之后，吴玉春回到通州，称已将那些银子交到汪文成家人手里，其子汪雨竹正忙着购置田产，谅无生计之忧。这消息，亦未使李调元内心安稳。

仲夏时节，连日阴雨，李调元忧心运河泛滥，遂领吴玉春及一众僚属往河上察看。虽洪水暴涨，然因疏浚之后，河堤增高，河床凿低，且水流极畅，看来并无洪灾。于是放下心来，除日常事务外，仍独坐书房，以酒遣怀。或因窗外雨水如愁，几乎日日大醉。

这日半夜，李调元夜半醒来，忽觉枕边有人，不免诧异，伸手一摸，摸到一具柔软而温暖的身子，以为是马氏，遂问："不好好保胎，何故到这里来了？"

却不见回应，便摸向腹部，却并非那具受孕的身子。忽然明白过来，不由心跳如鼓，再也不敢吱声。

躺在身边的是芸儿，因马氏见李调元只是饮酒，担心他愁绪郁结，憋出病来，遂把芸儿、香儿叫到自己房里，直截了当地说：“你两个的心思，我早就明白，如今老爷郁郁寡欢，亟须温暖。男人就是一棵草，哪里离得开雨露。若你们愿意，就过去安慰他。他若问起，只说是我的意思。”

香儿忙道：“芸儿爱慕老爷胜我十倍，就让她去吧。”

然而，当马氏与香儿一起将芸儿推进书房后，马氏却躲进自己房里，偷偷哭了一夜。

芸儿是万念俱灰的李调元猝然获得的惊喜，也是命运给他的一次补偿。这个如马氏一样，对李调元一见倾心的女子，以自己的温爱，总算将其从绝望的泥淖里一步步拯救出来。

不觉已是金秋时节，马氏产期已近。李调元坐卧不安，生怕有丝毫闪失，亲往通州城里打听，要寻一个最好的产婆，为马氏接生。

临盆的那一天终于来了，产婆早早备下了一应所需，一直候在床边。李调元、芸儿、香儿则候在屋外，几乎不离半步。于厨下忙着饮食的王嫂，也时常过来询问。

到了掌灯时分，马氏的呻吟渐渐变为哭喊，气氛也紧张起来。李调元双眉紧皱，面色如灰，不停地走来走去。芸儿、香儿也坐立不安，却又手足无措。

哭喊越来越急，近于撕心裂肺。这座秋风夜月里的官邸，似被哭喊彻底抽空，只剩没完没了的恐慌。

产婆忽然开门出来，近乎呵斥地说：“你们都走远点，人气这么旺，哪里生得下来！”

芸儿、香儿赶紧把李调元拉去书房，刚刚坐下，李调元忽然站起，急促地说：“快去问问王嫂，不要忘了熬定生汤！”

香儿一把将他拉住说：“你就放心吧，王嫂早就熬出来了！”

见李调元愈发躁动不安，芸儿找出那副几乎一直闲置的围棋说：“差点忘了，钱塘一带有围棋催生之说，不如试试！”

李调元满面疑惑地望着芸儿问：“果真？”

芸儿一脸认真地说：“确有此说！”

于是匆匆摆开，李调元迫不及待地拈起一枚黑子，正要落上棋枰，忽听产婆的呼喊传来：“来人！”

李调元把那枚棋子一扔，发疯般冲出门外，芸儿、香儿也紧跟而去。

躺在床上的马氏脸色惨白，已无力哭喊，两眼望着李调元，似乎充满求告或绝望。产婆只顾搓手，嘴里不住念叨："生不下来，我已经尽力了，怕是凶多吉少！"

李调元愣在那里，死死盯住被褥盖住身子的马氏。鲜血已将这架雕花木床彻底打湿，床前也是一片湿漉漉的血迹。气氛彻底凝固，似乎每个人都死了。

不知过了多久，马氏以最后的力气说："我要走了……但不后悔……"

李调元回过神来，扑上去，将马氏一把搂住，只喊出一个字："不！"

不知何时，产婆已悄悄走了。马氏在李调元怀里咽下了最后一口气……

但这个夜晚却秋风如水，明月如霜。

直到来年，马氏坟上长出浅浅青草，李调元都没缓过劲。

但诡异的命运偏不放过他，在马氏入葬的半月之后，恰值秋决，汪文成被押到京城菜市口斩首。同日于此接受刑戮的，多达二十余人。

第三章

一

　　乾隆十八年（1753）秋，李调元赴省会成都乡试，三场下来，感觉极好，虽不敢指望夺魁，至少也当名列前茅。遂写信给时任浙江余姚知县的父亲李化楠，并将三场试卷默写下来，随信附寄。

　　正欲将此信交付民信局，恰有一个曾于乡学同窗的青年从罗江来，找到李调元，求其写封信，欲往余姚贩货，想得到李化楠的帮助。真是凑巧，遂依其所托，再书一信，一并交予这人。

　　因等待放榜，且志在必得，遂邀朋引类，四处游玩。几天下来，已将成都的名胜走了一遍。李调元提议往灌县去，目的地当然是闻名古今，造就西蜀之富的都江堰。

　　此时，成都平原稼禾割尽，丛菊始开，到处一派明丽的秋色。加之天高气清，日色利爽，更令人心神俱悦。一行四人，不借车马，沿一条尘土轻扬的官道不紧不慢走去，或歌或笑，或行或止，全凭意兴。

　　行至郫县境内，已当正午，望见路旁一棵黄葛树，树下一块空地，摆着一个饮食摊子；右侧是几堆刚刚垒起的稻草，像一堵高高低低的软墙，似有缕缕未曾散尽的稻香，四处蔓延，更能叫人想起饮食。

李调元望了望天色说，反正已是正午，不如吃饱喝足再走。

摊主是个年约四十的男子，地道的西蜀口音。两具柴炉，两张小方桌，摞在一起的小竹凳，两个竹筐，两口铁锅，一个砂罐，外加一条扁担和两架半人高的木柜。一切都能装进两架木柜里，穿上扁担，挑上便走。这种随性游动的饮食摊，在官道上并不少见。

两个竹筐子里，盛有事先切好的菜肴，荤素各别。砂锅里是早已焖熟的米饭，只要盖好盖子，一般不会冷。

树上挂着一块木牌，上写几行大字——酒，一碗十文；荤菜，每样八文；素菜，每样三文；米饭，每人一文，任取。

荤菜仅有猪肉，别无其他，素菜则多为凉拌。李调元做主，点了两个荤菜，一个生拌芹菜，一个秋辣椒煎豆腐干，并一碗酒。

摊主手脚之利索，简直使人眼花缭乱，仅片刻，两道荤菜已上了桌，是一道春饼烩肉片，并泡青菜炒肉丝。当那碗酒摆了上来，李调元忽忆起曾享誉四海的山公酒，恰是出自郫县，便望着正拌芹菜的摊主问："有山公酒吗？"

摊主抬头一笑，一脸茫然地说："没听说过。"

李调元也不再问。德阳秀才钟云路拿起酒碗，看一眼李调元说："直接说郫筒酒不就行了？"

于是率先抿了一口，立即一副苦大仇深的样子。其余一齐望着他，见他既不放碗，也不说话。李调元便问："如何？"

钟云路把包在嘴里那酒一口吞下，又抿了一口，咽下，这才咂了咂嘴说："好酒。"

李调元笑道："好你个钟秀才，真会装神弄鬼！"

遂把酒碗夺过，一试，果然香醇满口。摊主的手艺也非常好，几道菜做得颇有滋味。几轮下来，那碗酒已经罄尽。李调元逸兴大生，叫摊主一人来一碗。

四碗酒刚刚斟好，忽听一声怒喝响起："棒客打劫，要命的留下钱财！不要命的留下人头！"

几个人大惊失色，一齐望去。四个手持凶器的棒客，如鬼魅般从草堆里跳出，眨眼间已到跟前。摊主魂飞魄散，手里仍然抱着酒坛子，飞一般跑了。钟云路等三人，似乎受到感染，也随摊主一溜烟跑得远远。

桌旁只剩李调元。四个戴着面具提着钢刀的捧客，一拥而上，将他围住。

李调元所以不动，或因心里清楚，人家干这买卖，也算是一条生路，要的只是钱而不是命。两把钢刀，一左一右架在了李调元的脖子上，叫他把钱袋子拿出来。

止于百步外的钟云路等不禁叫苦："完了、完了，钱都在他身上，去不成灌县了！"

摊主却说："能保住一条命，就算老天开眼了，还说啥钱！看那样子，这就是飞天仙子那帮人，都说凶得很！"

几个人不再出声，眼巴巴望着那边。不料，两把钢刀竟收了回去，似乎与李调元说了几句话，那帮凶神恶煞的家伙竟扬长而去。

钟云路缓过一口气说："幸好只要钱，不然，你我只顾逃跑，要是李调元丧了命，岂不一生有愧！"

等他们回来时，李调元早已自顾自吃喝起来，面不改色，似乎刚刚那一幕并未发生，只是幻觉。钟云路却说："这几个棒客胃口也太小了，一人五百文，才区区两贯铜钱！"

摊主以为他们付不起饮食钱，虽自认倒霉，但除了李调元，另三碗酒尚未沾唇，当然应该倒回坛子里。正要去拿酒碗，忽听李调元说："我要说分文未予，你们信吗？"

钟云路等当然不信，摊主也不信，端起一碗酒，就要倒回坛子里。李调元忙道："且慢！"

随即从腰间摘下钱袋，往桌上一拍说："不信，你们看，是否分文未少。"

摊主见那个钱袋子鼓鼓的，至少不差这顿酒菜钱，便将那碗酒放回桌上。钟云路等也看得清楚，那些钱果然原封未动，不免大惑不解，要李调元说出原因。

其实，在李调元望向几堆稻草的那一瞬，已经看出破绽。首先，他们都戴着面具，这说明心有惧怕，而真正的悍匪绝对无所畏惧。其次是那几把明晃晃的刀，使他蓦然想起了川北一带的端公，只有端公的司刀才如此雪亮。但司刀只是假刀，永远不会开刃，那抹雪亮，全因结结实实涂了一层烧化的银子。

102

川北是巫的故乡，几乎每家每户都曾请过端公驱邪降鬼，俗称傩坛，且分文坛和武坛。尤其文坛，端公手持司刀，全程有说有唱，且滑稽荒唐，总是惹出一片哄堂大笑。不知何人，依此为端，将文坛一番改造，便成了与神鬼无关的灯戏。李调元自幼喜爱看戏，当然明白其中关窍，故而一眼看出，这些棒客手里拿的，不过是端公的司刀，或者干脆是某个灯戏班子的行头。此外，便是面具，也未经改造，原原本本属于端公，也属于灯戏。

几个同行的秀才，除钟云路是德阳人，其余一个生长于新都，另一个则出自金堂；而摊主是地地道道的西蜀口音。或因灯戏和傩坛，以涪水为界，至今只在川北一带流行，即使再来一回，他们也未必能看出门道。

这才是李调元端坐不动的原因。当两把刀架上他脖子，并勒令他拿出钱袋时，他不禁一笑说："这就是端公手里的司刀，杀得了鬼，却杀不了人。"

几个棒客明显一愣，李调元趁机抬头一看，心里更加有底，又说："姑娘们何故干起了这种勾当？"

他看得清清楚楚，几个人虽然戴着面具，但耳朵和脖子都露在外面，不仅颈上无喉结，且耳上还有穿孔，其中一个，干脆戴着一对银子打的耳坠。

几个人忽然出不了声，似乎进退两难。李调元笑道："要多少钱，只要说句话就行了。"

其中一人捏腔拿调地问："你，到底是何方神圣？"

李调元答道："在下行不改名，坐不改姓，姓李名调元，罗江人氏。有一句忠告，望姑娘们谨记，川西一带，不兴巫术，也无灯戏，这套行头，确乎唬得住人。但拜托你们，好歹把脖子和耳朵遮住。"

那人再也不装腔作势，一跺脚说："算了，姑且饶过这家伙，太无趣了！"

刚走几步，那姑娘又回头说："哼，罗江李调元，你也记住，胆敢把今天这事说出去，你这辈子不得安生！"

李调元忙道："姑娘放心，李调元若泄漏一字，天打雷劈！"

因有这句话，无论钟云路等如何追问，李调元都不以实相告，只说盗亦有道，人家自定的规矩，首先不抢读书人。故而，是孔老先圣替我们保住了盘缠。

说话间，酒肴俱尽，李调元付了钱，遂与钟云路等离开饮食摊。因这一场虚惊，似觉秋日景象也不再如先前那么美妙，脚下也快了许多。

到了灌县，已是日薄西山，于是穿城而过，到堰头分水处，早是一派沉沉的暮色。几个人伫立岸边，放眼望去，满江碧流，冲破重重青山，洋洋洒洒而来。江上架着一条索桥，恍若一条陈旧的腰带。桥上已无行人，桥栏之间，是丝丝缕缕的暮气和悠悠荡荡的晚风。江水从桥下涌过，被一只巨大的、乱石砌成的鱼嘴分为两半。经一溜排列的杩槎和装满石头、重重叠叠一路排开的竹篓再分，流入故道的仅约三分。另一半则沿内侧而下，挤进了一段狭窄的通道。李调元知道，狭窄处名曰宝瓶口，经人工开凿，因形若一只倒卧的梅瓶，故以此为名。

那座孤立于江心的小山，草木丰茂，掩映一座碧瓦如鳞的道观。李调元亦知，山曰离堆，观曰伏龙。据称，那座被强行分离的小山，曾与右岸山体相连，乃秦蜀守李冰破一为二，意在借此分流。

每当洪水季节，鱼嘴、重重叠叠的竹篓、离堆、宝瓶口，会自动将七成水分去外江，而进入内江，流经平原腹地的，仅剩三成，可保沃土千里不遭水害。秋冬时节，侧借河道之势，分入内河的水则为六成，除了灌溉汲饮，了无行舟之碍。

忽听钟云路说："哎呀，都江堰这么大的名气，曾以为壮丽宏伟，没想到不过尔尔！"

这话竟惹恼了李调元，狠狠瞪着他说："闭上鸟嘴不行？"

钟云路等无不诧异，不知李调元何以动怒。他们哪里明白，此时，李调元心里充满敬慕，任何声响，包括千古不息的水声，以及呜咽的秋风，都不合适。面对两千年来的奇迹，最宜的方式，是保持静默，任何赞美或置疑，都是浅陋的。

暮色越来越深，似觉那一派江水，借暮气掩护，正悄然上涨，欲将他们淹没。正有些危惧，忽见一盏灯笼从一侧的小路上移来，灯影里是一个戴着竹笠的男子，一手提着一张渔网，正一脸疑惑，打量几个被夜色吞没的年轻人。

李调元赶紧招呼，并自报来历。男子哦了一声，到跟前停下。听口音，应该是灌县人。彼此寒暄几句，钟云路还是忍不住问："用那些装满石头的竹篓子和木叉分水，水量一大，岂不要冲毁？"

男子笑道："这是前人立下的规矩，世世代代都这样。"

钟云路瞥了一眼李调元，又说："依我看，一定能找到更好的办法，比如用条石堆砌，或者做成榫卯，彼此相连，不说一劳永逸，至少也能管好些年。"

男子脸色沉了下来，望了望已完全沉入夜色的江面，才说："那不叫木叉，叫杩槎。恐怕这是前人的用心，是要后人明白，好日子来之不易，一饭一米，一瓢一饮，都该珍惜。每年冬天，沿河两岸的人，都要来这里岁修。不分男女，不分老少，甚至不分官民。不仅要重竖杩槎，还要新编竹篓，更要把泥石淘尽。有一句话说得好，没有岁修，就没有都江堰。"

一时陷入沉默，夜色里的江声悠悠不绝，仿佛来自两千年前的诉说。所有的秘密，所有的心思，似乎都在这一脉绵延的江流里，无须一言，无须一字。

二

返回灌县县城，已差不多将近二更，虽是满城灯火，但那些临街的铺面已经关张。幸好不乏搭在街边的饮食摊子，更不乏酒肉。他们选了一处临水的摊子，一渠清流，载着灯辉和星光，摇曳而来，摇曳而去。想必这水，也是由都江堰分流而来。

这座因水而兴的古城，理应借尽水的韵致。摊主是个年约三十的女人，眉目清秀，干干净净，浑身都是水一样的意味。这酒，这菜，便添了许多美妙。

趁着酒意，他们在城里四处游走，直到街灯一盏又一盏熄灭，才随便找了家客栈安歇下来。

翌日一早，他们便离开灌县，要赶回成都，只因后天便是放榜的日子，不敢耽搁了。

回成都时，又是一个满地夕照的黄昏，早已腹中空空，于是进了那家曾多次去过的酒肆。此处与下榻的客舍仅隔了一条小河，只需跨过一座石桥，便可往返。去贡院也不远，由此往左，便是一条大街，沿街最多行千步，便能望见那座高过群宇的明远楼。应试期间，一帮弓箭手环列楼上，即使一只蝴蝶飞过，也可能被他们射落。

自科举开办以来，考场舞弊的手段层出不穷，简直五花八门。最传奇的主要有两种：一是早早驯养鸽子、画眉、麻雀之类，使其能在任何情况下，准确地飞入考场，找到主子，俗谓之腾云驾雾；二是驯小狗、小猫或老鼠，自房檐或墙脚进去，俗谓之上天入地。

当然，他们首先需要打通关节，获取试题，请精于举业的文章高手，写好应试文章。应试那天，考生经严格搜身，堂而皇之进入考棚。等在场外的家人或书童，把文稿藏在它们身上，不声不响放出去。它们会沿着主子的气息，准确无误地找到目标。

于是便有了明远楼上那些百步穿杨的弓箭手。

此时，各地考生已齐集贡院外，望向那张已然放出的榜。李调元胜券在手，首先去看标于榜首的姓名——榜首并非自己！

前三都另有其人！

平静的心狂跳起来，继续往下看，在一百多人的姓名中去寻找自己。他看见了钟云路，看见了同去都江堰游玩的另两人，也看见了几个一同赴试的罗江考生。但直到最后，都无李调元三个字！

他不敢相信，或许看花了眼，又自尾至头看过一遍，确信没有自己！

前后左右，名标榜上的考生们开始欢呼，或彼此道贺，声浪起伏，经久不息。李调元却听不见，或者充耳不闻，一切都空了。唯觉自己被这个世界抛弃了，抛在众人以外，抛入荒郊，抛入旷野，抛入无边无际的黑暗。

多年以后，他都无法记清当时是怎样离开贡院，回到那家客舍的。当时，他唯一明白的是，不能在这里住了。匆匆搬出来，失魂落魄地乱走，最后进了一家远离贡院的小客栈，要了一间房。这里没有考生入住，既无落榜的沮丧，也无高中的欢欣。

他把自己关在房里，躺在床上，只死死盯着糊了一层纸的屋顶。他当然知道，读书人落榜也属寻常，何况自己刚满二十岁，尚有足够的机会。但县试、府试，自己都是第一，好些名次远在自己之后的考生都赫然在榜，这是无论如何都无法接受的！

他觉得自己像一只断线的风筝，飘在风中，既不知飞向何处，也不知落到哪里。

回罗江？不不不，不能回去。实在无颜面对那些对自己寄予厚望的家人、亲族、业师、同窗以及乡党！

那么，此次落榜，问题到底出在哪里？是自己才不及人，抑或审题有误？

为了给自己一个答案，他磨墨展纸，把三场试卷再次默写下来。第一场试题出自《大学》——大学之道，在明明德，在亲民，在止于至善。

虽然历代以来，有关《大学》的集注多如牛毛，但本朝唯以朱熹所注为正统。自己的论述，也是依朱熹注疏展开，何曾离题！

第二场是拟写官方文书，范围明确，几乎无须发挥，任何考生都能轻松应付，故此几无高下之分。

第三场为策论，这才是区分优劣的关键。中与不中，往往也在这一场。但自己这篇策论，不仅始终紧扣主题，而且不拘常态，颇有卓识，胸中志向及抱负，俱在文字之间，更兼文辞简洁，才情飞扬，岂能不入考官法眼？

审视已毕，李调元反而陷入更深的迷茫，他不知道问题到底出在哪里，更无从找到答案。

很快，他想起了那些因种种原因落榜的才子，曾往贡院门口跪地喊冤，最终惊动朝野，从而逆转为胜的传说。

如果认领了这个结局，那就只有等到三年以后才有机会再次应试。与生俱来的倔强与勇壮告诉他，不能不声不响，不能逆来顺受！那就豁出去，大不了拼死一搏！

他拿出一张白纸，写了个斗大的冤字，贴在外衣背后。忍住难以遏制的激愤，又写了一纸诉状。

翌日一早，他穿上那件贴有冤字的外衣，手持诉状，并三份默写下来的试卷，走出客栈，欲往贡院去。刚出客栈门，忽见一人快步过来，口里急切地说："少爷，找得你好苦！"

他不禁大惊，抬头一望，一个风尘仆仆的青年已到跟前，竟是父亲的书童李应桥！

李应桥肩挂包袱，一见李调元这身装束，已经明白过来，不容分说，强行将他拽回客房，顾不得掩门，急忙掏出一封信，双手递给李调元说："少爷莫急，这是老爷的信，你看完再说！"

李调元满面疑惑，接过信，撕开，抽出一页信纸，展开阅读——

元儿见字如面：

　　随信所寄试卷抄本，无须尽阅，已知今科非但不能折桂，定然落榜无疑。所谓知子莫若父，以尔秉性，或无法接受，或有惊人之举。遂遣书仆李应桥，披星戴月，赶往成都，予以劝告。

　　历来科举，凡至乡试，已非才华可以标名，而更在稳健。何者？若乡试得中，即使不能唱名京都，亦可跻身邑宰。然为官之道，旨在端稳练达，颇忌操切，更忌恃才傲物。自古以来，凡才情高于世者，均难擢冠多士。若际遇昌达，题名榜上，已属万幸。

　　观此三卷，虽俱在题目之内，然锐气逼人，一字一句，无不高于时论，了无沉着。不邀时赏，岂非情理之中。所谓木秀于林，风必摧之；行高于世，言必毁之。应试文章，不可出惊人之语，更不可任意驰骋，而需藏锋披甲，循规蹈矩。虽临风高歌，而不惊鸟雀，行于芳林，而不沾飞花，方是正途。

　　为父宦游他乡，无暇课子，每有惭愧。阅此信后，且随李应桥来余姚任所，再修举业，来科必能如愿。

读完此信，李调元似有醒悟。既然父亲未待放榜便能预知结果，或许确如其说。

李应桥这才说："小人昨日午后就到了成都，找到少爷曾下榻的那家客舍，店主说你刚刚搬走，但不知去了哪里。小人便挨家挨户访问，几乎走遍了偌大一个成都，都无音信。直到半夜，城里已不见行人，只好随便住下。幸好老爷曾吩咐，若无处寻找，就去贡院那里，一定能碰见。今日天未亮，小人就起来，一路探问，往贡院去，没想到碰见了少爷！"

李调元摇了摇头，也不愿说话，自顾自收拾行李，一刻也不想淹留，只想马上离开。

二人出来，用过早饭，便往南门码头，搭上一条客船，欲经岷水入长江，一路东下，径往余姚。

一路山光水色，风物频换，李调元心情渐渐舒畅。到夔州境内，山势雄奇，两岸壁立，加之江流渐急，风樯饱满，船走如飞，更把科场失意抛诸脑后。正午时分，客船暂泊白帝城下，乘客纷纷登岸，皆欲一览江山。

李调元忽然忆起，当年陆游通判夔州，初夏时节自山阴登船，一路游览，风雨畏途，历时半载，来此已是隆冬。其间数千里水路，或行或止，几乎访遍两岸名胜，且将所见所闻，每夜付之笔端，到夔州时，一部近四万言的《入蜀记》也随之成稿。

初读此书，立刻沉醉其间，阅数遍之后，可一字不少通篇默诵。不如照放翁所记，访其遗迹，何必匆匆！

这些年来，自己寒窗苦读，很少外出游历。若身行其间，而不履先贤足迹，岂不有失敬慕。况科场之失，令人郁郁，不如寄情山水，忘尽幽恨！

于是李调元让李应桥随船先行，告知家父，以免悬望。

《入蜀记》以山阴至夔州一路所见为序，其笔墨所及，也是逆江而上的古迹风物；自己则自夔州始，顺江而下，虽逆路而走，也颇有意思。

从一个风轻云淡的秋日开始，李调元沿着陆游笔下所书，于大江两岸行止，仿佛是在那部书里优游。

当他走出那部书时，已是霜气漫天，雨雪交下的冬日了。在同一个季节到达各自的目的地，似乎是与陆放翁的隔世约定，无所谓是否刻意或者巧合。

当他走入官邸，父子相逢，李化楠似乎有些无措。过了好一阵，李化楠才望着他问："江上之游如何？"

李调元笑道："身心俱畅，忧恨尽去，虽不敢称陆务观第二，也可望其项背。"

李化楠点了点头说："如此甚好。"

说话间，酒席已备，父子执酒对饮，话题也格外轻松而宽泛。古今人事，故乡风情，几乎无所不及。

翌日，李化楠请来一个浑身儒气，苍颜白发的老者，称其姓俞，名醉六，曾中孝廉，颇精举业，应试文章更是得心应手，座下弟子不乏金榜题名者。遂命李调元拜其为师。礼备，将俞醉六延入宴堂，令李调元末席奉陪。

三杯酒后，李化楠向俞醉六一揖说："犬子自恃聪颖，历来不拘常格，更耻作庸常之论。此番铩羽，唯因满纸锐气，逼人心神。务请先生，以磨其锋利为要，使之剔尽厥词，步入文章正途。而我事务烦冗，无暇顾及，一切唯赖先生了!"

俞醉六赶紧还礼,看了看李调元说:"此子面目清朗,足见天纵其才;然眉骨高耸,鼻梁挺直,可见勇壮无畏,乃其秉性。在下虽一介俗儒,但半生课徒,勉知因材施教。李知县放心,料不出三载,必有刮目之变。虽不敢说脱胎换骨,但夺名乡试,或唱名御前,也并非难事。"

三

李调元未到余姚之前,父亲已为其拜请俞醉六为师,并在县丞官署一侧腾出一间偏房,既为课堂,亦供俞醉六居住。

俞醉六执教于闻名遐迩的白鹿洞书院,或因年事渐高,乡思更甚。加之老母在堂,不便耽溺他乡,遂于今冬辞教,回到余姚乡下。李化楠得知此情,赶紧准备一份贵而不俗的礼物,前去拜会。听了李化楠的意思,俞醉六说:"老朽授业多年,不免厌倦,本欲就此弃教,安度余生。但李知县诚心相邀,只好奉命。"

李化楠大喜,一再称谢。俞醉六却说:"不知令郎资质如何,望如实相告。化用伏波将军语,当今之世,不但徒择师,师亦择徒。李知县勿怪,师徒之间,不仅需有缘,还应知根知底,否则,或无从施教。"

李化楠遂将自己眼里的李调元,亦褒亦贬,一五一十说了一遍。

酒宴散去,已是傍晚,李调元送俞醉六过去安歇。

照李化楠的吩咐,李应桥早早过来,生起一炉炭火,放上一壶水,屋里暖烘烘一片。

侍候俞醉六洗漱完毕,李调元告辞。俞醉六却要他留下,笑说:"老朽曾听令尊言及,羹堂才思如水,诗文歌赋,无不倚马可待。当此寒夜,梅香满屋,且请以蜡梅为题,作一文如何?"

李调元当然明白,俞先生想试一试自己的才学,于是欣然应命。既是课堂,文房四宝当然俱全,李应桥赶紧磨墨。俞醉六当炉而坐,拿出一卷书,自顾自默读,心里却暗暗掐着时辰。

不足半个时辰，一篇五百余字的文章已经捧到俞醉六面前。俞醉六望了望书案问："草稿呢？"

李调元不无得意地说："并无草稿。"

俞醉六再看了看李调元，见纸上字迹清丽，竟无一处涂改，一边暗暗称奇，一边叫拿笔墨过来。李调元赶紧拿来，将笔递去，仍手捧砚池，立在一侧。俞醉六将那笔蘸上墨，在砚池边抿了几抿，将笔尖悬在文稿上。显然，欲一边阅读，一边批改。

但那支笔却始终悬在上面，落不下去。看那样子，这篇文章，他至少读过三遍，却仍不抬头。

终于，俞醉六把笔还给李调元，语调近乎哀伤地说："搁回去吧。"李调元放回案上，本想说请先生指点，但见他双眉微锁，似乎有些气紧，便不敢出声。

过了好一阵，俞醉六叹了口气说："你啊，才气横溢，见识独到，确非一般人可比。此文言辞精美，文采灿然，似有几分东坡遗风。老夫今日方知，蜀中多不世之才，确非虚言！"

俞醉六停了停，又说："令尊说你锐气逼人，但以老夫看来，何止于此！锐气之间，其实是光芒。老夫且借时人之言赠你——千古负才者，最难敛才让人；千古爱才者，未有不忌才者。"

李调元听得不由心惊，赶紧拱手致谢。俞醉六笑道："老夫身为业师，读此文尚有妒意，何况他人？"

李调元哪里说得出话，唯唯诺诺而已，但已觉俞先生坦荡，也算可喜。最后，俞醉六说："恰如令尊所说，老夫无须教你作文，只需帮你磨去锐气，至少不能让人一见生妒。"

照李化楠本意，俞醉六一日三餐都在官邸里与父子并用，但俞醉六尤好清静，坚辞不应。李化楠只好另请一个颇知烹饪的仆人，专供俞醉六使唤。

第二天早饭过后，李调元遂去俞醉六那里受教。俞醉六已经看过李调元的试卷，心里有数，对坐在课桌前的李调元说："各省乡试，虽题目各异，然其出处与旨意完全相同。老夫特为你备下近三十年来江西并东南各省乡试题目，以及名列前茅的考生试卷。你且先看题目，悉心领会，三月之后，老夫再问你心得。记住，三月之内，你不发一问，老夫亦不作一解。"

李调元有些失望，没想到俞醉六竟如此课徒。但所谓师道尊严，不可违命，只好去看那些题目，心里一边揣想，该怎样破题，怎样展开，怎样收尾。看了一阵，不禁有些技痒，遂望着正专心读书的俞醉六说："学生可否依这些题目，各作一篇文章？"

俞醉六头也不抬，似乎没听见。

李调元心里暗想，如此枯燥无味，未必俞先生想以此消磨自己所谓的锐气？

中午，李调元暂辞俞醉六，回官邸用饭。刚坐上饭桌，李化楠便问："如何？"

李调元毫不掩饰地说："先生让我看应试题目，又不准依题作文，甚是无趣。这还罢了，说要看三个月，三月之内，我不得发一问，而他也不作一解！"

李化楠略一思忖，不由击掌赞道："好个俞醉六，真不愧一代名师！"

下午，李调元故意对着那些题目感慨自语，并不住提问，明知俞醉六不会解答，偏不住口。终于，俞醉六忍不住了，放下那卷书说："老夫且与你立约，自此时起，三月之内，你若再提一问，必须受罚。"

李调元却说："为人师者，需率先垂范，所谓己所不欲勿施于人。若先生不守诺言，当如何？"

俞醉六盯着李调元说："此言有理，我若答你一问，亦当自罚。"

李调元赶紧站起，朝俞醉六躬身一揖说："先生如此自律，学生岂有话说！"

俞醉六指着一张木凳子说："无论师徒，若有违，皆以此凳置于头顶，面壁思过，非一个时辰不得放下！"

李调元果然不再出声，似在咀嚼那些题目。屋里异常安静，只偶尔有俞醉六翻书的声响。眼看天色向晚，李化楠不声不响过来，止于窗外，正不知是否该进去，忽听俞醉六说："好了，今日就到此吧。"

李化楠连忙跨入门里，向俞醉六一揖说："在下得知先生颇喜鱼脍，特意嘱咐厨娘买回一尾鲈鱼，想必已快烹好。望先生不辞区区之意，借此微鲜，小酌一杯如何？"

俞醉六咽了一口唾沫，虽仍不免客气，但也不推辞。至于酒宴种种，也不过寻常景象，无须描述。而李调元与俞醉六之间的交往，也不过一日重复一日，几乎没什么意思。

总之，他们像两具相对而坐的木偶，终日无言。一个一遍又一遍看那些题目，似看得每个字都长满了绿毛；一个则捧着那卷包了一层绢而不知何名的旧书，读得津津有味。偏偏那个名叫黄成奉的仆人，也不爱说话，或远远坐在一旁瞌睡，或偶尔替俞醉六添些茶水，要么不声不响出去溜达，许久才回来。

这日下午，忽听李调元问："敢问先生所读何书？"

俞醉六抬起眼来说："胡元任的《苕溪渔隐丛话》，确是一部好书。"

话一出口，忽然醒悟过来，瞪着李调元，竟说不出话。李调元一笑："若先生不答，活该弟子受罚。但师徒俱有失，不罚也罢。"

俞醉六却说："不，君子一言，驷马难追，老夫愿与你一同受罚！"

于是率先起座，拿起一张方凳，走近墙壁，将凳子放上头顶，面壁而立。李调元强忍不笑，也如法炮制，站在俞醉六身边。李调元仍捧着那些试题，似乎看得异常专注；俞醉六也捧着那本书看，但看上去却异常滑稽，甚至有些可怜。

过了一阵，李化楠又来请俞醉六夜间饮宴，看见这情景差点笑出声来，立刻明白，俞醉六一定中了李调元的圈套。但不好让俞醉六难堪，只好悄悄退走。恰遇黄成奉提着半篮子菜蔬回来，便把意思告诉他，请其转告。

酒宴结束，李调元送俞醉六过去安歇，刚回官邸，李化楠便将他叫去书房，一脸冷肃地说："我都看见了，你不用狡辩。俞先生年近七旬，又为师尊，岂能捉弄？"

李调元只想开开俞先生的玩笑，没想到他竟如此当真，当时便有悔意。见父亲责备，遂一老一实地说："我已知错，明日即向先生道歉。"

李化楠想了想说："俞先生用心良苦，意在磨去你的棱角，而无浮躁。所谓文如其人，若你还如此前那般任意，科举这条路，哪里走得通？"

眼看已是年关，李调元每天仍只看那些试题，但离俞醉六定的三月之期，尚有二月有余。这日子，简直如同嚼蜡，实在没有半点滋味。唯一令人喜悦的是，继母吴夫人带着大大小小一家子，并李调元妻胡氏，来此过年。所谓小别胜新婚，那一番如胶似漆，实在不可言状。

依一般规矩，腊月中旬，已该闭馆停课。李化楠办了一桌酒菜，酬谢俞醉六。酒毕，将束脩亲手奉与先生，并让李调元跪下，叩拜致谢。

照李化楠的意思，吴夫人早已准备好几样礼物，包括一方重约十斤的干肉、一坛绍兴酒，一对金华火腿，一封遂州糖霜，以及两斤上好的蜀茶，装在一个挑子里，让李调元担上，送先生回乡。

俞醉六家住江岸，距县城不足二十里，虽是岁末，寒意正浓，但所到处无不竹树青绿，全然不似严冬。尤其那一派沿江生起的若诗若愁的淡烟，悠然散开，无边无际，行走其间，恍若不在人世。俞醉六也彻底不似惯常，话不仅多，且颇风趣。

反是李调元，或因师尊同行，一直寡言少语。眼看到了一座临江的瓦屋外，俞醉六停下，看着李调元笑道："果然此子可教，不足一月，已非初时模样，可喜可贺。"

这座瓦屋便是俞醉六家，家里仅老母、老妻，以及一个因丈夫一家死于时疫，只好回娘家守寡的女儿；儿子曾中进士，在云南那边做知县，妻小也去了任上。老母已逾九十，已经有些糊涂。

时近黄昏，李调元卸下担子，见过老师家人，就要告辞。俞醉六却不准，拉住李调元说："天色向晚，住一夜何妨。"

李调元虽不愿意，但不好坚辞。俞醉六立刻吩咐整备酒菜，说要与李调元痛饮。李调元不愿与俞醉六独处，以免尴尬，只说为表敬意，不惜下厨，亲手做几道菜。俞醉六大喜，抚须笑道，如此甚好。

李调元随师母来到厨下，恰好其女俞氏提着一尾长约两尺的江鲤回来，听说李调元要为师尊做菜，不禁笑道："孟子曰，君子远庖厨，你岂不知？"

李调元微微一惊，不愧俞醉六之女，竟知孟子之说！于是不紧不慢回道："君子之于禽兽也，见其生，不忍见其死；闻其声，不忍食其肉，是以君子远庖厨也。但这条鱼，或死于钓饵，或死于网罟，既不复生，君子何必远庖厨？"

俞氏不免称赞，留在厨房替李调元打下手，一阵说笑，彼此已不生分。俞氏虽年约三十，但颇文静，亦颇妍丽，更不见哀戚，似乎那一场足以摧毁她一生的时疫并未给她留下痕迹。

这几道菜，都是蜀中风味，只是未施蜀姜、蜀椒之类。照俞醉六家规，只要有客，妻女都不得入席。既然只是一客一主，遂将酒菜摆在书房里。待李调元落座，俞醉六说："此时此刻，我非师，你非徒，只当是忘年交，尽可随意，切勿拘束。"

李调元岂能随意，一直客客气气。俞醉六故意把话题引到古今文章上，褒贬臧否，词锋颇健。李调元只是静听，几乎不置一词。俞醉六搁下酒杯，望着李调元问："适才所说，皆举业所必读，羹堂何故不言？"

李调元拱手答道："师尊所论，已穷古今之理，弟子岂敢妄言。"

俞醉六盯着李调元，又说："以你胸中之学，必有见解。而我所引述，皆不过前人之见，偏颇错讹，在所难免。"

李调元却只点头，不出声。俞醉六嘘了一口气，再说："依你之秉性，能忍住不说，已堪称奇。"

其实，俞醉六留李调元住下，他已经知其用意，于是心想一定要忍住，或许年后再不用天天盯住那些试题了。

果然，俞醉六举起酒杯说："也罢，无须等到三月之后了，开春复学，老夫便把试卷给你。"

李调元暗暗松了一口气，举酒再敬俞醉六。

四

一下添了十几口人，官邸显得狭窄了。李化楠想别寻一宅，便找了个中人，托其留心，最好在官邸附近，或租或买皆可。

正月初六这天，中人来说，官邸后不远就有一座房子，房主在钱塘经商，说是发了财，把一家老小接了去。年关上托人来说，要把老宅卖了。

李化楠叫李调元去看看，要是合适就买下来。

此房距官邸不足一里，在一座浅岔上，一条绵软的黄泥路，颇有柔肠轻转的意思。一道尚未颓败的围墙，圈住一座小院，院里有几棵柳，已撑起一蓬蓬翠绿，或者根本就未凋残。几步石阶，已生满青苔，足见少有人迹。墙砖，屋瓦，虽颇沧桑，但也不觉得败坏。

大门关得紧紧的，中人喊了几声，那门便开了，出来一个年逾六十的老头。

两人操一口当地土话，平平仄仄，如歌如吟，仿佛对唱。李调元想起了曾领略过的昆山腔，却只听懂了几个字，一是李知县，二是买房。

中人改用官话，对李调元说："这是主人的亲戚，看守房子的。主人交代了，不少于五十两银子。要是觉得合适，就进去看看。"

李调元暗觉好笑，此话几乎不讲道理，所谓看货论价，还没进门，岂能定价？

中人又跟老头说了几句，遂让进门。李调元随二人前前后后看过一遍，觉得以时下行情，五十两银子不贵。但父亲手头并不宽裕，虽正俸、恩俸及养廉银相加，岁入也有一千余两银子，但开销也大，尤其购了那么多书，至少耗去一半。

回到官邸，恰值李化楠自县衙回来，遂将情形说了说。他不知道，继母吴夫人带来几年的田租，哪里缺钱。李化楠二话不说，一口答应，当即让李调元写好房契，通过中人买了下来。

一番洒扫，添了些用具，遂让李调元夫妻搬去。

经过俞醉六日复一日地磋磨，李调元确实变了，他自己并不知道，俞醉六与李化楠却看得清清楚楚。

又一年过去，正月初五，胡氏生下一子，李调元赶紧差丫鬟报与父母。时当微雨，路上湿滑，李化楠夫妇各挂一条竹杖走来。丫鬟忙将个胖乎乎的小子抱到他们跟前，递给李化楠说："少奶奶请老爷赐名呢。"

抬眼之间，却见吴夫人正将那条竹杖往墙上靠，于是笑道："乳名就叫竹官儿吧，竹有劲节，且沃土瘠地皆可生长，又不惧水旱。至于大名，不可随意，需认真推敲。"

李化楠遂将竹官儿交给吴夫人，叫李调元预备笔墨。先排出生辰八字，一番掐算，往纸上写下三个字：李朝础。

因有了孙子，李化楠夫妇喜不自禁，一连好几天都在这里吃住。除了喂奶，二人抢着把竹官儿抱在怀里，几乎不忍释手。

到了秋季，一个风清日朗的日子，俞氏忽来，说祖母已经垂危，说不出话了。俞醉六顿时惶惶，忙着向李化楠辞行，并说："令郎已尽知科举文章之道，无须再予磋磨，只待来科，必能高中。然其秉性刚直，不可更改，唯恐他日跻身官场，或多挫折。但其才华皆在性情之中，若一一磨尽，又恐流于平庸，适可而止吧。"

李化楠连连称谢，并将一年束脩足额付予。俞醉六坚持以今日为限，绝不多收。李化楠不能强予，又命李调元随行，好替俞醉六跑跑路，应付事务。俞醉六不肯，只说："虽师徒若父子，但羹堂尚须发愤，不敢耽误。"

李调元送俞醉六父女还家，走出一程又一程，无论俞醉六如何请其留步，皆不肯止。直到望见那座瓦屋，才依依惜别。

此后每日，李调元仍按时去那间偏屋，读书作文，一如当初。

所谓光阴似箭，倏忽已到五月。二月初，李化楠便给四川学政王容斋写了封信，说明李调元因何缺席岁考，请予谅解，并准其补考。

六月中旬，李化楠遂命李调元提前起行，先把自己这些年购得的一千余册书籍押回罗江乡下，以供子弟借阅；尔后再往成都补岁考，并赴乡试。

明末，张献忠率部大举入蜀，蜀中士子不仅拒为所用，还暗中招募乡勇，殊死抵抗。张献忠怒其不降，大开杀戒，巴蜀境内，读书人几乎十死其九。所有藏书也被搜焚殆尽。

到李化楠为蒙童时，几乎无书可读。往往依靠授业的先生，把应读篇目默写下来，故不免错漏，甚至与原文大相径庭。

李化楠深受其苦，早早立志，若有一天能跻身仕途，不惜以俸禄搜购书籍，运还故乡，造福子弟。日后，李调元拼命购书，也是李化楠心愿的延续。

自余姚至罗江，皆可借船运之便。然全程逆水而走，或多隐患。李调元买来十余口木箱并几捆油布，将书分装进去，再用油布一层层包裹，意在防雨防水。

收拾停当，李调元带上李应桥，雇人将行李运往姚江码头即登舟而去。他们需几度辗转，至钱塘才汇入长江。

此时，正值六月下旬，江南一带，年年如约的梅雨并未到来，故而十分炎热。

数日后的一个清晨，总算到了钱塘，又需于此换乘。因行李沉重，装卸不易，待其靠岸，李调元即如此前一样，让李应桥看住行李，自己先于众人登上码头，欲寻一艘可直达四川的船，无论货船、客船皆可。

但问遍了船家，航程最远的，只有一艘去江宁的客船，且两个时辰后就要起航。赶紧定下来，请了两个脚力，将行李卸下，搬上这艘船，照船主的意思，码入货舱。

一番折腾下来，不仅疲乏不堪，也早已腹内空空。又担心误了时辰，不敢去寻饮食店，遂叫李应桥去码头外看看，好歹买点吃的。

待李应桥提着几个咸鸭蛋并几个藕饼回来时，船已解缆，正欲离岸。

三日之后，这船靠在了江宁码头。李调元登岸询问，恰有直达重庆的货船正在装货。李调元赶紧找到船主，一番商量，连人带行李，船主开价三两银子，少一分不载。李调元生怕错过，也不讨价还价，先付了银子。

李调元主仆与几个同行的货主，挤在舵舱后一间窄小的舱室里。这船，除了每日靠岸两次，买些饮食之类，几乎昼夜不停。即使如此，到宜昌码头也是十日之后。

于此往上，将逆经三峡，水流湍急，不仅需竭尽全力，还要依赖纤夫拖拽。这船遂在宜昌歇了一夜，以期养足精力。

原以为时日充足，却不料数经辗转，每有耽搁，李调元已经有些紧张，怕误了考期。他暗自决定，待到重庆，即转岷江，先至成都，乡试之后，再押书还乡。

所幸一路顺畅，然重庆亦无直往成都的船，需到宜宾，也即岷江汇入长江处，方能换乘去成都。

其时，已过立秋，考期已不足一月。幸好父亲早已托人报了名，并找好了保人。又一番折腾，总算来到宜宾。几经询问，找到了一条往成都的客船。当十多箱书搬上船去，李调元悬着的心终于安稳下来。

逆行数日之后，船已驶入成都平原。乘客一路别舟登岸，到新津码头，本有几个人要上船，船主却拒载，说累了，撑不动船。这一来，只剩李调元主仆和几个总是不出声的男子。

既然成都在望，李调元也不着急，时日也还充足。

天晴得格外好，恰是十五，一轮满月高悬，洒下一片清幽幽的光。因在平原，水路也变得分外安静。左右两岸，更有时隐时现的渔火。宽广的田畴里，是蒙蒙眬眬望不尽的稻谷，总是能嗅到即将成熟的清香。

李调元主仆站在船头，望着一派令人沉醉的月下景象，有些心驰神荡。正意味无穷，忽见船主及那几个一直不说话的乘客走来。李调元遂问："快到灌口了吧？"

话刚出口，几个人猝然上来，将二人揪住，同时亮出几把短刀，抵上二人喉咙及胸口。很快，两条麻绳将他们绑起来，动作非常轻快，足见都是老手。船主这才有些讥讽地说："不是灌口，是虎口。"

被推回船舱，李调元才回过神来，明白上的是一条贼船，忙说："误会、误会，你们看错了……"

船主骂道："再他妈多嘴，弄死你！"

李调元那股倔劲忽然上来，恰似一股沸水，瞬时涌满全身，瞪着船主厉声回骂："老子活都不怕，难道怕死？"

李应桥赶紧跪下，一边朝几个人磕头，一边哀求："少爷年轻莽撞，千万莫跟他一般见识！"

李调元怒不可遏，猛一脚将李应桥踹翻在地，大骂道："奴才，起来！不就一条命吗，站着死不行？"

这一幕，反使几个人有些发愣，他们何曾见过这号硬茬。片刻后，船主点了点头说："嗯，是条汉子！实话告诉你，我们是拉肥猪的棒客，只要钱，不要命。那十几口箱子留下，到了灌口，就放了你们，从此以后两不相涉！"

李调元却笑道："看来，不仅我运气差，你们也倒霉。那些箱子里都是书，并非财宝。"

几个人一怔，相互看一眼，几乎同时盯着李调元问："真的？"

李调元只说："要是你们有心读书，那就比黄金还值钱。"

船主叫两人钻进货舱去，看清楚再说。过了一阵，两人阴着脸回来，愤愤骂道："日他先人，都是书！"

于是几步抢上来，一左一右，要打李调元，却被船主止住。船主盯着李调元看了一阵问："就你妈几本破书，何必装神弄鬼？"

李调元近乎温和地说："书中自有黄金屋，书中自有颜如玉。"

五

船主不再理会李调元，把瘫在地上的李应桥一把拽起，咬着牙说："给老子听好，到了灌口就放你这奴才回去，拿银子来买这头肥猪！"

李应桥哪敢答应，可怜巴巴望着李调元。李调元却不看他，盯着船主问："不就是银子吗，何必凶巴巴的，开个价吧！"

船主想了想，朝李调元竖起一根指头说："一千两！"

李调元咬了咬嘴皮说："成交。但我是你们的金主，也有两个条件，若不答应，要杀要剐，随便！"

船主两眼一瞪，骂道："你就是老子菜板上的一块肉，还依了你？"

李调元鼻子一哼说："那你就竹篮打水了！"

船主既愤怒又无奈，只好让李调元说。李调元开出的条件，在他们看来简直哭笑不得。首先，必须保证那些书丝毫无损；其次，若银子无法及时凑齐，必须允许他去成都应考。关于第二个条件，愿用这些远比一千两银子值价的书作抵。

几个人有些不知所措，去一边商量。一阵叽里咕噜之后，船主黑着脸过来，啐了一口说："妈的，没想到你这么麻烦！这样，我们都不敢做主，等到了灌口，由大王决断！"

于是掏出两块黑布，把二人眼睛蒙住，嘴也堵上。这船悠悠缓缓，不知走了多久，只觉轻轻一荡，便停了下来，想必已到灌口了。

二人被拖下船来，便给李应桥松绑，那块黑布和塞在嘴里的麻袋片子也取下来。只听船主低声喝道："赶紧滚回去凑钱！"

李应桥忙问："少爷，家里没人，我去哪里凑钱？"

李调元被塞住了嘴，出不了声。船主气得两眼冒火，挺起短刀抢过去，怒骂道："日你先人，老子一刀弄死你算了！"

李应桥撒腿便跑，边跑边说："好好好，我这就回去凑银子，只要不伤少爷就行了！"

月光下，李应桥形若丧家之犬，落荒而逃，转瞬即逝。李调元被押上码头，跌跌撞撞，走过一段四五里的平地，便是山路。不知走了多久，终于停下，似觉被推进了一间屋子。

他当然清楚，到了这一步，一切都由不得自己，只好听天由命。至于银子，李应桥当然无从准备，一家人都去了余姚，远水不解近渴。唯一指望的，便是那个大王，但愿他能相信，这些书确比一千两银子贵重。要是答应，好歹等乡试和岁考过去，再设法赎回。

此时，夜已深，想必大王不会来了，不如静下心来，等到明天再说吧。或因一路劳顿，坐地靠墙的李调元竟睡了过去。

将他唤醒的，是声声嘈杂的鸟语，以及缕缕幽魂似的清凉。愣了一阵，才想起所发生的一切。昨夜走了那么远，此时正值初秋，暑气未退，竟如此清凉，想必是在深山。依自己所知，与灌口相依的，一定是西山。"西山白雪三城戍，南浦清江万里桥。"杜甫诗中所言，正是这座望若青城的西山。但此时此刻，岂有身在诗中的幸运或惬意！

鸟语渐淡，那门也开了，有人走了进来。李调元禁不住有些兴奋，那个尚未谋面的大王，仿佛成了自己的救命恩人，颇有望眼欲穿的意思。

那人走近他，将他嘴里那块塞得紧紧的破麻布掏了出来。李调元顾不了一切，忙问："是大王吧？"

一个人的声音响起："大王游成都去了，还没回山。"

李调元顿时急切，再问："那他何时回来？"

那人似乎愣了愣，有些不耐烦地说："大王嘛，想吃就吃，想耍就耍，我哪里晓得？"

说话间，一样热乎乎的东西已经递来嘴边。李调元一惊，问："这是何物？"

那人冷声冷气地说："猪食呢！"

原来是吃的！李调元叫道："不见大王，饿死不吃！"

那东西已经收回，那人骂道："不吃算了，你当老子想伺候你！"

留在嘴唇的不只是热，还有一缕油浸浸的香气，顿觉饥饿不已。似才想起，还是昨天中午，李应桥买了几个油饼，勉强吃了一顿。回心一想，留得青山在，何怕无柴烧。赶紧叫道："我吃！"

那人总算回来，再把那东西送来嘴边。赶紧张嘴接住，原来是一块夹着肉馅的面饼。不禁边嚼边说："日子过得不错嘛。"

那人不再理会，匆匆把几块面饼胡乱塞入他嘴里，仍把麻布塞进来，便出去了。

李调元暗想，必须先补岁考，否则便无资格应乡试。若不早些脱身，可能一切都晚了。但面对的是一帮打家劫舍的匪徒，哪里依得了自己！

眼睛被黑布死死蒙住，看不见一切，两耳只能听见声息，但听不出时间。然而，不仅大王不来，就连那个喂馅饼的家伙也不再露面。

当鸟噪与清凉再度传来时，他已经不再那么焦躁，也不再指望那个大王，更不指望他会放过自己。最坏的结果，不外乎错过应试，或许这是命里所定。唯一要紧的，是不要死在这帮劫匪手里。自己满怀修齐治平的壮志，不能未遑怀抱，就早早夭折。但李应桥会怎样，是否会沿江东下，回到余姚，报与父亲？父亲当然不会置之不管，但一来一去，至少在一月左右，这帮家伙是否允许拖延这么久？

既然由不得自己，那就只有等待，任何事终归有个了结。当鸟声渐渐虚弱，凉意渐渐消退，那门再次开了。还是那个家伙，喂进嘴里的还是面饼，只是已无肉馅。

当那块麻布就要塞回嘴里时，他说："我要小便。"那人似乎犹豫了一番，把他拽起来，推到一堵墙边，替他扯下了裤子。

被推回原地时，他又说："能给口水喝吗？"

那人显然有些愤怒，骂道："妈的，哪来那么多过场！"

他不愠不怒地说："我要是渴死了，恐怕大王不会放过你。"

最终，那人端来半碗水，喂他喝下。他能感到，那人并非屈从于自己，而是惧怕大王。

从此，每天那人来喂一块饼、半碗水，并把他推向那面墙，由他大小便。

当这间屋子里浮起缕缕有些辛辣、有些混乱的气味时，他终于被两个人架了出去，左拐右拐，到了另一个地方。

先掏出了那块麻袋片子，再取下那块黑布。有些晕眩，有些模糊，首先看见的是几个虚影，似乎沉在水底，飘飘忽忽，摇曳不定。

忽听一个惊愕的声音响起："罗江李调元！"

这声惊叫使他彻底清醒，那些身影也立刻明确。站在面前的是四个女子，尤其那对白银耳坠，简直闪闪发光！

他蓦然想起三年前的那个秋天，他与钟云路等三人去都江堰游览，在那棵古老的黄葛树下，在那面稻草堆成的软墙边，几个斜刺里跳出来的棒客。对，就是她们！

彼此相视的那一瞬，李调元忽然镇静下来，不禁笑道："真是人生何处不相逢！姑娘们向来可好？"

将他押解进来的几个男子不由面面相觑。那个年纪二十七八，比其她三人高出一头的女子嫣然一笑："真是冤家路窄，偏偏是你。"

说着，走上几步台阶，坐上了一把又宽又大的椅子，面向李调元。李调元一眼看出，这是一座道观，这间宽大的屋子应是正殿；台阶上，或者本是三清的神位，只是神像已被搬离，或者捣毁，仅墙上依稀留有痕迹。

三个女子也跟了上去，分站身后和两旁。那女子对几个愣在那里的人说："把麻绳解了，他就是个只会耍嘴皮子的秀才。"

两个人赶紧上来替他松绑。照李调元暗中计算，此时应该已是七月底，或者八月初，就算她们放了自己，也赶不上乡试了，心里反而异常平静。不待女子开口，便笑道："没想到，仅仅三年，姑娘已经脱胎换骨，做上大王了，真是可喜可贺。"

那女子忽然柳眉一竖，盯着李调元问："咋的，取笑我？"

李调元忙道："哪里哪里，姑娘误解了！"

几个男子早已听不下去，其中一人朝李调元呵斥道："叫大王，再姑娘姑娘的，看我不割了你舌头！"

大王却挥了挥手，叫他们滚一边去。几个人唯唯诺诺，到殿外去了。大王笑得近乎温柔地说："多亏你当年那些话，不然早就穿帮了，哪还有今天。"

遂命那个戴着银耳坠的女子，去让伙夫准备酒菜，说要好好款待这个恩人。李调元记住了，戴耳坠的女子叫三姐，这个大王是否叫大姐？但他顿时有些惶然，未必真是三年前那些话，成就了这个女匪？

照大王的吩咐，李调元被另两个女子带去了一座幽静的侧院，进了一所暗香袅袅的屋子，屋里置有茶几、茶具、卧榻、座椅、柴炉等。窗下有一只高脚木凳，放着一盆兰花，开得正艳，难怪如此馥郁。

顾盼之间，李调元看见了一道关上的门，原来是一进二的套房。想必这座小院，曾是道士的起居之所；而这套房，至少属于住持。未必这帮人原本是道家弟子？

大王笑吟吟进来，招呼李调元坐下。两个引他进来的女子，正忙着燃火煮茶。李调元不禁朝大王拱手一揖说："恕我冒昧，敢问大王是否曾为道姑？"

大王抿嘴一笑，全无丝毫凶悍，轻轻瞟一眼李调元说，这座道观早就空了，哪来的道姑！

李调元点了点头，正要再说，大王却抢先发话："你也不用多问，我只告诉你，要不是走投无路，哪个干这一行？因三年前的那场缘分，我不为难你。但你必须陪我痛痛快快喝一顿酒，我要喝高兴了，就放你下山，书也还你。"

李调元忙说："悉听尊便、悉听尊便！"

两碗热茶捧上来，很苦，似乎充满难以言说的绝望。大王放下茶碗说："山里的野茶，虽然很苦，但醒人，喝一碗一天不困。"

李调元却想起了那个叫三姐的女子，便问："大王是大姐吧？"

大王一怔，面色立时暗淡下来，似不胜其苦。李调元似觉看出了某种哀痛，顿时有些不知所措。大王却缓和过来，微叹一声说："我是二姐，没有大姐了。"

这句话里，似乎隐着一段不堪回首的往事，更有不忍触及的悲恸。顿时有些尴尬，有些不知从何说起。

幸好酒菜上来了，填补了彼此间的沉默。送上酒菜的是三姐和一个五十岁上下的男子，想必便是伙夫，不知是不是那个喂饼的人？

伙夫一声不响退了出去，三姐也和另两个女子走了，并且掩上了门。屋里仅剩李调元与大王。一缕缕或远或近的鸟语间或传来，仿佛一阕极富韵律的歌行。大王拿起酒盏，两眼蒙眬地看着李调元说："叫我二姐吧。"

李调元也拿起酒盏，试了一试，却叫不出口，某种从未有过的怯懦与羞赧，使他有些难以担负。大王虽不说话，也不催促，但自有一股不容拒绝的暗劲。

李调元顿时清醒过来，坐在对面的毕竟是个杀人越货的女匪，若能从她手里侥幸生还，已该谢天谢地。但自己的生或死，全在她的一念之间，根本无须理由。

他终于叫了一声："二姐。"

二姐莞尔一笑，似乎非常开心，也非常满足。从这一笑里，李调元看出了一个女子的本质，骨子里的柔软。不知有怎样的苦恨或际遇，才能将一个如花似玉的弱女子，逼到这一步！

这酒也很苦，苦得令人心惊。李调元与二姐把盏痛饮，已经与先前的约定无关，也与已经错过的乡试无关。此时此刻，他需要大醉，需要一场与得失、荣辱、进退、生死俱不相关的纯洁的大醉。

六

当他从沉醉中醒来，首先感到的是一派水似的灯光。灯光里的一切慢慢呈现，仿佛一轴轻轻拉开的画卷。

挂着一幅竹帘的小窗，窗下是一张漆色斑驳的条桌，桌上有一只花瓶，插在瓶里的也是兰花。花瓶一侧是那只大大的包袱，正是二姐的手下从李应桥肩上夺去的，里面是他和李应桥的换洗衣衫及盘缠。此外，便是几样补品，是父亲早早备下，欲带给体弱多病的李化楩，让他补补身子。

另一侧，是一盏有琉璃罩子的马灯，灯罩里是一团近乎凝固的火苗。从灯罩里浸出的光，一路铺染，如水一般涌来，涌过一片空地，涌到了这张床上。

他就躺在这张床上，一丝不挂；紧贴后背，也是一具一丝不挂的身子。不用回看，不用问，那是二姐。

在他被取下那块蒙住眼睛的黑布时，他已经感到，他和她会走到这一步。甚至在三年前那个秋天，在她们舍他而去时，他已隐隐感到，他和那个戴着面具、未睹真容的女子，有着某种命定的缘分。

"醒了？"

二姐的声音，仿佛夜雨之后留在檐间的积水。"转过来吧。"二姐又说。

李调元转过身去，灯光里的二姐，乌发似云，容颜如花。那张梦似的嘴，往他面上轻轻一触，顿觉花色漫天，芳香透骨。二姐忽将他的头捧起，双目炯炯地盯着他问："敢不敢娶了我？"

李调元有些发蒙，不知该怎样回答；但这一抹迷人的芳香却不依不饶，无边无际。那股与生俱来的无畏与倔强迅速充满身心，促使他作出回答："敢！"

二姐似乎有些动容，手一松，李调元的头落回枕上。一时无语，二姐似在咀嚼那个敢字。过了一阵，她说："我只不过试试你，不会让你娶我。"

忽然，一阵老鼠的嘶叫从屋顶泻落，使人胆战心惊。几乎出于本能，二姐随手从枕头底下摸出一支飞镖，手一扬，飞镖扶摇直上。一只硕大的老鼠随即坠下，落在床与条桌之间那片灯光荡漾的空地里；那支飞镖准确无误地穿过了老鼠的身子！

李调元瞠目结舌，几乎回不过气来。忽听二姐不容置疑地说："看着我。"

他看到的，是一张犹若冰霜的脸。二姐说："这支飞镖，本来是为你准备的，是那个敢字救了你。"

他何承想到，自己竟在生死界上徘徊！

二姐脸上冰消雪融，花开如梦。她说："我只要你那个字，不会让你娶我。你是个读书人，一定有个好前程，我不会拖累你。"

他却毫不犹豫地说："我说的是真话！"

二姐笑得更加可人，轻轻捶了他一拳说："我当然晓得。虽说一日夫妻百日恩，但你还是忘了的好。"

说到这里，二姐翻身坐起，从床的那一头抓过自己和李调元的衣衫，一边穿一边说："那个包袱里是你的盘缠，一分未动。那些书，有人帮你运下山去。趁天未亮，赶紧走吧，今生不必再见。"

李调元带着许多疑问离开了。他可能永远也无法知道，二姐何以练就了那手令人惊愕的飞镖技艺？三年前那个秋天，她们为何如此装扮？她到底有何经历，身世如何？真是因为他那些话，成全了如今的她？

二姐的安排十分周全，书被运到了灌口，上了船。一切都在夜色掩护之下，不会有人觉察。照二姐的吩咐，这船经郫县，入锦水，将他送到了成都。

这段近似荒谬的经历或者并非巧合。自余姚出发，一路所有的周折和际遇，已经证明，上天并非让他去赶赴那场乡试，而是为了与二姐完成这次期会。

他住进了一家靠近码头的客栈，凡从川北一带往返成都的舟船，一般都泊在这里。选定这家客栈，意在方便登船，好把这些书运回罗江故里。

此外，这里远离贡院，不会有考生入住，也能避免尴尬。根据规制，乡试即将举行，但他缺席岁考，没有应试资格。当然，即使无须岁考，那些诸如考前具保的种种事宜，也来不及了。

收拾停当，李调元走出客栈，欲去码头那边吃点饮食。码头上有许多饮食摊子，摆在一排柳树下，尤其有个凉粉摊子，记得由一对老夫妻经营，凉粉格外筋道，红油辣椒极香，花椒面也非常地道。他曾有幸领略过几次，每每想及，总不免口舌生津。

此时，已是上午，几乎每个摊子都坐满了人，人人背包带伞。看得出来，他们或因为到达，或因为即将出发，而有机会品尝码头上这些相当廉价，但有滋有味的饮食。凉粉摊子混在中间，一如既往，同样人头攒动。

李调元走过去，止于外围，耐心等待。那对夫妻似比当年老了许多，花白的长发结成辫子，束在脑后，似乎是对一生辛劳的总结或注解。但他们不紧不慢，乐在其中。

眼看轮到李调元，忽听一个人的哀告从嘈杂的人声中响起："老乡，行行好，给点吃的。"

李调元一惊，随声望去，就在隔了两个摊子那里，浑身脏污的李应桥伸出一只破碗，正向一个坐在凳子上吃面条的男子行乞！

李调元又惊又喜，几步过去。那人正将半碗面条连汤带水倒进那只破碗。

"李应桥！"李调元喊道，已到了他跟前。李应桥忽然呆滞，茫然四顾，竟未看见跟前的李调元。李调元一把将他拽起，拖了便走。

李应桥终于醒过神来，哭得天崩地裂，忽觉有些不合适，赶紧忍住，忙问："少爷，你咋逃出来了？未必，未必他们同意了？"

李调元把他拉到远离码头的一角，这里坐着个摸相的瞎子，不声不响，正摸摸索索剥南瓜子吃。刚刚停下，忽听瞎子说："摸个相吧，准得很。"

不想跟瞎子啰唆，只好又走，走出十几步，停下，盯着李应桥问："你咋弄成这副样子了？"

李应桥一番哭诉，把自己这些天的遭遇说了一遍。自那夜他从灌口码头逃走，就到了成都，想搭船回罗江，找李调元叔父李化樟，凑钱赎人。但因身无分文，都不让他上船。又想在这里碰上个熟人，给李化樟捎个口信，但也没碰上。只好天天在码头上行乞，还是指望遇见熟人。

一阵唏嘘，李调元将他领去客栈，一番洗漱，换了身干净衣衫，才又去码头，一人吃了三碗凉粉。

李应桥见包袱和那些装书的箱子一件不少，甚觉奇怪，但李调元只字不提，他也不敢问。

住了一夜，二人搭上了一条直往罗江的客船，终于把一千多册书运了回去。前些年，李化楠、李化梗、李化樟兄弟三人已庭树各分。李化梗却因膝下无子，郁郁成疾，几乎不与世人往来。吴夫人携家小去余姚时，将宅院、田产都托与比邻的李化樟代管。

李调元先去二叔李化梗那里，把一盒老山参、一盒鹿茸、两斤阿胶、两斤枸杞带去。

李化梗似乎并不怎么热情，继子李声元也不在家。李调元坐了一阵，起身告辞，去拜会三叔李化樟。叔侄相见，当然免不了询及乡试。李调元只说，因路途耽搁，误了考期。李化樟虽觉蹊跷，也不便多问。

此时，从弟李鼎元年方六岁，刚入村学。李骥元刚满一岁，正牙牙学语。

这一千多册书，是李化楠在外宦游时运回的第三批，那几间书房已装不下了。李调元只好腾出两间厢房，请来几个木工，做了几面书柜，才把这些书安顿下来。

于是把李化樟请来，指着这些书说：“凡乡里子弟，无论贫富贵贱，只要愿意，皆可借阅。”

李化樟不住点头，一连说了几个好。

这期间，李调元给父亲写了一封信，也只说因一路不顺，错过了乡试，只有再待来科了。

一切安排妥当已是八月下旬，屋前屋后，桂花已经落尽，秋意一日浓似一日。李调元去两个叔父那里辞行，打算带上李应桥直接乘舟东下，回余姚去。李化樟劝他，不如去成都补岁考，再往余姚不迟。

李调元所以决定直往余姚，其实只因盘费短缺，一路辗转，多花了不少钱。

若再往成都，那就无钱买舟上路了。李化樟似乎明白过来，拿出五十两银子，让他带上，并说："你何必拘泥，反正你家的田租都在我手里，这是你自己的银子呢。"

按大清科举惯例，生员岁考，一般由各省学政去各道、府主持。因种种原因，总不乏缺席岁考的生员，故而允许补考。经生员申请，皆可往省城补岁考，但无论补考结果如何优异，最多只能列入三等最末。

李调元再来成都，拜见学政王容斋，申请补岁考。他没想到，要补岁考的生员，全省各地竟多达一百一十余人。其中各有所因，但他相信，绝无一人有自己那样的奇遇。

岁考也是三场，李调元轻轻松松应付下来。令他意外的是，包括王容斋在内的考官们，竟对他的试卷赞叹不已，且一致认为当破格列入一等。

待结果公布，王容斋特召李调元，大惑不解地问："令尊年初就写信给我，称你需补岁考，何故迟来，且误了乡试？"

李调元自然不能以实相对，只把运书还乡颇经周折，误了考期说了一遍。

该去余姚了，但李调元心里却暗生了许多依恋，那座深山道观，那一缕兰香，那一抹轻轻漫来的灯光，那个灯光里的二姐……无不使他柔肠暗转，如忧如愁。

于是他做出了一个使李应桥瞠目结舌的决定，去灌口乘船，沿来时所经返回。李应桥不敢阻拦，也不敢追问，只好随行。

在灌口，他们登上了一条直下宜宾的客船。李调元不去船舱，兀立船头，遥望那一派状若青城的山野，心里暗自呼喊，二姐，你在哪里，你还好吗？

江流有声，青山无言。

七

船到余姚时，已是九月上旬。因那封信早已到达，李调元延误乡试的结果李化楠已经接受，故而也不多问。但以为确是那些书使其旅途不顺，于是相当委婉地表示出少有的歉意。这反使李调元深感愧疚，遂借这顿接风的家宴，一连敬了父亲好几杯酒。

最后，他有些动情地望着父亲说："孟子曰，穷则独善其身，达则兼济天下。而兼济天下，当始于兼济故乡。只要能把书运回去，哪怕再误一次，也无怨无悔。若他日我也跻身仕途，亦当如父亲一样，不惜吃糠咽菜，也要尽量搜购书籍，惠及故乡子弟。"

李化楠举起酒盏说："有子如此，当浮一大白！"

此时，李化楠任期已满，经考绩，将移任秀水知县。

秀水地势平旷，溪河并流，土质肥美，是真正的鱼米之乡，明清以来，就有浙江首县之誉。

那座李调元夫妻住的老宅，需要变卖。此房是李化楠任职余姚以来的唯一私产，当然也在离任核查之内。或许，正是因为除此之外别无所有，李化楠才获转秀水知县。在官员眼里，那是个几乎不可谋求的肥缺。

李化楠等不到卖房，先携一家老小，并李调元妻室，以及日用家私，租了一条船，往秀水去了。仅李调元留下卖房。

这座老宅，已经彻底整修过了，翻盖房顶时，还添了几千匹新瓦，内外墙壁重新上了一层石灰，院墙顶也换上了琉璃瓦。总之，全不似当初景象。李化楠的意思，可开价一百两银子。当然还是只有委托中人，而李调元找到的，仍是当初由其撮合买下此房的那个中年人。这人随李调元过来，把屋里屋外看了一遍，却开了个比当初更低的价，四十五两银子。并说，要是答应，他可先垫付，不用等待出手。

李调元首先觉出，此人已不似当初那么恭敬，这自然与父亲已经离任有关；其次，这家伙明显想借他急于出手压价收购，再加价卖出去。于是一口咬定，少于一百两银子免谈。

那人一撇嘴说："哼，一百两银子，你卖给鬼去！"

随即说了一串如吟如唱的土话，抬脚走了。但李调元觉得，他不过故意做给自己看，想自己叫他回来，以便迫使自己就范。

那人走到那条黄泥路上，彳亍一阵，果然回来，伸出五个手指说："照原先的买价，五十两！"

李调元不出声，只伸出一根手指。那人似乎很生气，转身又走，走得近乎疯狂。但那条黄土路还是粘住了他的脚,又转身回来,咬牙切齿地说:"六十两,绝不再加了!"

李调元连那根手指都懒得竖了,几乎都不看他一眼。那人也不走了,似乎已经穷途末路。过了好一阵,才盯着李调元说:"八十两,再不答应,真就算了。"

李调元明白,这可能是最后的价钱了,这才答应下来。

八十两银子兑付到手,照事先计划,李调元买了几样礼物,去看望俞醉六。他知道,以后再来余姚的可能微乎其微,自此一别,或将天各一方。

江岸小路上,到处是开到极致的菊花,秋天已经越来越深了。在故乡罗江,这时节最宜垂钓,溪河沿岸,处处都是钓者,往往收获颇丰。不知江南一带是否也如此?

行走间,望见一叶扁舟正缓缓滑向岸边。待他走近时,一个戴着箬笠的男子,恰从船舱里舀起几尾活蹦乱跳的鱼,往一条巨大的网篼里装。李调元忙问:"这鱼卖不卖?"

那人扭头看了他一眼说:"卖。"

他便趋近那扁舟,买了两尾长过一尺的鲈鱼。先生极好鱼脍,那就再为他下一回厨,聊尽弟子之礼。

那座竹树间的瓦房越来越近,他却渐渐看出了某种荒寂。未必是九月霜风使草木凋落所致?

小院里一派沉寂,微风之中,片片落叶飘飘而下。那道老旧的院门紧紧关上,院门两侧是浅浅的杂草,草尖已经有些枯黄。他停在门外,举手敲门,不见回应。片刻,再敲,比先前敲得更重。终于有人问:"何人?"

听这声音,当是俞氏,那个在娘家守寡的女子。李调元赶紧回答:"学生李调元,专此拜望先生!"

却不见俞氏说话,想必禀告俞醉六去了。过了好一阵,一串脚步来到门前,俞氏的声音响起:"家父重孝在身,不便会客,回去吧。"

李调元大惊,顿时不知所措。如此说来,先生的老母已经仙逝!

那串脚步声正在往回去,像一缕回卷的风。李调元忙喊:"师姐,等一等!"

似乎一阵迟疑，那缕风总算吹了过来。李调元哀求说："请容我往师祖母灵前一祭！"

俞氏却说："祖母离世已一年有余，灵堂已撤，棺材已厝，不必了。"

李调元又把自己将离余姚往秀水说了一遍，苦求俞氏开门。那门总算开了，站在门里的俞氏，几乎使李调元无法相信。

这个苦命的女子明显憔悴了许多，除了眉目间尚未收尽的哀伤，一丝丝皱纹正从各个方向侵蚀这张曾经十分姣美的脸。最使李调元心惊的，是那一缕缕不可掩饰的白发。

第一次见到俞氏时，他不禁暗暗心动，甚至不止一次胡思乱想，假使彼此有缘，能共剪花烛，当为平生之幸；虽年纪相差近十岁，携手一生又何妨。

而俞氏变化如此之迅速，使他无法接受，更不忍面对，只问恩师何在。俞氏告诉他，其父遵循古制，于祖母厝地一侧，搭了间茅棚，决意守孝三载，每日仅食粥一钵。孝服不除，不交游，不会宾朋。

李调元踌躇一阵，将买来的礼物并两尾鱼交给俞氏。俞氏不收，称服丧期间，受一礼即为不孝。李调元不能强求，又掏出那些卖房的银子，说是作为弟子的一点心意，俞氏仍然坚辞，并称，热孝在身，恕不纳客。

李调元无奈，只好含泪告辞。回城路上，又遇上了一只渔船，遂将渔夫叫来岸边，把半舱活鱼全部买下，一一放回江里，并将功德回向给俞醉六老母，总算尽了一份心意。

二姐，俞氏，以及因服丧未能一见的俞醉六，他们像一段带雨的愁云，罩住他，久久无法散去。

在李调元眼里，秀水确实不负浙江首县之美誉，且因与嘉兴府同治，其城郭之宏丽，市肆之繁华，居人之富足，颇有浙东都会之气象，远非余姚可比。

因商旅会集，茶肆酒楼，勾栏瓦子，几乎随处可见。为了吸引客商，那些规模较大的茶馆、酒楼，试着邀来些昆曲名角于此演唱。此风一开，迅速漫及全城，梨园子弟闻风而来，那一种风流，几若百花争艳。

昆曲虽源于杂剧，但因曲调婉转又不失大气，历来颇受士大夫追捧，故而演化至此，已非当初可比。尤其那些失意科场的才子，无法通过入仕实现修齐治平的梦想，于是转向昆曲，或吟或唱，或制曲，或作剧。在这方小小的戏台上，所有的幽思，所有的抱负，所有的失意，所有的怅恨，都可通过那些粉墨登场的角色，得以寄托，得以释放。

因越来越多的文人，以各种方式参与其中，昆曲也愈转愈高，故被时人称为雅部。而那些以娱人为要的剧种，包括梆子、皮黄、弋阳腔、秦腔等，则被归入花部。

昆曲剧目，不仅属于才子佳人，花前月下，也说尽人间百态，古今炎凉。故而虽为雅部，那些引车卖浆者流，也颇为追慕。

李调元最先接触的戏种，乃川北一带自傩戏演化而来的灯戏。此后，源自陕西的秦腔，跨山过岭进入四川，几乎占尽风流。而灯戏与之相比，则因角色单一，曲调原始，且颇有山野气息，所演所唱，多是民间趣事，不能如秦腔那样，无论古今风云，男欢女爱，抑或升斗小民，旷世英雄，洋洋洒洒，都可囊括入戏。

三年前的那个秋天，因首次乡试不中，心事沉郁的李调元，决定沿陆游《入蜀记》所述，只身东下。行至江宁登岸，借宿一家客栈。与客栈比邻，恰是一家戏院。

因旅途劳顿，本欲早早睡去，却为悠悠而来的管弦和唱腔所引，而这声腔韵律，不但迥异于灯戏，也不同于秦腔，既有风起松间的清越，又有月照轩窗的柔美。

李调元哪里忍得住，赶紧穿衣起行，走过一条秋月半染的小巷，来到那座戏楼里。台上正倾情演唱的是一个面若芙蓉、身若春柳的小旦。那起伏顿挫、几回几转的声腔，那收放有度、如烟如水的长袖，顿使他不知身在何处。

为了这使人一见忘形的昆腔，李调元滞留江宁，直至十日以后，才恋恋而去。

李化楠在秀水城里赁了一座相当幽静的小院，让李调元夫妻寄住。竹官儿已能勉强行走，也能说些简单的话了。小家伙非常顽劣，一转眼便不见了踪影，关键爱哭，一哭老半天不收口。李调元常常被他吵得心神不宁，加之那些难以忘怀的种种际遇，干脆释卷独坐，每每只在书房里发呆。

胡氏见状，也不知他为何愁眉不展，便劝他出去走走。李调元也不多说，走出小院，到了街上。

此时，恰值本朝才子孔尚任撰写的《桃花扇》于江南一带大肆上演，秀水城里也不例外。那细腻而略带伤感的声腔，在丝竹鼓乐相伴之下，如烟如月，飘飘浮浮，无处不在。这座古城，古城里的人，一举一止，一颦一笑，似乎都有戏中的韵味。

李调元无可避免地走入戏院，如久别重逢一般，与那些悲喜相杂，爱恨相交的戏中人物一次次相会。

八

昆曲《桃花扇》犹如一场了无尽头的春雨，浸透了这座古城，几乎所有人都如树树新花，莫不在春雨里争相盛开。

精明的书商看准时机，将戏文刻印出来，当街售卖。无论多少，只要摆出来，总是被抢购一空。秀水城里的读书人几乎人手一部，街头，巷尾，檐下，窗前，到处都是平平仄仄的吟唱。虽工拙有别，但情切意真，实在并无高下。

李调元当然不会错过这部奇书，不仅时常于书房里浅唱高吟，每到戏院，还会将书带上。凭借此书，他不仅完全懂得了戏文，也顺利进入吴侬软语的世界，并发现了另一种美。

近两月以来，那些有关举业的圣贤之书，皆被李调元束之高阁，捧在手里的，总是这部文辞清绝的戏文。

胡氏不免焦急，却不敢干涉，李调元的脾性，她早有领教。想来想去，遂求见公公李化楠，把这些天所闻所见一一禀报。李化楠又惊又怒，何承想到，向来苦读的李调元，竟颓丧到如此地步！

当怒气冲冲的李化楠走入这座小院时，书房里的李调元正有板有眼，唱得忘情——

公子侯生，秣陵侨寓，恰偕南国佳人。谗言暗害，鸾凤一宵分……

唱到此处，忽觉二姐、俞氏正沿着自己的声腔悄然走来，若即若离，或有或无，近在咫尺，又远在天涯。不觉鼻头一酸，两行清泪，破眶而下。

恰在此时，李化楠推开了书房的门，正要呵斥，忽见他泪流满面，几乎失态，赶紧忍住。李调元立即背过身去，虽极力强忍，仍禁不住浑身抽动。

过了一阵，李调元回身向李化楠一揖说："一时失态，望父亲勿怪。"

李化楠先前已经觉出，自夏季赴蜀应试未果，返回江南以来，李调元总是闷闷不乐；尤其自余姚来秀水之后，更有些雪上加霜。此时，那些责问的话，一句也出不了口。

如此看来，他或许有难以为他人所道的遭遇。想了想，遂回官邸，把李应桥叫来书房，和颜悦色地问："你随少爷回蜀，到底遇上了何事？"

因李调元早有所嘱，李应桥不敢回答，但他一直是老爷的书童，如今虽不再侍候他读书，毕竟老爷才是正主。顿觉进退两难，说也不是，不说也不是。

李化楠更加坚信自己的判断，想了想又说："这些天来，少爷心事万千，愁思茫茫，难以自解。你若不以实相告，我这做父亲的，如何能打开他心里那把锁？"

李应桥连连点头，遂把一路周折，包括月夜遇劫，一一说了一遍。

原来，李调元曾只身落入匪窟，但又不知他到底怎样全身而退的。而他和那些书，居然毫发未损，又无人替他交付赎金，实在不可思议。虽然李化楠知道这个儿子自幼敏慧绝伦，总是给人惊喜，但那些杀人越货的悍匪，既然将他押为人质，不见银子，岂会放人？不知他到底经历了啥，但从那些总是有些孤独，有些怅然若失的举动看，一定极不寻常。

下午，李化楠让李应桥往那边送一只鹅、一刀猪肉并一壶酒去，说晚上过去吃饭，父子把酒夜话。因担心李化楠问及李调元途中被劫为人质种种，李应桥迟迟不去。李化楠一眼便看出他的心思，就说："只管去，我不会问，自有办法把他的话引出来。"

李应桥这才放心，匆匆去了。傍晚时分，李化楠如约而往。那只鹅，竟是由李调元亲手烹制，滋味十分浓厚。李化楠一边咀嚼一边赞叹："嗯，此菜既有川蜀风韵，又兼江浙之习，实在绝妙！"

一杯酒后，李化楠望着李调元问："厨艺如此精进，不知举业如何？"

李调元笑道："父亲勿忧，所谓举业，横竖就那几部典籍，早已了然于心，只待来科而已。"

李化楠岂能放心，所谓温故而知新；何况常言所道，一日不读耳生垢，三日不读目生疮。但那番落入匪巢的遭遇，实在使他说不出这类耳提面命的话。

酒过三巡，李化楠想把儿子藏在心里的话引出来，于是借酒感慨说："唉，人生在世，少不了许多无奈，更不乏难为他人道的际遇或心思。比如我自己，曾在二十岁那年，因酒后与人于县城争执，竟被巡夜的衙役不由分说关进班房。第二日，知县命将我带去官廨，硬要我交十两银子罚款，并需找人做保，才肯放我回去。那时，我已算得罗江本地一个人物，要是答应，岂不丢了这份面子？我也明白，知县所以如此，不外乎要我服软。所谓人在矮檐下，不得不低头啊，只好向知县一揖，说了一番言不由衷的谦辞。知县心满意足，总算将我放了。"

李调元根本不接这个茬，只举酒，敬了他一杯。李化楠不甘心，又说了几件同样难堪的往事。李调元仍不接话，只点头不语。李化楠明白，自己无论如何也无法让他把藏在心的话说出来，但也不忍去触碰他的伤痛或隐私。既然他不说，那就有不说的理由。

不觉已近二更。一壶酒已然罄尽。李化楠只好站起，望着李调元说："有句老话，望你谨记，所谓琴无功，戏无益。读书人，举业进仕方为正途；而岁时如流，去而不复，切记、切记!"

李调元满口应诺，直将父亲送至官邸，才乘月回来。

此后，李化楠时常往李调元那里去，仍见他沉溺戏文，不问举业；那缕春愁般的意绪，仍在举止间萦回，似乎永远难以挥去。故此，虽有许多训导的话，终归说不出口。

时值一岁将尽，新任浙江学政杨须来嘉兴主岁考。李化楠与杨须为同榜进士，颇有交谊，遂请杨须饮宴，命李调元作陪。席间，李化楠未征得李调元同意，自顾自对杨须说："在下有个不情之请，望勿见怪。"

杨须笑道："你我同年之交，不比别人，无论何事，但说无妨。"

李化楠说："吾子亦将于日后回蜀岁考。然经年以来，其举业或有荒疏，所谓为父之心拳拳，实在有些忧虑。能否容其列席嘉兴岁考，以明优劣。若有荒疏，朝夕发愤，亡羊补牢，或许未晚。"

杨须抬了抬手说："区区小事，何足挂齿，也就多一份试卷而已。"

于是说定，李调元列席嘉兴岁考，一如本府生员，接受评卷，但不占用名次。

三场岁考，于李调元而言，仿佛三杯小酒，轻松自如，简直不在话下。估计阅卷已毕，李化楠正要拜会杨须探问情形，杨须却主动登门，老远就问："李廷节何在？"

李化楠正在更衣，欲往贡院拜访杨须，听见这话，赶紧出来。杨须拿着李调元的试卷，已至官邸门口，见了李化楠，立即一揖说："李廷节有子如此，实在可喜可贺！"

李化楠知道，一定是列席岁考的李调元试卷优异，那颗悬着的心总算落了下来。

彼此于客堂落座，杨须将三份试卷递给李化楠，充满赞叹地说："嘉兴一府，岁考生员数以百计，无一人可与令郎比肩！三场试文，不但紧切题目，且文辞简捷，引证广博而精准，虽才情如水，却内敛含蓄，不见逼人之气！难得难得，实在难得！如此才俊，他日必为国家栋梁，李廷节何虑！"

这番话，说得李化楠心花怒放，赶紧治酒备宴，答谢杨须。

从此以后，李化楠再不为李调元的举业担忧，几乎不问一切，任其在昆曲里放逐自己。

这一来，那些积郁的心事反而逐渐解脱，那个妙趣横生、才情横溢的李调元又回来了。

翌年初，李调元回蜀岁考，被拔为第一，并获补廪生。廪生，又称廪膳生，多在岁考时名次居前的生员中产生。由国家予其钱粮。虽然所予并不丰足，但要紧的是那份不可多得荣耀。

此时，李调元等待的，是又一个秋天里的另一场乡试。

九

那个命定的、令人期待的秋天，终于不远了。有了前车之鉴，李化楠老早就给胞弟李化樟写了一封信，称近年以来，匪盗滋盛，江湖之间劫案频发。今秋，李调元又将回蜀赴试，而水路险远，吉凶难卜，实在令人不安。故望李化樟从其地租所得取银若干，于乡试前遣人送往成都。以免所携资财既多，为歹人所察，或遇不测。

盛夏时节，李化楠便让李应桥仅带足往成都的盘缠及衣物，随李调元起程。临行之际，李化楠拉住李应桥说："少爷就交给你了，无论如何，也要保证他毫发无损。"

李应桥指天发誓，不惜万死，也会让少爷完好回来。于是随李调元离秀水，一路逶迤，赶赴成都。

此行因再无拖累，十分顺畅，不足二十日，已于锦水登岸。按照事先计划，李调元稍事休整，即拜见时任学政，请补岁考。

此时，李调元不仅应试文章炉火纯青，且因读了许多昆曲戏文，文辞之间也多了几许老辣与沧桑。故此，岁考补试，几乎鹤立鸡群，当仁不让被拔为第一。

正忙于乡试前种种事宜，李化樟亲来成都，依兄长所嘱，将整整一百两银子交给李调元。

傍晚，李化樟邀李调元入酒肆，要了几样菜、一壶酒，临窗对饮。窗外便是锦水，夕阳已经收去，暮色尚有些浅淡。沿水两岸，那些杂树已经染上了一层薄薄的秋色。水也分外柔婉，悠悠缓缓，几乎一波不兴。忽地，一条木船却从上游划来，有些决绝地剪开了这幅绿绸似的水。

李化樟收回目光，望着李调元举起酒杯说："这杯酒，祝调元此番高中！"

李调元赶紧举杯称谢。满饮此杯后，李调元要回敬叔父，李化樟却说："调元且慢，还有几句话，且容我说完。"

略一沉吟，李化樟说："子侄一辈，以你为长，自有垂范诸弟之责。犬子鼎元已近十岁，骥元也于今秋发蒙。二子虽愚鲁，然颇沉静，唯愿能步调元后尘。若调元不弃，望日后多多提点。"

李调元忙道："血亲所系，彼此提携，理所当然，叔父不必客气。"

这才是李化樟亲来成都的用意，听了这话，非常高兴。因怕耽误李调元备考，这酒不到一更时分便收了场。李化樟早已命随行家仆，赁下一家客栈，遂于街头与李调元作别，也不让他送，径往那家客栈去了。

成都与西山，不足百里，可登楼相望。那个与他一夜恩情的二姐，当然不可遗忘。但李调元把那缕思慕暂时压在心底，只专心应试。

他有个足以令人惊愕的想法，待三场试毕，便只身往西山与二姐再会。无论以何种方式，包括猝然相遇于草野，或者仍被当作肥猪掳上山去，都同样令人神往。

清秋八月，李调元终于再次走入考棚。此时，他摒却一切杂念，几乎心如止水。三场试题，俱在意料之中，故而走笔如飞，行文如水。

当最后一场试毕，生员们走出考棚时，李应桥迫不及待，早已候在门外。见李调元出来，忍不住高呼："少爷，如何？"

李调元不出声，只轻轻一笑。二人走了一段，李应桥忍不住又说："奴才听老爷说过，中或不中，看脸上的气色就明白了。少爷这样子，哪像从考场里出来，只像看了一场戏，想必这回一定中了！"

李调元这才说："若此番不中，李某今生绝不再入科场！"

回到那家客栈，李调元遂从李应桥那里取了十两银子，此外不携一物，说要出去走走，李调元叫李应桥在此等候。李应桥顿时慌乱，忙说："老爷一再叮嘱，要我寸步不离，岂敢让少爷独自出去！"

李调元愤愤地说："你心里只有老爷，哪里有我这个主子？"

李应桥不敢争辩，但好说歹说，一定要跟去。李调元两眼一瞪，指着门口说："那你出去逛，我守在这里如何？"

李应桥还是不敢答话，但那样子，一定要跟去。李应桥是个孤儿，从小四处乞讨，被李化楠父亲收养。因见其诚实，遂让他姓李，并给李化楠做书童。李应桥只比李化楠小三岁，因而李调元一直把他当长辈。所以此时虽然又气又恨，也不便如何。

罢了，那就一起去。等到了灌口，再设法脱身。总之，不便让他知道自己的用意。

李应桥匆匆收拾一番，把余下的银子都裹进包袱里，挂在肩上，随李调元出门。刚至街上，望见前面不远人头攒动，似乎都在围观。随即，一声锣响传出，一个人的吆喝声越过鼎沸的人声，钻入耳内——官军昨日于市肆，捕得以二姐为首的悍匪四人，现游街示众，以震歹徒！

李调元顿时惊得两眼发花，心跳如鼓，飞一般向那边撞去。李应桥也紧紧跟来，往人群中顾望。

上百名官兵押着四辆槛车，车上都有一个长方形的铁笼子，每个笼子里锁着一个浑身血污、披头散发的女子，在一片嚣嚷中缓缓走来。人流围着槛车一起移动。

李调元一眼看出，为首那辆槛车里，被一条铁镣一端锁住手脚，一端拴在铁栏上的，正是他日思夜想的二姐！

二姐居然也在如此繁密的人群里，一眼便看见了他，四目相对，天塌地陷。

李调元几乎来不及看清其他三辆槛车里锁的何人，是不是另三个女子，只觉眼前一黑，二姐瞬间无踪，便往地上瘫去。紧随身后的李应桥当然不明就里，大叫一声"少爷"，一步抢上去，死死将他扶住。

李调元面如死灰，身若枯木，似乎已经气绝。李应桥将他紧紧搂住，不住哭喊。但没人注意他们，所有人眼里只有四个悍匪，而且是四个年纪轻轻的女子！

李调元完全不知自己是怎样回到客栈，躺在床上的。当他醒来，屋里已掌起一盏灯，李应桥眼巴巴坐在床沿。

见李调元睁开眼来，李应桥忍不住大哭："少爷，你总算醒了！吓死我了，你要是有个好歹，我咋跟老爷交代呀！"

这番哭诉，李调元充耳不闻，他还停在与槛车里的二姐四目相望的那一刻——人山人海里，一队前呼后拥的兵勇，人人提着一把明晃晃的长刀；四辆槛车，四条铁镣，四个如花似玉的女子……那双如玉如冰的眼睛，眼睛里的凄然与惊喜……

他曾无数次设想过与二姐再次相逢的种种可能，在山里，在船上，在水岸，在桥头，在市肆，在花前，在月下……何曾想到，竟是以如此残酷的方式相见！

二姐，我魂牵梦萦的女人，你何故落入官军手里了？

千次万次的呼喊，千次万次的追问，都只能在自己心里，这是何等无力，何等悲凉！

他明白，从那一刻起，世上已经空无一人，只剩下孤苦无依的自己。他不能哭喊，不能倾诉，不能有举动，甚至不能打听。

他想起来，去城里乱走，期望再次遇见槛车，或者见证二姐从槛车里脱身的奇迹。自从那个夜晚，二姐用本是为他准备的那支飞镖杀死那只老鼠的那一刻起，他一直相信二姐无所不能，已非那个戴面具、持假刀的女子。他更相信，那一座若城若阙的青山，是二姐的福地或者领土，她可以随意出入，随意栖止，没有任何人能窥知她的形迹，更不可能攻破那座密林间的道观。

二姐会永远等在那座坚固的山里，等他去和她相会。无论野花漫山，无论夏荫蔽日，更无论霜林泛红，或者雨雪遮天，二姐都在等他。年复一年，他和她无须约定，会在变换的季节里一次又一次幽会，直至红颜渐老，此生终结。

但残酷的事实将一切想往撕得粉碎。如果当时，他不顾一切娶了她，二姐还会被收入那辆无情的槛车吗？如果他坚持不去，留在她身边，她还会落到如此地步吗？不，肯定不会！他会与她一生携手，哪怕躬耕自食，哪怕采芹煮羹、餐风饮露，也不会让她铤而走险！

是他的无情，将她一步步推上了绝路！

不，不能心安理得躺在这里！那就拼却一切，与二姐相见！哪怕从此以后万劫不复，哪怕只能在临刑之际，与她牵手一刻，也不负男儿深情！

他正试图挣扎起来，李应桥端着一碗早已熬好的粥进门，见此情形，赶紧把粥放下，几步过来，要将他推回床上。李调元将他的手挡开，只说想出去走走。

李应桥忽然跪在床前，紧紧抱住他两腿，边哭边说："少爷，你不能出去！你虽然昏迷不醒，但嘴里一直喊'二姐'！老奴这才明白，你跟那个女匪是咋回事，不然，你哪里脱得了身！"

李调元死死抓住李应桥双手，想把它们掰开，但那手像两道彻底锈死的铁箍，纹丝不动。

李应桥苦苦哀告，近乎咬牙切齿地说："就算你把我整死，我也不会让你走出这道门半步！"

挣扎一番，李调元耗尽了最后的力气，终于被李应桥推进了被窝。

十

这些天，李应桥寸步不离，死死守住李调元，苦口婆心，极尽劝告。

其实，让李调元真正平静下来的，是李应桥那一通近乎发泄的气话——就算你去，未必你救得了她？你去了，她照样人头落地，只是多了个通匪的秀才！若二姐对你真的有情有义，未必愿眼睁睁见你去给她垫背？你不去，二姐是一死；你去了，二姐也是一死。这么简单的道理，我一个奴才都明白，未必你这个读书人不明白？

平心而论，这些话虽然难听，却很有道理。

但李调元的心似乎死了，陷入彻底的麻木，彻底的虚空，不思茶饭，难以成眠，越来越憔悴，越来越瘦弱。

李应桥也陷入新的焦虑，每日三餐，都请店主变着法子准备饮食，但李调元要么浅尝辄止，要么看都不看一眼。无计可施的李应桥忽然记起，三年前，少爷脱离虎口，在码头上遇上了沦为叫花子的自己，而后在那对老夫妻的摊子前，一连吃了三碗凉粉还嫌不够。此后听他说过多次，但凡想起蜀中，首先想起的是那碗凉粉。

哎呀，咋就忘了！

李应桥迫不及待要替他买来。本想自己去，又怕少爷乱走，只好取出铜钱，去求店主，请他差小二走一趟。店主虽然痛快，小二却嘟着一张嘴。遂把小二拉到一边，另掏出一把铜钱，塞进他手里。小二喜出望外，高高兴兴去了。

不多时，小二把凉粉送了来。李调元却只看了一眼，那样子还是不想吃。李应桥再也忍不住，把那满满一钵凉粉往几上一蹾，不无讥刺地说："我要是你，我不仅要吃要喝，还要更加发愤，不仅要中举人、中进士，还要当大官，当最大的官，把天下都管起来！把世上的不平通通铲平，至少不能把一个红花女子逼成强盗！"

显然，这番有些挖苦的话，比之前任何一句更有杀伤力。李调元死死盯着他，眼里先是冷冷的愤怒，但却渐渐软下来。冰雪正一点点融化，化为两行春水般的眼泪。终于，一个温和的声音似从春水里溅起："递来吧，我吃。"

此时，哭泣不止的，并非李调元，而是李应桥。

时至九月，放榜的日子来了，寓居大小客栈的生员们无不绝早出门，纷纷拥向贡院。

李应桥也起了个绝早，忙着收拾打理，并为李调元准备早餐。李调元却不慌不忙，从从容容洗漱一番，吃了半碗粥、一个蒸蛋。在李应桥的一再劝说下，又吃了一块极其松软的米糕。

二人走出房门时，那些寄住此间的生员早就出发了。

走过一条大街，便能望见贡院，门口已是人山人海。除了应试的生员，亦有仆从或书童。更多是来此看热闹的市井小民，毕竟是三年一次的盛况，岂能错过。

此时，无论是否上榜，无论名次高低，李调元都能坦然接受。贡院门口，有人开始欢呼，更有人黯然退走。李调元仍走得相当缓慢，似乎那场乡试以及悬在那里的结果，与他毫不相关，他只是个经此而过的看客。

李应桥再也忍不住，一把拽住李调元说："少爷，走快点嘛！"

李调元反而止步，似乎有些不耐烦地说："你急，你只管先去！"

李应桥似乎忘了李调元与二姐，果然飞一般凑了上去。那榜贴得相当高，字也大若汤碗，无论前后，都能看得清清楚楚，几乎不用挤上去。李应桥只看了一眼，立刻转身，朝李调元跑来，两手向上高举，像一只撒开两翅的大鸟，嘴里大喊："少爷，中了，第五名！"

李调元依旧站在原地，似乎李应桥喊的叫的是另一个人。李应桥简直有些张牙舞爪，仍旧狂喊："中了，第五！"

这不免引起误会，以为李应桥中了，无数羡慕的眼光投过来，丝丝缕缕，密密实实，将他一圈圈缠绕。眼看到了跟前，李调元却转身而去。李应桥尾随身后，仍手舞足蹈，不断高呼："中了，第五！"

背后，有人不禁一怔，指着李应桥说："糟了，那家伙疯了！"

恰在此时，一声吆喝传来："传学政大人的话，请标名前五的新科举子，到贡院佩戴红花，由学政大人亲自鸣锣开道，绕少城一周，以示荣耀！"

李应桥忽然住嘴，一把拉住李调元说："少爷，你是第五呢，快去戴红花，那多光彩!"

李调元回头一笑说:"你去吧,是你中了。"

说完,快步而去。李应桥一怔,再不呼叫,紧紧跟上。走过这条来时的大街,却不见李调元往客舍去,李应桥几步抢上去说:"少爷,你不去戴红花也就算了,至少要回客栈去,不然,报喜的岂不空跑一趟?"

李调元头也不回,似乎没听见,只顾快走。一连走过好几条或大或小的街,不觉来到一处滨水的露天茶摊,这才放慢脚步,朝茶摊走去。

他之所以选择这里,是因为相信,此时此刻,茶肆酒楼之间,最大的谈资并非乡试,而是二姐。毕竟读书应试,不是市井小民的事,而那个被锁入槛车,当街示众的女匪,或离他们仅一步之遥。

因为秋阳高照,因为天清气爽,茶摊上几乎座无虚席。摊主赶紧提来一张竹编的茶桌,两张竹椅子,搭在了边沿处。这里有棵隐隐泛起青黄的银杏树,遮住了太阳,一般人不愿坐在底下。

两碗盖碗茶上来,李应桥正要说话,李调元摆了摆手,示意他闭嘴。果然不出所料,茶客们津津乐道的,真是二姐。

二姐已经成为传奇,成为茶客们追慕的对象。李调元若无其事地一边饮茶,一边静听。所有的讲述,都绘声绘色,有根有据,但版本各异。李调元暗自计算,至少有三个版本比较靠谱,也最为翔实。而最使他相信的,是如下这些——

二姐不知姓氏,只有一个叫芙奴的小名,是阆州那边的贫苦女子,自幼父母双亡,靠吃百家饭长大。因都是乞丐,老早就与其他几个女子结为姐妹。阆州地处川北,是灯戏窝子。几个姐妹,时常偷偷跟着一个戏班子游走四方,几年下来,居然把所有的戏目都学会了。或许因为灯戏出自傩坛,戏班子除了唱戏,也帮人驱鬼祛邪。

有一天,由大姐出头,去找班主,说愿跟他们一起唱戏。班主见是几个浑身脏污的女叫花子,冲口骂道:"世上哪有女娃子唱戏的,滚!"

那是一个大热天,因酷暑难当,几个女子去江边洗澡,顺便把这身捡来的或偷来的破衣裳也洗了,摊在石头上。因为一身赤裸,便躲在一块石头后。

当然,她们不仅乞讨,也偷鸡摸狗,只差翻墙过壁了。有天傍晚,她们在街上随意晃荡，忽然望见那家银匠铺子门口，一个人正鬼鬼祟祟往阶沿上去。立即明白，那家伙是个贼！赶紧躲去一旁偷看，看他怎样行窃。那家伙掏出一个明晃晃的东西，似乎是个钩子，从门缝里伸进去，只几下，就钩脱了门闩，轻轻一闪就进去了。过了一阵，忽听铺子里有了喝骂声，那家伙抢出门来，一拐一拐往她们这边跑。身后是那个银匠，手里举着一根木棍。看来，那人已经挨了一棍，打在了腿上。

那家伙胡乱闯来，与她们猝然相遇，情急中，把手里的东西往大姐怀里一抛，往一侧乱跑。银匠没看见这一幕，根本不理她们，只大骂着追上去，一棍把那家伙扫倒在地，拼命乱打，打得杀猪般号叫。

她们随大姐跑得远远的，到了僻静处才停下。原来是四对银耳环和一对耳坠，不多不少，人人有份。没想到，那家伙费了这么大的劲，竟然是给她们偷的！

她们高高兴兴去了城隍庙，坐地分赃。第二天，在沿街乞讨时，偷了一个补鞋匠的锥子，又在一个裁缝摊子上偷了几枚针。回到城隍庙，大姐先把那些针砸断，再把那个锥子伸上火堆燺了一阵，挨个给几双耳朵锥上了孔，并把那些砸断的针穿进孔里。她们捂着血淋淋的耳朵，又哭又笑。几天以后，大姐把那些断针取下，每人耳垂上都留下了可以穿戴耳环的孔。

就这样，她们都有了一对亮铮铮的耳环。这是女人的象征，她们也是女人了。她们只顾得意忘形，似了全然忘了，这些耳环、耳坠是那家伙偷出来的；何况她们只是些女叫花子，当然会引来许多惊异的眼睛。终于，那个银匠提着那根木棍将她们堵在一条独头小巷里，把那些耳环全部摘走了。

唯一幸免的是三姐，那天她发高烧，不能出去行乞，躺在城隍庙里昏睡不醒。

此时，摊在石头上的衣裳干了，大姐便叫年纪最小的五姐，把那些破衣烂衫拿来。正在穿衣，恰好那个班主也来江边洗澡，望见几个叫花子洗去了污垢竟然如花似玉！尤其大姐，已经成人，更是令人怦然心动。

班主远远停下，待她们把那些破衣裳穿好，这才问：“你们真想唱戏？”

她们当然愿意，几乎齐声回答。班主也不洗澡了，笑吟吟地说：“好吧，那就跟我走。”

哪里想到，她们走进的是一场灾难。戏班在一座破庙里落脚，一共只有八人。见班主领了几个女叫花子进来，七八双眼睛顿时发亮，盯着她们看。其中有个收管道具的哑巴，兼做厨子，看得又痴又贪。班主给了哑巴一把铜钱，一阵比画，叫他割一刀肉回来。

那刀肉与豆腐烩成一锅，香透了这座破庙。饭后，班主用那张油光光的嘴，像分赃一样，把五个女子分到了几个人名下，说是弟子。大姐分在了班主自己名下，二姐分给了一个又矮又黑的跛子。包括哑巴和两个没分到的，都嘟着嘴。

夜里，几个女子挤在一间满是蛛网和尘土的偏殿里正悄悄说话，班主进来，叫大姐跟他去，要教她唱戏。过了一阵，那个跛子也一颠一颠进来，叫二姐跟他去。

跛子把二姐引到破庙后，先问她叫啥名字。

二姐说："我叫芙奴。"

跛子点了点说："嗯，那我先教你下腰。"

跛子靠在一堵生满杂草的土台子上，让二姐到面前来，搂住她的腰说："你只管往后仰。"

二姐便往后仰，裤子上的破洞把自己彻底暴露给了跛子。跛子似乎僵了，半天不出声。过了好一阵，跛子腾出一只手伸进了那个破洞。

二姐忽觉是一把刀，猝然插进了自己的身体，惊吓之余，出自本能，飞起一脚，踢中了跛子的裤裆。跛子一声惨叫，倒在了土台子上，二姐也倒在了跛子面前。

谁也没想到，荒草里盘着一条毒蛇，恰恰被跛子压上了。毒蛇一卷，一口咬住了跛子的脸。

说到此处，一个伙计擎着一张条盘，到了那张茶桌前，嘴里吆喝："客官要的肥肠面，来啰！"

几碗热腾腾的肥肠面将那人的讲述打断。李应桥看了李调元一眼说："少爷，回客栈去吧，该吃午饭了。"

李调元不理他，把伙计叫来，也要了两碗肥肠面。

十一

虽然正午的太阳格外强烈，但并不觉得燥热，毕竟已是九月，且寒露已过。对于成都来说，如此晴朗的天气实在难得。

茶客们几乎无人散去，叫来些诸如面条、水饺、抄手之类，相继吃了。都是些闲人，或年迈，或被无情的命运早早磨尽了志气，剩下的，也就如何把余生做个交待了。故而，这个茶摊是混日子的上上之选。

此起彼伏的喧嚷渐渐平息，茶客们几乎都靠在竹椅子上闭眼瞌睡。

岸边，一个头发花白的老人蹲在柳下，一根钓竿夹在膝头间，背向茶摊，似乎一直盯着水面。一截浮标立在水里，或左或右，或沉或浮。忽然，浮标一闪，立刻下沉。老人却一动不动，似乎没看见。

李调元明白，老头也睡着了，不知鱼已上钩。夹在膝间的钓竿开始抖动，弯曲，终于把老头惊醒，猛然站起，两手握住钓竿，或张或弛，与那条鱼较量。

那根几乎弯成一张弓的钓竿证明，在水底挣扎的鱼不小。老头却似乎有些力怯，仿佛要随钓竿一起被折断。

这是个机会，李调元故意惊呼："好大的鱼！"

靠在椅子上的茶客们纷纷惊醒，有些茫然，有些惊恐地四处环顾，去寻找那条把他们从梦中拽出来的大鱼。终于有人看见了水边的老头，看见了那根危乎其危的竹竿和已到绝境的钓线。

最终，几个人跑过去，帮忙将那条足有两尺长的鱼拖上岸来。这条鱼，总算把那个讲述的茶客拉回到远在阆州的那座破庙里。

在那个叫芙奴的二姐，一脚将跛子踢翻在土台子上，跛子被毒蛇咬住脸面的同时，另一间偏殿里，在班主的威逼下，大姐已被强奸。不知所措的大姐听见了跛子的惨叫，惶惶出来，恰遇仓皇跑过来的二姐。二姐一把抓住大姐，忙说："他们不是人，快跑！"

另几个女子也从那间偏殿里出来，不明所以，一脸张皇。"快跑！"二姐喊了一声，遂往破庙外跑去。到了庙门口，忽见明晃晃的月光下，哑巴提着一把明晃晃的菜刀堵在那里。

她们没能逃出魔掌，被班主等人抓住，除了大姐，一人一条麻绳，吊在破庙房梁上。跛子中了蛇毒，叫了一夜，不待天明已经一命呜呼。

跛子是班主的同母异父兄弟，班主痛不欲生，咬定要二姐陪葬。因班主得手，大姐被格外开恩；二姐及其她几个女子，都从屋梁上放下来，仍被五花大绑，强令跪在跛子那具肿得犹如一头肥猪的尸体前，叩头谢罪。

第二天夜里，班主戴上面具，手持司刀，燃烛焚香，为跛子禳坛，意在引魂开路，往生极乐，只待天明就要把二姐和跛子一同埋入荒郊。

忙到半夜，班主已经疲惫不堪。哑巴等人见禳坛已毕，正要去睡，大姐却把一碗热乎乎的粥端到班主面前。哑巴等人呆在那里，一边咽唾沫，一边望着班主和大姐。大姐朝他们笑了笑说："都有，自己去舀吧。"

但无人去舀，仍眼巴巴看着这边。班主一直盯着大姐，不接。大姐轻轻一笑，几口把那碗粥喝下。那些家伙放下心来，如一群饿狼，拥向正殿外那口由三块石头支起的铁锅。大姐也过去，给班主再盛了一碗。

约半个时辰后，破庙里热闹起来，班主和那帮戏子，还有大姐，不仅又吐又泄，而且又哭又叫。

二姐似乎明白过来，挣扎爬起，去班主那间偏殿里。一片月光从破烂的窗户射进来，班主恰好倒在月光里，口吐白沫，奄奄一息。大姐满头大汗，一脸灰白，拼尽力气，替二姐把那条麻绳解了，让她赶紧带上姐妹们跑，跑得越远越好。

二姐岂愿扔下大姐，死活要一起走。大姐再也说不出话来，咽下了那口气。大姐亲手熬的那半锅粥，不仅要了这帮人的命，也要了自己的命。

二姐当然知道，大姐是为了使她们不替跛子陪葬，才舍了这条命。几个姐妹抱头痛哭，但她们知道，必须尽快离开，死了这么多人，一定会惊动官府，哪里说得清。

她们强忍悲痛，将大姐埋在破庙外。最后，她们把那些道具都翻出来，一人选了一个面具、一把假刀以及戏装等等。她们穿上戏装，戴着面具，提着明晃晃的假刀，离开了阆州。

她们的本意是怕人认出，所以把道具全部用上。不能再去行乞，只好夜里行窃。很快，她们发现，这些道具有着不可思议的魔力——哪怕被人碰见，也没人敢近前。那就干脆穿着戏装，戴着面具，提着假刀走。

白天，遇上行人，几乎没人怕她们，以为是些走村串乡的戏子。夜里则不同，能把人吓个半死。约半月以后，她们走进了一望无涯的川西坝子，情形又有了变化，虽是光天化日，但凡撞见的人，无不撒腿就跑。那些挑着担子，或者包袱沉重的，竟然扔在路上，只顾逃命。这一来，她们既无须行乞，也无须行窃了，只管拣有用的笑纳了便是。

很快，二姐有了灵感，并做出决定，不再沿官道大摇大摆地走，最好藏在路边，看准了有钱人，再斜刺里跳出来。这一招非常奏效，几乎不曾失手。

没过多久，川西坝子就有了飞天仙子的传说，说那伙棒客，人人青面獠牙，红发白眉，见人便抢，见人便杀；许多良家妇女被糟蹋了不说，还要往下身插上一刀。

她们也越来越精明，越来越知道拿捏火候。由于时常得手，她们早把那些捡来或偷来的破烂扔了，人人穿得光鲜亮丽。戏袍、面具、假刀也藏得紧紧，只到用时才拿出来。

一路向前，绕过成都，望见了那一面云遮雾绕的西山。到了山下，遇上了一座空无一人的道观，简直天造地设，正好落脚。道观里应有尽有，只是无人，不知那些道士去了哪里。

凭借这座道观出没这一带，日子过得越来越滋润，名头也越来越响亮。

一个夕照满山的傍晚，当她们满载而归时，却被一帮手持刀棍的人突然堵在了道观里。她们知道，那些家伙手里拿的不是假刀。但更要命的并非那些真刀，而是一支飞镖。正在她们惊恐万状时，那支飞镖"嗖"一声飞进来，扎在那条有好几道裂口的立柱上，嗡嗡一片清响。

一个人随着那缕清响进来，看了二姐一眼，似乎有些惊喜，随即将支支飞镖拔出，清响消逝。那人再转向二姐，嘴角向门口一斜说："都跟我走。"

她们被带往深山，在另一座道观里停下。那人一直拿着那支飞镖，看上去五十岁上下，一头三尺长短的头发已经花白，但没辫成辫子。

他自我介绍，说自己名叫王飞龙，原本是这座道观里的道长，座下有几十个弟子。但他并非真心出家修道，也不相信那些长生不老、羽化登仙的鬼话。

他只是个劫匪，因官府追捕才躲到这里来。那些弟子也不过是同伙，是他安下身来之后，设法召进山来的。过了几年清苦日子，不免常常念及当初吃香喝辣、挥金如土的光景，哪里忍得住，于是重操旧业，偷偷干起了拉肥猪的买卖。

这座山上有十几座大大小小的道观，都归一个叫清风上人的老道管辖。老道听见了风声，暗暗招集道众，要把王飞龙及手下一一绑去见官。老道哪里知道，侍候他起居的一个小道早被王飞龙买通。待老道安排完毕睡下，小道急火火跑来报信，说明天半夜，清风上人要带上几百个道士来这里抓人，绑去见官。

王飞龙当即决定，先杀了清风上人，再把其他道士都结果了，免得碍手碍脚。于是带上同伙，人人手持利器，随小道潜入清风道人那座道观，干净利落，来了个鸡犬不留。又一鼓作气，从上至下，一直杀到山脚。

此后，王飞龙放开手脚干了几年，肥猪越来越不好拉，都异常警觉。王飞龙便想了个堪称绝妙的主意，买了一条客船，借岷江载客，碰上那种带了许多细软的肥猪才下手。这一来，被拉的肥猪不再限于本地，大江上下、东南西北，简直天宽地阔，而且还免去了讨要赎金的麻烦和危险。一年下来，只需干上几票，就有花不完的银子。

这些天，山下那座道观里，忽然来了几个拦路劫掠的棒客，据说人人形同鬼魅，能把人当场吓死。所谓一山不容二虎，王飞龙遂叫那些水上行船的手下，暗暗查访。得知不过四人，而且都是女子，所以就带了些人躲在道观后。

说到这里，王飞龙盯着二姐说："老子行劫半生，啥都不缺，就缺个压寨夫人。你要是愿意，就跟老子过好日子；要不愿意，对不起，老子只好硬上，把你们都上了，再把你们活埋了。"

二姐知道，不能硬拼，也不能拒绝，只说："我还是黄花闺女，不能这么随便，必须答应两个条件：第一，放过她们；第二教我使飞镖，教会了就跟你成亲。你若不答应，我就一头撞死，叫你鸡飞蛋打。记住，我们是结拜姐妹，我死了，她们也不会活。"

王飞龙没想到，这个女贼竟如此刚烈，而且有勇有谋，要是驯服下来，这几十号人，没一个能跟她比。想了一阵，说："好，老子答应你！但最多只限半年，半年以后，不管你学没学会，你都必须去老子床上睡！"

王飞龙夜以继日教二姐使飞镖。二姐的聪慧，不仅王飞龙时常诧异，连她自己都暗暗吃惊。不到三月，二姐的飞镖已经使得心应手，甚至超过了王飞龙。但她总是假装失手，不让王飞龙看出来。

这天上午，王飞龙如往常一样，在自己独居的那座小院里教二姐使飞镖。二姐刚接过飞镖，恰好一只山雀飞来，歇在小院外那棵老树上。王飞龙指着那只山雀说："把它打下来，好下酒。"

二姐望了望那只山雀，手一扬，在飞镖就要出手的那一瞬，忽然手腕一转，那镖同时脱手，飞向仍望着山雀的王飞龙。飞镖穿喉而过，王飞龙都没来得及哼一声，一头栽倒地上。二姐几下将他拖进屋去，再将王飞龙那袋飞镖提在手上，这才把三姐她们叫来，几句话说了自己的打算。

不一时，喽啰们来到小院，听王飞龙分派。二姐提着一袋子飞镖，直截了当，说自己把王飞龙杀了，想死的，就像这只山雀一样！

那只倒霉的山雀，似乎被小院里的一切彻底惊呆，竟还在那棵老树上。二姐大吼一声，山雀才醒过来，翅膀一撒，从树上飞起。二姐这才出手，飞镖如一道闪电，击中山雀，山雀栽了下来。

凭着从王飞龙那里学来的这一手，二姐轻而易举镇服了这帮男人。最初，他们完全因为恐惧，但很快，他们发现这个女子远比王飞龙义气，更比他足智多谋，于是由恐惧变成了心服口服。

说到这里，天色已晚，太阳也越来越暗，加之水边多风，渐渐凉了起来。那人停下来说，算了算了："不说了，要是还想听，明天请早！"

沉浸其间的李调元抬头一望，好些茶桌已空下来，正有茶客起座离去。

十二

翌日，天晴得更好，晴得近于空虚，似乎这座如锦如绣的都会，就浮在空虚里，如一派重重叠叠的影子。

最先来茶摊的，是李调元主仆。摊主和茶倌，正忙着把那些竹桌、竹椅从那个油布围起的棚子里弄出来，一一摆开。见二人在那里彳亍，摊主笑着招呼："二位随便坐。"

李应桥正要去一张茶桌那边坐，却被李调元拉住，说还早，不如先去转一转。

二人沿着草木暗凋的水岸走了一阵，转回来时，茶摊上已坐了好些人。李调元举目一望，似觉茶客们坐的仍是昨天的茶桌，想毕早已约定俗成。他当然记得，那个讲述人约莫六十岁，穿一件泛白的蓝布长袍，衣领和袖口有一层油垢。不见那人的影子，应该还没来。

他料定，那人还会坐在昨天那里，遂叫李应桥去搬一张茶桌过来，依然搭在银杏树下。

几个茶倌忙着泡茶。待每个人面前都摆上了盖碗，李调元才把茶倌叫来，要了两碗素茶。

终于，那人来了，还是那件泛白的蓝布长袍，那层油垢似乎厚了一些。在几个人的簇拥下，那人有说有笑，朝这边来了。

李调元忽然有些担心，那个故事，是否已在途中完成了讲述？

不出所料，他们果然坐上了昨天那张茶桌，位置也完全相同。几碗热茶上来，话题却不在二姐身上。一个蓄着络腮胡，又高又胖，年纪六十七八的茶客，从怀里摸出一个纸包，摊在茶桌上说："昨天，盐亭那边来了个表亲，提了一袋子盐炒蚕豆，又酥又香，正好佐茶。"

几个人都去拈蚕豆，嚼得一片山响。那个讲述人有些诧异地说："这手艺也算一绝，活了大半辈子，哪见过这么酥脆的蚕豆。"

你一言我一语，只围绕那包蚕豆。络腮胡笑得如一丛风中的枯草，这才把那个表亲的意思说出来。表亲请他把蚕豆带给茶老板，看能不能当茶食卖。他则以为，不如先让几个茶朋友尝尝，要觉得好，再往下说。

另一个人赶紧接话："肯定没问题，蚕豆嘛，又不值价，何况这么好吃。茶老板就算是头猪，也晓得赚钱嘛！"

李调元有些听不下去了，瞅了个机会，站起，向那个讲述人一揖，客客气气地说："恕晚生无礼，前辈昨日所说那个二姐，不知后事如何？"

几个人一齐望着李调元，无不有些诧异。见他穿戴不俗，面相文雅，又暗含几许英气；那个年近五十的仆人，也穿得有模有样、干干净净，显然非富即贵。

讲述人赶紧站起，抱拳还礼，笑说："公子气度不凡，想必出身富贵人家，未必对这茶桌上的闲话也有兴趣？"

李调元正要开口，李应桥抢先说："这是我家公子，新科举人，还是第……"

李调元赶紧呵斥："多嘴多舌，哪里轮到你说话了？"

但李应桥这话已被许多人听见，不免引起一阵骚动，许多眼睛纷纷看向李调元。讲述人这边，也人人脸露惊诧，上上下下打量李调元，似乎不敢相信。李调元忙道："在下罗江李调元，勉强中了个举人，实在算不了啥。若前辈不弃，还望接上昨日的话题，把二姐的事说完。"

那人愣了一阵，笑得有些拘谨地说："没想到新科举子也喜欢听老朽胡说。恭敬不如从命，说得不好，还望公子勿笑。"

李调元谢过，赶紧落座，也没忘瞪李应桥一眼。那人看了看几个茶客问："昨天，说到哪里了？"

几个人有些茫然，似在搜肠刮肚回想昨天的话茬。李调元只好提醒，说到二姐用王飞龙教她的飞镖杀死了王飞龙，那帮喽啰已经服服帖帖。

那人近乎讨好地称赞："不愧是新科举子，记性真好。"

但他的讲述却不再如昨日那么顺畅，有些磕磕绊绊。

二姐和几个女子，曾跟在戏班子后面行乞，不仅学会了唱戏，也成了戏迷。每过上些日子，二姐就会带上几个姐妹，来成都看戏，一看就是十来天。

成都西门，有家名叫黎庶园的戏园子，贩夫走卒，三教九流，都去那里看戏；无论白天黑夜都挤得满满的。二姐她们混在各色人等中间，不会引起任何人注意。

几年下来，几个女子渐渐忘了自己的身份，胆气越来越大。戏院门口，总有许多小贩，卖瓜子，卖花生，卖米花糖，卖核桃仁，卖丁丁糖，等等，应有尽有。这些有滋有味的零食，也不可避免地成了她们的喜好。

前些天，省城正在乡试之期。据说，二姐此番进城，不仅为了看戏，还想看看那些各地来的生员，看他们怎样走入考场，怎样从考场里出来，最后，再去贡院门口看放榜。

所以，这回待在成都的日子比以往任何一次都长。没想到，留在山里的喽啰们起了内讧，分成了两股，彼此闹得不可开交。替二姐管事的那人叫房怀义，无论如何也平息不下来，只好下山来成都找二姐，请她赶紧回去。

房怀义原是郫县城里有名的混混，后来跟了王飞龙，干了几年拉肥猪的买卖。在郫县城里混时，曾跟一个寡妇有染，寡妇为他生了个儿子，如今已快十岁。过些日子，房怀义就会偷偷下山，给寡妇送些银子，顺便苟且一回。这次下山，正好途经郫县，自然不能错过，就悄悄钻进了寡妇家。不想被人看见，悄悄报了官。

傍晚时分，房怀义从寡妇门里出来，一帮早已候在那里的衙役一拥而上，把这家伙捆了个结结实实，带去县衙。

知县客客气气，既不打也不骂，似乎非常惋惜，摇了摇头说："吃这碗饭的，不该有个儿子。"

于是把房怀义的儿子带来这里，同样不打不骂。他的儿子小名叫牛儿，看上去黄皮寡瘦，似乎从来没吃过一顿饱饭。知县拉着牛儿的手说："叫你来，是看你可怜，想吃啥尽管说。"

牛儿不敢出声，时不时瞅一眼五花大绑的房怀义。知县和颜悦色，一再鼓励，说得牛儿不住咽唾沫，忍不住说："想吃肉。"

知县似乎有些为难，想了想说："天黑了，割不到肉了，喝碗油汤如何？"

牛儿眨了眨眼，赶紧点头，颇有退而求其次的意思。知县立即叫人拿上来。很快，一个衙役捧着一个柴炉进来，另一个端着半锅油，架在炉子上烧。当锅里冒出青烟，知县亲手舀起半勺油，说道："让牛儿喝。"房怀义急忙喊道："我说！"

于是，房怀义把一切都说了。知县把油倒回锅里说："这样吧，要是那个叫二姐的女匪不在戏园子，或者没抓住，再喝不迟。"

房怀义赶紧跪下，不住叩头说："去不得、去不得，二姐的飞镖厉害得很，鬼都不敢近身！"

知县怔了怔，仔细问了一遍，胆气尽失，不敢妄动。遂带上几个人，把房怀义连夜押去成都府。成都知府立即召集僚属，一番商议，已有计谋，让房怀义如往常一样，明日只管去那家戏园找二姐；选了一百个身强力壮的兵勇，怀揣利刃，由一个百夫长率领，扮成看戏的百姓，跟在房怀义身后。

这段日子，戏园上演的戏目，都是秀才赶考之类，迎合的正是这场乡试，目的是招引那些秀才。二姐的意思，今天看最后一场戏，明天便是放榜的日子，看了那张榜就立刻回山。

下午，到了黎庶园门口，二姐她们买了些瓜子、糖果，要进去看戏，忽听有人叫道："二姐！"

二姐回身一看，房怀义正朝这边挤来。不由一惊，立刻明白，一定出事了，不然，房怀义不可能到这里来！于是赶紧挤出来，去迎房怀义。那些扮成观众的兵勇认清了目标，立刻向几个女子围上去。

兵勇们与各色人等混杂一起，二姐虽然飞镖在手，却不知该往哪里扔。

兵勇们如争食的鱼群，眼看已将三人合围。二姐急中生智，指着那个手举短刀的百夫长，大喊："有棒客！"

场面顿时骚乱起来，人们纷纷回头，往外拥挤。百夫长等人被乱糟糟的人群挤得七零八落，根本下不了手，只不住呼叫："我等是官军，奉命捉拿女匪！"

四个姐妹被人群裹挟，如水一般泻入门前那片宽阔的空地。众人狂奔四散，兵勇们也四面散开，将她们围在空地里。

顷刻之间，整整二十支飞镖，穿进了二十个兵勇的咽喉，包括那个牛高马大的百夫长。当然，她们未能逃脱，被抓住了。

其实，当李调元听到二姐为了看生员如何进出考场，以及想看见那张贴在贡院门口的榜时，已经从那人的讲述里游离出来。二姐滞留成都久久不回，竟是想在众多生员中看见自己，想在那张该死的榜上，看见自己的名字！

如此说来，真正的凶手是自己，是自己将她推进了那辆槛车！

他心里一片空白，听不见讲述，听不见任何声息。他甚至忘记了一切，忘记了自己与二姐那场特殊的邂逅，忘记了所有的思慕与怀想。记忆里仅剩下两个词，二姐和芙奴。

他不知道茶客们是如何散去的，也不知道自己是如何回到那家客栈的。他想疾呼，但已经没有声音；他想痛哭，但已经没有眼泪。他的世界里一无所有，仅有无声的呼唤——二姐，芙奴……一次又一次，直到把一切耗尽，直到一场秋雨悄然而来，直到一切都被秋雨埋葬。

仿佛被绑架一般，在这场无尽无止的秋雨里，李应桥最终将他带离了成都。

第四章

一

虽时间流逝，但对马氏之死的悲痛，对河道司大使汪文成就戮的愧疚，并未淡去。

吴玉春见李调元几乎整日无语，想来想去，特将两句杜诗写下来——存者且偷生，死者长已矣，亲手裱成条屏，挂在李调元书房里。

面对这说尽人生苦恨与无奈的千古名句，李调元终于哭出声来，积郁许久的痛楚和绝望，总算得以释放。

从泥沼里走出的李调元，看似渐渐复原，但心里却异常孤独，甚至有些空洞。万卷诗书，满腹经纶，经时济世的抱负，都填不满无边的虚无。

半生以来，那些曾经拥有，又相继失去的一切，总是一一浮现，如展不尽的长卷。尤其夜深人静，那些逝去的亲人，总是踏着遍地冷月，迎着无边清风，一一向他走来。包括父亲，包括生母，包括马氏，包括曾与他耳鬓厮磨的，所有的，却只能叫妾的女子，包括那个与他仅有一夜恩情，名叫芙奴的二姐，包括寡居娘家的俞氏……尤其这个无姓无氏的二姐，只给他留下了那个叫芙奴的小名！他除了永远记住芙奴这两个字，实在别无所寄。

他们无怨无悔，如约而来，与他默然相对。

躺在身边的芸儿，总是听见他轻声呼唤，但又听不清到底所唤何人。这些天来，芸儿想尽一切办法，劝解，抚慰，指望以最热切的温存，去化解他所有的幽恨。

焦虑不安的芸儿终于等来了最好的时机。这是一个明月满窗的初秋之夜，无边无际的虫吟，借着柔和的月光，飘进屋里。他们并肩而卧，李调元正要吹灭那盏搁在案上的灯，芸儿一把将他拉住说："不忙，看着我。"

李调元似乎有些诧异，这个极其柔顺的女子，从未阻拦过他。他扭过头来，有些不解地望着她。芸儿似乎比任何时候都美艳可人，她把那乌发披散的头，轻轻靠上李调元的肩，柔柔地、羞赧地说："我怀孕了。"

李调元一怔，立即紧张起来，把她的头往外一推，紧紧盯着她，似乎充满愠怒或恐惧。相视片刻，才问："真的？"

芸儿轻轻咬住下唇，点了点头说："都三个月了，怕拿不准，所以一直没说。"

李调元愣了一阵，不无颓然地转过身去。芸儿把头抵上他后背，有些委屈地问："你不高兴？"

李调元回过身来，看着她问："马氏尸骨未寒，未必你不怕？"

芸儿嫣然一笑，恰似一朵被雨水打湿的梨花，声音更像未尽的朝雨："我就是替她怀的，要替她生下来，最好生个儿子。"

他再也抑制不住，一把将芸儿搂过来，紧紧贴在自己怀里。

芸儿期待已久的那个李调元终于回来了，每日官事之余，都待在书房里，全神贯注雕刻《函海》印版。

又一个冬天来临，李调元带上吴玉春及僚属，沿运河察看一番，发现仍无疏浚的必要。

当他回到官署，两个小太监已经候在那里，称陛下召李调元即刻入京面圣，说有要务分派。

李调元不敢怠慢，赶紧换了一身崭新的常服，与两个小太监驰往京城。入宫时，已是傍晚，小五却把等候召见的李调元引到一座配殿里，指着已经陈列席上的饭菜说："陛下开恩，特赐李道员饭食。"

他赶紧跪下，一如乾隆在此，叩头谢恩。这是规制，任何人不得违例。

宫里已经掌起灯来，里里外外浮着一层玉液般的柔光，这光渐渐具体，渐渐浓稠，渐渐凝结，如不断延伸的薄冰，正将这座气象逼人的紫禁城悄悄封冻起来。

在这浓度极高的灯光里，李调元颇有飘浮之感，似乎并未踩上地面。甚至觉得，不是小五把自己领到了乾隆面前，而是那些灯光，使自己顺流漂来的。

一番赞拜，伏地听旨。乾隆的声音响起，苍老而温和。李调元心里不禁一热，差点浸出泪来。这个年过古稀，一向沉稳干练，又总是那么冷峻，而且察人如鉴的皇上，似乎变了，变得有些柔软了。

一个太监过来，俯身对李调元说："皇上赐李道员座呢，还不谢恩。"

或许这里的灯火更加浓厚，或许乾隆的温和出乎意料，李调元竟没能听清乾隆的话。他赶紧谢恩，惶惶站起，垂首坐上了一张软软的凳子。

乾隆说："朕命和珅、纪昀等，历时数年，修成一部古今全书，分经、史、子、集四部，录入书籍近七千种，共九万三千五百余卷，仅目录便有二百余卷之多。相比《永乐大典》，其卷帙超三倍有余！"

李调元赶紧起身叩拜，高声赞颂："此乃古今第一功德，非古今第一圣明天子不能为之，实在可喜可贺！"

乾隆让其还座，又说："如今大功告成，朕欲命李道员押一部往盛京，望不负使命。"

李调元再次跪拜，惶惶奏道："臣生性粗疏，而押送如此浩瀚之作，需经数千里之遥，其间山长水远，或风或雨。臣恐有辱圣命，望陛下另择贤能！"

乾隆笑道："朕知李道员曾几度押书还乡，颇知其中之要，举朝之内，舍李道员其谁！"

李调元又奏道："臣闻关外百族杂居，时有匪盗出没。而臣不过文弱书生，并无降恶缉盗之能。若途中有失，臣草芥之命死不足惜，唯恐全书不保，望陛下三思！"

乾隆沉吟片刻说："李道员言之有理。既如此，京城至关内，由李道员押送；关外，则由山海关副都统薛林押运。因此事不比寻常，朕将御笔签发路引，使李道员畅行无阻。领旨谢恩吧。"

李调元缓过一口气来，京城至山海关，不到七百里，且几乎都在通永道辖内，应该不会有意外。

当他回到通州，坐下静思时，忽又有些不安。照皇帝所说，全书近十万卷，想必需数十辆车方能装载，且书籍远比寻常货物沉重，又必须小心翼翼，其行肯定缓慢。若有人暗中使坏，比如于所经之处掘陷阱、断路，或骤然之间投火焚烧等，岂不危险！

因谢朝宪一案，他与和珅早已结怨，以其一贯作为，确有借机除掉他的可能。况其党羽众多，通永一道，亦不乏和珅走狗，受其驱使，完全可能。

想到这里，他再也不能安坐，赶紧把吴玉春请来，将入京面圣种种，以及自己的担忧说了一遍。吴玉春也觉得有些蹊跷，似乎选定李调元押书，本身就是个陷阱。

但圣命如天，已无回旋可能。李调元遂让吴玉春雇请脚力，自己则再往京城，拜会李鼎元、李骥元，询问选定自己押送全书，是否和珅所荐。二人皆在内阁，或知其情。

李骥元庶吉十散馆，留任翰林院编修，也被和珅选入内阁。

驰至梁家园，时已二更，然李鼎元在外应酬，尚未还家。得知李调元来意，李骥元说："愚弟前日听同僚说，由兄长押书往盛京，正是首席大学士和珅所荐。理由相当充分，称兄长曾两度长途运书还乡，比任何人适合。"

李调元何承想到，押书还乡的经历，竟为和珅所用！遂不顾李骥元一再苦留，立即告辞，驰还通州。

翌日一早，吴玉春正要出去雇请脚夫，李调元匆匆来到官廨，拦住吴玉春说："脚夫需加倍，以免有失。"

吴玉春不解，问何故如此。李调元不答，只让他如其所说，照此而行。

当日上午，两个小黄门又来官署，将皇帝亲笔签发的路引及文书交给李调元，并宣乾隆口谕，意思是，书籍装载，已由内务府办理，命李调元明日去内务府交割，并即刻上路。押送途中，除非必须寄宿，或遇雨雪，不得无故停滞，更不得返回。

领旨谢恩，送走太监之后，李调元即命仓大使夏继新，将郭永怀、陈大华、秦仁方等十几个老壮而精干的衙役，召集于官廨外，叫他们准备火铳、刀枪，

159

而后早些回家做好安排，明日随自己入京城，押御定全书往山海关。

中午时分，吴玉春将雇请的脚夫带来官署。李调元将事先备好的力钱给每个脚夫先支付一半，告诉他们，待书至山海关，与副都统薛林交割清楚，立即将余下一半付清。

在发放力钱时，似觉其中一个二十岁上下的脚夫有些眼熟，在把钱递给他手里时，李调元问："敢问贵姓？"

那人赶紧拱手一揖说："小人姓王名小阶，请李道台吩咐！"

李调元笑道："似觉眼熟耳，并无吩咐。"

王小阶笑说："小人常在市井间揽脚力活，或与李道台有过一面之缘。"

李调元以为有理，也叫脚夫们早点回去，明日一早来此会合。

而后，将官署事务委托给夏继新，去街上买了两只老母鸡，一篮子鸡蛋，割了一刀肉，都交给王嫂，请其熬些鸡汤，给芸儿补身子。又把香儿叫来书房，吩咐她好好照顾芸儿，说待自己回来，一定要好好奖赏她。

香儿忽然面色如桃，两眼如醉地看着他问："你如何奖我，要先说出来"。

李调元一脸认真地说："请通州城里最好的裁缝，给你做几件长裙如何？"

香儿摇头说："不要，我有好几件，都穿不过来。"

他又说："那我带你去金银铺子，买一只纯金手镯，外加一对耳环。"

香儿又摇头说："还是不要，那东西俗。"

他想了想说："那就买个玉佛挂件，只要和田白玉，这下总行了吧？"

香儿抿嘴一笑说："也不要，那东西易碎。"

他似乎有些生气，盯着香儿问："这也不要，那也不要，那你到底想要啥？"

香儿忽把嘴贴上他耳边，轻轻地说："我只要你这个人。"

丢下这话，香儿像一阵风，或者像风中的一缕芳香，转眼飘到门外去了。李调元愣在那里，许久不知所措。

因芸儿已经出怀，他只在书房这张榻上独眠。这夜，他有意不落门闩，心里期期艾艾，既盼香儿来，又怕她真的来了。

但香儿没来。

二

李调元带上衙役陈大华，打马先行，以免贻误交割。脚夫们则由秦仁方、郭永怀等带领，也是绝早出发，步行去京城。

五十余箱书，由象征皇权的明黄色绸布包裹，每车各载两箱，共二十余车。李调元不敢大意，认真点数察看。管事太监早有些不耐烦，催其在交割文书上签字画押。他却坚持要在书箱外裹一层油布，以防雨雪，否则不敢接手。管事太监拗不过，只好依他，把一帮小太监呼来喝去。太监们遂把那层黄绸揭下，往箱子上裹一层油布，再把黄绸蒙上。

午后，内务府将车送出宫门，秦仁方、郭永怀等领着脚夫已经候在那里。李调元令陈大华、秦仁方等于前开路，郭永怀等断后。

照计划，今日午后启程，至少需行三十里，至宛平驿投宿。几十个脚夫，一路吆喝，将二十余辆金光映目的车推出京城，走上了这条逶迤的官道。李调元乘着一匹高头大马，走在开路的陈大华、秦仁方等人身后，且行且望，不敢大意。

恰值隆冬，阴晴不定，不知不觉，那轮白日已被彤云遮住。不一时寒风渐起，卷起一阵烟尘，颇有昏天黑地的阵势。李调元担心雨雪骤降，打湿了那些裹住车厢的明黄绸布。若如此，则为大不敬，当受责罚。遂命衙役们停在道旁，干脆把黄绸取下，由郭永怀收管。

一路催促，一再命衙役、脚夫疾行。

脚夫们正好二人一辆车，于是前拉后推，于官道上疾行，犹若一队仓皇而走的败军。

好在并无雨雪，未到黄昏，已能望见那座官道边的驿站。车队停在驿站外，李调元下马，先去会见驿丞，出示文书及路引。驿丞不敢大意，命所有驿卒都来搭手，将几十箱书搬入驿站，整整齐齐码在一间已经腾空的仓房里。

这间仓房专门寄存各类转运物资。李调元将仓房前前后后察看一番，确认并无隐患，才勉强放下心来。驿丞命伙夫准备晚饭，并特意备下一席酒菜，请李调元赴宴。李调元赶紧辞谢，称皇命在身，不敢恣意。

驿丞亲手收拾出一间上房，请李调元歇息。他也不肯去，只说不敢离书箱半步。遂命陈大华等，于仓房里给自己打了个地铺，说要看着这些书箱才睡得安稳。

第二天天色未明，李调元已经起来，推开那扇窗子，探头一望，阴云早已散尽，一片霜天冷月。草草洗漱一番，即把陈大华、秦仁方、郭永怀等都叫起来。

驿站里一阵忙碌，那些脚夫已把几十口箱子装入车上，停在大门口，只待出发。

伙夫已备好晨炊，李调元等草草用过，告辞起行。此时，虽天色尚早，但官道上已经有了行人，亦有押货物而走的行商。

他们必须赶在天黑前到达礼贤庄，而后由南转东，经另一条官道，进入滦县。这一日阳光高照，几乎无风，车队行进得十分顺利。

在礼贤驿投宿，陈大华担心昨夜李调元不曾安眠，请他去上房安歇，自愿在仓房里看守书箱。李调元竟不推辞，把郭永怀叫来，命其与陈大华同宿于此。嘱咐一番，便往上房里去。

大凡驿站，都有这种陈设相对完备的上房，专供来此投宿的达官显贵过夜。同时寄宿的官员，为争上房，竟不乏相互谩骂，甚至大打出手者。

正欲躺下，驿丞带着伙夫并一个驿卒敲门进来，将一壶热酒，几样下酒菜摆在桌上。李调元赶紧推辞，说重任在肩，不便饮酒。

驿丞忙向李调元一揖说："李道台勿忧，在下已命一众驿卒，严加守备，定无一失。"

他想了想，拱手还礼说："恭敬不如从命，然如此厚待，不知以何为谢。"

客气一番，驿丞陪他饮酒。三杯酒后，驿丞又施一礼说："在下姓胡名衡宽，乃山西太原人氏。李道台才名远播，令我仰慕不已。"

于是又敬了几杯，眼看一壶酒尽，李调元似觉这个叫胡衡宽的驿丞有话要说，但又不见开口，忍不住问："胡驿官是否有事相嘱？"

胡衡宽赶紧站起，深深一揖说："李道台察人如镜，实在令人佩服。在下确有一事相求，但自忖卑贱，故而迟疑再三，不敢开口。"

李调元笑道："邀饮一回，彼此可尽情夜话。胡驿官不必客气，但说无妨。"

原来胡衡宽之父刚于太原老家建起一座新宅，写来一封信，命其做一首诗寄回，镶在影壁上，以示风雅。但他自忖诗文不佳，一连想了好几天，也勉强写了好几首，但无一好句。正为此忧闷，恰李调元押书寄宿于此，于是亲备酒菜，来此拜会，欲请其赋诗一首。

李调元听见此话，呵呵笑道："此有何难，请赐笔墨纸砚！"

胡衡宽大喜，赶紧将酒菜收去一边，把笔墨纸砚一并捧来，放在桌上。又忙着注水磨墨，引刀裁纸。李调元拿起那支笔，一边蘸墨，一边问："不知府第可有名号？"

胡衡宽赶紧答道："没有没有，家父倒是命我起个名号，但我不过区区秀才，并非显贵之家，若取个名号，反而受人讥笑。"

李调元点了点头说："胡驿官如此慎重，难得难得。"

言毕，一挥而就，写下四句诗来——

影映田间三月柳，壁嵌墙外四时化。

若得书声起朝夕，堪称世上好人家。

胡衡宽见四行墨迹，动若游龙，又不失端稳沉重，不禁喜形于色，高声赞道："李道台信手拈来，便是好句，且字迹飞动，笔笔飘逸，实在堪称圣手！能获李道台题赠，胡氏三生有幸！"

李调元搁笔笑道："旅次匆忙，不暇斟酌，难免手下荒疏，胡驿官勿笑。"

胡衡宽千恩万谢，待墨迹干透，小心翼翼收起，欲再置酒菜。李调元赶紧辞谢，称已近二更，明日尚需跋涉，不敢贪杯。胡衡宽又掏出一个布袋，里面是足足二十两银子，双手递来，说是润格，万望笑纳。李调元极推不过，只好收下。

送走胡衡宽，立刻解衣睡下。没想到押运途中，还能挣一笔润格，心情不错，也睡得格外安稳。

七日以后，已到永平府所属卢龙县境，天气又变，雨雪霏霏。幸好已把那些黄绸收起，并且坚持裹了一层油布，否则，湿了这些书，那就是大罪。

一路催促，早早便到了卢龙驿。寄宿一夜，雨雪愈急，不敢冒失，只好滞留于此，以候天晴。

卢龙知县郭棣泰，得知李调元押全书来此，赶紧来驿站拜会。

李调元早有所闻，郭棣泰与永平知府弓养正为山西同乡，私交颇深，而弓养正则与和珅过从甚密，或为其党羽，故不愿与郭棣泰深交。彼此相见，一阵客气之后，郭棣泰请李调元入城饮宴，李调元仍以皇命如天，不敢怠慢为由辞谢。

天黑时分，郭棣泰带着好几个随从，人人提着一个食盒，再来卢龙驿拜见李调元，拱手施礼说："李道台经此，下官若不聊尽地主之谊，实在惶惶不安。"

永平府亦属通永道，李调元乃其上司，不好极推。酒菜也摆在这间上房里，刚坐下，永平知府弓养正匆匆而来，也带了许多酒菜。弓养正朝李调元一揖说："下官闻知李道台滞留此处，即出永平，拜望来迟，恕罪恕罪！"

说了些场面上的话，遂请李调元还座。二人极尽恭敬，轮番劝酒。虽一再推辞，二人依旧不依不饶。

这酒喝到三更时分，李调元已经大醉，二人才告辞而去。已然无力洗漱，也不脱衣去袜，倒头便睡，头方落枕，已鼾声大起。

不知睡了多久，忽被一阵喊叫声惊醒。睁眼一看，一片炽烈的火光已从窗口扑入上房，快将他吞没。正不知何故，门被人一脚踹开，一人飞闯进来，将李调元一把拽起，大叫道："李道台，起火了，快走！"

来人是衙役陈大华，把依然头昏脑涨的李调元拖去院子里。院子里是乱糟糟的人群，皆不知所措。正惶恐不已，忽见两人从后院里撞出，一人搂着那些揭下来的黄绸，一人抱着两个大大的包袱，正是秦仁方和郭永怀。二人同样被吵嚷声与火光惊醒，胡乱撞出来，忽记起李调元命其保管的那些黄绸和盘缠，又折了回去。

李调元早已酒醒，望见起火的正是那间堆放书箱的仓房，大叫道："救火！"

众人这才醒过神来，却慌做一团，不知该如何下手。李调元近乎疯狂地大喊："水！"

驿丞赶紧喝骂驿卒："快，打水救火！"

李调元正要冲入仓房，几个衙役拖着一个人过来，其中一个大骂道："是这个狗日的放的火！"

李调元两眼圆睁，认出这个如死狗般的家伙，竟是那个叫王小阶的脚夫！

三

衙役、脚夫、驿卒忙乱一气，火终于被扑灭，并未祸及其他，只仓房被烧得一塌糊涂，那些书箱更是面目全非。无人敢去验看结果，都眼巴巴望着李调元。

李调元如丧考妣，想了一阵，把驿丞叫来，命其封锁驿站，尤其那间仓房，不准任何人进入；同时命其去卢龙县衙，告知知县郭棣泰，请其上报。

正要问王小阶，一个年长的脚夫们过来，问事已至此，他们该如何办。李调元说："一切都是我的罪，与你们无关。"遂让郭永怀把包袱拿来，把余下的力钱都发给脚夫。

脚夫们带上脚力钱，一齐走了，驿丞也带上几个老卒，分赴卢龙县衙和永平府，分别报与郭棣泰和弓养正。

王小阶早被衙役们打了个半死，捆在一棵老槐树上。守住他的那个衙役，见李调元过来，忙说："幸亏我去上茅房，不然，都要叫他狗日的烧死！"

李调元盯着衙役问："到底是何情形？"

衙役说："我正往茅房去，忽见仓房那边有火光，心里一惊，赶紧过去，刚到仓房外，里面已经燃了起来，一个人正从窗口里翻出来！知道有人放火，我拼命扑上去，一边喊叫，一边把这狗日的扑翻在地。守在仓房里的衙役听见喊声，也从窗口翻出来，把他狗日的捶了一顿！"

说到这里，忽听王小阶冷笑着问："李调元，还记得汪文成吗？"

李调元猛然一怔，似有所悟，但说不出话来。王小阶又说："事情到了这一步，我也不必隐瞒了。我不是王小阶，我是汪文成的长子汪雨竹。这下好了，父亲在天之灵可以安息了，要杀要剐随便！"

陈大华等听见这话，纷纷围过来，人人怒不可遏，又要动手；郭永怀捞起袖子骂道："难怪你狗日的眼熟，原来是汪文成的种！"

李调元赶紧制止，命两眼泛红的衙役们退去一边，盯着汪雨竹说："令尊之死，我至今愧疚不已。但君命如天，我一个区区道员，实在无力逆转。我曾委托吴玉春带了几千两银子，去陈州寻你母子，好让你们安身立命。吴玉春说，你正在买田置业，生计无忧。何故混入脚夫，焚烧书籍？"

汪雨竹忽然哭起来，边哭边说："我母子被逐还老家，一贫如洗，到处乞讨，受尽奚落！若真有几千两银子，何至如此！"

李调元大惊失色，忙问："未必吴玉春没来找你们？"

汪雨竹泪眼蒙眬，瞥了李调元一眼，啐了一口说："都到了这一步，你还装正人君子！"

李调元恍若五雷轰顶，愣在那里，再也说不出话。郭永怀见李调元呆若木鸡，似乎方寸尽失，便走过来，轻声提醒说："姓汪的一定有来历！"

李调元回过神来，近乎绝望地说："是我对不起汪大使，对不起你和你一家！但冤冤相报，何时得了！"

遂把郭永怀叫去一边，吩咐说："虽然留下汪雨竹可顺藤摸瓜，找出背后指使者，但必须搭上他一条性命。如此一来，我更无颜与汪文成泉下相见。这样，你把那些黄绸交予陈大华，就说奉我之命，要把汪雨竹押回通州，到了无人处，将他放了，你就直接回通州去，不要声张。"

待郭永怀押走了汪雨竹，李调元也陷入沉思。自己曾为对手设想过许多方法，但绝没想到，他们会押宝在汪雨竹身上。郭棣泰、弓养正持酒菜来此邀饮，明显是为了配合汪雨竹放火。若留下汪雨竹，虽然可以抓住背后那只黑手，但也必然使汪雨竹丧命。

他真正无法接受的，并非那些被焚的书箱，而是吴玉春。可以看出，汪雨竹那些话并非谎言。他对吴玉春如此信赖，他竟为了区区几千两银子，出卖了他不说，还忍心置汪家大小数口于水深火热而不顾！

这个曾经贪婪的才子，信誓旦旦，诸如痛改前非，弃恶从善等，何承想到，在面对几千两银子时，竟然贪念复生！

如今真相大白，李调元一时不知自己该怎样面对，怎样与他相处？

天尚未明，郭棣泰带着几十个衙役到了卢龙驿，迟迟疑疑来到李调元面前，有些为难地说："这个……这个，望李道台勿怪，此事发生在卢龙县境，这个这个，依照规制……"

李调元笑问："莫非郭知县要拘我？"

郭棣泰忙道："请李道台谅解，实属情不得已。"

李调元面色一冷说："虽书箱被焚，然书籍是否损毁，尚需验看。我李调元是否有罪，有待定夺。郭知县何必急切？"

郭棣泰想了想说："那就开箱验看，如何？"

李调元又说："勿急，想必弓知府也快来了，到时再说吧。"

未知是否有罪时，李调元仍是四品大员，更是自己的上司，郭棣泰岂敢多说，只好恭候弓养正。

弓养正随驿丞来时，已近正午，不仅带了几十个衙役，也带了好几个僚属。看上去，再不似携酒肉来此时那般恭敬，甚至有些居高临下。

不等他开口，李调元将其叫到一边，直截了当地说："若非弓知府和郭知县一再劝酒，断不会至此。"

弓养正一怔，正要分辩，李调元又说·"那个纵火的家伙已经招了，我已命人带离此处，以免被杀人灭口！"

弓养正立刻目瞪口呆，许久说不出话来。李调元却说："郭知县欲将我暂押，若弓知府亦有此意，我不会让你为难。"

弓养正忙道："弓某岂有此意，不过是来听候李道台吩咐而已！"

李调元收起笑容，把郭棣泰也叫来，不容分辩地说："押书往山海关，乃天子圣旨，李某亦乃钦差。是否有罪，需报与天子，另遣钦差来此确认。不知弓知府是否已经奏报？"

弓养正忙道："已遣快马，飞奏朝廷。"

李调元点了点说："好，那就静候勘验吧。若二位别无他事，亦请与我于此等候。"

弓养正赶紧拱手说："既然李道台用不上我等，且容告辞！"

弓养正、郭棣泰惶惶不已，一并走了。李调元把驿丞叫来，说："除了那间仓房，其余无须戒严，更不能误了驿传。"

很快，李调元所押全书在卢龙驿毁于一炬的消息，不仅传遍永平府各县，

167

也传到了京城。

三日后，已升任大理寺卿的袁江，亲率僚属飞赴卢龙驿，不容分说，要给李调元披枷戴锁。李调元双目圆睁，厉声叫道："尚未勘验，焉知有罪无罪！"

袁江稍稍一怔，即命暂不拘押，先入仓房验看。当那些随从将几十口被烧得焦黑的书箱抬出来，将盖子撬开时，无不目瞪口呆。袁江上去一看，也愣在那里。箱子里并非书籍，而是与书籍大小形状几乎相同的木块！因为遇火，木块大多被烧成了焦炭！

过了许久，袁江才扭头问若无其事的李调元："何故如此，全书何在？"

李调元不慌不忙地说："若不出所料，全书已到山海关了。"

袁江似有所悟，想了想，又问："既如此，李道员何必滞留此处？"

李调元声嘶力竭地吼道："若不如此，岂能躲过奸贼之手！"

于是招呼随行衙役，径往山海关，把袁江一行扔在卢龙驿。

往京城接收书籍之前，李调元特命吴玉春先去京城，购置书箱，装满木块，另雇脚力，扮为行商，先行一步，到宛平暂停，等候消息。

当李调元一行投宿宛平驿时，吴玉春已提前到达，住在距此不远的一家客栈里。夜深人静，李调元走出卢龙驿，去客栈与吴玉春会面。

翌日，刚过了五更，李调元即起床梳洗，把衙役、脚夫都叫起来，命他们首先把书箱装车，停在大门口。趁众人正用早饭，早已候在驿站外的吴玉春等迅速做了互换。

吴玉春率领脚力，押书先行。如此一来，那些别有用心的眼睛，盯住的只是李调元一行，不可能是吴玉春。火灾之后，李调元滞留卢龙驿，也是为了不露痕迹，确保吴玉春一行能顺利到达山海关。只要到了山海关，一切结束，万事大吉。

李调元率陈大华、秦仁方等，各乘驿马，离开卢龙，沿官道向东疾行，正午时分，已至玉田县境。遂往玉田驿，出示路引及文书，换乘驿马。趁在此小憩，命陈大华等，去城里多买些面饼之类的干粮，以备不时之需。

午后，李调元一马当先，顺道疾驰。玉田至山海关，尚有二百余里，因不知吴玉春一行到底如何，实在不敢迟缓。

一路飞奔，又换了一次驿马，终于在天黑之前赶上了吴玉春一行。

此处山海相望，距那道雄关也只十余里路了。彼此相会，李调元内心恩怨交织，五味杂陈。但一切都来不及计较，必须把几十箱书尽早运至关下，交给副都统薛林。遂命陈大华等将那些黄绸裹在书箱外。

四

到达关下，已差不多一更。关门早已紧闭，而此处既无馆驿，亦无客栈，甚至远近无一住户。李调元无奈，只好叩关大呼："通永道员李调元，奉皇帝圣命，押全书至此，欲与副都统薛将军交割，烦请通报！"

叫了好几次，才听关楼上有人喝骂道："深夜叩关，非匪即盗！再敢呼叫，通通射死！"

一阵弓弩张开的响声猝然而起，如刀子一般，在冷月寒关之间飞动。李调元不敢再喊，他当然知道，这些驻关守险的家伙，一贯骄狂无礼，只认得刀枪或者银子，根本无理可讲，只好退回。

书箱就摆在关下五十步开外，却进不了关门。那些吴玉春雇来的脚夫，不免焦躁起来，都想尽快回去。李调元看出他们的意思，叫吴玉春把力钱付清，是留是走，由他们自己。

这些人岂愿留下，钱一到手，赶紧走了。李调元、吴玉春等被困在关下，恰是腊月中旬，天气正冷，月下寒霜渐起，冰土暗结。坐也不是，立也不是，实在无可奈何。

秦仁方耐不住寒冷，叫上几个衙役，采了些柴草，欲燃火取暖。刚点燃，关楼上又是一通怒骂："狗贼，关防重地，岂是燃火处，还不赶紧灭了！"

李调元听见谩骂，也吓了一跳。此处连山接岭，草木尽枯，若不慎失火，后果不堪设想。立即呵斥："赶紧灭了！"

秦仁方有些委屈，忍不住抱怨："这么多活人呢，哪会失火！"

虽不情愿，但也不敢执拗，只好把火灭了。一片沉寂。站了一阵，两腿有些发麻，秦仁方又怯怯地说："未必就站等天亮？这个这个，能不能，往书箱上坐一坐？"

李调元不出声，望向那座月下的关楼，一片模糊，像一堆并未散去的暮烟。秦仁方似有所悟，把码得整整齐齐的书箱搬下一口，一屁股坐上去。衙役们早已等不及，转瞬之间，屁股底下都有了一口书箱。李调元这才回头，两口撤下来的书箱摆在那里，虚位以待，衙役们都望着自己。

他当然想坐上去，但又不能去坐，必须守住这颗为臣的心，虽然心里总是泛起无可名状的疑惑与迷茫，但也必须死守，这是人臣的底线或者悲哀。衙役们不同，那个深宫里的皇帝，于他们最多是个传说，即使皇恩浩荡，也不可能沾上丝毫，故而他们不必对那个传说保持敬畏。

吴玉春也不去坐，虽然已无人臣之累，但他是李调元的幕宾，必须以东主的举动为准。但他已经感到，李调元不再如此前那么亲热，心里疑惑，不禁试探地问："无论如何，书已到此，恩公何故不乐？"

李调元正犹豫徘徊，不知该如何询及那笔托其送予汪文成家眷的银子，吴玉春正好说了这些话，那些紧紧纠结的恩怨，再也无可隐忍。于是盯着吴玉春说："在卢龙驿放火烧书的，正是汪文成的长子汪雨竹。"

吴玉春似乎猝然挨了一刀，月下的身子似在急剧萎缩，不仅说不出话，甚至不能呼吸。李调元等了一阵，不见他出声，遂问："你真把那些银子交给了汪文成家人？"

这话如起于天末的霜风，顿时将吴玉春吹化，吹成了一具薄如纸片的影子。那影子在月下晃荡，摇摆，终于撑不住，彻底坍下来，没说出一句话，一飘一闪走了。

李调元凝立在霜月里，似觉一片空茫，而真正飘走的，似乎并非那个说不清恩怨的吴玉春，而是自己。

好不容易挨到天明，李调元再次走到关楼下，扬声呼叫。那道厚重的关门终于开了，几个关卒出来，将李调元带了进去。

薛林全身戎装，坐于靖边楼里。李调元随关卒进来，赶紧施礼。薛林却不起座，勉强拱了拱手，只问："李道员何故来此？"

副都统为正二品，官阶在李调元之上，李调元不敢与之计较。但那句问话却颇有蹊跷，似乎并未接到圣旨。果然，当李调元提出交割所押全书时，薛林一脸不解，说自己不曾接到旨意，何谈交割？

李调元顿时陷入无边无际的茫然与恐惧，几乎不知是如何告辞，又是如何回到这些书箱跟前的。

皇帝亲笔签发的路引，只到山海关为止，且有命在先，不得沿路返回！如此说来，自己不知不觉已到绝境，不仅进退维谷，而且无处栖身！

自己押送的，哪是这部囊括古今的全书，明明就是自己！是自己把自己一步步送进了这个无影无形，但又实实在在的绝境里了！

原以为，他们会在途中动手，比如扮作劫匪，乘夜而出，将书箱劫走；比如挖断官道，迫使自己绕走歧路，然后伏击，等等。那场借汪文成之子汪雨竹放的火，以为是最后一招，没想到仍不过是虚晃一枪，真正的危机，竟然在过尽艰险，到达关下的最后一步！

一定是和珅，扣住了圣旨，使自己落入进退皆失的地步！

此处无村无店，途中买的那些饼，已于昨日傍晚吃完。首需面对的，是饮食，此外，必须把这些书，存入关内，以免有失。

只好再次叩关，求见薛林。薛林听完李调元的话，想都不想，拒绝让那些书存进来。理由既正当又简单，此乃关防重地，除守关将士及军需，无论何人何物，不得擅纳，否则便是死罪。

李调元忙道："全书乃皇帝陛下御批御定，押往盛京，亦乃皇帝陛下圣命，非他物可比。望薛将军行行方便，容我暂存。"

薛林绝不答应，只说："若有通关文书，薛某即刻放行，至于其他，无须商量。"

李调元只好退之而求其次，拱手一礼说："能否请薛将军调出些军帐，使人与书避避风寒？"

薛林却说："此处尽是守关将士，无须出击，更无须露营，故无军帐。"

好说歹说，薛林仅答应每日送三餐及饮水予李调元等，而且还要收钱。

李调元只好派陈大华、秦仁方往北京拜会李鼎元、李骥元，求他们设法，将交割文书尽快送来山海关。并嘱二人，顺道将这些驿马还给驿站。

李调元心急如焚，但除了等待，别无他法。薛林派人送来的饮食，简直如同马料，而且价钱不菲，颇有借机敲竹杠的嫌疑。几天下来，剩下的盘缠已被他榨得干干净净。

真是天无绝人之路，幸好有那笔礼贤驿丞胡衡宽诚心奉上的润笔，否则，连这马料不如的东西也不会有了。

　　好在天气晴朗，不见雨雪，这些不得不置于露天的书箱，不致淋湿。但此处风寒甚于京城，也甚于通州，尤其夜里，更是霜风如刀，令人肌骨寒透。

　　无奈之下，只好叫衙役们把那些裹在书箱外的油布揭下来，利用四角，相互拴紧；再把书箱搭成一圈，把连成一片的油布蒙在上面，聊以遮掩。众人紧紧挤在油布下，勉强取暖。

　　与日俱增的焦虑与恐慌，耗尽了最后的精力，也耗尽了意志。李调元已经别无所求，只愿朝廷早点派人来，哪怕将自己一条铁镣锁住，直接押去大牢，只要能结束这一令人绝望的使命，即使挫骨扬灰，也无所谓了。

　　这样一想，反而轻松下来，竟不知不觉进入了一场幽梦。

　　这是个春风荡漾的季节，他驾着一叶扁舟，顺水漂走。到了灌口码头，弃舟登岸，走上了一条通向深山的小路。

　　目光所及，是一片望不到头的花海，起起伏伏的花海间，有一个清丽的人影，或隐或现，若即若离。那是他日思夜念的二姐，一个叫芙奴的女子。芙奴在花色中飘浮，时不时回头一笑。但他已与芙奴，却始终无法接近，无论脚下如飞，总是保持无法缩短的距离。

　　他拼命追逐，心急如焚。不觉，已追到花海深处。芙奴却忽然在花海里沉没，似乎要躲入花色深处，让无从寻觅！

　　急切之中，他放声疾呼，芙奴！

　　喊声里，所有的花纷纷凋谢，如一场猝然而降的大雪。山风也骤然而起，吹起无边无际的花雨。他被花雨围困，在花雨里迷失，也在花雨里下沉。他仿佛看见，芙奴正在花雨深处向他仰头微笑。这一切表明，他们将被花雨埋葬，自此以后，永不分离。

　　芙奴，我来了！

　　他放声高喊。

　　他在喊声里醒来。短暂的迷惑之后，记忆恢复，明白自己跟衙役们一起，挤在书箱围成的空地里，头上罩着油布。他睁眼一看，看见的是一层有些透明，有些温和的蒙眬。怔了一怔，伸手往那层蒙眬里一抓，抓到的竟是一把极其真实的积雪！

他浑身一紧，猝然站起！

那层罩住他们的油布，早已不知去向；那座高矗在前的关楼，那起伏绵延的群山，包括那些枯萎的草木，已深陷一场悄然而来的大雪中！

那些书箱、躲在书箱下的衙役，已经被雪深埋。他想喊，但忽觉毫无意义。那些象征九五之尊的明黄绸布，肯定早已透湿，即使箱子里的书并未受潮，也无法脱罪了。

这雪似乎带着愤怒，带着疯狂，源源不断，绵绵不绝。他竟想起了王安石的名句，燕山雪花大如席。

在他脚下，在积雪里，竟是此起彼伏的鼾声。仍在沉睡的衙役们，似乎故意用这些鼾声告诉他，他们与他同在。那就由他们睡，相对醒来的残忍，睡是最好的回避。

黎明时分，一阵急促的马蹄声穿透重重雪幕，一路响来，但响得有些沉重，也有些迟钝。

过了片刻，在雪与晨光交织的清亮里，几十轻骑沉浮而来。马蹄下溅起的雪，恰如缤纷的梨花，沿路盛开。它们敲碎了衙役们的晨梦，一颗颗玉雕般的头颅从积雪下张皇伸出，无不惊愕地望向那些渐渐逼近的人马。

李调元已然认出，当先驰来的，正是大理寺卿袁江，背后都是他的僚属。他忽然明白，他们连夜飞驰，奔赴的正是这场大雪。

他禁不住大笑，某种从未有过的轻松与释然，使他顿时瘫软。在袁江等人纷纷下马的那一刻，他像一个在太阳下融化的雪人，轻轻委地。

等待多日的那条铁镣，终于戴在他身上了。至于那些明黄色的绸布，那部分装在几十口箱子里的御定全书，已经无所谓，也与他无关了。

五

在一片近于麻木的混沌中，李调元被押回京城，仍然关入大理寺狱。

同样是在年关，同样因为书，他再次身陷囹圄。乍看来，一切只是一次命定的轮回，或者一次简单的重复。当然，那年从遥远的吉安起解，穿越南方的暖冬，以及北方的酷寒，但沿途皆无风雪。

此外，那次只是寄押，只是需要等待年假之后，开箱查验。这次不同，在那座冰冷如铁的关楼之下，袁江等人已经开箱验看，虽然全书并未受潮，但那些黄绸已被湿透。罪证确凿，无可分辩。所以，这次不再是寄押，而是切切实实的监禁。

袁江不仅给他戴上了铁镣，也把皇帝亲笔签发的路引和文书，交到了副都统薛林手里。那些因他明修栈道、暗度陈仓而得以保全的书，将在某座关楼里暂时存放，待关外春来，冰雪消融之后，才会押往盛京。

他不再去寻思，是哪些人一起合谋，将他不露声色地逼入那片空茫的绝境。也不去设想，他将得到怎样的结果。他只觉得累，平生以来，所有的挫折，所有的际遇，所有的伤感，所有的恩仇，所有的得意和失意，汇成了一场再难转晴的大雪。他不想在大雪里跋涉，不想去寻找大雪的边际。只想停下来，让自己彻底冷却，或彻底麻木，任这场看不见的雪，把自己彻底埋葬。

他不知道，在他关入这间阴暗寒冷的牢房时，大理寺已派人驰往通州，闯入官邸，宣称李调元已因罪夺职，家眷必须于三日内搬离官邸。接下来是抄家，那些近乎可怜的存银，那些书稿，那些已经雕了近二百块的印版，尽被抄没，全部带回京城，锁入了专门存放赃物的大理寺仓。

突如其来的噩耗，击垮了身怀六甲的芸儿，也击垮了视李调元为毕生依靠的香儿。王嫂毕竟年长，又经历过夫丧家破的悲惨，一切事务就落在了她身上。芸儿、香儿哭成一团，全无方寸。王嫂不劝她们，知道劝也没用，只不声不响收拾衣物器具。

早早回到通州的郭永怀，带着几个衙役过来帮忙。但包括夏继新在内的几个大使却不露面，生怕受到连累。

一切都收拾好了，王嫂正愁无钱租车，李鼎元忽从京城赶来，掏出几两银子交给王嫂。

李鼎元兄弟已把梁家园的房子腾出来，专门来接芸儿她们去那里居住。本已平静下来的芸儿、香儿，听了李鼎元这些话，又哭诉起来。芸儿不顾一切，一定要给李鼎元下拜。李鼎元一把将她拉住，忙说："使不得使不得，常言道，长兄如父，长嫂如母，无论何事，嫂子只管吩咐，我不惜一切，也要把事情办好！"

芸儿见李鼎元称呼自己嫂子，心头一热，更哭得不可收拾。香儿怕她动了胎气，也过来劝解。待芸儿平静下来，李鼎元说："嫂子放心，我已经打听清楚了，这案子是大理寺少卿魏建昌主理，恰好兄长有个旧交，跟魏建昌是国子监同窗，我已给他写了封信去，求他去魏少卿那里通融。何况只是打湿了黄绸，并非大罪，不必太过忧虑。"

在李鼎元赶来通州的同时，李骥元也去拜会大理寺丞岳成明，请其通融，想见一见李调元。岳成明与李骥元为同榜进士，也曾被选为庶吉士，彼此私交甚好。

岳成明一口答应，当即写了张字条，让李骥元交给司狱。李骥元大喜，立即买了些酒肉，赶到大理寺狱，先把一锭官银塞给司狱，再把岳成明的字条递上。司狱一脸喜色，一拍李骥元肩头说："小事一桩，以后想探监，只管找我。"

司狱让李骥元稍候，叫上一个狱卒，打开监舍，替李调元除去枷锁，带进了执事房。

见李调元已经满头花发，李骥元不禁心头一酸，却把两行泪水死死忍在眼眶里，只说："兄长勿忧，此非大罪，或可解救。只是恰在年关，恐无暇过问，需待年假之后才有定夺。内阁已经封印放假，小弟每日都会送些酒菜过来，以供兄长消遣。"

李调元虽不为将来所忧，但却放不下已经怀孕六个月的芸儿，遂托李骥元兄弟代为照看。李骥元告诉他，长兄李鼎元已去通州，要把家小接到梁家园。李调元知道芸儿、香儿皆不擅理家，又托李骥元写封信回罗江，叫正室胡氏来京城。李骥元却说："家兄已经写了信，托人带回老家了。"

说了一番话，遂把带来的酒肉摆开，请司狱同餐。

李骥元贵为翰林院编修，是内阁行走的身份，前途未可限量，司狱不敢怠慢，立即知会狱吏及狱卒，尽量优待李调元。如此一来，解下的枷锁再未回到李调元身上。

当李骥元再次带上酒肉来狱中探视时，香儿也来了。咫尺之间，泪眼相望。李骥元一眼看出其中深情，立刻把司狱叫出了执事房。

香儿迫不及待扑进李调元怀里，一边抚摸那些暗生的华发和已如荒草般的胡须，一边哭诉："我知道，那晚你并未落闩，我到门口来了多次，就是无力推开那扇门……要是我心一横，把门推开，那该多好……我啥也不图，啥也不要，不要名分，不要朝朝暮暮，不要生死相依，我只要一个夜晚……你要挺住，你要保重……我和芸儿一起等你，等你回来，等你把欠我的那个夜晚，还给我……你说话呀，你答应我呀……"

李调元也不禁泪流满面，紧紧搂住香儿，几次张嘴，却说不出话来。他已经感到，香儿的泪水和哭诉，恍若一场春雨，浇活了那颗已经死去的心。在香儿的一再催促下，渐渐活过来的他，终于说出了三个字："我答应。"

此后，香儿每天都随李骥元来狱中探视，还总是带来王嫂特意为他准备的川味菜。

正月二十起，年假结束，李鼎元、李骥元需往内阁应事，来送酒肉的只有香儿一人。

眼看正月尽将，这天，香儿带来的菜里，竟然有了许久不见的辣椒。李调元忙问："老家来人了？"

香儿有些不解，反问："你如何知道？"

李调元闭上眼睛，深吸一口气说："我闻到家山的气息了。"不料随此话而来的，竟是两行无法遏止的热泪。在一团蒙眬的泪光里，他看见了那条蜿蜒而去的江，看见了江岸起伏的山峦，看见了错落的房舍，看见了一片又一片田畴……此时已近芳春，而蜀中温和，陌上柳，篱间花，路边草，正在织就一幅无量的春景。尤其那些麦苗，更在春风里日日浓重……那条回家的路，就在一片起伏的春色里，延伸，盘绕，如千回万转的柔肠。

香儿替他揩泪，却始终揩不尽，反而越揩越多。"你，咋了？"香儿轻声问。

他睁开眼来，摇了摇头说："太久了，该回去了。"

香儿握住他的手，不知该如何安慰。这个年过五旬的男人，忽然如此脆弱，如此伤感，简直像个不谙世事的孩子。香儿心里满是疼痛和酸楚。

过了一阵，他唏嘘着说："我要带你回去，把你们都带回去，从此再不离开家乡。"

香儿终于缓过气来，也终于记起了正事，忙说："差点忘了，夫人和长公子一家都来了，太夫人也要来，被他们苦苦劝住了。"

说到这里，香儿望着李调元问："还记得一个叫陈蕴山的旧交吗？"

李调元一怔，忙说："当然记得，我与他曾为同窗，情若手足，只是宦海无边，彼此相违已久。听说他在陕西扶风那边做知县，当年广东任满，我曾打算经陕西还蜀，顺道访问。不知他现在何处？"

陈蕴山曾被拔为贡生，于京城国子监就读，之后做过户部僚属，也做过一任知县。但其心性内敛，不喜逢迎，自感升迁无望，遂辞官还蜀，回归晴耕雨读的日子。某日，忽接李鼎元来信，告知李调元因押书获罪，而案子恰在大理寺少卿魏建昌手里。

魏建昌曾与陈蕴山一同就读国子监，私交甚厚。李鼎元正是得到这个消息，才给仅从李调元那里闻其名，但素未谋面的陈蕴山写了这封信。陈蕴山生怕有迟，立刻上路，赶往京城，恰与胡氏一行相遇途中，于是相偕入京。

今日，陈蕴山已带上李调元长子李朝础，拜会魏建昌去了。

刚说完这番话，特意离开的司狱回来，笑道，"你己话说完了，该吃喝了。"

香儿照例将酒菜摆开，请司狱一起饮食。香儿向司狱致谢，谢其如此照顾。司狱笑道："只要不是死囚，像我们这等人，哪里敢得罪？所谓宦海风云，那真是一会儿风，一会儿云。那些高坐庙堂之上的大人们，有几个没来这里坐过牢？除了那些倒霉透顶的，一般都会官复原职。要是李大人日后还记得我，我就感激不尽了。"

这话说得香儿愁云尽扫，喜笑颜开，相信李调元不日就会走出牢房。

陈蕴山带上李朝础，早早来到魏建昌府第，递上名帖。门子看了看帖子说："我家大人上衙门问事去了，晚些时候再来吧。"

二人不敢走远，找了个茶水铺子，一边饮茶，一边观望。正午时分，眼见一乘轿子当街走过，估计就是魏建昌，赶紧出来。轿子停在门口，走下轿来的，果然是一身四品顶戴的魏建昌。

陈蕴山远远抱拳一揖，大声叫道："魏少卿久违了！"

魏建昌一怔，赶紧回过头来，一眼便认出了陈蕴山，惊喜过望地迎过来。

二人亲热一阵，陈蕴山指着李朝础说："此乃李龚堂长子。"

李朝础赶紧施礼说："蜀中生员李朝础，拜见魏少卿！"

不用说，魏建昌已明白来意，遂把二人请入府第，引入客堂。陈蕴山拿出一个覆有锦面的小盒子，双手递给魏建昌说："一件小东西，供魏少卿清玩。"

魏建昌看了陈蕴山一眼，接过，将盒子打开，取出一方小小的石头，仿佛一团燃烧的晚霞，顿觉光华盈盈，四壁生辉。魏建昌愣了一阵，望着陈蕴山问："敢问蕴山兄，此莫非名动天下的戈壁玛瑙？"

陈蕴山笑道："魏少卿好眼力，确如其说。不成敬意，还望笑纳。"

魏建昌赶紧将玛瑙放入盒子里，递还陈蕴山说："魏某虽孤陋寡闻，亦知此物之贵，虽和氏之璧，亦恐不能比拟，岂敢愧受！"

陈蕴山赶紧推回去，说："无论贵贱，皆不过玩物。魏少卿若推辞，就是不容陈某开口了。"

魏建昌也不再推，甚至不问来意，直截了当地说："二位的意思，魏某何尝不知。此案虽由我主审，但并不由我主宰。依我本意，李龚堂押书至山海关，黄箱为雪所湿，实因文书及路引未到，不能交割，且露宿关下，风雪无情，实在情非得已。本欲从轻，罚俸数月了事。不料袁江却说，内阁那边早已传过话来，一定要做成死罪！"

听见这话，李朝础赶紧跪拜，哭道："万望魏少卿开恩，救家父一命！"

陈蕴山、魏建昌双双将李朝础扶起，劝慰几句。魏建昌说："我与蕴山兄情同手足，既是蕴山兄出面，魏某岂能不竭力斡旋！"

二人连声称谢。停了停，魏建昌说："其实，内阁那边一定是和珅，听说早与李龚堂有私怨。而文书、路引迟迟不发，其中必有蹊跷。大理寺这边，袁江是和珅的人，我只是少卿，有许多不方便。只有设法将此案直接呈送皇帝，请皇帝决断，可能才有转机。二位不必心急，安心等候消息吧。"

魏建昌吩咐下人置酒，要款待二人。陈蕴山赶紧辞谢，称待李龚堂获释，再来讨一杯酒喝不迟。

魏建昌也不强留，将二人送出府第，让陈蕴山留下住址，说一旦有了消息，立刻派人告知。陈蕴山做京官时，曾置有一宅，就在那里落脚，赶紧告诉魏建昌。彼此一揖，分手而去。

六

翌日，魏建昌早早来至官署，欲提审李调元，做好卷宗，附上条陈，再求见皇帝。遂命一个僚属去大理寺狱，将李调元提去讯室，以候审讯。

待他将有关事务分别交代给另几个僚属，正要起身往讯室去，那个派去提解李调元的僚属匆匆回来，禀报说，皇帝差人已把李调元提去宫里，要亲问此案，并留下话来，让大理寺只负责拘押，不必审问。

魏建昌顿时有些失落，没想到竟会这样！如此看来，陈蕴山即使不把那块举世罕见的戈壁玛瑙送给他，事情依然会这样！

但他无意让这个同窗好友当冤大头，是他自己送上门来的。那块玛瑙实在令人爱不释手，哪里舍得还回去。

想了一阵，打定了借坡下驴的主意，于是磨墨裁纸，给陈蕴山写了一封简信，说今日一早，已面呈皇帝，皇帝已将李调元提去宫里，亲自审问。如此一来，虽和珅权势如天，也插不上手了。

中午回府，即遣家仆送与陈蕴山。

因大理寺丞岳成明和司狱的知会，李调元处处受到优待，除了每日中午香川准时送来酒菜，早饭和晚饭，也都跟狱卒吃的相同。

今日早间，狱卒送来一碗豆浆和两根油条，李调元刚刚吃下，司狱领着两个提着枷锁的狱卒开门进来，有些惶然地说："来人提审了，必须把枷锁戴上。若他们问起，只说枷锁不离身，千万不要说漏了嘴！"

李调元淡淡一笑说："放心，凡是我不愿说的，无人能撬开这张嘴。"

戴好枷锁，李调元被押了出来，走过一排监舍，到了交接处。等在这里的，并非大理寺的人，而是几个面无表情的内侍！

内侍命除去枷锁，把一套不知从何处带来的便衣抛给狱卒，命将囚服换下。李调元忍不住问："敢问上差，李某将由何人讯问？"

一个内侍近于麻木地说："皇上要亲问，走吧。"

几个人将他押解出来，渐渐走进了久违的太阳下，所到处，已是枯木返春，杂树簪花了。而李调元自己，还停留在那场铺天盖地的大雪里。

刚才，听了内侍那句话，他顿时明白，将自己推入绝境的，不是和珅，也不是其他任何人，而是这个古稀天子！

难怪要亲笔签发路引，难怪严令他不得押书返回！假如，签发给副都统薛林的路引和文书交由内阁或者兵部，或者内务府，或者小黄门，或者邮传负责驰送，无论何人，也绝不敢延误，更不敢扣留不发！

正是这个九五之尊的古稀天子，不签路引，不发文书，就是要使他困在关下，进退无路！

君臣之间，何以至此！如果他不受待见，或者有所冒犯，是生是杀，是留是逐，尽在一念之间，何必殚精竭虑，设局陷害？

真是君意如天，不可测知深浅！

一路走来，李调元几乎彻底丧失知觉，更不知如何进宫，到了何处。当他被人呵止时，已在某座殿里，赶紧向上叩拜赞颂，匍匐在地。过了好一阵，不见有人问话，这才想起，自己是被押解而来，接受天子讯问。于是再叩头，有些空洞地说："臣李调元罪不可恕，无话可说，愿受刑罚！"

那个苍老而有些干枯的声音终于响起："狱中光景如何？"

李调元几乎目瞪口呆，没想到皇帝竟不问罪，问了这么一句极不应该的话！怔了一怔，叩头奏道："铁窗高墙，长枷重锁，昼无风日，夜无星月，恓恓惶惶，可想而知！"

乾隆似乎笑了笑，或者对这番回答比较满意。过了一阵，又问："屈指算来，尔身陷囹圄已二月有余，不知有何感慨？"

李调元愈觉摸不着头脑，只好再叩头奏道："臣在天牢，桎梏在身，是生是死皆不由臣，唯望早决，并无感慨！"

再不见乾隆出声，似乎这些回答令他有些失望。四周一片寂静，唯有不知置于何处的自鸣钟，走出的嘀嗒声，如滴水般响起，不依不饶，永无尽头。李调元知道，那是圣祖年间，一个外番使节不远万里，浮海而来，将这架铜钟送入深宫，取代了历代承袭的漏壶。从那时起，宫里的日时，便由这一成不变的嘀嗒声消磨。

如此说来，他是在皇帝的寝宫里。这均匀而铿锵的声音，正在将他一点点抽空，荣辱祸福，沉浮生死，也变得更加无凭，但却深深笼罩着他。

那个声音似乎突破了钟声的围困，终于再次响起，但已更加苍白——"带回去吧"。

李调元缓过一口气来，叩头谢恩，如同一具丢魂失魄的行尸走肉，被内侍带出宫来，押回了大理寺狱。

翌日，大理寺卿袁江、少卿魏建昌等，带着僚属，忽来狱中宣判，因李调元打湿黄箱，于天子不敬，流新疆伊犁，无诏不得擅离。

来送酒肉的香儿被阻在狱外，待袁江等人离开才得到消息，顿觉五雷轰顶，赶紧奔回去，告知李朝础。李朝础立即拜会陈蕴山，请其设法解救。

与此同时，李鼎元、李骥元也得到了消息，赶紧商量，决定不顾一切，求见和珅，请其替李调元开解。

此时，和珅恰从执事房出来，步入大厅，欲往军机处问事。李鼎元赶紧上去，跪在和珅面前，叩头泣诉："族兄李调元，于属下有教诲之恩，今被流伊犁，而其老母在堂，妻小无倚！属下恳请大学士开恩，设法收回判决！此恩此德，没齿不忘！"

和珅淡淡一笑，把李鼎元拉起，摇了摇头说："看来，李味堂亦以为此案乃我所为。你错了，你们都错了。此案乃天子亲问，流伊犁亦乃御笔亲判，与我毫无关系。"

和珅走了，似乎有些愤愤，也有些幸灾乐祸。

陈蕴山得到消息，立即赶去魏建昌府第，欲问清原委，求其斡旋。此时已是正午，想必魏建昌已经回府。但门子却不让进去，也不通报，只说主人尚未回来。陈蕴山哪里等得住，怒目圆睁，厉声叫道："所谓拿人钱财，替人消灾！魏建昌受我重礼，竟不为我办事，岂有此理！"

遂将门子一把推开，闯入府第，一路直呼魏建昌之名，径往客堂闯去。家人仆从俱被惊动，但见来人满面怒色，竟不敢阻拦。

陈蕴山到客堂坐下，也无人过来招呼，似乎这座堪称宏伟的府第已经空无一人。待稍微平静，陈蕴山语气已不那么激烈，喊道："魏少卿不必如此，我知道你就在府中。同窗来访，拒而不见，岂是士大夫风范？"

内外静悄悄一片，不见应答，也不见人影。陈蕴山笑了笑说："实不相瞒，那块戈壁玛瑙，冠绝天下，虽白银万两不抵其价。魏少卿不替我办事也罢，但请原物奉还。"

过了一阵，终于传来了脚步声。陈蕴山知道，这些话已把魏建昌逼出来了。果然，一身便服的魏建昌自一道侧门里出来，有些羞惭地朝陈蕴山一揖，叹息一声说："不想，多年之后，蕴山兄仍是性情中人。"

陈蕴山站起，拱手还礼说："实因情非得已，只想把魏少卿逼出来，还请见谅。"

魏建昌往主位上坐下，看着陈蕴山问："那方戈壁玛瑙，不说价值连城，至少千金难买；蕴山兄不惜以此为酬，敢问何情何分，一定要救李调元？"

陈蕴山面上掠过一丝哀伤，语调沉缓地说："年少时，我曾与李羹堂游学成都，相识于锦江书院，彼此志趣相投，一见如故。后来，我被拔入京城国子监就读，李羹堂也登第进士二甲，彼此宦游一方，极少相聚。但心意相通，千山万水若在咫尺。所谓相识满天下，知己唯一人。如今，李羹堂身负不白之冤，我若坐视不管，岂是君子之为！"

魏建昌沉吟片刻说："蕴山兄高义如天，实在令人敬慕。然所托之事，我已尽力。且流李调元于伊犁，乃皇上御笔亲判，不要说魏某区区一个少卿，即使袁江之流，也无力逆转。"

说到此处，从衣袖里掏出那个锦盒，递给陈蕴山，苦笑着说："魏某不能遂蕴山兄之意，只好原物奉还。"

陈蕴山却不接，盯着魏建昌说："还是那句话，无论魏少卿以何手段，只要能使李羹堂免于流放，这块戈壁玛瑙就是你的。"

魏建昌一怔，那手立即收回，欲把锦盒塞回袖内，又停住，想了想说："这事确实很难，恐怕难如蕴山兄所愿。"

陈蕴山一笑说："常言说得好，世上无难事，只怕有心人。以魏少卿之名望及官品，一定能与袁江、和珅等人说上话。若能使他们开口，李羹堂之难，一定会迎刃而解。"

魏建昌忽然想起，陈蕴山一直不肯直呼李调元之名，而仅称其字，足见情谊之深。当然，如果自己去求和珅，确实有望替李调元开解。想到这里，又忽然记起一个人来，遂将那个锦盒放回袖里，看着陈蕴山笑道："魏某给蕴山兄指一条路子，也不用求和珅或者袁江，这二人都是贪得无厌之徒，要他们答应，这块戈壁玛瑙必然到他们手里。"

陈蕴山等不及，忙问："魏少卿到底何意，请直接赐教。"

魏建昌说出一个人来，正是原李调元的顶头上司，曾任史部侍郎，后升任直隶总督的袁守侗。袁守侗因老母病逝，回乡丁忧。如今期满，还京候职。而接任袁守侗的直隶总督郑大进猝死任上，乾隆敦促吏部遴选继任者，吏部先后举荐多人，乾隆皆不满意。直隶乃天子近侧，非其他任何省份可比，必须持重端严，精于吏治的老臣镇守，乾隆才会放心。思来想去，遂由兵部尚书代行其职，意在虚位以待，等袁守侗守制期满，复任总督。

七

魏建昌曾任直隶按察使，做过袁守侗的僚属，虽只短短几个月，但曾多次听其大赞到仕通永道不久的李调元。

魏建昌的意思，既然袁守侗如此赏识李调元，只需陈蕴山带上李朝础前去拜会，袁守侗定会出面力保。而袁守侗声望极高，尤其为母丁忧期间，一直谨遵古制，三年如一日，更是孝名远播，曾屡获皇帝称赞，并派内务府前后赏赐无数，其恩宠，犹恐过于和珅。若此人出面，皇帝无论如何都会恩准。

听了这番话，陈蕴山似乎并不欣然，反而愁容满面，且许久不置可否。魏建昌颇为不解，忍不住问："魏某所指，绝对是最有效的捷径，蕴山兄何故不言？"

陈蕴山看了魏建昌一眼，似乎非常为难，沉吟再三，遂向魏建昌拱手一揖说："求人消灾，需执礼相见。然陈某家财微薄，除那块戈壁玛瑙外，再无他物拿得出手。"

魏建昌顿时明白陈蕴山的意思，满脸惶惶，下意识地紧紧捂住那只袖口，但假装不懂陈蕴山的话，只不出声。

陈蕴山等了一阵，不见魏建昌说话，只好又说："这样，请魏少卿暂将那块玛瑙借予我，待李羹堂倒悬之苦得解，我当亲往大漠戈壁，不惜拼却余生，也要另寻一块，赔偿魏少卿。"

魏建昌却死死捂住袖口说："我已经为蕴山兄指明出路，这块玛瑙受之无愧！蕴山兄竟花言巧语欲取回！不行、不行，绝对不行！"

说着，起身便走。陈蕴山一步抢上去，两手拽住魏建昌那只胳膊，奋力一扯，将魏建昌扯到自己怀里，趁其捂住袖口的那只手荡开，闪电般将一只手伸入袖里，一把将那个锦盒抓出，转身便往门外去。到了客堂外，才停下，对呆若木鸡的魏建昌一揖说："事情紧急，不免莽撞，望魏少卿海涵。"

呆了好一阵，魏建昌才回过神来，咽了口唾沫说："这个陈蕴山，简直跟土匪一样！"

当陈蕴山带上李朝础，驰往保州拜见袁守侗时，李调元已被两个大理寺的衙役押出来，穿过嚣尘滚滚的京城，解往新疆。

这一消息，是翰林院编修李骥元奉大学士之命，往大理寺借阅历朝刑典时听到的，他顾不上公事，转身回到内阁，一把将忙于文稿的李鼎元拉去大厅外，惶惶地说："未料长兄发配事如此之速，已被解出京城去了！"

李鼎元大惊失色，也顾不得多说，即刻告假半日，飞奔回家，几乎带上了所有的银子，到最近一家车马店，赁了一匹快马，飞驰而走，追出城去。

沿着这条向西延伸的官马大道，跑了约五里左右，望见一个披枷戴锁的人，被两个肩挂包袱，腰悬长刀，手拄木棍的差役押着，正一步步前行。不用问，一定是李调元！

李鼎元猛加几鞭，那马几乎四蹄离地，很快便从三人一侧驰过，恰在一块刻着"六里桥"三个大字的路碑前停下，滚鞍下马，望三人跪拜下去。李调元认出是李鼎元，赶紧停下。两个衙役虽不认识李鼎元，见其一身五品顶戴，不敢造次，也停下来。李鼎元泣道："小弟得知兄长被解出京城，即刻追来，幸未错失！"

李调元两手被锁在枷上，无法扶李鼎元起来，只说："味堂请起，正好有事相托。"

李鼎元起来，四处一望，望见一座古旧的石桥，桥头有几株老柳，已泛起一片浅翠；柳下有一家酒肆，撑起一面迎风招展的酒旗，忙向两个衙役拱手说："望上差行行方便，去那家酒肆里坐坐！"

二人相互一望，以为有好事，赶紧答应下来。

依大清规制，凡被流放，或发配充军的人犯，一律由官差押解，一路盘费，皆由官府支取。官差不得敲诈人犯家属，不得接受馈赠，违者，一律严惩。但亲属子女不放心，生怕官差虐待，往往候在途中，悄悄送些钱财。

李鼎元牵上那匹马，带着李调元等来到柳下，将马拴在柳树上。一个小二怯生生迎出门来，见是一个紫袍红顶的官员，带着两个公差，押着一个犯人，顿时愣在那里，似乎有些为难。李鼎元忙说："请备一壶好酒，上几道好菜，借宝地说几句话！"

小二犹豫不决，既不说可，亦不说不可。忽听门里一个人说："大官人尽管进来，不必拘束！"

李鼎元抬眼望时，一个面相敦厚的中年男子已到门外，将那个呆头呆脑的小二一把拽去门里，斥道："还不快去准备！"

李鼎元又向这人施礼致谢。那人却说："小店开在这里已好些年，见惯了贬黜京城或发配边塞的官员，也有许多借小店话别的人。小二初来，不曾经见，望大官人勿怪。"

当李调元从那人身边走进门去，那人忽然一惊："这不是李道台吗？"

李调元一怔，忙道："惭愧、惭愧！"

那人愣了片刻，见四人已去窗下一张桌子上就座，几步过来，盯着李鼎元，近乎质问地说："李道台清正廉洁，不贪不腐，朝野上下，无人不知！请问，你们为何要陷害如此难得的好官？"

李鼎元直视那人，故意问道："你怎知道他是好官？"

此处也是通永道所辖，当年李调元疏浚运河，此人也是应征的民夫，曾亲眼看见贵为道员的李调元，与民夫一起淘沙掘泥，近两月之久，不曾以任何借口懈怠。

说出这段因果，那人又问："如果这不算好官，敢问大官人，何人才是好官？"

李鼎元站起，朝那人一揖说："真是公道自在人心！实不相瞒，在下乃李道员从弟，匆匆来此，只为一别。"

那人看了看几人，点头说："原来如此，请恕小人莽撞。但李道台究竟何

185

罪，还望指教。"

李调元忙道："因奉皇帝之命押书往山海关，不慎湿了黄箱，由此获罪而已。"

那人一脸茫然，赶紧向李调元一揖，问："敢问李道台，黄箱是何物？"

李调元只好简略说了一遍，不料那人更加义愤，瞪着两眼骂道："不就几块黄绸吗，未必堂堂道员，还不如几块破布？这他妈还讲不讲道理？"

李鼎元见其出言无状，赶紧拦阻。那人却不依，手舞足蹈地说："不行，既然你们走进店里来了，就必须给个说法，否则恕我无礼，绝不让任何人走出店去！"

遂朝里面吆喝，叫多喊些人来，必须要公差给个交代。两个衙役仓皇不已，赶紧起座，就要押李调元出去。

那人几步抢去门口，一把抄起一条碗口粗的顶门杠，横在几个人面前，盯着两个衙役，声如炸雷地吼道："坐回去，敢动一步，老子认得你是官差，这条门杠子认不得！"

两个公差怔在那里，不由望着李鼎元；李鼎元却坐回去，看也不看他们。二人彻底胆怯，只好也坐下。那人把棒子一横，再骂："还不把枷锁解了？"

恰在此时，几个提刀拿棍的人飞一般闯来，当先那人大叫："哪个敢跟李道台过不去，直接弄死，大不了赔上一条小命！"

众人齐声应和，吵嚷不已。两个衙役骇得满脸冒汗，慌忙把枷锁解下，求李调元劝劝这些人。又有好些人闯了来，把这间还算宽敞的厅堂，挤了个满满当当。李调元几次试着说话，都被乱糟糟的人声压住。只好站到凳子上去，朝众人拱手说："请各位安静，容我说几句话。"

众人总算安静下来，眼巴巴望着李调元。李调元声音有些发涩地说："各位的美意，李调元心领了。但王法如天，实在由不得我，也由不得各位。何况是非曲直，自有公论，宦途多变，功罪沉浮俱乃寻常。请各位回去，勿为李某担心。"

店主却大叫道："就为湿了他妈几块黄布，竟把一个道员发配边关，这是哪门子王法！"

这话如放了一把火，店堂里烈焰熊熊。众人又跳又叫，都骂那些黄布，骂得越来越不堪。几条大汉闯过来，要把两个衙役绑了，押去皇宫，直接找那个皇帝老子讨说法。

李调元惶惶不已，遂朝这些人跪下，声嘶力竭地喊道："你们这哪是帮我，是安心要把我逼上绝路！"

这声喊，终于使众人安静下来，都望着跪在凳子上的李调元，不知所措。李鼎元趁机说了一番话，说各方都在设法援救，或许走不出直隶地界，赦免诏书就会下来。

店主等人似乎有些缓和，赶紧上去，扶李调元起来。好说歹说，店堂里再无人吵闹。几个叫着要绑了公差的汉子，你一句我一句，向两个衙役施压，意思不得虐待李调元。其中一个满脸胡子的大汉，指着二人骂道："你们这些差役，就没他妈一个好东西！你们听好，爷反正是个闲人，从今天起，就在这店里等你们回来，你们必须求李道台写一张字条，证明他受到了优待。否则，这六里桥，你狗日的有腿过去，无腿回来！"

骂毕，一步抢上去，把那副枷锁一把夺过，往另一张桌子上坐下，把枷锁扔在桌下，咬牙切齿地说："从现在起，爷就在这里等你们，挪一步是你孙子！"

两个衙役骇得浑身无力，满口答应。李鼎元本来为二人各备了一锭银子，求他们沿途照顾，见了这阵势，知道用不着了。

李调元苦苦哀求，说放过公差，其实是放过自己。众人听见这话，才陆续散了，只有那个大胡子还坐在原处，瞪着两眼，一直看着两个衙役。

店主这才往后厨去，把已经备好的酒菜端上来，摆了满满一桌。店主搓着手说："这是我一点心意，不准说钱。"

李鼎元见其一片诚心，赶紧致谢。几杯酒斟好，两个衙役却不敢吃喝，只埋着头。李调元笑道："勿惧，百姓从来淳朴，敢爱敢恨。但常言说得好，雷都不打吃饭人。"

大胡子这才闷声闷气地说："李道台叫你们吃，你们就吃！"

二人连连称是，怯怯拿起酒杯。

八

一杯酒后，李调元向李鼎元交代了四件事。一是老母吴夫人年事已高，而胞弟李谭元早已分门别户，且因屡试不第，心性尽颓，恐难以尽孝。望李鼎元转告夫人胡氏，早日回去，照顾老母。二是乡试在即，让李朝础早日还蜀，不误考期。三是小妾芸儿初夏将临盆，请嘱咐香儿，好好照料，若能生还，当以余生相谢；若埋骨他乡，则不惜身堕地狱，为其换取福报。四是那些自己半生心血撰写的书稿，以及近两百块刻版，俱被大理寺抄走，请其设法替自己赎回。

李鼎元一一答应，并将一百多两银子交与李调元，说是一点心意。李调元推辞不过，只好收下。

用毕酒饭，两个衙役近乎讨好地问："李道台，天色已晚，可否出发？"

李调元刚刚站起，那个大胡子快步过来，拦住两个衙役说："把刀和棍棒留下！"

二人不敢出声，又望着李调元。李调元忙说："刀棍都是官府配给，若有丢失，必将受罚，饶了他们吧。"

大胡子却说："李道台放心，跟这副枷锁一起，都放在这里，回来找我取就是了。"

李调元又说："此去遥远，若遇歹徒，手无刀棍不行。"

大胡子冷笑道："普天之下，只有我这个歹人，余者都不过鸟人！请李道台不必再说，今天一切由我做主！"

于是把二人的刀棍都夺过来，顺手扔去枷锁那边。此时，店主拿着个鼓鼓囊囊的包袱出来，双手递给大胡子说："要得稳便，焦哥不如陪李道台走一趟，这是我为你准备的盘缠。"

这个被称作焦哥的大汉微微一怔，忙道："好主意啊！"立即将包袱接过。

李调元正要推辞，店主却对两个衙役说："焦哥自幼习武，三五十人近不了身，恐怕当年野猪林那个鲁提辖，都不一定是对手。你两个规矩点，千万莫惹恼了他！"

两个衙役只顾胡乱点头，根本说不出话来。焦哥已将一把长刀挂到腰里，拿起一条棍子，催促道："快走快走！"

有焦哥同行，李鼎元当然求之不得，当李调元要劝时，悄悄碰了他一下，示意他不要出声。

李调元向店主致谢，告辞。李鼎元牵上那匹马，送了一程又一程，在李调元和焦哥的一再劝说下，才洒泪而别。

在李调元被解出京城不久，陈蕴山也去车马店赁了两匹马，带上李朝础，驰往保州，去拜会刚刚复任的直隶总督袁守侗。二人一路飞奔，驰入保州城里，已是夕阳西下。二人顾不得饮食，一路打问，来到袁守侗的官邸。

袁守侗正用晚餐，下人拿着两张名帖来报，称李调元之子李朝础、蜀中名士陈蕴山求见。袁守侗哀思未尽，几乎不问余事，刚刚听说李调元已经下狱，但不知已解往伊犁。此二人忽然来访，已觉或有猝然之变，赶紧放下碗筷，命家仆请二人入客堂。

陈蕴山、李朝础随家仆来到客堂，望见一个满头白发的老者端坐主位，立刻下拜。袁守侗赶紧起坐还礼，邀二人入座。陈蕴山掏出那个锦盒，双手递上说："此乃陈某一点心意，望袁制台笑纳。"

袁守侗不接，盯着陈蕴山说："袁某不才，但亦非贪婪之徒。若有事，请吩咐；否则，请恕袁某不便奉陪。"

陈蕴山有些尴尬，但仍把那个锦盒双手捧着，有些凄然地说："袁制台不受此物，陈某岂敢开口！"

袁守侗叹息一声说："唉，世风如此，可悲可叹！老夫与李羹堂意气相投，若二位为李羹堂而来，无论何事，但请直言。若执意以物相赠，岂不有辱老夫与李羹堂如水如玉之交？"

陈蕴山只好收起，仅三言两语，便将案情经过并来意一一说清。

袁守侗大惊失色，怔了好一阵，才说："打湿黄箱，虽触犯典律，但不致流放。此罪轻微，应该可赎。且容老夫求见皇上，以顶戴花翎为保，一定替李羹堂解除此厄！"

二人一齐起座，欲拜谢。袁守侗赶紧劝止，请他们早些回去，准备赎银要紧。

二人千恩万谢，告辞出来。此时，已是夜晚，满城皆是灯火。二人找了家面馆，一人吃了两大碗面，陈蕴山请李朝础连夜回京，与家人商议筹措赎金事宜；自己也连夜出发，奔往李调元必走的那条官马大道，欲请其借故缓行，以候袁守侗消息。

袁守侗送走二人，连夜写了一封替李调元开罪的奏章，翌日一早，带上两个家仆，乘马车赶往京城，求见皇上。

马车一路疾行，到京城时已是傍晚，袁守侗只好找了家客舍寄宿。用过晚饭，不顾车马劳顿，特意带上仆从，去和珅府第拜问，意在使其勿从中作梗。

和珅得知袁守侗来访，赶紧更衣，亲自出来迎接。如今，纪昀等一干德高望重的老臣，或已谢世，或已致仕还乡，袁守侗几乎算是硕果仅存。况其身为直隶总督，京城内外，皆其治下，和珅曾与辖内各级官员有过许多不可见人的勾当，岂敢得罪。

和珅十分恭敬地将袁守侗迎入客堂，亲手奉茶。袁守侗毫不隐讳地问："李调元因打湿黄箱获罪，被流伊犁，不知大学士如何看待？"

和珅顿时明白袁守侗来意，想了想说："李调元才华横溢，堪称能吏，实在有些可惜。"

袁守侗笑道："有大学士此话，李调元有救了！"

停了停，又说："老夫亦因惜才，欲请大学士与老夫一同面圣，请求皇上，准李调元赎罪，不知大学士肯给老夫面子否？"

和珅原本想借题发挥，彻底做掉李调元这个软硬不吃的家伙，但乾隆忽派内侍将李调元提去宫中，亲审此案，他由此明白，这事由不得自己，而乾隆的用意，则更不可测。李调元既不在自己手里，其生其死，也完全在于皇上，倒不如卖给袁守侗这个面子，成与不成，至少不会得罪袁守侗。

于是向袁守侗拱手一揖，一脸正色地说："蒙袁大人不弃，晚辈极愿助一臂之力！"

袁守侗大喜，拱手还礼说："老夫素知大学士与李调元有些积怨，能尽弃前嫌，救其于水火之中，若非坦坦君子，岂能如此！"

和珅似觉此话有些暗带讥刺，也不能计较，遂命家仆治酒，要款待袁守侗。

袁守侗赶紧辞谢，说已用过酒饭。和珅也不坚持，主动提出，待明日入宫，即让奏事处先报进去，争取第一个获召。

袁守侗再次谢过，告辞而去。

第二天一早，袁守侗天色未明即起，草草梳洗，用过早饭便往皇宫去。到了午门外，命两个随从于此等候。

经侍卫盘问，袁守侗顺利进入宫门，径往内阁去。和珅见袁守侗进来，忙迎上来说："袁制台来得正好，内奏太监恰好传出话来，命我二人即刻往养心殿觐见。"

二人即随内奏太监一起，往养心殿去。乾隆已坐于殿上，显得和颜悦色。二人叩拜赞颂，乾隆特赐袁守侗座。袁守侗谢恩，随即掏出那份奏折，又要下拜。乾隆忙道："袁总督服丧三载，每日食粥，身体羸弱；今孝服方除，元气未复，不必再拜了。"

转向侍立阶下的皇子永琰说："袁总督孝感天地，堪称天下楷模，理当优待，你去把奏章取来。"

听见这话，袁守侗、和珅无不惶恐，不由自主地拜伏于地。永琰双手把袁守侗扶起，扶到一侧的锦凳上落座，接过奏章，呈给乾隆。乾隆戴上老花镜，虚着两眼，把奏章看过一遍，搁在案上，把老花镜取下来，望着跪伏于地的和珅问："袁总督称李调元老母在堂，若流伊犁，无法尽孝，请准其赎罪；不知和珅大学士以为如何？"

和珅忙叩头道："臣以为母子异地，实乃大不幸；而陛下尤重孝道，尊为立国之本。李调元虽罪有应得，但其人子之孝未尽，庶几可恕。臣请陛下准袁制台所请，由李调元缴纳赎金，使其得以侍奉老母！"

乾隆笑了一笑，随即又沉下脸来说："李调元恃才傲物，自诩清正，几乎无人臣之礼，殊为可憎。但袁总督与和大学士出面开解，朕岂能不准？"

袁守侗赶紧跪拜，与和珅一起谢恩。乾隆仍命袁守侗就座。过了片刻，乾隆说："且让李调元缴纳三万两银子为赎金，许其还京。限其三月之内，缴清全部银两，而后容其觐见，听候发落。"

袁守侗虽觉赎金太高，但不敢再说，谢恩告退。

陈蕴山夜出保州，一路飞驰，第二天傍晚，于涿州城外与李调元一行相逢。

彼此悲喜交集，唏嘘泪落。于是相携入城，寻了一家酒肆，要了许多菜肴，并一壶烧酒。两个衙役早被焦哥收拾得服服帖帖，居然忙着斟酒。陈蕴山得知内情，赶紧站起，向焦哥一揖说："义士在上，请允陈某首敬义士一杯！"

焦哥举杯站起，两人一饮而尽。彼此互敬几杯，陈蕴山才把求见袁守侗的情形说了一遍。

九

照陈蕴山的意思，李调元一行暂止涿州，以候消息。待住进一家以刘氏命名的客栈。陈蕴山请焦哥返回，不必为虑。焦哥却有些误会，以为陈蕴山嫌耗费太高，遂把那个包袱往桌上一摔，冷笑道："这是我的盘缠，不用你们一分钱！"

陈蕴山忙道："焦哥误解了，因不知滞留多久，怕耽误了你。"

焦哥哼了一声说："我就是个闲人，除了带几个徒弟练拳习武，没别的鸟事，耽搁不了！"

李调元赶紧在彼此间说了些好话，焦哥总算平和下来。陈蕴山赶紧叫了一桌酒菜，也给焦哥赔了些不是。焦哥真是个痛快人，朝陈蕴山拱手说："我是个粗人，话说开就行了，陈兄也不必在意。"

不料当日夜里，李调元忽发高烧，又咳又喘，似乎受了风寒。焦哥似觉动静不对，披衣起床，到李调元这边，见其躺在床上，满面通红，一头虚汗；陈蕴山手里拿着一张帕子，急得走来走去。见焦哥进来，陈蕴山把那张帕子举了举说："想用冷水敷一敷额头，看能否退烧，店主偏偏不在，几个小二又喝醉了酒，厨房也上了锁，找不到水！"

焦哥不答话，几步回到自己与两个衙役同住的那间房，一手一个，把二人拽起，直接拖到厨房门口，指着那把锁说："赶紧给老子砸开！"

二人不明就里，也不敢问，四处找了一遍，找了个凳子，对着那把锁子砸了一气，凳子破成了两半，锁却完好无损。

焦哥一把将二人扯开，骂道："杂毛，这点力气都没有，还敢押人上路！"

边骂边往后退了两步，忽地扑上去，飞起一脚踹在门上，"砰"的一声，门扣竟然脱落，门也同时开了。

一把将二人推入门去，喝道："赶紧舀一瓢水！"

厨房里黑洞洞一片，哪里看得清。二人不敢出声，胡乱摸索，总算摸到了水缸，但死活摸不到瓢。焦哥等了一气，不见二人端水出来，又骂："两个杂毛，难道栽进水缸里淹死了？"

从那黑里传出个怯怯的声音："太黑了，摸不到瓢。"

焦哥气得破口大骂："你两个嘴里噙了狗屎了，就不吱一声！"

遂去过道里，取下一盏通宵不灭的灯笼，伸进门去，喝问："看见了吗？"

一人赶紧答应："看见了、看见了！"

须臾，二人惶惶出来，端了满满一瓢水。陈蕴山早已等不及，赶紧将帕子打湿，敷在李调元额头。

到天明时分，虽然咳嗽未止，但已退了烧。陈蕴山请焦哥照顾病人，自己要去找个大夫来。焦哥却说："还是我去，这涿州地界不清净，满街的地痞，都把自己当好汉，专欺外地人，一套一套的，一般都要上当。尤其陈兄这号体面人，人家不拿你当靶子，会觉得对不住你。"

焦哥叫上两个衙役，走出客栈往街上去。此时，街上还一片沉寂，除了些赶早上路的商旅，几乎不见街人。沿街的店铺也未开门，住户们也不见动静。正行走间，忽听"吱呀"一声，身边的一道门开了，与此同时，一盆脏水泼在了街石上，溅到焦哥腿上。焦哥一愣，扭头望去，一个睡眼惺忪的男子怔在门口。焦哥大怒，骂道："瞎了狗眼了？"

那人赶紧缩回去，"砰"一声把门关上。焦哥要上去踹门，忽记起要急着请郎中，只好骂骂咧咧走开。走过这条街，望见一条幌子，上面几个大字——济世堂。明白是家药铺，正走过去，忽见迎面跑过来二人，一人穿着一件蓝绸长袍，挂着个包袱，另一人穿着短褂，挑着一副担子；背后是五六个青年，边追边骂："拿钱买你的货，跑你妈的个脚啊！"

挑担子那人忽一个闪失，重重摔在街石上。眨眼间，几个青年围过来，把那副担子夺过，由一个身高力壮的挑上，立刻往一条小巷里去。那个穿长袍的跌脚高喊："这是抢人呐！"

焦哥明白过来，一推两个愣在那里的衙役，骂道："匪徒呢，还不去抓人！"

衙役顿时陷入两难，一头是抢匪，一头是凶神恶煞的焦哥，都惹不起。焦哥见二人不敢上去，猛一脚蹬去，将其中一人踹飞，向拖在后面的两个青年撞去，把两个家伙撞得扑倒在地，一人正好磕在街沿石上，捂着额头大叫。那些已经冲进小巷的家伙又返回来，包括那个挑着担子的壮汉，把那个刚刚挣扎起来的衙役围住，乱嚷嚷骂道："哪来的野种，穿你妈身狗皮，就敢出来装神弄鬼，打！"

一帮人拳脚并用，只管乱打。

那条壮汉叫道："都让开，老子一扁担结果了他！"

遂把担子一搁，抽出那条扁担，一步抢上去。焦哥叫了声不好，身形如飞，那条扁担还未举起，已到跟前，一腿将壮汉扫起来，飘悠悠飞向一面墙，看上去非常轻盈，撞得却相当瓷实。

只这一下，场面顿时安静下来，都眼巴巴望着这条满脸黑须的大汉。连那个撞在墙上的家伙都没能叫出声来。

此时，焦哥想到要请郎中，忍住脾性，只把两个骇得目瞪口呆的客商叫来，让他们挑上担子，赶紧走。

直到焦哥去敲药铺那道门，几个青年还愣在那里。一个衙役忙说："要是他们一路跟过去，看清我们住在那家客栈，再叫帮手过来，咋办？"

焦哥轻轻一笑，朝那帮人走去。几个家伙终于醒过神来，一窝蜂乱跑。焦哥停下，吼道："你们要是有空，不妨打听打听，爷是京城六里桥的焦哥，要是惹得起，就来刘氏客栈找爷拼命！"

喊毕，折回来，只管把这道关得死死的门猛拍，总算把一个年近六十的郎中拍了出来，一把拽住，拽去了客栈。郎中望闻问切，断定是风寒伤脾，不仅要发表，也要健脾。于是开了两剂药，一为柴胡汤，亦称发表药；二为健脾养胃汤，说是祖传秘方，但需百年以上的墙土做引子。连药钱，共一两银子。待接过陈蕴山递来的一两纹银，又说："先把柴胡汤喝上三次，等风寒散去，再吃健脾养胃汤，最好隔半个时辰。"

焦哥便叫那个被打得鼻青脸肿的衙役去找墙土，另一个随郎中去抓药。

两个衙役还没回来，却来了两条壮汉，说要会会焦哥。焦哥出去一看，原来是涿州城里的两个地头蛇，几个青年却止于客栈外，不敢进来。二人见真是六里桥的焦哥，赶紧作揖，不由分说，将其邀入一家酒肆，反叫那几个家伙赔不是。

焦哥喝得大醉，日暮时分才回客栈，歪歪斜斜到李调元这边，问是不是吃了药。陈蕴山忙嘘了一声说，都吃了两遍了，已经松了，刚睡过去。

焦哥便回房去，两个衙役赶紧站起，似比以前更加恭敬。一个讨好说："没想到，焦哥在涿州城里也这么威风！"

焦哥打了个酒嗝说："不要说小小涿州，这河北一带，各路好汉，哪个不给焦哥面子？"一阵大笑，倒头便睡。直到半夜醒来，才把两个衙役叫醒，命他们去那边看看李道员如何了。二人赶紧过去，不一时回来，说好多了，也睡得好。

焦哥再也睡不着，却不准两个衙役睡，叫他们陪自己说话。焦哥告诉他们，自己曾在这条上走了几年镖，打服过至少上千条好汉。或者一直没遇上对手，渐觉没什么意思，就回了六里桥，收徒练武，混口饭吃。

两个衙役听得心惊胆战，更觉得倒了八辈子血霉，好不容易得到一趟长差，一点好处没捞着也就罢了，偏偏调上了这尊恶煞！

陈蕴山去了一趟涿县驿，拜见驿丞，送了一锭银子，称被流伊犁的李调元病重，滞留刘氏客栈，不能前行；若有关乎李调元的任何驿传文书，烦请送来客栈。驿丞银子到手，喜出望外，一口答应。

过了几天，李调元已基本痊愈，只是有些虚弱。这日午后，驿丞亲来客栈，把允许李调元赎罪，并准其返京的官方文书送来。陈蕴山高兴无比，连连称谢，又送了一锭银子。

人人都想立刻上路回去，但陈蕴山担心李调元无力行走，犹豫不决。焦哥却说："这个容易，待我去弄一辆车来！"

不足半个时辰，焦哥果然推着一辆板车回来，不仅有张厚厚的垫子，还有一床棉被。不由分说，命衙役将李调元背去车上，推着上路。

出了涿州已是下午，焦哥嫌两个衙役走得慢，不停地谩骂。陈蕴山忍不住笑道："焦哥唱的，还真是一出野猪林！"

焦哥也笑了笑说："这天下的公差就没有个好东西，你要不打不骂，他浑身都不自在！"

十

　　李鼎元送别李调元之后，回城已是夜里，先去梁家园拜见嫂子胡氏。胡氏、芸儿及香儿，已知李调元被解出京城，而唯一的男丁李朝础，已随陈蕴山去了保州，无人去送行，只哭作一团。

　　李鼎元把情形说了一遍，再将李调元托付的几件事告知胡氏，又问是否缺钱。胡氏止住哭泣说，从老家带了些钱来，还没怎么花。

　　李鼎元放下心来，告辞回去，一心想把那些大理寺起走的书稿、印版设法取回。一到家，即把李骥元叫来，意思让他马上去大理寺丞岳成明那里走一趟，探探门路。

　　李骥元见已过二更，欲明日直接去大理寺求见。李鼎元等不及，一把将他拉上说："走，我陪你去！"

　　这些年，像岳成明这种品级的京官，几乎都在这一带买房置业。李氏兄弟家宅与岳成明家宅，也只隔一里左右。

　　小院里黑灯瞎火，很明显，人已经睡了。李骥元似觉有些不妥，不去敲门。李鼎元不管，走上前去，把门敲响。很快，里面传来一个惊疑的声音："何人？"

　　李骥元只好答道："是我，翰林院李骥元，有急事相求，请年兄原谅！"

　　屋里亮起了灯，片刻后，一串脚步声到了门后。李骥元忙说："年兄不用开门，只说几句话就行了。"于是隔着这道院门表明来意。岳成明说："此事应该不难，待明日去找大理寺卿袁江，这点面子他一定会给。"

　　二人欣喜无比，再三致谢，告辞而去。

　　翌日上午，李骥元以还需查看刑典为由，早早便往大理寺去，恰好遇见岳成明。岳成明将他拉去无人处，摇头说："我刚刚找了袁江，袁江却说，要是提前两天，这事非常简单，直接去大理寺仓取走便是。但两天前，和珅派人过来，把书稿及印版都取走了！"

　　李骥元立即明白，和珅欲吞了那些书稿，占为己有。不由怒道："岂有此理，堂堂大学士，未必想把兄长的名号换上他自己的？"

李骥元也不去查阅刑典了，径回内阁，把岳成明的话悄悄告诉李鼎元。李鼎元顿时傻了眼，在和珅手下当了这么久的差，他当然明白，无论何事，只要到了和珅那里，都会变成赤裸裸的买卖！

想了好一阵，以为除了拿钱去和珅那里购买，实在别无他法。只不知这个胃口越来越大的家伙，到底要多少钱才肯松手。

他想找个跟和珅说得上话的同僚，先去探探路。一边假意忙于文书，一边把内阁的人都想了一遍，包括几个大学士在内，竟觉得无一人合适。

整个内阁，来此供职的学士，大大小小，多达八九十人，表面都对这个首席大学士和珅服服帖帖、唯命是从，但无一人是他的心腹。和珅也非常清楚，凡被选入内阁的学士，无论高低贵贱，都是十年寒窗的才子，骨子里大多藏着一股傲气，故此，也不曾想过，要把某人变成自己的心腹。

这是一种默契，有点楚河汉界，互不逾越的意思。李鼎元别无一策，只好暗暗备下几百两银子，以待时机，或者干脆放下身段，直接求见和珅试试。

李朝础从保川回京，把求见直隶总督袁守侗的前前后后告诉母亲，胡氏顿觉看到了希望，随即却犹豫起来，要不要去芸儿房里，跟她商量商量筹钱的事。

芸儿产期将近，胡氏不准她乱动，只让她躺在床上待产。香儿或不离左右，或跑前跑后，照顾得十分周道。此时，香儿把一碗雪梨熬的汁递给芸儿，笑说："封在缸里的雪梨都吃完了，这是最后一个了。"

芸儿喝了一口，咂了咂嘴说："不知老爷存那么多雪梨到底有什么用？"

香儿却说："这还不明白，是怕你生个跟他一样，又黑又瘦的儿子呢！"

芸儿一撇嘴说："我不嫌他黑，也不嫌他瘦。你也不嫌，要是他不黑不瘦，我们还不稀罕，是不是？"

香儿脸一红，有些羞怯地说："那晚，我幸好没依你的，要是把那道门推开了，也挺起个肚子，哪个来照顾我们？"

其实她们都清楚，这不过是强作欢颜，心里无不紧紧牵挂着风雨畏途的李调元。此时此刻，不知他到了哪里。那些正在滋长的芳草，那些逐日浓郁的春色，那些驿路上的晨风夜月，是否会惹起更深的愁思？

二人忽然失语，陷入沉沉的忧伤。这时，胡氏推门进来，见二人两腮是泪，遂去床前坐下，捏住芸儿一只手说："不用愁了，有救了。"

遂把李朝础带回来的话给她们说了。三人喜极而泣，紧紧搂在一起。胡氏最先平静下来，一边替芸儿擦泪一边说："千万不要为这事操心，好好把娃儿生下来要紧。我来是跟你商量，袁总督要我们准备赎金，估计不是个小数目。我的意思，想叫朝础赶回老家，把罗江城里几家铺面卖了，加上手里剩下的，估计差不多二万余两银子。不知妹妹的意思如何？"

芸儿忙道："你是夫人，该你做主，我这当妹妹的，哪里有半句话说。"

彼此说了几句闲话，胡氏就要出去。芸儿一把拉住她的手说："姐姐，有几句话，一直想说说，再坐会儿吧。"

胡氏又坐回去，等芸儿出声。芸儿犹豫片刻说："前些日子，听说姐姐要来京城，我心里既高兴又害怕。高兴的是，有你来做主；怕的是，你容不下我。没想到你对我这么好，简直跟亲姐姐一样。"

胡氏一直笑着，每一缕皱纹的尽头，似乎都是哀婉或无奈。过了一阵，她说："我跟老爷是父母之命，媒妁之言，拜堂前面都没见过。老爷嘛，是个大才子，正如他自己说的，才情、才情，有情方有才。老爷天生是个多情种子，哪里是我拴得住的？母亲在世时多次给我说，你一辈子都要记住，李羹堂是一条江，不是你这个水塘装得下的。多年以来，我早已看得清清楚楚，他不仅是个多情的人，也很真实，很硬气，更有担当。他对每个女人都真心实意，从不辜负任何一个。"

这番话，说得芸儿、香儿感慨万端。最后，芸儿叫香儿从那口樟木箱子里取来一个镂花的盒子，接过来，双手递给胡氏说："这是马家小姐和我的首饰，多少能换些钱，能帮上一把也好。"

胡氏见她如此恳切，不忍推谢，接了过去。

李朝础已经收拾好行装，正要出发，李骥元匆匆走来，说皇上准了袁总督的奏章，同意兄长缴三万两银子为赎金。

这个消息，既令人振奋，又令人惶惶。胡氏原本以为，二万两银子足够了，没想到多出整整一万两。想了一阵，遂叫李朝础把那座新修的宅院卖了，若还是凑不齐，再卖田产。总之，哪怕倾家荡产，也要尽快把这笔钱凑够。

李朝础告辞母亲及芸儿，即刻上路，回蜀准备赎金去了。

惴惴不安地过了几天，陈蕴山忽与李调元一起走进家门。劫后相见，悲喜莫名。王嫂见李调元瘦弱不堪，赶紧去买了一只老母鸡并许多菜蔬回来，忙着熬汤、做饭。香儿也高高兴兴去厨房帮忙。这座阴云笼罩的小院里，终于有了喜气。

傍晚时分，得到消息的李鼎元、李骥元也一起过来，气氛更为热烈。李鼎元忽记起陈蕴山与大理寺少卿魏建昌友善，遂将他请来屋外，把书稿、刻版被和珅取走的种种情形说了一遍，意思看陈蕴山是否方便，再求一求魏建昌；魏建昌也算朝中重臣，若肯出面，或能赎回。

陈蕴山想了想说："味堂不必着急，此事交给陈某，不出三日，必有消息。"

李鼎元喜不自禁，忙向陈蕴山一揖说："蕴山兄如此高义，令人感佩；然一再相扰，实在有些惭愧。"

陈蕴山却说："我与李羹堂为莫逆之交，代其奔走，理所应当。"又嘱李鼎元，"李羹堂大病初愈，身心俱伤，书稿之事，切勿使其风闻，以免再添新愁。"

回到屋里，酒菜已经上席。待各自落座，李调元首先问起的，便是那些书稿及刻版。李鼎元飞快地看了一眼李骥元，忙道："兄长放心，骥元已跟大理寺那边说好了，最多三日，便能取回。"

李骥元赶紧接话："这些天，小弟都要去大理寺查阅历朝刑典，今天又问过大理寺丞岳成明。岳成明说，袁江已经答应下来，只需把那些书稿和刻版依规制登记，就可发还了。"

这话说得合情合理，李调元自然不疑，似乎所有的心结彻底解开，这酒便喝得兴致大起。直至三更之后，李鼎元、李骥元起身告辞，说明日一早，尚须点卯应事。陈蕴山也随后告辞，回自己那座旧宅安歇。

陈蕴山无法入睡，把那块戈壁玛瑙取出来，对着灯光看了一遍又一遍，陷入沉思中。虽然知道这东西珍贵，但和珅权倾一时，各路官员奉献的各色珍宝，听说足足堆满了一座楼。不知这件东西，能否使其心动。

其实，陈蕴山自己也不知道，这东西究竟价值几何。

这块戈壁玛瑙是他父亲留下的，应该是家里最值钱的东西了。他父亲是个远近有名的茶商，每年暮春，总要押上许多新茶，从故乡南部出发，穿过万水千山，到达新疆和田时，已是两月之后。

那里有个叫张明春的商人，是他父亲的下家，合作多年，彼此非常信任。茶叶到了张明春的货栈，他父亲便带上葡萄干、羊皮、棉花等沿路返回。那些茶叶，将由一个同样颇具信用的俄罗斯商人运去俄罗斯售卖。那个俄商叫彼得，他来张明春这里，会把上一批茶叶的钱付给张明春。因此，他父亲的茶叶钱，也需下次再来时才会到手。这种方式，一直延续近二十年，从未出过差错。

又一个暮春时节，他父亲押上近十万斤茶叶，雇了近千个脚力，浩浩荡荡出发。如往常一样，这些茶叶，除了自家茶园所产，多是川北一带大小茶户的货。因本钱极大，他父亲也需收到上一批茶叶的钱，才能给茶农们结付。

盛夏时节，他父亲的商队准时到达张明春的货栈。迎接他的，却是一个晴天霹雳。上一年，彼得的商队在俄罗斯境内遇劫，茶叶被全部劫走，彼得无力结付欠款，只带了封信来，再也不到和田来了。

张明春虽然愿意支付那笔数额巨大的货款，但倾其所有，也不足一半。于是拿出一块戈壁玛瑙，是一个付不起皮毛钱的蒙古商人抵给他的。他父亲不知这块玛瑙价值几何，本不愿收，无奈张明春一再要他收下。

他父亲明白，张明春是要用这块玛瑙抵销自己的愧疚。犹豫一阵，只好收了。而本次押到此处的茶叶，自然不能依靠张明春，更不能押回故里。万般无奈之下，只好辗转新疆各地，花去大半年时间，终于把这批茶叶贱卖了。

为了结付茶农们的钱，他父亲不仅卖掉了所有的茶园，也把南部城里的几所茶庄卖了。堪称巨大的家业，只剩下几百亩水田。不久，他父亲郁郁而终，把这块不知贵贱的戈壁玛瑙留给了陈蕴山。

十一

翌日上午，李调元本欲把胡氏、芸儿叫来书房，把那些际遇说给她们听。胡氏却说，芸儿眼看要临盆，不便起动，不如去她那边。

李调元觉得有理。胡氏赶紧与香儿一起，在芸儿房里搭了一把椅子、一张小儿、一张凳子，沏好一壶茶。

待李调元往椅子上坐下，香儿斟上茶之后，就要出去。李调元却说："你不用回避，一起吧。"

香儿心头一热，赶紧瞟一眼胡氏，见她始终是那副笑脸，似乎很宽容，又似乎很无奈，或者很麻木。但香儿明白，李调元这句话，无疑是某种宣告。自己不能犹豫，不能惧怕，不能错失这个也许是唯一的机会。毕竟这个白发苍苍的男子，日日夜夜都撩动着自己的心。

香儿坐去床沿，拉住芸儿的手。李调元看了看三个女人，咳嗽一声说："留在京城的都在这里了，既是一家人，就该有个交代。"

香儿简直如沐春风，他已把自己当成家人了。李调元端起茶盏，轻啜一口，又说："至于为何身陷囹圄，我不愿多说，也无法说清。我能说的，也不过此类，比如不贪婪、不腐败、不附会、不奉承，无愧天地、无愧君国，等等。"

说到这里，似乎有些伤感，再啜一口茶，不住咂嘴，似在咀嚼平生以来的种种滋味。香儿赶紧过去，再斟一盏茶。李调元靠在椅子上，叹息一声说："唉，事到如今，不说这些也罢。但皇上要我三月之内，缴清三万两银子的赎金，这事才算了结。所谓君命如天，实在无可奈何。我平生视钱财如粪土，但老老小小几十口人，没有钱，日子过不下去。好在家有几千亩田地，罗江城里还有几座商铺，凑齐三万两银子，也并非不可能。只是这一来，不免变卖家业，往后的日子，恐怕再不复当初了。"

李调元说到此处，再次停下，目光在三个女人那里扫视。胡氏忙道："常言说得好，人有旦夕祸福，三穷三富不到老。我是老爷的妻室，哪怕吃糠咽菜，也是命中注定。老爷不必多想，我知道该如何处家。"

芸儿也说："穷日子也是日子，只要一家人和和睦睦，就是最好的日子。"

说完，看着身边的香儿。香儿抬头一望，见胡氏依旧一脸微笑，也看着自己，顿时明白，她们已把自己当成家人了。脸上不禁一热，忙说："我生是李家的人，死是李家的鬼，只要老爷和姐姐们不赶我出门，就是我的福分了。"

李调元身子一直，朗声朗气地说："好！"

于是站起，一边往门口去，一边口占一绝——

一夜风雪没雄关，此身无寄几泫然。

应喜家山依旧在，琴书亦可赠红颜。

在李调元吟笑出门的这一刻，陈蕴山带着那块戈壁玛瑙来到琉璃厂。他的本意，是想找个商家，估估价，看能否使和珅动心，因而特别留意的，是那些贩卖各色玉石、玛瑙、琥珀、蜜蜡之类的商家。一路走去，几乎看遍了或大或小的摊点和门市，不见有戈壁玛瑙。只在一家规模巨大的店铺里，看见了一块，成色和体量远不能跟自己这块比。徘徊一阵，便指着锁在玻璃柜子里那块玛瑙问："这是戈壁玛瑙吗？"

掌柜是个一身文气的中年人，戴着一副水晶眼镜。不知何时，水晶眼镜似乎成了身份的象征。尤其京城，尤其那些巨贾，他们的鼻梁上，几乎都架着一副款式相同的水晶眼镜。

听见询问，掌柜头一埋，两眼从镜架上方看过来，见是个衣冠不俗的男子，便走过来，问："要吗？"

陈蕴山反问："多少钱？"

掌柜竖起一根手指，不说话。陈蕴山一怔，再问："一百两？"

掌柜立刻浮起一脸讥笑，不再理他，回那边去了。陈蕴山明白，这家伙看出了自己的虚弱，不想再费口舌了。也走过去，朝掌柜一揖说："实不相瞒，在下有事要求朝中大员，中间人的意思，若能送一块戈壁玛瑙，此事必成。请掌柜给个实价，容我斟酌。"

掌柜又看了他一阵，点了点头说："一万两银子，不讲价。"

陈蕴山心里一惊，差点叫出声来。愣了一阵说："容我再去别处看看，觉得合适，再到宝号来。"

掌柜似乎有些愤怒，朝陈蕴山的后背说："你当是块顽石，到处都有啊！"

陈蕴山不敢回头，匆匆走了。他自然不会再去寻找，直接出了熙熙攘攘的琉璃厂，辗转回到自己的旧宅。

他心里已经一片零乱，似乎这个万物初萌的北方春季，忽然将自己侵占。那些正在绽放的花蕾，那些已经返青的草木，那些已然缭乱的莺声燕语……乱糟糟一片，使他忽然迷惘若失。

那块成色、体量俱逊的戈壁玛瑙，竟然值一万两白银！如此说来，父亲留下的这一块，至少应在二万两以上。张明春并未亏心，父亲也并未蚀本，二十余年的长途贩卖，其实都落在了这块难得的玛瑙上。

它就在他手里，如果变现，二万两白银，足以使陈家重现当日辉煌。但那个义字，是他身上永远无法卸下的桎梏，这桎梏，是所有典籍、诗书和一代代道宗的复合，它们无影无形，却无处不在。它们早早把他拖入这个温暖而迷人的泥潭，使他甘愿做一尾泥鳅，在泥潭里寄生，忘情而自豪。

他把这块玛瑙举起，反复审视，既想看清在驿路上往返半生的父亲，也想看清身陷泥潭的自己。但他看清的却是李调元，他似乎就隐含在这块红润的玛瑙里，正冷峻地看着他。

他终于想起了自己答应李鼎元的那些话——昧堂不必着急，此事交给陈某，不出三日，必有消息。

他必须为自己的承诺负责，没有别的理由，也无须别的理由，因为他是陈蕴山，是李调元的知己。

唉，也罢，待此事了却，他再不会对任何人轻易做出任何承诺。如果用这块玛瑙，换他走出那片泥潭，是否是某种幸运？

算了，不多想了，就当自己欠他的夙债吧！

傍晚时分，陈蕴山带上那块戈壁玛瑙，去拜访和珅。到了那座气势恢宏的府第前，先把备好的一块银子递给门子，再把名帖递上。门子似乎见惯不惊，像本来就是自己的一样，把银子揣入怀里，看了看陈蕴山说："稍候。"

门子进去了，许久才出来，把陈蕴山交给了一个二十出头的仆人。仆人不出声，引着他拐来拐去，到了一间比较偏僻的房间，示意他坐。仆人这才说："我家主子正在会客，你是第四位，轮到你了，自然有人来叫你。"

陈蕴山赶紧答应。仆人走了，把门也带上了，再不见人进来，连清茶都不见一盏。这间小屋有几把椅子，分别搭在一张方方正正的木几两边，几上有一个花瓶，但并未插花；左右两面墙，都有一面轩窗，漆色非常浅淡，似不忍掩去质地；墙角有个火盆，嵌在一方木架子上；正面墙上挂着两幅字，一幅出自徐渭，另一幅则是张瑞图的手迹。

此外并无他物。但陈蕴山早已看出，椅子、木几、窗户以及那个火盆架子，都是贵过金玉的黄花梨；那个空置的花瓶，也是明嘉靖年间官窑的青瓷。

不禁有些惶惑，这还只是等待接见，可能只供如自己这般的布衣暂坐，都如此奢侈！仅这几样看上去毫不起眼的家私，可能都不止二万两白银！

这块曾让他纠结大半天的戈壁玛瑙，会使和珅眼开吗？他心里顿时没了底，等得也焦躁起来。

几乎每个晚上，和珅都老老实实待在府邸会客，颇有深居简出的意思。无一例外，凡来拜会的内外官员，都会挖空心思，带着自以为举世所稀的各色珍宝，来这里换取好处。那些实在搜罗不到奇珍异物的，只好直接奉上银票。

和珅并不为此感到惭愧，更无丝毫罪恶感。在他看来，一切理所当然。他们来这里购买他们想要的，那是因为自己手握大权，而这大权，是自己用尽心血、逆来顺受，甚至不惜受尽凌辱，从皇帝那里换得的。那一切也是成本，而且是最高昂的成本，包含一生所有的尊严和人格。故而远比任何东西珍贵，活该通过出售权力，使自己得到补偿。

送走三个客人之后，仆人把陈蕴山的名帖递进去。一般来说，和珅只看名帖末尾，看是何人落款。此帖写得清清楚楚，原某县知县陈蕴山。以为是个想重入仕途的家伙，于是叫了一声："传进来！"

当陈蕴山被带入这间不大，但极尽奢侈，却又不失雅致的客厅时，和珅微微一惊，似觉有些面熟。

其实，当年陈蕴山就读国子监时，和珅仅是个微不足道的御前侍卫。皇帝每次来国子监视察，这个侍卫都跟在身后，彼此确实多次照面。

但陈蕴山不想叙旧，叙也无用。他知道，和珅迅速发迹，平步青云，自然与他生父的军功，与满洲血统有关，但更重要的，一定是他超出常人的心智与禀赋。

所以在名帖末端写上原某县知县，是想让和珅以为自己是来买官的，以免拒见。

陈蕴山向和珅一揖，立刻把那个锦盒掏出来，打开盒盖，双手递去。和珅顿时被那团柔润的红光吸引，禁不住脱口惊呼："戈壁玛瑙！"

于是一把接过，似乎怕陈蕴山收了回去。把那块玛瑙从锦盒里取出，就着灯光看了一阵，随手拿出一面来自西洋的放大镜，对上这东西，翻来覆去，认认真真看了一遍。搁下放大镜，把那东西紧紧捏在手里。

陈蕴山顿觉有些释然，也有些遗憾。和珅把那张覆在案上的名帖翻过来，瞟了一眼，望着陈蕴山说："嗯，陈蕴山。先说清楚，最多知府。说吧，想去哪里？"

陈蕴山又向和珅一揖，说明来意。

和珅明显不解，死死盯住陈蕴山。过了好一阵，才吸了口气说："成交！"

遂把仆人叫来，面无表情地说："去，把前些天从大理寺那边弄回来的破书稿、破刻版，都交给他。"

仆人答应一声，正要离去，和珅又说："装进车里，让他推走吧。"

陈蕴山谢过和珅，随仆人出来。和珅愣了一阵，把那块玛瑙凑近面前，一边摇头一边说："世上竟有跟李调元一样呆的人，真是稀奇！唉，如此看来，诗书真是个害人的东西啊！"

十二

陈蕴山推着这辆满载书稿和刻版的车，踏着一片浅薄而迷惘的月色，在灯火辉煌的京城里行走。他本想推去李调元那里，但眼看到了梁家园，却犹豫起来。忽觉没有勇气去见李调元，更无力把自己如何将这些东西赎回的经过告诉他。或者，因为那块几乎等于父亲半生辛劳的戈壁玛瑙，与这些书稿、刻版之间，到底孰轻孰重，他自己实在无法回答。

他调转方向，把这辆车推去李鼎元家。当李鼎元、李骥元欣喜若狂地接过这辆车，并邀他进屋时，他向二人一揖："所托之事已办成，容我告退。但请二位记住，勿使李羹堂知道，书稿和刻版乃我赎回。"

无论兄弟二人怎样挽留，都无济于事，只好眼睁睁望着他离去，直至那个有些落寞的背影，在近乎茫然的灯月之下，渐渐远去，渐渐隐没。

二人呆了许久，李鼎元有些疑惑地说："陈蕴山如此失落，莫非在和珅那里受了辱？"

李骥元摇了摇头说："我看未必，一定是和珅要价不菲，伤了陈蕴山的元气。而兄长还需缴纳三万两银子的赎金，所以陈蕴山不好开口。"

李鼎元叹了口气说："这事就难办了，要是告诉兄长，他一定会歉疚；若不告诉，又对不起陈蕴山。"

李骥元沉吟片刻说："还是要告诉兄长，这份如山如海的情意，应该永记。"

二人把这辆车推去梁家园。李调元见了这些失而复得的书稿和刻版，自有说不尽的喜悦，一一看过一遍，忙着往书房里安顿，竟忘了问是如何赎回的。

直到王嫂照胡氏的吩咐，做了几样菜，温了一壶酒，摆去席上，李调元请兄弟二人落座时，才猛然记起，遂问："不知花了多少银子？"

二人相互一望，李鼎元略一迟疑，把那些书稿和刻版，如何被和珅取走，万般无奈之下，如何转求陈蕴山，而陈蕴山今夜把书稿、刻版推到自己那边即告辞而去，一一告诉李调元。

李调元顿时怔在那里，但心里明白，和珅肯松手，一定不是小数！这个胃口越来越大的家伙，绝不容易动心！

片刻，他霍然站起，决定去找陈蕴山。虽然彼此为知己，但不能白领这么大的人情；至少应该把话说清楚，待过了这一关，即使砸锅卖铁，也要把那些钱还上。更重要的是，陈蕴山没有义务，也没有责任替他花费那些钱。

李鼎元、李骥元也跟了去。多年前，李调元入京应试，以及此后为庶吉士时，曾受邀去陈蕴山那里饮宴，那座旧宅的位置，至今记得清清楚楚。

他们在缤纷的灯影里疾走，穿过几条大街，几条胡同，终于到了。李调元立即伸手敲打院门，敲了好一阵，不见回应。正要呼喊，忽听一侧响起了开门声，扭头一望，与此紧邻的一座小院里，漏出一片灯光，一个人影浮在灯光里飘了过来，操一口京腔问："谁呀？"

李调元上前几步，拱手一揖问："敢问仁兄，这小院里的人呢？"

那人不答，借着月光，把三人看了看，又问："你们是谁呀？"

李调元只好自报家门，说是来找陈蕴山的。那人一怔，赶紧施礼说："哎呀，幸会、幸会，原来是大名鼎鼎的李道台！"

客气一阵，那人才说："半个时辰前，陈先生就走了，说有事，要急着赶回老家。不过，陈先生一直托我帮他看房子，钥匙在我这里。"

或许陈蕴山料到，李鼎元兄弟不会隐瞒实情，自己一定会踏月而来，所以趁夜走了。

李调元抬起头来，望向西方。由此而去，穿过繁华的京城，沿着一条官马大道，过燕赵，经秦川，越秦岭巴山，在一派深深浅浅的丘陵之间，便是自己和陈蕴山共同的故乡。

而此时，在这面老旧的屋檐下，能望见的，只是一弯淡月，几点疏星，以及如宿命般竖在前面的重重叠叠的楼宇。

他从未感到家乡如此遥远，如此不可接近。他只好对着这片格外虚浮的星月，轻轻叫了一声："蕴山兄……"

随声而出的，是两行清泪，是难以自持的饮泣。李鼎元、李骥元一再劝解，总算把他劝离此处。

李调元彻夜无眠，遂磨墨展纸，给陈蕴山写信。但写了一稿又一稿，都觉得无法表述自己的内心。这个诗文高出时人的才子，竟写不好一封信。最后，他只好放弃，把那些废稿付之一炬。

也许，在最深挚、最纯粹的情谊面前，一字一句，都是多余的。

这些天来，李调元几乎不曾出过书房，整日坐在窗下，雕刻印版，似乎忘记了一切，甚至忘记了身边三个情真意切的女人。

这天傍晚，家里忽然忙了起来，尤其香儿，不停地跑进跑出。李调元似乎明白过来，叫住香儿问："芸儿要生了？"

香儿忙道："就是呢！"

李调元往芸儿那边望了望，再问："为何没听她叫喊？"

香儿瞥了他一眼说："人家一直忍着，怕打扰你，汗水泪水，把被子都湿透好几回了！"

李调元顿时惶惶，忙说："让她想叫就叫，我出去走走！"

走到院门前，又把香儿叫过来，指着小街对面那家酒馆说："我去那里喝酒，有消息了，赶紧过来告诉我。"

他非常清楚，自己实在不敢去经历这一过程了，马氏临死的那一幕幕，总是在眼前浮现——彻底失血的苍白的脸，一直望着自己的眼睛，眼睛里的祈求和不舍……

确实，不敢再去直面那生死难卜的残酷了。他逃进了酒馆里，像一缕忽然失措的幽魂。

　　酒馆不大，相当安静。他知道，来此饮酒的，多半都是住在附近的中下级京官，自己曾是四品道员，一般不会进来。当然他也来过，那是庶吉士散馆之后，做吏部考功司主事的那些日子了。

　　他望见一张搭在墙角的小方桌，便走过去。酒保如影随形，站在面前，口吐莲花般，先报上酒类，诸如十年窖藏、二十年陈酿等；至于下酒菜，几乎如流水般从他嘴里涌出。

　　没等他说完，李调元强行合闸，只要了半壶烧酒，一碟子猪头肉和一碟子盐水煮蚕豆。酒保也不泄气，待斟上酒，把一只手捂在嘴上，凑过来，挤眉弄眼地说："客官，叫个婆子陪酒吧，新来的，红彤彤、嫩闪闪，比酒还醉人呢！"

　　李调元哪有如此心情，一脸不耐烦地盯了他一眼。酒保赶紧一笑说："不要算了、不要算了，客官请慢用！"

　　李调元端起酒盏，凑到嘴边又缓缓移开。心里实在太乱，乱得满地狼藉，再好的酒也喝不下去。

　　直到香儿急匆匆闯来，一把将他拽起时，酒菜仍原封未动。

　　"快，快回去！"香儿说得如此急切。

　　李调元猝然一紧，睁圆两眼盯着她："未必……"他不敢问出来。

　　香儿近乎喊叫地说："生了，生了个大胖小子！"

　　李调元忙问："芸儿呢？"

　　香儿粲然一笑，恰如春暖花开："一切顺利，母子平安！"

　　他终于缓过气来，忍不住一刮香儿鼻头，有些嗔怪地说："你个女娃子，惊诧诧地，吓死人了！"

　　正要叫酒保过来收钱，忽记起身无分文，便坐回去说："没带钱，走不了，去把酒钱拿来吧。"

　　香儿答应一声，快步走了。李调元端起酒盏，一饮而尽。酒很烈，如火一般涌入腹内，似觉引燃了五脏六腑。不由暗自感慨，何故变得如此敏感，如此胆怯，连自己的女人生孩子都不敢目睹！

　　酒保像一条影子，轻轻飘过来，把一碟子甜瓜放在小方桌上，笑说："恭喜、恭喜，这是店主特意送的，不算钱。"

李调元笑道："谢了。"

扭头一望，柜台里，一个年约三十的女子正望着这边，泛起一脸笑。李调元赶紧站起，朝她拱手致意。

此时，他已经如释重负，只顾吃喝，颇有狼吞虎咽的阵势。待香儿拿来酒钱，半壶酒、猪头肉、水煮蚕豆，以及店主送的甜瓜，已经所剩不多。

付清酒菜钱，随香儿匆匆回去，直奔芸儿房里。婴儿已在褓褓之中，躺在芸儿身边；芸儿一脸微笑，似乎正在经历平生最大的幸福；胡氏正忙着收拾接生后的狼藉。那张靠床的小几上，搁着小半碗热腾腾的荷包鸡蛋。李调元赶紧把那碗端起，去床边坐下，用那只汤匙，舀起一个鸡蛋，递到芸儿嘴边说："定生汤呢，赶紧吃。"

芸儿笑道："吃不下了，都吃了差不多十个了。"

胡氏往床上望了一眼说："忍一忍，多吃点，毕竟头生头养，亏得厉害。"

李调元便说："至少把这个吃了。"

芸儿甜甜地看了他一眼，总算张开了嘴，胡氏过来，把那个满脸红润的胖小子看了一阵说："取个名字吧。"

李调元把碗搁回几上，略一思索说："小名就叫胖哥儿吧。大名嘛，李朝夔吧，诗曰，夔门春水拍天流。嗯，这名字很好，就是它了。"

十三

李朝础一路急行，赶往故乡，恨不得立刻筹足三万两白银，以解父亲之难。虽早行晚止，披星戴月，到家时，已是一月之后。

这是一座由李朝础奉父亲之命，亲力亲为建起的庭院，其规制、式样，完全依据那座名曰醒园的老宅。祖母吴太夫人，自己一家，包括二弟李朝隆妻小，包括那些藏书，都搬了进去。

李朝础放下行李，正要去祖母房里请安，叔祖李化樟、叔父李谭元等，都闻讯过来。李朝础只好把他们请入客堂，正要说话，忽见李朝隆把年届八十的太夫人扶了出来，李化樟、李谭元、李朝础等赶紧起身，将她让上主座。

太夫人望着李朝础问："竹官儿回来了？"

凡孙子辈，无论年纪大小，太夫人都叫小名。在她眼里，他们无一例外都是孩子，仍需疼爱。那间供她起居的正房里，总有取之不尽的零食，诸如山里的板栗、核桃之类，城里的点心、糖果，等等。这些都是她给孙辈们准备的，只要见了他们的影子，就会叫贴身丫鬟翠儿："快，把零食给我孙儿拿些过去！"

但今天不同，她一心只在身陷水火的李调元身上。听见李朝础的声音响起，赶紧叫翠儿，翠儿正在溪边洗衣，自然听不见。又叫梅官儿，梅官儿是李朝隆的小名。正往客堂的李朝隆听见，赶紧过去。太夫人急火火地说："梅官儿，听见竹官儿说话了，快把我扶出去！"

李朝础答应一声，向太夫人施礼问安，便把一切复述一番。太夫人得知李调元有救，老泪纵横地说："银子不算啥，只要人好好的，就算家业散尽，也没啥了不起。"

待大家散去，李朝础首先照母亲的吩咐，把十几个男仆女婢叫到一起，把目下的境遇说了，叫他们各自回去。除了工钱，每人打发五两银子。

家仆们却死活不收，说到了这一步，如果收了，等于趁火打劫。主仆相对而泣，不舍而去。

李朝础立刻带上房契，赶去罗江城里，要卖掉所有的商铺。商铺都在闹市，非常容易出手，几乎不用找经纪。李朝础做好了两手准备，一是直接卖给那些租户，只要价钱合适，可立刻转手；若租户不愿买，或者借机压价，那就把提前写好的告示贴出去，说不定会引起竞购。

结果，所有的租户都愿买，出价也相当合理。仅两天时间，总共五家商铺，卖得二万两银子。

李化樟拿出了一年地租的一半，整整一千两银子；李谭元除了地租，还找到任教的那家书院，请山长提前支付三年的束脩，仅留下一家人的日常开销，其余都交给了李朝础。

李谭元累试不第，早冷了那份博取功名的心，除了经营家业，便受聘那家书院，也算给了自己一个交代。

李化梗已经故去，且膝下无子，只有一个继子，名李声元。而李化楠、李化樟膝下，竟有三人登科，相比之下，这一支如此凋零，于是兄弟之间一般不怎么往来。

李声元也曾十年苦读，却每每失意科场，仅仅中过县试，且因岁考流入末等而被黜，已是身无功名。但李化梗留下了一份堪称丰足的家业，日子也相当滋润。

得知李调元需三万两白银赎罪，李声元也送来了五百多两银子。这一来，加上家里的存银，已有二万六千余两。

缺口如此之大，李朝础只好拜见叔父李谭元，表示欲把那座新修的庭院卖了，祖母及兄弟二人，想暂时搬回老宅来住。李谭元毫不犹豫，满口答应。

于是放出话去，几乎每天都有人来看房，但无人出价。李朝础哪里等得住，只好找了个经纪，打算卖掉几百亩甲等水田。照时下价格，甲等水田每亩可售二十两银子。除了凑足赎金，还有一大家人的开销，需出售三百余亩。

一时之间，来看房、看田的人几乎终日不绝，同样无人出价。这天，经纪带来了个叫田顺德的来，德阳人，看那身打扮，是个腰缠万贯的主。田顺德把水田和庭院都看了，将经纪叫去一边说："我想买的，其实是那座老宅。老宅风水好嘛，李家两代，出了四进士、三翰林，远近皆知呢。你问问他，要是愿卖，我直接出五千两银子。"

经纪遂把田顺德的话转告李朝础，李朝础当然愿意，但做不了主，又不愿放过，便说，此事需与家人商量，有了结果，立刻告知。

田顺德说："那我就在罗江城里住下，等你的消息。"

李朝础想了想，觉得应该首先跟祖母商量，若老人家出面，这事自然没什么问题。便去太夫人房里，把田顺德的意思说了。太夫人顿时陷入两难，许久说不出话。想了一阵，又哭起来，一边揩泪一边说："其实啊，把那座老宅让给谭元，是你祖父的意思。老宅风水好啊，谭元虽多年都没考中，但只要老宅在，他儿子、孙子，总会考中的。要是把老宅卖了，就等于断了他家的后路啊！"太夫人抽泣一阵，又说："要不，我随你一起，先带上这些银子去京城，把这张老脸贴上，求鼎元、骧元想想法子，好歹把缺口补足。"

李朝础忙说："祖母有所不知，一来，两位叔叔已尽了力，二来，他们都是

211

五品京官，不仅俸禄不厚，也捞不到外水，跟父亲差不多，都是穷官。"

太夫人不住摇头，哭道："让我想想，让我想想，看如何向谭元开这个口……"

李朝础等了许久，祖母只是哭，看样子非常为难，只好告辞回自己这边。家里已备好了夜饭，赶紧端上桌来。

这些日子，仅余氏与次子端儿以及一个丫鬟在家，长子润儿已经入学，住在学堂里，半月回家一次。余氏见李朝础一脸焦虑，只埋头吃饭，已知事情不顺，也不敢问。

刚满两岁的端儿却不好好吃饭，弄得满桌都是饭菜。李朝础一筷子敲在端儿头上，呵道："不吃算了，滚！"

端儿咧嘴大哭，丫鬟赶紧抱了出去。李朝础也把饭碗一推，转身进了睡房，也不脱衣，仰躺床上，扯起被子把头蒙住。

不知躺了多久，当他把头露出来时，这座巨大的庭院已经陷入一片若有若无的虫吟声中，透着掩不住的焦躁。

要是祖母开不了口，他就只好硬着头皮去找叔父了。虽然这一来，不免有强人所难的意思，但也顾不得了。

不如马上过去，实在等不到明天了。他翻身而起，走出睡房。余氏还坐在客堂里，端儿已经睡去，由丫鬟抱着。望了望灯下的余氏说："我去叔父那边走走，不必等我。"

正要去开门，却响起了敲门声。敲门的，是太夫人的贴身丫鬟翠儿，翠儿急火火地说："少爷，太夫人叫你赶紧过去！"

李朝础顿时高兴起来，一定是祖母做决定了！

匆匆过来，一眼望见祖母手里拿着一沓银票，不由大为惊讶，未必老人家有私房钱？

未等他开口，太夫人忙说："竹官儿，快来看看，这些到底是不是银票。我老眼昏花，看不清，翠儿又不识字！"

李朝础赶紧上前，把那些银票接过，不用细看，千真万确都是银票！再一一相加，不多不少，恰好五千两！

他惊诧地望着祖母说："是银票，都是银票，正好五千两！"

祖母喜极而泣："这下好了，不用断谭元的后路了！"

过了一阵，祖母说了件不可思议的奇事。

约莫一更三刻时分，一直陪在太夫人身边的翠儿，忽记起晾在院子里的几床被子忘了收回来，赶紧出去。刚到院子里，忽有人敲响了院门。翠儿以为是李化樟或者李谭元来了，毕竟这些天来往频繁，问都没问，将院门开了。

站在门外的，是个风尘仆仆的男子，问清了是李调元的府第，便把一封厚厚的信递给翠儿，说是奉主子的命，专门把这封信送给太夫人。

翠儿请他进来，那人只说，主子吩咐过，把信送到就走，不准叨扰。

那人转身便走，很快就看不见踪影。翠儿把几床被子收了，把信递给太夫人。太夫人觉得奇怪，怎会有人写信给自己？叫翠儿拆开。翠儿似觉都是银票，但太夫人眼花，叫翠儿赶紧把李朝础叫来。

这些不知何人送来的银票，使他们立刻陷入柳暗花明的兴奋，以及无可猜度的迷妄。

太夫人实在忍受不了如此剧烈的冲击，叫李朝础赶紧把李谭元请来，把叔祖李化樟也请来，大家一起想想，看这个不肯留名的恩人是谁。

虽然不明来路，但李朝础已经彻底松弛下来，忙劝祖母说："都快半夜了，明天吧。何况叔祖年纪大了，恐怕不方便，来去好几里路呢。"

太夫人一边抹泪，一边笑说："好好好，竹官儿成人了，该你做主了。"

第二天，李朝础不仅请来了李化樟、李谭元，把李声元也一并请来。坐在主位上的太夫人，把昨夜那件蹊跷事复述一遍，请大家想想，看能不能想起送银票的人来。

李谭元的意思，父亲和兄长都曾多年为官，还做过乡试考官，受其恩惠的人肯定不少。危难之际施以援手，也属常情。

虽然都以为此话有理，但没人知道究竟是谁。正在他们搜肠刮肚时，翠儿举着一张字条进来说："信封里还有这个，当时没抽出来！"

李朝础率先接过，原来是一封简信——

太夫人阁下：

　　恩公李道台曾让我将五千两银子交予通永道河道司大使汪文成家属，

助其安家立业。而我因家财散尽，猝起贪心，将此银寄予胞弟，嘱其以此为本，再为贸易。后为恩公察知，我只好含羞而去。所幸胞弟经营有方，获利颇丰。今闻恩公需缴纳赎金，而以恩公之清廉，想必筹措艰难，故持银票来此，以赎前罪。

另，我已将应付汪文成家属银两全数送予其子，当无后顾之忧，请太夫人转告恩公，勿以此为念。

因无颜与恩公相见，特意入蜀，交付太夫人。

不胜惭愧之至。

吴玉春顿首

十四

这封信，使他们感慨唏嘘，许久无言。最后，李化樟说："夔堂性情耿介，此事不宜使其知道，否则他可能拒而不受。依我之见，待把赎金交付了，再把这事告诉他为宜。"

众人都觉得有理。李朝础顾不上招呼叔祖、叔父，立刻收拾，准备起行。太夫人却比他先收拾好，一定要同去京城。一家人都来相劝，太夫人不肯松口，只说："哪怕埋骨他乡，也要与夔堂在一起。"

李朝础担心太夫人年高体弱，难以疾行，于是把李朝隆叫去一边，让他陪祖母一路往京，以免急切。

太夫人听见此话，不住称赞："哎呀，还是竹官儿办法多，想了这么好个主意。"

于是说定，李朝础先行一步，李朝隆照顾太夫人，翌日出发。

故乡至京城，四千余里之遥。李朝础生怕误了三月之期，于罗江买马，一路飞驰。尚未出蜀，马已疲乏不堪，于是贱卖，再买一马。换过八匹好马之后，已至京城，距最后期限尚有十来天，总算缓过劲来。

当天夜里，即拜会李鼎元、李骥元，托二位叔父将赎金代为交付。

214

翌日，李鼎元带上三万两银票去户部缴纳。户部度支主事董敬芳，恰好与李鼎元同榜进士，于是求见，表明来意。董敬芳却说，若由户部收纳，宫里一定会事先知会。但一般来说，诸如赎金之类，都是交到内务府去。

　　李鼎元有些惊讶，忙问："缴到内务府，岂不成皇帝的私钱了？"

　　董敬芳赶紧把食指竖在嘴边，嘘了一声，去门口看了看，回来才说："年兄这话要是传出去，恐怕就不是缴赎金的事了！"

　　李鼎元也自觉失言，压低声音说："年兄说的是，但由内务府收纳官员赎金，实在有些不堪！"

　　董敬芳诡异一笑，声音更低地说："古稀天子啊，我的年兄！"

　　李鼎元无奈，告辞出来，先入宫，往内阁接了差事，再去内务府。经打听，应去会计司缴纳。会计司主事把这些银票一一验过，却退了回来，说照一般规矩，内务府只收现银，不收银票。李鼎元不解，追问何故。主事说："很简单，收了银票，火耗算谁的？除非你把火耗认了。"

　　内务府大小官员，都是满人上三旗子弟，不好说话。李鼎元只好讨教，需补多少火耗。主事看了他一眼说："念你也是宫里行走的人，就三百两吧。"

　　李鼎元当然知道，如果照时下火耗算来，起码上千两。赶紧致谢，立刻回家，几乎倾其所有，凑足了三百两，再去内务府，总算把赎金交进去了。接下来是带着会计司的收纳文书，去另几个司请主事画押签字，最后求见总管，请其转奏皇上，赎金已缴，此案了结。

　　三日后，两个小黄门来李调元这里，宣皇上口谕，命其随行面圣。李调元却不知当着何冠服，只在家里着急。小黄门似乎明白他的意思，在院子里喊："穿你的四品常服吧。"

　　李调元赶紧出来回话，说所有的官服都被起走了，哪来的四品常服。小黄门又说："员外服也行。"

　　李调元又折回来，寻了一件勉强穿得出去的员外服，匆匆穿上，即随他们去了。

　　依旧是那座钟声不绝的寝宫，李调元望乾隆叩拜、赞颂。乾隆似乎和颜悦色，声音虽然苍老，却带着些难得的温润："起来吧。"

　　李调元赶紧谢恩，垂首而立。

乾隆问："向来可好？"

李调元正要跪奏，乾隆的声音迅速响起："不必，站着回话吧。"

李调元再谢隆恩，奏道："臣自觉已非当初，昼夜惶恐；小妾临产，竟不敢直面，顾自躲入酒馆，直待母子平安才敢回去。"

乾隆忍不住呵呵大笑，笑得那些钟声似乎也顿失方寸，凌乱不堪。笑毕，乾隆如释重负地说："好，好啊，一向胆气逼人的李羹堂，也懂得畏惧了！好，真好！"

过了一阵，乾隆说："朕念你还算清正，且诗文俱佳，不予深究。回任通永道吧，朕立即知会内阁及直隶，最多三日，即可还任。"

李调元赶紧奏称："臣未获罪前，已将满任，如今数月过去，若复任，恐与祖制不符。"

乾隆又笑，笑过了说："看来，李羹堂确实颇知畏惧了。不过，朕是天子，或破或立，无不由朕。不必多说，三日后，去内务府面见和珅吧，他会替你办好一切复任事宜。"

李调元仿佛被这个古稀天子当头砸了一闷棍，去见和珅，岂不等于让自己去他那里拿钱购买？立刻想起，那些有关和珅是个存钱罐的传言。

顿觉无话可说，只好叩头谢恩。

回到梁家园已是傍晚，李鼎元、李骥元早已过来，都坐在客堂里等候消息。见李调元走进门里，纷纷站起，争相询问。李调元落座，看了几个人一眼，最后盯着李朝础说："今已夏日，乡试之期不远，你明日就回蜀吧。"

李朝础赶紧答应。此时，王嫂过来说，饭菜好了，该用餐了。李调元遂邀李鼎元、李骥元步入饭堂。桌上的菜肴大不如前，李调元笑道："目下，戴罪之期刚满，久无进项，又缴了三万两赎金，真是屋漏偏逢连夜雨。"

说着举起酒来，先敬李鼎元、李骥元兄弟。三杯酒后，依旧不见提及面圣情形，李鼎元忍不住，遂问："不知皇上是何旨意？"

李调元缓缓放下酒杯，叹了口气说："皇上命我回任通永道，但必须去内务府求见和珅，由和珅办理复任事宜。"

李鼎元、李骥元互望一眼，面色转阴，再不出声。李朝础却说："恕我斗胆，所谓人在矮檐下，暂且把头低。父亲不妨委屈委屈……"

李调元怒道："朝中之事，你不在其中，哪里懂得！"

李朝础脸色一红，低下头去。席上的气氛顿时变得凝重，许久无人说话。

待送走李鼎元兄弟，李调元把胡氏叫到书房里，问："手里还剩多少银子？"

胡氏说："朝础虽带了三万一千多两银票，但怕耽误期限，一路买马，耗去了差不多一千两。我上次带来的一千两银子，也花了许多，仅剩六百余两了。"

李调元皱着眉头想了想说："让朝础带上三百两，去成都准备应试，既要住店，又要饮食，要到九月才会了事。他乡异地，处处皆需花钱，不能亏了他。叫他明早就动身，这里的事不用管了。"

胡氏答应下来，却不离去，沉吟一阵说："太夫人与朝隆也快到了，一大家子滞留京城。年轻人倒无所谓，太夫人年高体弱，吃不得亏。这几百两银子支撑不了多久。就算举家还乡，恐怕除了车马费，也无食宿钱；何况还有那么多书，单请脚力，恐怕比盘缠还高。不知老爷有何打算？"

李调元看了她一眼，说："反正打死也不求和珅，不做那个道员也罢！我从宫里回来时已经想好了，金台书院山长洪永继，是我同年。在京城应试的那些日子，我常与他四处游览，每每把酒夜话，彼此知根知底。我明天就去见他，以我的虚名，谋个教职，应该不成问题。"

第二天一早，李朝础辞别父母家人，只身出京，回蜀应试去了。吃过早饭，李调元也动身，往金台书院求见洪永继。

金台书院在崇文门外，原是明朝降将洪承畴的宅第，而洪永继正是洪承畴的五世孙。洪承畴死后，时任京兆尹施世纶以其宅第办了一所义学。后来，圣祖康熙题了一通横匾，共四个大字"广育群才"。乾隆登基，曾数度莅临，并题名曰金台书院。

乾隆二十九年（1764），经时任吏部寺郎袁守侗保举，同进士出身的洪永继得以入金台书院讲学。因其先祖于大清开国有功，又是进士，洪永继步步攀升，最终做到了山长。

到了金台书院，递上名帖，表明来意。司门的是个年约六十的老人，老人把名帖一看，顿时惊喜不已，连称久闻大名。但却告诉李调元，山长去了浙江，说是要请一个名士来书院讲学，不知何时才会回来。

李调元有些失望，一揖告辞。老人忙说："李羹堂放心，待山长回来，我马上把名帖给他。"

回到家里，已是午后，饭毕，正要午睡，李鼎元匆匆而来，说和珅特意让带信过来，不必多礼，只要表示个意思就行了。

李调元轻轻一笑，不置可否。

又过了两天，李鼎元再次走来，朝李调元拱手说："今天上午，和珅把我叫去一边，说兄长都无须面见，递张名帖过去就行了。"

李调元说："休说名帖，就算他和珅主动登门，我都不见！兄弟不必为此事操心了，我已打定主意，绝不低这个头！"

于是留李鼎元饮宴，酒菜刚刚摆上，忽听院子里一人大声道："羹堂年兄，久违了！"

李调元立刻出来，见站在院门外的正是洪永继！赶紧迎入屋去，到饭堂就坐，并为李鼎元、洪永继介绍。彼此客气一番，洪永继取出聘书，双手递给李调元说："我从浙江回来，刚进门，司门就把年兄的名帖给了我。年兄的事，我早有耳闻，虽未与年兄商议，但能猜出年兄的来意。因怕年兄他就，不敢耽误，先下了这份聘书。至于是否愿意，再说不迟。"

李调元毫不犹豫地将聘书接过。洪永继喜气满面，赶紧站起，向李调元施礼，又说了一番话。

洪永继的意思，李调元名满天下，要是能去书院任教，简直是书院的荣幸，更是学子们莫大的福分。且不说学问，仅这身气节和风骨，也足以垂范后人。而当今世上，最缺的，正是那份高贵的风骨。

说着，又拿出整整五百两银票，说是提前支付一年的薪酬，若李调元不收，自己根本放不下心。

李调元望着那张银票问："一个教授，这么多年薪？"

洪永继说："年兄不知，金台书院虽不比国子监，但毕竟有两朝天子御题，堪称天下书院之首。当今皇上，每年都给书院捐二万两银子，如此一来，王公贵族纷纷效法，仅捐赠一项，可岁入十余万两。"

李调元一脸惊愕，一边点头，一边把银票收下。心里暗想，一个堂堂四品道员，正俸加恩俸，也不过二百余两，而那笔近千两的养廉银，需经吏部考功司岁察，稍有瑕疵，便大打折扣。故此，历年以来，几乎无人能全数到手。

十五

翌日上午，李调元依照约定，要去书院报到，领受教职。正忙着穿衣着冠，忽听一片锣鼓响起，以为有人迎亲。帮他理衣的香儿笑道："听见没有，好日子呢！"

李调元见无旁人，有些含蓄地说："我的好日子，早被关在门外了。"

香儿一脸飞红，瞅了他一眼，便把他往门外推。

李调元不知道，这远远而来的锣鼓声与自己有关。待走出院门，忽见洪永继领着堂长、管干、典谒等，一行十数人，敲锣打鼓，已到院门外。赶紧上去，向洪永继抱拳施礼："哎呀，年兄，使不得、使不得！"

洪永继手一抬，锣鼓俱止，众人一齐向李调元施礼。洪永继大声说："金台书院洪永继等，恭迎当今名士、文章泰斗李羹堂就任教职。敲起来！"

锣鼓再次响起，似觉屋宇震动。早有两个学长模样的子弟，将一条结着一朵大红花的绶带挂在了李调元身上。李调元被洪永继等人簇拥，一路走去，引来许多人驻足观望。

就这样一路招摇，穿街过巷，到了书院。几百个子弟与监院及所有教授一起，站在门里一齐施礼。

洪永继将李调元引至礼堂，请上主位，背后是万世师表的孔子神像。至此，李调元身不由己，竟然想起了多年前，自己被二姐的手下拉肥猪的种种情形。此时，自己似乎成了洪永继的肥猪，正在经历另一次绑架。

原来，这是洪永继策划的拜师礼，在他的主持下，所有就读的子弟，一齐向李调元叩拜。

接下来是祭拜孔子，待仪式结束，又把李调元请入议事堂。监院、主讲、副讲、堂长、管干、典谒、经长等，济济一堂。说了一番诸如李羹堂来此任教，乃书院有史以来第一盛事等套话，才步入正题，说是经反复磋商，请李调元主讲经学。

经学，乃有清以来第一显学，但李调元从来不屑穷经皓首，作为同年，洪永继应该知道。李调元不愿应允，看了看这些望着自己的人说："实不相瞒，经学非我所长，自登第以来，多年未曾涉足，实在难如所望。而我所善者，诗也文也，若许我讲授诗文，或可有益于子弟。"

众人彼此相顾，无人说话。过了一阵，洪永继咳嗽一声说："是这样，经学乃书院弱项，而诗文之类，却不乏名师。前些年，江南出了个注经大师，我近日赶去礼聘，却晚了一步，人家已受聘于岳麓书院了。年兄才学盖世，博知今古，只要愿意，一定会使本院经学柳暗花明！"

说到此处，洪永继看了看一众同仁，又说："若年兄愿主讲经学，学弟愿以山长相让，甘居其下，专事一应杂务。"

李调元忽然明白，这是彼此知根知底的洪永继给自己精心布下的一个局！

洪永继之所以弄出如此大的阵势，把李调元请来，是因为李调元曾主动上门，并留下那张名帖。若拒之，将会受到许多人唾弃，尤其那些在京城的同年，一定会与他绝交。但洪永继抓住李调元不喜经学的弱点，热热闹闹将他请来，又不露痕迹地把他逼走，不仅将可能招致的责骂转移到他身上，那些曾经的同年，包括那些与他曾有交谊的士大夫，还会因为他拒讲经学，跟他割袍断义。

没想到，这个曾跟自己颇有交情的同年，竟如此别有用心！想到这里，李调元猝然站起，朝洪永继拱手说："多谢美意，恕难从命！"

众人一片呆滞，但似乎都缓过那口气来。李调元到了门口，忽记起那张银票，又转身说："那份提前支付的薪水，容我随后送还。"

忌妒，绝对是忌妒！

一路愤愤，回到梁家园，不料太夫人和李朝隆以及丫鬟翠儿到了，正喜气扬扬。李调元赶紧忍住满腹愤懑，施人子之礼，问安，并亲手奉茶。寒暄一阵，遂把李朝隆叫来，令他赶紧将那张银票送还金台书院的洪永继。

打发走了李朝隆，这才把香儿叫去厨房，让她跟王嫂一起给自己打下手，他要亲自给太夫人做一桌菜。

趁王嫂去街上买葱，香儿将拔净绒毛的一只老鸡搁在案上，轻轻一碰李调元。李调元扭头看着她。香儿浅浅一笑说："你欠我的那个夜晚，该还了。"

这话恰如一场忽来的春风，吹化了正在凝结的寒冰。

胡氏、芸儿忙着替太夫人收拾睡房。照李调元的意思，已早早把芸儿那间房让了出来，唯因这间屋子光线最好，窗外还有一片花草。因此，只需把拆洗好的被褥铺上，便将太夫人请来。太夫人见屋里干干净净，高兴得连声称赞，儿子儿媳、孙子孙媳，都这么孝顺，真是前世修来的福气。又把丫鬟手里的胖哥儿接过来，亲了又亲，取下自己的玉镯，戴到胖哥儿手上，喜滋滋地说："这个孙子，简直同羹堂长得一模一样！"

这话说得芸儿合不拢嘴，遂把胖哥儿接过，把那只镯子取下来，揣进怀里，替胖哥儿谢了又谢。太夫人忽然想起那封简信，叫翠儿拿出来，递给胡氏，让她看看该不该交给李调元。

胡氏看了一遍，觉得事情已经过去，应该让他知道。

午饭后，待翠儿扶太夫人入房午睡，胡氏把信给了李调元。读罢此信，李调元虽感慨万端，但始终未置一词。到如今，人世之间的一切恩怨，似乎都不重要了。

家里添了这么多人，已不宽敞，李调元只好在书房安歇。夜里，当内外安静下来，香儿悄悄推开了这道门。李调元紧紧搂住香儿，饮泣不止。他不知道，心里积郁的一切，是不是该向这个痴情不改的女子倾诉。

在香儿的一再追问下，李调元终于把今日去书院所遭遇的一切说了出来。香儿紧紧偎在他怀里，劝道："你有两个姐姐，有我，有朝础、朝隆和胖哥儿，还有那么多诗书，没人抢得去。"

他真正焦虑的，是一家人的生计，区区几百两银子，实在支撑不了多久。

翌日，李调元绝早起来，洗漱一番，去太夫人房里请了安，也顾不上吃早饭便出了门，想去别的书院谋职。

几天下来，几乎走遍了京城的大小书院，每家都以种种缘由推谢。他明白，他不愿受聘金台书院讲授经学的消息，已经传出去了。

今日傍晚，当他带着失望再次回到梁家园时，李鼎元已等在家里。见李调元回来，立刻将他拉去院子里，却一脸犹疑，欲言又止。李调元说："我都知道了，不就是风言风语嘛，无所谓了。"

李鼎元看了他一眼，这才说："长兄可是得罪了无数人啊，如今四海之内，经学之风无处不及。许多人靠这个发迹，更有许多人靠这个吃饭。而兄长为当今屈指可数的名士，既受人敬慕，也受人忌妒。如今这一来，恐怕会雪上加霜了!"

李调元冷笑道："我已心灰意冷，只想攒足盘费，如陈蕴山那样，重回晴耕雨读的逍遥日子。至于毁誉，全无所谓，由他们去吧。"

前几日，不知出于何种心思，得知李调元不愿求见和珅，受困于京城，大理寺卿袁江，招集在京任职的所有同榜进士，包括金台书院山长洪永继在内，倡议各自解囊，救助李调元。但洪永继却把李调元不屑经学，拒为教授的经过添油加醋说了一遍，顿时引起公愤。

李鼎元本想告诉他这事的起由，但怕激怒了他，忍住没说。李调元留李鼎元饮宴，但李鼎元因自己已经花尽了所有的积蓄，还因此负债，面对李调元的困境再也无能为力，加之怕自己一时忍不住把袁江那事说了出来，便谎称尚有公事未了，坚辞而去。

从此，李调元再也不出门，关在书房里，继续雕刻《函海》印版。这日午饭刚过，一个自称姓王名思良的川人来访，带来一份聘书，聘李调元为四川在京同乡会会长。

在京川人颇多，遍布各行各业。关于这个同乡会，李调元亦曾受他们邀约，但都拒绝了，声称君子群而不党。王思良是同乡会新任襄理，力主聘被夺职的李调元为会长。

此时，王思良见李调元不接聘书，忙说："依照会规，会长每月可取会费五十两为薪酬，一年下来也是六百两银子!"

李调元冷笑道："你们这是乘人之危，不必说了!"

王思良大为尴尬，徘徊一阵，告辞去了。

正在走投无路之际，通州潞河书院山长俞东村前来拜访，有些迟疑地拿出一份聘书，一再说明，只要李调元愿去那里任教，讲授科目全由他自主。

李调元知道，潞河书院不可与京城任何一家相比，束脩也不可能丰厚，但总比坐吃山空强，于是答应下来。

俞东村喜不自禁，恨不得向李调元叩头致谢。立刻表示，已经与同仁们商议好了，给李调元开出的束脩是每年二百四十两银子；若因李调元任教，生源增加，一定会相应增加束脩。

李调元答应，明日即往通州，接受教职。待送走俞东村，李调元把胡氏、芸儿、香儿以及李朝隆叫进书房，把这些日子以来的种种境遇说了一遍。

最后他说，有了这笔进项，日常开销也够了。至于举家还乡，等秋后租粮归仓，朝隆可先回蜀，只留下一年口粮，其余全部售卖，当不愁盘费。即使今年歉收减租，也无所谓，把这座房子买了，也能还乡。

十六

翌日，李调元偕香儿带上行囊，告别家人，往通州去了。

俞东村见李调元带着如花似玉的小妾，顿觉原来收拾出来的那间房子不太合适，赶紧叫来管干，让他把自己住的那套一进二的房子收拾出来，供李调元和香儿居住。

这套房子，在书院最南端的一栋楼里，非常安静。四栋小楼，合成一座小院，所有的藏书都在这里，也按经、史、子、集，各占一楼。

待安顿下来，便是集会，喜迎李调元来此任教。没想到，极擅经营的俞东村竟然请来了通州各界人士，更不乏政商名流，与师生们一起，静悄悄候在宽敞的礼堂里，齐刷刷一片，座无虚设。

当李调元被让进礼堂大门时，一片激烈的掌声忽地响起，所有人立刻起座，无不望着李调元。

他看见了许多曾与他有过交集的面孔，充满热忱，充满期待，更是充满敬慕。猝然之间，他竟有回到故乡，面对父老的亲切。

是的，他们不在乎流言，不在乎中伤，更不在乎沉浮。他们唯一在乎的，是他以这种方式回到这里了。

当掌声息落，俞北村让他说几句时，他忽然像一个受尽委屈的孩子，终于见到了父母，忍不住掩面痛哭。

掌声再次涌起，如绵绵不绝的潮水。他知道，此时此刻，他们唯一能做的，是用这滚烫的掌声把他包裹起来，呵护起来，让他体会到古道热肠，以及从未改变的信任。

很快，李调元任教潞河书院的消息不胫而走，通州所辖各府县的子弟纷纷来此就读。甚至不乏远道而来的追慕者，包括京城，包括天津，包括河南诸府。

此前默默无闻的潞河书院很快声名鹊起。来此求学的子弟与日俱增，书院已不能容纳。俞东村忙着会见州府官员及各界名流，欲募化资金，准备扩建。

李调元却给他泼了一瓢冷水，说自己来此任教也不过权宜之计，回蜀还乡，是自己最后的意愿。

俞东村当然无话可说，但书院如此兴盛，哪怕只是昙花一现，也值了。

因生源大增，书院收益远超以往。俞东村召集监院、主讲、副讲、堂长、管干等，商议给李调元加薪。众人毫无异议，一律表示应该。但当俞东村请来李调元表明意思时，却被他一口回绝，说自己那份薪水已经高过同仁，再取即为不义。虽然自己一家困居京城，比任何时候都需要银子，但君子爱财，取之有道。这是自己毕生的信条，望勿强与。

恰值乡试在即，为了报答通州父老，李调元放弃自己最喜讲授的诗文，在征得俞东村同意之后，将来此求学的几十个生员都挑出来，另组一班，专授举业。

他把自己从县试到省试，再到会试、殿试的成与败，以最简便的方式，一一教授给他们。其内容，也包括他从不喜欢，但科举试题必须取材其间的经学。

经一月有余的精心雕琢，生员们拜辞这位名满天下的恩师，往直隶赴试。

李调元如同等待李朝础是否中试一般，等待他们的消息。终于到了霜菊暗开的时节，他正在这座小院里与香儿品茶，忽听俞东村的声音传来，中了，都中了！

李调元忽然搁下茶盏，转身回到自己房里，把门死死关上。俞东村大呼小叫闯入小院时，不见李调元，只有香儿还在那里坐着。他明白过来，要去敲门，香儿赶紧将他拉住，把手指竖在自己嘴边。

来潞河书院求学的生员无一人落榜，此消息犹如一夜春风，吹遍燕赵。此后，来书院求教举业的生员更是络绎不绝，多不胜数。

俞东村担心，若李调元离开，这番兴盛也会随之衰落，又不便强留，故此反而忧心忡忡。李调元看出了他的担心，让香儿准备酒菜，把俞东村和专授举业的宋言秋请来。

宋言秋曾中过举，于此教授举业已二十余载。席间，李调元说："恕我冒昧，自此以后，书院举业仍归宋先生主讲，而我愿将心中所得与宋先生分享。"

二人有些迷惑，不知该如何分享。李调元朝宋言秋一揖说："若宋先生不弃，我愿与先生就举业种种，先行磋谈，宋先生再登讲坛。如此，则最多年底，我之心得，当尽为先生所用。"

宋言秋赶紧站起，向李调元深深一揖，极其感激地说了一番话。俞东村也舒出那口气来，同样向李调元一揖说："雨村先生用心之良苦，实在令人感佩！如此一来，不仅书院兴盛有望，通州弟子亦将受无穷之益，真是一件大功德！"

就在这些天，李朝隆却送来了李朝础再次落榜的书信。李调元不禁为此自责，想到这些年来，自己总是忙于官事，或忙于著述，很少有暇课子。但转念一想，落榜未必非好事，自己三试皆中，跻身仕途，最终却落得如此下场，年复一年的寒窗苦读，岂不等于白费了功夫？

遂叫香儿磨墨，欲给李朝础写一封信，予以劝解。当他提笔欲写时，又觉千言万语，竟不知从何说起。最终，只写下了两句话——

诗书甚可读，仕途不可入。

又写下一行小字："为吾子朝础乡试落榜而题"。

站在一旁观看的李朝隆不禁疑惑："读书不就是为了入什么，父亲何故如此说？"

李朝隆数次县试落榜，对应试早有了难以述说的恐惧。父亲写下的这两句话，似乎不仅适合再次落榜的兄长，也是对他的抚慰，不禁眼眶一热，洒下两行泪来。

李调元将笔搁下，望着窗外。小院一角，有一个小小的花坛，栽着几丛金菊，开得正艳。李调元看了一阵那些在微风中摇曳的菊花，近乎自语地说："如果为了登科，读书就是件苦事；如果不为出人头地，读书就是件难得的乐事。要是能重来一回，我宁愿选择后者。"

不知不觉，又一个岁末即将来临。李朝隆已从家乡来至京城，却仅带来一百余两银子。盖因今岁大旱，到秋收时节，又阴雨连月，稻谷大量歉收，所有的佃户无不请求减租。故此，入仓的粮谷仅有往年一成左右。

看来，只有卖了京城的房子，一家人才能还乡。李调元的意思，待书院年底放假即辞去教职，回京卖房，筹措盘缠。遂命香儿早早收拾行李，只待假期。

属于自己和李调元的日子眼看将要结束，香儿格外失落。当初因胡氏要侍奉太夫人，芸儿要照顾胖哥儿，都不便随李调元来通州。经一家人商量，由香儿陪他来这里任教。

在这座幽静的小院里，他们度过了许多相依相偎的朝朝暮暮，虫声幽月，雪夜霜晨，而白发红颜，总是相映成趣。当要离开这里时，那种依恋和不舍，可想而知。

正在此时，忽有两个小黄门来到书院，宣皇上口谕，命李调元即刻入宫面圣。

已经非官非吏的李调元何承想到，自深宫发出的君命会再次到达，使他无力抗拒。

他只好嘱咐香儿，代领余下的薪水，租一辆车，自行还京。

一身布衣的李调元，被两个小黄门请上了一辆宫车，一路飞驰，直奔那座金碧辉煌的紫禁城。

他被引入了一座寝宫，但并无钟声，似乎是某种预示。叩拜赞颂，一如既往，但他的自称，已由"臣李调元"，变成了"草民李调元"。

这个自称，似乎带着某种深沉的幽恨。乾隆却毫不在意，比以往任何时候都和蔼可亲。只听他近乎亲热地说："起来说话吧。"

李调元谢恩，垂首恭立。

乾隆笑道："朕早有风闻，你去潞河书院任教，仅一月，便使三十余名生员全部于乡试告捷，真乃杏坛佳话，可喜可贺。"

李调元奏道："谢陛下称赞。"

乾隆一直盯着李调元，过了一阵，叹息一声说："事到如今，朕也不必瞒你了，且将这些年，朕的良苦用心，都告诉你吧。"

乾隆从李调元任职吏部考功司主事说起，到押送《四库全书》，滞留山海关，进退无路，因此获罪，以及远流伊犁，准三万两银子赎罪，复任通永道，一直到必须面见和珅为止。

226

这番讲述，几乎概括了李调元跻身仕途之后的全部履历。

停了一阵，乾隆说："自你当年扭住内掌太监高云从，声称面圣那时起，朕便牢牢记住了你。朕那时便已清楚，你是个无畏无惧的能臣，也是个廉臣。但你身上，心里，骨子里，藏着一股傲气，随傲气逸出于表的，是逼人的锋芒。"

乾隆再次停下，过了好一阵才继续说："朕明知那个小小河道司大使，不过一介走卒，而你拼死欲保其不就刑戮。朕偏要杀他，就是为了磨去你的锋芒。朕命你押书往山海关，扣住路引、文书，逼你落入绝境，也是为了磨你。远流伊犁，准以三万银两赎罪，又一定要你求见和珅，更是为了磨你。

"当朕得知你宁肯去通州教书，也不向和珅低头，朕顿时茫然无措。"

乾隆的声音似乎暗淡下来，如一盏风中的灯："至此，朕已经明白，傲骨铮铮是你的天性，既然随生而来，只能随死而去。但你须知道，不仅朕容不下你，这个偌大的朝堂容不下你，就算你回到尧舜时，回到三皇时，也容不下你。"那个声音再也无法从容，带着无尽的伤感或遗憾，"不是朕的错，也不是你的错，是这个浊流滚滚的世道的错。唉，天予朕英才，而朕却无力驾驭……朕对不起你……"

乾隆唏嘘饮泣，完全成了一个泪流满面的老人。

李调元早已动情不已，叩拜于地，泪如雨下，却只喊出了"陛下"两个字。

乾隆揩了揩泪眼，又说："回去吧，朕把三万两银子还你。有诗书，有家山，有庄田，那是你可以寄身的地方……"

李调元已经哭成了泪人，当皇子永琰把三万两银票递来时，他几乎无力接过。

第五章

一

虽然皇帝把三万两银子还给了李调元，但李调元认为，无论李朝础，抑或李朝隆，包括尚在襁褓中的胖哥儿，都不太可能以任何方式回到京城，留下这座房子已无任何意义。

腊月二十六，是家族团年的日子，无论在故乡，还是在京城，都是如此。不用招呼，更不用邀请，早早便往长房家去。

父辈，李化楠为长；兄弟，李调元为长。每逢腊月二十六，去长房那里团年，已成惯例。

据李氏宗谱记载，腊月二十六是先祖生日，族亲毕集，以示庆贺。恰好新年在即，遂以此日为团年日。

李鼎元、李骥元皆携妻小老早便过来了。先去太夫人房里拜年问安，然后于书房落座，品茗说话。女眷们则以胖哥儿为中心，把小家伙逗得一会儿哭一会儿笑。

胡氏、香儿在厨房里帮王嫂忙团年饭，只出来打了个招呼。太夫人已经穿上了一身崭新的衣衫，坐在堂上，看女眷们逗胖哥儿耍，自己笑得像个天真的孩子。

书房里，李调元首先把皇帝还了三万两赎金的事告诉李鼎元兄弟，接着，要兄弟二人告诉自己，为案子奔走，到底花了多少钱。二人不肯说，一再表示，作为兄弟，理当尽一份绵薄之力。

李调元知道他们不会说，于是取出房契，硬塞给李鼎元，说这座旧房子本就值不了多少钱，若急于变卖，一定会被人压价。而李骥元已有妻室，挤在一起未免不便，不如搬过来。这也是自己的一点心意，并非报答。要是推辞，就是看不起自己。

话说到这份上，二人几乎没有推辞余地，只好收下。

年前年后，几家人几乎每日欢聚，直至正月初五，几乎都在一场绵延的醉里。初六一早，李调元便去车马行租了十辆车，并买了几十口箱子回来，开始忙着收拾行李。

李鼎元、李骥元也来帮忙。首先把那些从广东押来的书，加上多年来于京城所购，共七千余册，并手稿、印版等装进箱子里，然后才是衣物、细软。总共装了近百箱，都码在阶沿上。

一家人都有些犯愁，这么多箱子，这么远的路程，这么大的阵势，难免不被人觊觎。

李调元似乎无所谓，只管去书房里坐下，看香儿把那些笔、墨、砚、镇纸等，往一条皮囊里收。李朝隆进来，有些迟疑地说："那么多箱子，恐怕路上有麻烦，是不是请几个镖师？"

李调元赶紧叫香儿把笔墨取出来，暂不收拾，笑对李朝隆说："你去找个裁缝，做一面白旗，镖师就有了。"

下午，李朝隆把一面白旗拿进书房里。李调元磨墨濡毫，于旗面上写下几行大字——

穷官落职且还蜀，九十余箱皆是书。

唯借英雄往来路，不伤足下草一株。

叫李朝隆找来一根七尺高的竿子，把旗子穿好，上路时，插在头车上。

初七五更，太夫人、翠儿及芸儿和胖哥儿坐上了一辆铺有软垫的厢车，胡氏、香儿、王嫂则坐上那辆仅装有衣物和细软的板车。李调元把那面白旗亲手插上头车，自己步行居前，李朝隆断后。在寒星冷风里，十几个车夫拉上十几辆车，吱吱嘎嘎出了梁家园。

待李鼎元兄弟赶来送行时，已经人去楼空，仅那张书桌上留着一封信。他们一路追赶，直到追出城门，也不见人影。只好伫立城门外，有些茫然地望着那条向西蔓延的官马大道。大道上是看不尽的尘土和人影，纷纷扬扬，来来去去，无休无止。

或许因为那面迎风飘扬的旗帜，他们几乎过尽了一个花开花谢的春季，穿城过市，越山渡水，走破了好几双鞋，走完了所有的艰险与荒僻，竟未遭遇任何意外。

终于望见那片葱葱郁郁的家山了，李调元似乎忘尽了那座荣辱交错、悲喜相倚的京城，也忘尽了所有的得意和失意，更忘尽了那些劝告与中伤、怨恨与感激、坚持与放弃、忠诚与出卖，等等等等。甚至无法，或者不愿，记起二十多年以来，处处散落的任何一个细节。

他不知道，他落职归来的消息早已先他来到蜀中。正沉醉在回归故园，日日与亲族欢聚的喜悦里，一个来自绵竹的访客，敲开了这座新居的院门。

来者姓孙名雪峰，曾与李调元、陈蕴山等一同游学锦江书院。孙雪峰屡试不第，遂以开馆课徒为生。因座下弟子每有中试者，声名渐起。绵竹士绅纷纷出资，修起了一座书院，请孙雪峰出任山长。

当孙雪峰闻知李调元将回罗江，有心让山长与他，遂把自己的意思告知各位士绅。士绅们大为振奋，若李调元愿受邀，书院名声，几可与锦江书院相提并论了。

故人相见，自然是一场佳会，酒宴更是必不可少。有些忐忑的孙雪峰，直到有了三分酒意，才把自己的来意说了。

没想到，李调元一口回绝，不容商量。说了两个理由，一是自己半生宦游，不愿再离故乡；二是只想以平生所学，使家乡子弟受益。

见孙雪峰满面失望，遂请其参观那些父子二人所购，先后押回家里的书籍。上万册书码在几间屋子里。而此番从京城押回的书和书稿，实在不能挤上书架，只好仍然装在箱子里，摞在几张油布上。

李调元笑说："先父曾苦于蜀中书少，几乎用尽积蓄，购下许多书籍，欲使故乡子弟借阅。但多年来，先父与我宦游在外，无暇顾及，这些书只好锁入庭院，虽早早放出话去，但子弟们或嫌不便，鲜有登门借阅者。如今既然归来，当遂先父遗愿。故此，第一要做的，便是在庭院之外，建造一座藏书楼，把这一万余册书安放进去，使子弟们任意出入，再无所碍。"

孙雪峰不禁赞道："羹堂兄用心如此良苦，实在难得，可敬可佩！"

孙雪峰留宿一夜，翌日一早即要告辞。李调元挽留不住，送至十里长亭，牵柳而别。

回到家里，李调元即召胡氏、芸儿、香儿，并李朝础、李朝隆，把自己欲修藏书楼的想法说了一遍。胡氏等无不明白，依李调元的脾性，从不与人商量，也就是告知而已，自然没什么话说。李调元也不问，抬脚便往书房去，只叫香儿进来磨墨。

待墨色已浓，即裁纸取笔，写下"醒园"两个大字，交给李朝隆，命其找个匠人，制成匾额，悬在院门上。

又把李朝础叫来，一起去选看书楼地址。父子二人围着这座庭院走了一遭，停在一片竹林外。李调元看了看，知道这是庭院北侧，指着这碧云似的竹林说："把这些竹子移到东侧去，东属木，更宜竹子生长。"

这片竹林，是李朝础修造庭院时栽下的，几年下来，春笋连发，已然成荫。见李朝础不出声，李调元笑道："若是祖父还在，你把竹子种在这里，早就叫你移走了。书楼就修在这里，北方属水，正好克火，至少图个吉利吧。"

说完这些话，扭头便走，把李朝础扔在那片蝉声与鸟语合鸣的竹荫下。

因为那三万两失而复得的银子，家境毫无影响，建一座书楼算不了啥。

花了几个夜晚，李朝础把自己构造书楼的想法，都画在了一张纸上，请父亲验看。李调元等的就是这张纸，看了一阵，觉得无一不妥，心里不禁暗暗惊讶，这家伙要是丢下诗书，去做木活，说不定是千古不遇的巧匠！

唉，自古以来，通过读书入仕的人，永远只是极少数。无数学子，毕其一生都在做那个美梦。多少人因此毕生穷困，或家业破败，或子散妻离，真是可悲可叹。诚然，书能解愚，但学而优则仕，却简直类如一场骗局，不知毁了多少人！

待书楼破土动工后，李调元带上一万两银票，只身前往南部去拜会陈蕴山。

陈蕴山自京城归来，一直怅然若失。那块戈壁玛瑙，像一缕不肯散去的阴魂，紧紧将他纠缠，日里夜里，醒里梦里，那团幽柔的光华，总在他眼前。

他知道，自己并非后悔，并非痛心，而是因为，父亲半生以来，一次次远走新疆，一切都落在了那块玛瑙上。

他实在走不出那团红润的光色，被不依不饶，宿命般地围困进去。家人见他日渐颓废，几乎形销骨立，以为他得了病，或者中了邪，每欲请大夫诊治，总被他呵止。

万般无奈下，长子陈怀冰想了个主意，只说该杀年猪了，当请个端公来爨坛。陈怀冰的意思，一来借此嘱端公为父亲驱邪，二来欲博父亲一笑。

杀猪爨坛，是一方风俗，陈蕴山既不阻拦，也不出声。

于是请了个远近有名的端公。端公带上几个弟子，在庭院里摆开，先把那面铜锣捶响。远邻近舍听见锣声，扶老携幼都来围观。谁都知道，爨坛是第一赏心乐事，尤其是那个手持司刀，戴上面具的主祭，又唱又跳，总是逗得人哈哈大笑。

陈家是远近闻名的富户，虽不如从前，但瘦死的骆驼比马大，仅那座碧瓦参差的庭院，就盖过方圆百里的人家。依照习俗，来看爨坛的乡邻，都要在此吃一顿宴席。陈怀冰早有安排，欲用整整五头肥猪，办个五十桌。几个杀猪匠忙了大半天，将五头肥猪开膛破肚。待收拾干净，遂把一个几十斤重的猪头，交给主祭的端公。端公已把一尾鲤鱼、一只去毛的雄鸡，摆上了搭在院子里的供桌上，单等这个猪头。猪头献上，小三牲便已齐备。

于是端公戴上面具，焚香祷告，谓之请神。土地、城隍、梅山兄弟、财神、观音等等，包括先师、先祖，必须一一请到。待众神就位，端公竟然与各位神仙开起了玩笑，称为耍坛。所有的欢乐，也从这里开始。

端公舞着那把司刀，先跟土地神开玩笑，唱词、唱腔，都非常滑稽——

土地公公生得丑，一双矮脚横起走。

一脸胡子绕脚尖，一步一个大跟斗。

232

土地婆婆长得乖，柳叶眉毛桃花腮。

今天风轻日又暖，请和公公一起来。

……

歌未唱完，早已惹出一片开怀大笑。被陈怀冰请到阶沿上坐看的陈蕴山，也禁不住笑了。

随着爨坛一步步进入高潮，久陷抑郁的陈蕴山，在此起彼伏的笑声里，也渐渐释然，那一团不依不饶的红光，终于散了。

二

待李调元走进这座带着几分古意的庭院时，陈蕴山早已复原。二人相见，怎一番惊喜了得！

时当初夏，栽了后院的几树枇杷已然熟透。陈蕴山把一张爻几、两张椅子搭在枇杷树下，请李调元饮茶。李调元望了望头顶那些熟得几乎透明的枇杷问："蕴山兄的意思，莫非欲采枇杷佐茶？"

陈蕴山笑道："伸手可摘，丰俭随意。"

李调元摘下一颗，剥尽外皮，咬下一口，顿觉甘甜如饴，心都醉了。吃下这颗枇杷，咂嘴赞叹："就瓜果而言，我平生无所爱，唯有枇杷。可惜京都无此，与之相违，已二十余年了。"

陈蕴山笑道："枇杷又称仙人果，足见羹堂兄仙根未失。"

说笑间，李调元已啖去二十余枚，几上满是外皮和果仁。陈蕴山也不示弱，吃下的跟李调元几乎相当。

李调元打了个甜丝丝的嗝说："饱了，也醉了，且为蕴山兄暂省一顿酒饭。"

陈蕴山一笑，看着李调元问："羹堂兄是否还记得，你我相交，正是从枇杷开始的？"

李调元正伸出一只手，欲再采枇杷，听见这话，收回手来，说："当然！记得也是一个夏日，你和我，还有绵竹的孙雪峰、新繁的王心斋等，去青羊宫游玩。因口渴，恰见门外有人卖果子，有杏，有桃。孙雪峰出钱，各买了几斤。众人争食，独你我不吃。孙雪峰劝我，我说：'我只吃枇杷，余者皆不对味。'你立刻盯着我说：'我与羹堂一样，也只吃枇杷！'你我就往送仙桥那边一路走去，虽没见到枇杷，但彼此已算是真朋友了。"

二人就枇杷一路说下去，说到该用饭时，真吃不下去了。陈蕴山只叫温一壶酒，拌几样凉菜，也送到枇杷树下。

李调元终是忍不住，问陈蕴山到底花了多少钱，才把那些书稿和刻版，从和珅手里买出来。陈蕴山却说自己闲居无事，爱去江边看人撒网、垂钓。某日，一个渔翁一网下去，打起了一尾两斤多的鳜鱼。自己就买下来，回家剖鱼时，鱼腹里竟有一块红澄澄的石头，光润可爱，似是玛瑙。于是揣在身上，过了几年，竟越发可爱。求见和珅时，自忖无以奉献，欲以那块石头试试。谁知和珅两眼放光，爱不释手，竟一口答应了。

这番说辞，是陈蕴山特意为李调元准备的。李调元将信将疑，那张银票，始终未能出手。

欢聚数日，李调元告辞。陈蕴山挽留不住，送了一程又一程。彼此约定，待苦夏过尽，秋风送凉，陈蕴山再往罗江访李调元。李调元一再请其留步，陈蕴山只好与之相揖而别，站在路口，望着步步回首的李调元，直至那个身影，消逝在满目青绿里。

李调元一路走来，数日后，来到罗江县城。恰逢玉京山景乐宫道长刘虚静正四处化缘。盖因纯阳祖师吕洞宾诞辰将至，欲大祭，与李调元遇于码头。刘虚静与李调元为仙俗之友，曾多次邀李调元去景乐宫茗聚。

刘虚静极善抚琴，李调元曾赞其为蜀中之冠，并以此为留题。刘虚静力邀李调元去道观，看自己大祭吕纯阳。李调元欣然答应，遂与刘虚静渡江，寄宿景乐宫。

这场大祭，将于四月十四开始，但自四月初七始，便来了好几个戏班子，于道观外搭起一个戏台。大凡佛家庙会，包括道家的种种节庆，戏班不仅不会缺席，还往往喧宾夺主。善男信女，草草上过了香，都挤到这里看戏。

今年来此唱戏的共有五个班子，分别为昆曲、弋阳腔、皮黄、秦腔以及自爨坛演化而来的灯戏。除灯戏外，其余皆来自异域他乡。

这些年，外地来的戏班子一般都在大小码头行走，讨一口饭吃。罗江也是不容小觑的大码头，当然是各色戏班往来驻足的地方。

李调元本就是个戏迷，之所以随刘虚静来，也主要是冲那一台连一台的大戏。

初七上午，首先登台的，是一个被称作雅部的昆曲班子，剧目正好是《桃花扇》。李调元当年随其父居浙江秀水时，正是这出戏火遍大江南北之际。李调元曾买了一部《桃花扇》戏文，如痴如醉，如癫如狂，天天泡在戏园子，看了近百场，不仅能通本背诵，曲调也全部熟悉，唱得也有板有眼。

李香君出场了！李调元不禁鼓掌喝彩。似觉应和寥寥，不由四顾，只是一些看上去比较文雅的人显得同自己一样兴奋；那些相对穷苦、相对粗鄙的男男女女，却有些麻木，或者有些失望。他顿时明白，对于一般百姓而言，昆山腔可能有些曲高和寡。

李香君的唱腔响起，是一阕《秋夜月》——

香梦回，才褪红鸳被。重点檀唇胭脂腻，匆匆缩个抛家髻。这春愁怎替，那新词且记。

（见末介）老爷万福。

（末）几日不见，益发标致了。这些诗篇赞的不差。

……

那一阕唱词，被这个角儿唱得幽婉如水，清愁万转。如此看来，似比秀水那个李香君更令人心驰神荡。李调元不禁暗自垂泪，坐在一侧的刘虚静递来一方手巾。

直至戏终，李调元几乎洒尽了眼泪，那方手巾完全湿透。他忍不住问刘虚静："刘道长是否认识那个饰李香君的角儿？"

刘虚静说："说不上认得，但知道姓陈，是这家昆曲班子的台柱子。"

抬眼看时，那个姓陈的角儿已经到了台后。李调元赶紧过去，向姓陈的拱手一揖说："在下李调元，敢请陈先生去那边一坐。"

姓陈的一怔，立刻还礼说："久闻大名，失敬失敬！在下陈玉桥，且容我卸去戏装，再来拜会李羹堂先生！"

李调元高高兴兴回来，请刘虚静添座。不一时，已经恢复男装的陈玉桥笑吟吟过来，远远朝李调元施礼。李调元赶紧站起，一边还礼，一边请其入座。寒暄一阵，陈玉桥问："曾闻羹堂先生于京城任职，何故还乡？"

李调元笑道："宦海也是一场戏，该留的留，该走的走，该聚的聚，该散的散。李某就是那个该走、该散的人，剧情早已注定，如此而已。"

陈玉桥点头道："羹堂先生如此超迈，真不愧一代名士。只恐那些戏文里的风流才子，无一人能与羹堂先生相比。"

李调元却说："人也罢，戏也罢，世间万事也罢，其实演的都是自己。自唐虞以来，直至今日，所有的兴亡成败，所有的悲欢离合，说到底都是一场戏。"

陈玉桥不禁击掌赞叹："听先生一语，胜读万卷圣贤之书！陈某走遍大江南北，交人无数，亦不乏冠带君子，何曾听过如此高论！"

李调元说："玉桥先生演的是古人，李某演的是今人，若能彼此同台，岂非今生之幸？"

陈玉桥听出了意思，立刻站起，向李调元一揖说："若羹堂先生不弃，陈玉桥愿与先生义结金兰！"

李调元大喜，即请刘虚静做证，要与陈玉桥结拜。刘虚静将二人请入供奉关圣帝君的那座殿里，焚香而拜。

此时，弋阳腔戏班已经登台，高昂入云的唱腔飘入殿内，更如某种见证。刘虚静请二人叙齿，李调元正好长陈玉桥十岁。于是居长，继而拜天拜地，相互叩头。

在一派有些激烈，也有些怨恨的声腔里，二人相携入座。没想到，这出弋阳腔，唱的竟是《桃园结义》。刘虚静不由击掌说："哎呀，贫道若不与二位结拜，实在对不住这出如此应景的好戏！"

二人相视一笑，遂请刘虚静再去那座殿里。刘虚静年过六旬，居长。三人回座时，恰值戏中人刘、关、张撮土为香。

陈玉桥问李调元："兄台是否看过弋阳腔？"

李调元说："当然看过。"

陈玉桥请他说说对弋阳腔的印象。李调元以为，相比雅部，弋阳腔身段低了许多，更对大众口味，归入花部，适得其所。其实，雅部也罢，花部也罢，二者之间并无优劣；于观众而言，只有喜或不喜。

说到此处，李调元不禁心里一动，笑道："若使雅中有俗，俗中有雅，岂不为妙？"

陈玉桥不由望向观众，那些身着粗衣布衫的男女，已彻底进入戏里，或哭或笑，全不由己；此前为昆曲所迷的人，却有些漠然，似乎只在戏的边沿游走。

此时登台的是灯戏，自始至终，台下就是一场火，整个玉京山似有倾颓入江的危险。陈玉桥注意到，李调元始终不笑，若有所思。

到掌灯时分，五台声腔各别的戏全部唱完，刘虚静请陈玉桥留下，陪李调元饮宴，说自己奉的是全真道教，不沾酒肉。陈玉桥非常乐意。一个小道早已买回几样卤菜，一壶烧酒，摆在孤临江上的一座钟亭里。

陈玉桥见李调元似有心事，遂问："兄台何故不乐？"

李调元看了他一眼，摇头说："相比昆曲之典雅，秦腔之丰繁，皮黄之柔媚，乃至弋阳腔之高旷，灯戏实在轻俗了一些。唉，可叹我川中无戏啊！"

这话却将陈玉桥引入了沉默，也不说话。过了一阵，陈玉桥说："其他戏种小弟不懂，不敢雌黄，但就昆腔而言，小弟却敢称行家。以我所知，自风月散人顾坚首制昆山腔以来，若非那么多失意科场的才子投身其中，恐怕也难有今日之盛。兄台乃一代俊才，文采情致，不输李笠翁、孔聘之、王实甫之流，若有志于此，何愁川中无戏？"

李调元看着陈玉桥说："实不相瞒，我已有此意。欲请玉桥随我去寒舍落脚，助我一试，不知意下如何？"

陈玉桥略一犹豫，站起，向李调元一揖说："兄台吩咐，岂敢不从。"

李调元大喜，赶紧还礼，忙说："有玉桥这话，此事成矣！"于是把自己的想法告诉陈玉桥。

李调元的意思，欲以灯戏为基调，将昆山腔、弋阳腔、秦腔、皮黄杂糅一起，成就川戏。但除昆腔外，其他戏种亦需有人精通，这就难了。

陈玉桥想了一阵，忽一敲几沿说："小弟想起一个人来，此人堪称百戏通！"

李调元忙请陈玉桥说出那人姓氏，家住何处，自己将登门礼请。陈玉桥说的那人，姓魏名长生，家住金堂，早年主攻秦腔花旦。后因年事渐长，便脱班还家，却把各戏种戏文、曲谱搜罗在手，二十余年沉浸其间，诸如昆腔、弋阳腔、皮黄之流，当然也包括灯戏，无不精熟。

前些年，陈玉桥随戏班于金堂唱戏，与魏长生一见如故，相聚数日。因戏班转走他处，才依依惜别。

李调元似乎如梦方醒，叹道："哎呀，怎就忘了此人！二十多年前，魏长生一行去京城唱戏，因其唱腔柔美，扮相俏丽，大为轰动。我也曾去戏院看过好几场，且为其题诗一首相赠。谁料多年过去，魏长生竟成了百戏通！真是机缘巧合，想必我之所欲，果能成就！"

三

二人说得兴味正浓，忽见刘虚静斜抱一张古琴，于月下走来。一个小道捧着一只香炉，跟在身后。到了钟亭里，刘虚静笑道："贫道愿抚一曲，为二位助兴，不知可否？"

李调元忽然记起，几乎每晚，刘虚静皆来钟亭抚琴，尤其月夜，更是非三更不止。于是赶紧站起，说："我等酒足饭饱，请仙童收拾收拾，且听道长指下清音！"

那个小道把香炉搁在亭栏间，将杯盘收起。李调元赶紧将那个大如拳头的香炉捧来，搁上石几。刘虚静将那张琴放在香炉边，朝二人笑道："二位见笑。"

一弯新月贴在天上，一团清幽幽的月华恰好涌入钟亭，落在琴面上，一片薄薄的柔光氤氲而起。小炉中吐出的缕缕淡烟，也逸上琴面，绕住琴弦，不肯散去。

李调元、陈玉桥斜倚亭栏，望着一人一琴一几，不敢出声。刘虚静两眼微闭，那头白发，仿佛一挂被收住的流泉，绾在头顶，月亮照上去，似有轻烟微起。

过了好一阵，刘虚静缓缓抬手，十指轻张，终于落上琴弦。月光，琴声，炉烟，都在十指间缠绕，缤纷不息。

此情此景，此琴此声，已非人间况味。这座高临江渚的玉京山，似乎已远离尘世，飘飞于浩浩夜风之中。那条万古不息的江，也在轻轻高涨，漫向夜空，漫向无边无际的虚无与缥缈。

一曲已终，但李调元、陈玉桥却一动不动。琴声仿佛一派望不到头的烟花，他们迷失其中，根本无法走出。

忽听刘虚静笑道："李雨村曾赞贫道琴技为蜀中之冠，而以贫道看来，李雨村文采，亦当称雄一世，陈玉桥于昆山腔，也是其中翘楚。如此说来，今夜乃三绝相会。恰好，近来贫道自制一曲，名曰《三山弄春》，真是巧极。且容贫道抚之，请二位指教。"

二人赶紧拱手，仍倚亭栏，望着已无半点尘俗之气的刘虚静。

浸在月光里的刘虚静似乎变得轻快起来，手指也更加灵动，指间溅起的似乎不是琴声，而是水珠。水珠里迭现的，是一道道岩壁。岩壁深处，水珠正在聚集，正在寻找出路。它们找到了属于它们的岩缝，并从岩缝里浸出，如一条条丝线，轻轻落下，泻入山谷，汇成小溪。

小溪沿着山谷一路走来，扬起缕缕轻盈的水汽。水汽沿山麓缓缓升腾，轻轻弥漫。在薄弱的水汽里，冰雪正在化去，枯索的草木正在苏醒，沉睡的鸟儿睁开了眼睛……溪水从山上来，要回归山中去。

当溪流以水汽的姿态，完成最深情的回馈时，春色也轻轻泛起，一点一点，如飞溅的雨滴。

雨滴飞溅不停，越来越急，越来越绵密，越来越宽广，无休无止，终于化成一场辽阔的春雨。

春雨里已是一片浅绿，浅绿不断叠加，不断变深。

待雨过天晴，山上山下，花正在开放，草正在舒展，一切正在复活。

藏在林间的野雉、金鸡、画眉、杜鹃、青鸟……如幽魂般飘飞，它们的合鸣，如同一场最热忱的赞礼。

躲在洞里的狐狸、兔子、鹿、獐、熊、豹、狮、虎等等，乃至每一条从僵死到再生的虫，都跳了出来，只为这一场春的盛宴……

琴声早已停止，李调元和陈玉桥还在满山春色里，似乎不愿归来。

李调元已无心看刘虚静大祭吕纯阳，只想早些去金堂拜会魏长生。

景阳宫有十几间客房，专供远来的香客或云游的道人居住，收拾得非常整洁。李调元邀陈玉桥抵足而卧，陈玉桥却说："最好回戏班去，趁早把话给班主说明，他也好安排。"

李调元担心班主不放人，或者陈玉桥迈不出那道人情的门槛。陈玉桥却说："兄台勿忧，去意已决，无人挽留得住。况且我带了几个徒弟，早该出息了，只因我在前，压了他们一头。加之我已年过不惑，也该给自己找条归路了。"

陈玉桥所在的昆曲班子在禹王宫落脚，需呼渡过江。到了岸边，陈玉桥一再请李调元止步，说反正明天还要相见。

翌日一早，李调元还没起床，刘虚静就来敲门，说三弟陈玉桥已经来了。李调元赶紧起来，心里却有些疑惑，这么早就过来，未必班主不放人？

匆匆出来，抬眼一望，刘虚静已去了钟亭那边，正专意吐纳。陈玉桥挂着一个包袱候在景阳宫外。李调元赶紧上去相见，忙问："如何？"

陈玉桥凄然一笑说："徒弟、班主答应得非常痛快，巴不得我走呢。唉，老了，是该放下这碗饭了！"

李调元劝道："玉桥不必感慨，你我联手，别创戏种，此功此德，绝不逊于粉墨登场！"

陈玉桥点了点头说："我想了一夜，欲请仁兄先一步回去做好安排，我替仁兄去金堂走一遭。请仁兄给魏长生写一封信，凭仁兄的名头，魏长生肯定不会拒绝。"

李调元遂去刘虚静那边求取笔墨。刘虚静只好收功，把他们带入自己房里。李调元研墨取纸，给魏长生写了一封信。

两个小道送来几个馒头，一钵米粥。三人匆匆吃过，李调元、陈玉桥一并告辞。二人在玉京山下分手，各自去了。

傍晚时分，李调元已近家门，望见那片竹林，果然已经移去东边，地基也眼看毕工，一块块基石已嵌入地下，不禁大为高兴。

胡氏见李调元回来，立刻吩咐王嫂再做两个菜，温一壶酒。李调元先去太夫人房里请安，把特意买回来的一封点心、一封柿饼递给翠儿。太夫人笑得如灯火晃动，连说："羹堂是个大孝子，我虽没生你，你一直把我当亲娘。"

说着说着，竟流下泪来。李调元赶紧劝慰，剥了一颗软糖喂进太夫人嘴里。太夫人一边抿着那颗糖，一边含混地说："我是高兴呢。"

那笑果然明亮起来，也有了许多甜润。李调元嘱咐翠儿几句，才往客堂里去。

一家大小都候在这里，胖哥儿居然张着两只小手，向他扑来。李调元双手接过，往胖嘟嘟的小脸上亲了一口，胖哥儿笑得都有些回不过气来了。

胡氏忙说："莫逗了，谨防把风喝进肚子里！"

李调元笑道："好好好，不逗了，要听管家婆的话。"

遂把胖哥儿还给芸儿。王嫂恰好过来，说饭菜好了。李调元转向胡氏说："去把朝础、朝隆都叫来，一起吃吧。"

不一时，胡氏回来说："朝础、朝隆都吃过了。"

李调元脸色一沉："吃过了也来，陪我喝杯酒不行？"

胡氏只好再去。翠儿端着一张条盘，从厨房里出来，经饭堂里过。李调元知道是送给太夫人的，太夫人坚持不上桌，说是李家的门风。任李调元如何劝，都不肯答应。

李调元叫翠儿过来，见条盘里有一碗南瓜米饭，一小钵芸豆烧猪肩，一小碗膘子蒸蛋，一碟切碎的素炒青菜，便皱着眉头问："为何不炖汤？"

翠儿忙道："鸡汤、老鸭汤、鱼汤、猪肚汤、菌汤等，太夫人都喝腻了，隔天才熬一回。"

李调元点了点头，示意翠儿端走。这时，胡氏、李朝础、李朝隆一并走来，两个儿子便向父亲问安。待李朝隆斟满三杯酒，李调元环顾一眼，说了三件事。

其一，如今家里并不缺钱，不必过得那么寒酸。这么大个家，人手少了不行。比如厨房，王嫂既要忙活一日三餐，还要为太夫人另起炉灶。庭院内外的花木，也需有人修剪、浇灌。何况还有菜园子，还要养猪等等。仅挑水、洒扫，都得有一个专人才忙得过来。故而，把那些先前辞了的人手都请回来。

其二，打算在佃户子弟间，选一批眉目清秀、聪明伶俐的男童，一边教他们识字，一边教他们唱戏，待时机成熟，再一分为二，一为雅部，一为花部。

其三，过些日子，陈玉桥、魏长生会住进这座庭院里，需早做安排，最好把挨近书房那边的厢房收拾两间出来，添些用具。

至于第一件，胡氏立刻做了安排，让李朝础明天就去把那些人手请回来。第二、第三件却无人出声。

李调元明白，这事于家人而言不免有些唐突，更知道他们是以一致的沉默表示不解或反对。于是一笑说："你们不去算了，我亲手去收拾。"

胡氏看了两个儿子并芸儿、香儿一眼："说你是老爷，咋能让你动手，还是我和朝隆去吧。或者等人手齐了，再收拾也不迟。"

李调元举起酒杯，看了看李朝础和李朝隆说："来，喝酒。"

二人赶紧举杯，但明显有些迟疑。这酒便喝得有些寡味，席上也无人说话。李调元把杯子一搁说："国是一台戏，家是一台戏，以往是一台戏，而今也是一台戏。你们每个人，也包括我自己，哪个不是戏中人？"

撂下这些话，便往书房里去。他知道，自己这一走，他们才敢议论，那就给他们机会好了。

他没有掌灯，一抹月光透过窗纱泻进里，洒下一片水似的光。把窗纱撩起，把窗扇彻底推开，月光明确起来。月下是后花园，开花的季节已过，仅有一株石榴，挂着一朵朵将开未开的花蕾，恰如一些等待点燃的灯盏。

记得十岁那年，在那座老宅里，也是这个季节，父亲领他去后花园行吟。那里也有一株石榴，也是欲开未开。父亲触景生情，吟起了东坡先生的名句——石榴半吐红巾蹙。

吟完此句，却打住，望着他。他当然明白，是要自己接吟。于是朗声诵道——待浮花浪蕊都尽，伴君幽独。

忽然想起，既是花园，就该四季有花。这园子里红梅、蜡梅、海棠、玉兰、桃李、牡丹、芍药、金桂、银桂、月桂、紫菊、金菊、白菊等，应有尽有。当然还有这一树石榴，还有一方荷塘，塘边有幽兰，有水仙。但独独不见槐树，槐花不正是开于夏日吗？

不免得意地说："以我之见，应该栽上几棵槐树。槐花如玉，比石榴更有君子气。"

父亲却笑道："你个小屁孩，满嘴里胡说。槐字，木旁之鬼，哪个敢栽到花园里来？"

想到这里，不禁一笑，当年情景，如在昨日。

四

李调元沉浸在这团往事般的月华里，不知过了多久，门被轻轻推开，一个人走了进来。

他回头一望，是穿着一条薄裙的芸儿。李调元知道有人会到这里来，以为应是胡氏，或者香儿，没想到是久未亲近的芸儿。于是笑问："胖哥儿呢？"

芸儿脚下如莲，一边飘来一边说："睡了，这些天都跟姐姐睡的。"

李调元顿时明白，被自己称为管家婆的胡氏，意在雨露均沾，也算用心良苦。芸儿像一场久旱之后的急雨，迎面扑来。二人紧紧相拥，有些天昏地暗。

过了一阵，李调元将她推了推，借着月光，看着她问："他们呢？"

芸儿有些气喘吁吁地说："都睡了。"

李调元点了点头，又问："他们说了些啥？"

芸儿将了将腮边的长发说："一句话都没说。坐了一阵，朝础、朝隆都回去了。胖哥儿也睡着了，姐姐就抱过去。香儿也去了自己房里。"

李调元便挽起芸儿，去了芸儿那间睡房。房里熏着一炉香，清新透骨，暗含几多期许。几番雨疏风骤，芸儿一边替李调元擦汗一边说："都五十好几的人了，还像个年轻人一样！"

李调元立刻扭过头来，看着芸儿问："这么说来，你见识过年轻人了？"

芸儿一窘，往他肩上轻轻打了一拳，嗔道："好你个李羹堂，竟然这么坏！"

李调元把那只手一把捏住，轻轻一扯，把她扯进怀里说："这川北一带有句俗话，男人不坏，女人不爱。"

打闹一气，芸儿摸着那一蓬许久未曾修剪、早已花白的胡子问："你去陈蕴山那里走了这一趟，咋就想起要建戏班子了？"

李调元知道，这不仅是芸儿想问，胡氏、香儿、李朝础、李朝隆等，都想问。

他叹息一声说："戏的本义是三军之偏，又曰兵。或有那些未遑抱负的英雄，胸有甲兵百万，志在千里之外，然天不与其时，世不与其势，无奈之下，驱仆使婢，如沙场争战，击鼓而动，鸣锣而止。此间之乐，实非他者可比，于是便有了戏。"

说到这里，不见芸儿出声，以为睡过去了，便耸了耸那只被她倚住的肩。芸儿轻轻一扭身子说："我在听呢。"

李调元拍了拍她的脸，又说："记得五岁那年，一早起来，先母为我穿上一身新衣，家里一个老仆就要送我去见塾师。先父老早就等在院子里，见我走来，摸着我的头顶说：'我送你两句话，千万要记住——七尺男儿，当胸藏五车书，腰悬三尺剑；上能辅圣明之君，下能平凶顽之敌。'

"先父这些话，是一盏明灯，照亮了十年寒窗之路。我也坚信，我李调元读破万卷，博知今古，出能为上将，入能为良相。但几十载官场生涯，或进或退，或沉或浮，耗尽了年华，也耗尽了热情。到头来，只落得个失意而归。如今，万卷书仍在，修齐治平之策却未曾一用。思来想去，唯有把那些未遂的壮志，未逞的怀抱，放进一出出戏里，才会真正安心，才会真正释怀。"

李调元顿了顿，抬了抬肩问："我说了这么多，你听得懂吗？"

不见芸儿答应，但肩上忽有了一抹湿热。遂伸出另一只手，把那张脸捧起，看见的是一双红红的泪眼。于是把她搂进怀里，想了想问："你为何哭了，是觉得我可怜吗？"

芸儿抽了抽鼻子说："我不是这意思，我只是想起了小姐。小姐读了那么多书，要是她还在，天天陪你，你就不会孤独，那该多好。"

这话，忽然把他拉回到那些已渐渐遥远的往事里。他转过身去，一口吹灭了灯。

那一抹月光，被一帘轻纱挡在外面，似乎隔着阴阳。屋里仅余一片极其模糊的淡光，顿觉幽深了许多。在被轻纱相隔的月下，马氏，那个叫芙奴的二姐，以及那个寡居的俞氏，正从远方走来，越过重重关山，来到这里，来到这片淡光下，与他夜话，或者相视一笑……

早上，李调元故意比任何时候起得晚，他相信，这庭院里所有的人，都在等芸儿的话。

来敲门的是香儿，说太阳都三丈高了。他这才起来，去外间洗漱。早饭已经上桌，一家人说说笑笑坐在那里，都在等他。他知道，芸儿已经将那些话给他们说了。自己是他们的依靠，也是他们的主心骨，他们必须，也只能围着自己转。

刚吃完饭，李朝础已把那些半年前辞去的婢仆全部请了回来。李调元赶紧出去，仿佛亲人相见，彼此问候，说了好一阵话。还是按照以前的样子，各司其事，不用分派。

修造书楼的匠人都在李朝础那座院子里落脚，酒饭也安排在那边。

这座巨宅共分三院，成倒品字，从正门进来，两座独立的院落相对，一东一西，东属李朝础，西属李朝隆。两院之前，都是花坛；之间是一片宽阔的甬道，过尽甬道是七步石阶，石阶之上是后院。后院更大，几乎等于东西两院相加。一片石板嵌成的院坝，宽约一亩。院坝四周也是花坛。茅厕、猪圈、牛栏等，都在围墙一角。后院两侧，是两排青砖砌的平房，一边是厨房，也供女仆居住；另一边是男仆的住房，空出的几间，则堆放所有的杂物。

后院之后，是后花园；花园之后，是一块更大的空坝，用于晾晒谷粮。几幢仓房也修在这里，便于出入。

李调元昨夜回家时，没来得及跟匠人们招呼，此时便拿上一捆上好的旱烟，去工场里与他们相见。

对于这些匠人来说，李调元是个只可仰慕、不可接近的传说，此时居然就在咫尺之间，居然还给他们拿来一捆旱烟，他们的惊喜、局促、无所适从，可想而知。和匠师们说了一阵话，他便把李朝础叫来，说：“既然那些婢仆都回来了，你今天就不做饭，叫匠师们都过来，我招待大家。”

回到后院，见胡氏正在给两个下人说话，便笑道：“管家婆，赶紧安排，今天都在这里吃饭。”

胡氏笑说：“哪用你操这份闲心，我正在安排呢。”

两个下人也是厨子，一个拿着钱，去买鸡鸭鱼之类。另一个去了厨房，与王嫂一起忙了起来。胡氏随李调元步入正堂，李调元让她坐下，想了想说：“如今人也多了，事也多了，请个管家吧。”

胡氏一笑，却说：“有现成的呢，哪里用请。”

李调元看了她一眼，笑了笑说：“我明白，你是说朝础。也罢，看得出来，他已无心功名，就把这个家交给他吧。人哪，总得有个安心的地方。"

两人正说着，李朝隆提着满满一条布袋进来，说是刚刚出来的夏茶。他把布袋搁在几上，就要去厨房那边提开水来沏茶。

李调元忙说："不必，正有事要叫你去办。"

李朝隆恭恭敬敬站在一边，等候发话。

李调元说："你马上出门，到各佃户那里走一趟，只叫当家的到这里来，就说我有事找他们。"

李朝隆当然明白父亲的意思，却不动，看了看他，有些迟疑地说："那些佃户都指望后人有出息，能光宗耀祖。若是让子弟来念书，那不用说，不仅会来，还会感恩戴德。要是教他们唱戏，恐怕就难说了。"

胡氏深知，李调元从来说一不二，几乎不容任何人商量，生怕李朝隆激怒了他，忙给李朝隆使了个眼色说："叫你去你就去，说那么多做啥？"

李调元果然脸色如铁，盯着李朝隆说："我李调元堂堂天子门生，我都不怕，他们怕啥？你只管把他们请来，我自有办法说服他们！"

李朝隆只好奉命去了。李家的佃户一共二百余户，除了种庄稼的，也有几家租营茶山，那一袋夏茶，就是一个茶农送来的。

李化楠、李化梗、李化樟三兄弟分家时，茶山大多分给了李化樟，李化楠与李化梗各只分得二十余亩。

佃户们分散在方圆三四十里间，挨家挨户走下来，至少需要两天。

五天之后，依照约定，二百多个佃户相继来了。李调元提早吩咐李朝础做好安排。一早，李朝础先把建造书楼的匠师们安排好，便到后院来，叫婢仆们在那块巨大的晒场上搭了二十余桌，让李朝隆不问他事，只管招呼。

一应仆人暂且放下各自的事务，都去厨房那边，司炉、司灶、司茶等。待李调元来这边看时，一切已经就绪，且井井有条。不禁感慨，这家伙果然是个极擅理家的料。看来，那句老话应该改一改了，知子莫若母才对。

正好用上了李朝隆那天提来的一袋子夏茶，夏茶远比春茶耐泡。这么多人，一人一碗，也需好几斤茶叶。

佃户们十人一桌，几乎围得满满的，只在最东头空下一桌，那是留给东家的。泡茶添水、送酒菜上席，自然是女仆们的事。

待酒菜全部摆好，李调元才在两个儿子的陪伴下，不紧不慢走来。晒场里顿时安静下来，佃户们纷纷站起，弯腰、作揖，或者既弯腰又作揖。他们虽是佃户，但主人是大名鼎鼎的李调元，这是非常光彩，也非常值得夸耀的事。

李调元走到桌边，请众人落座。佃户们见这个贵为进士的主人不坐，哪个敢坐。李调元只好开门见山，说了自己的打算。

二百多人似乎都遭了雷击，死死望着这个体面至极的主人，几乎喘不过气来。李调元并不诧异，如果他们立刻答应，那才奇怪。

他用地道的川北土话说："我晓得，你们脸朝黄土背朝天，莫日莫夜地忙，除了养家糊口，还指望自己养的儿子有出息。哪怕吃糠咽菜，也要把娃儿送到学堂去。指望他们考个秀才，中个举人，最好中个进士。"说到这里，笑了笑，指着一左一右的李朝础兄弟，又说，"我李家也算书香门第，这两个儿子从小念书都不下十年了。李朝础好歹考了个秀才，但至今都没考上举人。李朝隆考了好几回，连个秀才都没考上。"

那些眼睛在李朝础、李朝隆身上左右走了一遭，仍回到李调元身上。

李调元知道，二百多颗人心已经悬了起来，于是接着说："考个秀才、举人都这么难，何况进士。先说秀才，就算你中了，也当不了官嘛，还要岁考，岁考不过，立即除脱，等于白费了那么多劲。至于举人，你基本上想都莫想，全省的秀才都去，上榜的也就百十来人，何况三年一次。至于进士，那简直就是癞蛤蟆吃天鹅肉了。全国有多少举人，也是三年考一回，上榜的也就二三百人。这二三百人中，只有排前三的才立刻封官，其他都不封，选几个名次靠前的去翰林院继续读书。其余只好回家，该干啥干啥。先君和我，从弟鼎元、骧元，能考中进士，那真是祖坟冒烟了。朝础、朝隆考不上，那是祖坟上的烟冒过了。"

那些因疑惑而绷紧的脸终于松开，笑了起来。

李调元接着说："大道理我不讲，只说几句实在话，你们把娃儿送来，我包吃包住包穿衣，还教他们识文断字。最多五年，他们就会给家里挣钱了。"

那些脸虽然已经绽开，但依旧罩着一层疑惑。李调元笑了笑说："我晓得，你们嫌戏子是下九流。那我就告诉你们，那些执公权于人前、谋私利于人后的东西，他们才是下九流！戏子靠本事吃饭，哪里下贱了？"停了停又说，"话说回来，我李调元都不怕，你们怕啥?"

是啊，堂堂李调元都敢唱戏，我们这些穷人为啥不敢? 终于有人大声说:
"我家娃儿长得还算有模样，人也精灵，算他一个!"

举手说话的人越来越多，李调元数了一遍，差不多五十来个了，简直有些
喜出望外。

五

李调元越来越明白，这么干，不仅为了安放自己，更在以这种为体面人所
不齿的方式，跟这个充满伪善，充满欺诈，充满恶俗的世道过不去。

三天之后，五十个衣衫褴褛，年岁相差不大的男孩，齐刷刷一片，站在了
李调元面前。照先前计划，本来只需挑选三十个，雅部、花部各十人，其余十
人则习锣鼓丝竹，也是两套班子。但转念一想，既然来了，再叫人家回去，有
些不够厚道，那就全收下了。

李朝础安排得滴水不漏，五十个孩子，都分在前院居住，自己这边一半，
李朝隆那边一半，以免扰了父亲的清静。反正两座院落都足够宽敞，五个男孩
一间房，还空出好几间。

照父亲的意思，请了一帮裁缝来，忙着给这些孩子做几身像样的衣裳。

当五十个男孩都洗得干干净净，各自穿上新衣时，陈玉桥带着年近七旬的
魏长生也来了，还带了两口装得满满的箱子，都是戏文和戏谱。

李调元兴奋不已，邀二人去书房，把酒畅谈。翌日早上，把五十个男孩召
到一起，请二人过目。二人见都是些面目清秀，透着灵气的少儿，赶紧争着选
自己的弟子。

经商议，每日上午，由李朝隆教孩子们识字，一个时辰后，魏长生教自己
门下的弟子习花部，陈玉桥教昆山腔。剩下十来个，仍以魏长生为师，教习戏
谱及鼓乐丝竹。

闲下来的李调元，每日只在书房雕刻印版。忽然记起，要不了多久，这帮
孩子就要登台，居然没想起建一座戏楼!

正要去找李朝础，李朝础却推开了书房的门，把一张画着戏楼的纸，摊在了书桌上。

李调元看着李朝础一笑，本想说，要是天与其时，你一定是个难得的济世之才。但忽觉这话可能会刺伤他，便改成了两个字："很好。"

不知不觉，又一个秋季来了，书楼、戏楼相继竣工。忙了将近半月，终于把一万多册书安放进去。恰好那个专事洒扫的老仆李桂芝，曾做过李化楠的伴读，李调元便将书楼交给他，让李朝础另找人打扫庭院。

当初，李朝础欲把戏楼建在后院。李调元却说，最好建在围墙外，干脆与书楼相对，方便远邻近舍看戏。在穷苦人眼里，这就是座深宅大院，就算进来，也免不了心里发虚。看戏嘛，本来是件乐事，若心里不踏实，乐从何来？

此时，李朝础来到书房，请父亲给两座楼题名。李调元放下刻刀说："你是个秀才，楼是你修的，该你题。"

李朝础听了这话，心里似乎春风暗涌，但却不走，也不说话，明显有些不自信，或者不相信父亲的话。李调元又说："你那一手字，并不比我差，放开了写吧。"

难得听到父亲的夸奖，李朝础几乎落下泪来，却又问："不知该如何命名？"

李调元已经拿起刻刀，认认真真刻了起来，不再回话。李朝础等了一阵，悄悄走了。约一个时辰后，拿着两张题名过来，双手递给李调元说："请父亲赐教。"

李调元接过，认真看了一阵，说："嗯，万卷楼，好；万年台嘛，也好。只是两楼相对，若能彼此对仗，更好。不过，这样也行。字确实写得端稳，既古朴又厚实。我让你写，恰是因为你的字更适合题匾。正好，好几处找我题名、写碑的，都算你的吧。"说着，从抽屉里取出一沓字纸，递过来说，"三通记事碑，两通墓碑，外加一通功德碑；三家商号，两座庙宇，都是题匾。这是他们给的文稿，多半不通，你润润色吧。"

李朝础有些喜不自禁，双手接过，又问："戏楼名，还需吗么？"

李调元把两幅题名也递回去说："你自己做主，不用问我了。"

李朝础刚走，陈玉桥推门进来，笑嘻嘻地说："仁兄，你一定没想到，二少爷朝隆是个梨园天才！"

李调元忙搁下刻刀，问："玉桥此话怎讲？"

陈玉桥说："二少爷教完识字课，就把子弟们交给我和魏先生，自己站在一边看。只几天下来，不仅我教的他全部懂了，我没教的，他也揣摩出来了。看到着急时，忍不住给那些孩子示范，一招一式，居然全是那么回事。关键他长相尤其文静，若假以时日，我敢说，他比我强多了！"

这确实令李调元颇为意外，或许因为自己有些严厉，无论李朝础还是李朝隆，在自己面前都有些拘谨。正如自己，当年在先父那里也总是装得规规矩矩。看来，只要避开了父亲，或许所有的儿子都会是另一个人。

陈玉桥见他不出声，干脆把话挑明，要收李朝隆为弟子，若不应，其他那些孩子，他也不想教了，不如告辞。

很明显，这是逼李调元答应。

李调元想了想，问："这是朝隆的意思吧？"

陈玉桥一愣，赶紧否认："不不不，这是我的意思，与朝隆无关。"

李调元一脸认真地说："那就请玉桥先问问他，他若有意，我便答应。"

陈玉桥忙说："我问过他了，他非常乐意。"

李调元忍不住笑道："好啊，你们已经做起师徒了，才来我这里奏本。班子还没搭起，你两个倒先唱上了！"

其实，他心里忽然有些空，倏地记起那些随父亲客居秀水的日子。他沉溺昆曲，父亲曾谆谆告诫——琴无功戏无益云云。

今天，他与朝隆之间，是否是当年的一次重演？或者，他以这种方式，与这个令人绝望的世道抗争，是否真有意义？

不，既然是抗争，意义恰在抗争本身，并非结果。既不能以胸中所学，致君尧舜，拯济苍生，何妨借一方戏台、新旧人物，说尽古今成败、世态炎凉！即使唤不醒那些沉睡的心，哪怕只博得片刻一笑，使人暂时忘却那些化不开的仇怨与幽恨，也是一件功德！

想到这里，他缓缓站起，向陈玉桥一揖说："玉桥兄弟，朝隆就拜托你了。这孩子不是个读书的料，我也不想逼他。其实，人这一生，只要能把自己交代好，无论哪一行都一样。"

陈玉桥忙还礼说："仁兄放心，依朝隆之资质，料不出三年，整个梨园行都是他的江湖！"

今年风调雨顺，三千石粗谷已尽数入仓。李朝础早出晚归，除了留足口粮，余者都卖成了银子，入账近四千余两。此外，李朝础于罗江城里订制的鼓乐丝竹以及戏服、粉墨之类，也全部送了来。

由他题写的那些碑和匾，也颇获赞誉，远远近近，求的人越来越多。李朝础乐此不疲，也找到了足够的自信。

李朝隆随陈玉桥习昆山腔，仅一月下来，已能把一本《桃花扇》唱得有板有眼。

恰值桂子飘香，陈蕴山如约来访。李调元大喜，将魏长生、陈玉桥邀入花厅，饮酒闲话。魏长生与陈蕴山曾彼此闻名，一见如故；陈玉桥与陈蕴山同姓，也是相见甚欢。

得知李调元选了五十个子弟，习唱戏曲，陈蕴山顿觉讶然，但当着两个名伶，不便说话。李调元也看出了陈蕴山似有话说，笑道："蕴山兄乃我平生第一知己，今远道而来，长生、玉桥二先生，能否凑一台戏？"

陈玉桥忙道："我正有此意！不如这样，我反串侯生，朝隆扮香君，把那些净丑末的角色都省了，仅留生旦，串成一台。请魏先生司乐，不知如何？"

魏长生笑道："魏某极愿奉命。"

天色不早，二人告辞，去做准备。陈蕴山终于可以说出自己的疑惑了，看着李调元问："羹堂兄身为一代名士，乃人之楷模。虽然去职还乡，但远近左右，盯着你的眼睛何止千万。梨园行，从来被人视为下流，何故以己之贵，入彼之贱？"

李调元有些意外，想不到一向豁达的陈蕴山，竟也执此陈腐之说，一时似觉不好应答。想了一阵说："请蕴山兄看完戏，你我再说此事吧。"

傍晚时分，一家老小，包括太夫人，早早去书楼与戏楼之间的空地里坐下。李调元陪陈蕴山坐在太夫人一边，便于说话。

消息很快传开，陆陆续续来了好些乡亲。台上挂着几盏灯笼，已一一点燃，愈燃愈亮。魏长生在戏台左侧搭了一条凳子、一张条桌，桌上摆着一支曲笛、一把三弦、一张琵琶、一具唢呐、一具笙和两块连在一起的竹板，都是昆山腔必备的几样乐器。他先拿起曲笛，吹了一段如花一般的小曲，再把三弦横在怀里，调试琴弦。一身小生装扮的陈玉桥赶紧走出，拿起曲笛，轻轻吹响。魏长生朝他点头一笑，在笛声里扭动弦轴。调好三弦，再调琵琶，依的都是那支曲笛。

天色渐渐黑下来，戏台却更亮了。陈玉桥走到台前，说了一席话，还是花厅里说的意思，去净末丑，仅留生旦。待其退下，魏长生便将那支曲笛吹响，其悠扬婉转，令人心醉神迷。不一时，扮侯生的陈玉桥移步而出，一举一止，颇有玉树临风的意思。

李调元不禁赞道："陈玉桥工旦角，未料扮起儒生来也这般风流！"

陈蕴山只轻轻一笑，并不应和。太夫人却赞道："好俊的小哥儿！"

走完程式，唱腔随一段如珠落玉泻的三弦响起——

孙楚楼边，莫愁湖上，又添几树垂杨。偏是江山胜处，酒卖斜阳。勾引游人醉赏，学金粉南朝模样。暗思想，那些莺颠燕狂，关甚兴亡……

陈蕴山忍不住赞道："好一曲《恋芳春》！"

曲调已转入《鹧鸪天》，陈玉桥也渐入佳境——

院静厨寒睡起迟，秣陵人老看花时。城连晓雨枯陵树，江带春潮坏殿基……

李调元悄悄看向陈蕴山，见其一手在膝头轻敲，随的正是那个间或响起的竹板；两眼只在陈玉桥的举手投足之间。李调元缓过一口气，看来，自己这个平生难得的好友，已经入戏了。

丝弦声里，一个身似弱柳、顾盼多情的花旦，迈动莲花碎步，走了出来。太夫人又赞："这是哪家的孩子，这么俏丽！"

李调元凑过去说："这是您老的孙子梅官儿呢。"

太夫人盯着台上那个佳人，愣了好一阵，惊诧诧地说："哎呀，我家梅官儿生得好模样啊！"

竹板在弦索声里响起，清婉、柔丽的唱腔，也算落板落调——

香梦回，才褪红鸳被。重点檀唇胭脂腻，匆匆绾个抛家髻。这春愁怎替，那新词且记……

台上倩影轻动，水袖轻飘；台下寂然无声，人人如痴如醉。

六

这出师徒首演的戏，直唱到二更方罢。李调元早已暗暗吩咐，备一席酒菜，欲邀陈蕴山、陈玉桥、魏长生同饮消夜。

陈蕴山却坚辞，只说："走了好几天路，疲乏不堪，只想早些歇息。"

李调元无奈，只好将他送去客房，说了几句话，便到花厅去。陈玉桥、魏长生已在这里坐下，见李调元走来，赶紧站起。李调元忙道："不好意思，蕴山兄累了，我送他去客房歇息，失敬失敬。"

二人坐下，李调元端起酒杯说："二位先生辛苦了，一杯薄酒，勿嫌寡淡。来，敬二位一杯！"

陈玉桥忙说："不如把朝隆也叫来，毕竟初登戏台，既紧张又费劲，应该放松放松。"

魏长生笑道："玉桥这是心疼自己的爱徒呢。"

于是把李朝隆叫来。魏长生有些酸溜溜地说："像二少爷这种苗子，恐怕普天之下也难得遇上几个。可惜魏某没这么好的福分！"

这话说得几个人大笑，陈玉桥更是笑得有些得意。待李朝隆一人一杯敬完了酒，李调元看着他说："既然有心入这一行，就必须一条路走到底。若只一时兴起，或兴尽而止，还不如早点抽身。"

其实，直至此时，他仍有些疑惑。李朝隆站起，朝他一揖说："父亲的意思我明白。自从在通州的潞河书院，目睹父亲写的两句话——诗书甚可读，仕途不可入，我心里便松动了。父亲当时还说，如果为了登科，读书就是件苦事；如果不为出人头地，读书就是件难得的乐事。听了这些话，我心里的那个死结已经开了。父亲放心，我这辈子就认定戏了，绝不半途而废。"

253

李调元似乎放下心来，但仍不知到底是释然还是遗憾。陈玉桥一拍李朝隆的肩说："二少爷是老天赏的这口饭，就算不遇见我，或者不遇上魏先生，我相信你也会入这一行，这是天意。"

谈笑之间，魏长生说："依我看，玉桥先生应给二少爷起个艺名。"

陈玉桥立刻拜托李调元，李调元却说："我非其师，不能越俎代庖。"

陈玉桥想了一阵，说："依照行规，二少爷应该叫小玉桥之类。但我并非名满天下，不一定是条促其成名的捷径。"

李调元忙道："小玉桥多好，就这个了！"

魏长生也说："玉桥先生这是自谦，雨村先生非行内人，不一定知道。魏某却可称行家，自然清楚。这些年，有昆山腔五大花旦之美誉，你陈玉桥不是名列其中吗？"

小玉桥的艺名就这么定了下来。但李调元心系陈蕴山，不愿久饮，未到三更，便推说明日有许多事要忙。陈玉桥、魏长生也说明天尚需课徒，也不便再饮。于是散去。

几间客房，都在东厢二楼。因于此留宿的一般多是读书人，故而除设有床、榻、椅、柜、书案等，还设有笔墨纸砚。自这座庭院毕工以来，陈蕴山还是第一个住进来的贵客。

李调元站在院子里，望着陈蕴山住的那间房，几欲上去，还是止步。他心里明白，陈蕴山不过借故旅途劳累，其实，心里依旧不能接受自己筹办戏班。唉，算了，明天再与他慢慢解释。

这一夜，李调元心事重重，但又不知这些忧虑到底因何而起。也无心去芸儿或香儿房里，独自一人躺下了。

翌日一早，李调元正要起床，忽听有人敲门，香儿的声音随之传来："快起来，陈蕴山急着要走！"

李调元赶紧爬起，披衣而出。香儿站在门外，一把拉住他说："快去，姐姐、朝础正在客厅里挽留！"

李调元快步奔入客厅，客厅已不见人，便往大院外去。

还是晚了一步，陈蕴山近乎决绝地踏上了那条通往罗江的路。胡氏、芸儿、李朝础、李朝隆等无不茫然地站在院门外，望着那个有些落寞的身影，在满目秋色里越走越远。

陈蕴山不辞而别，几乎等于割袍断义。毫无疑问，这对李调元是最沉重的打击，甚于山海关下那场猝来的雪。

这注定是一个怅惘不已的秋天。他无心于任何事，包括戏班，包括正在雕刻的书稿。他常常躲在书房里，一遍一遍抄写嵇中散那篇《与山巨源绝交书》。

直到霜雪渐浓，芸儿把一束蜡梅插进案头那只花瓶，看了这满屋的绝交书，并说出几句话时，他才有些释然。

芸儿说："当年，小姐最爱这篇绝交书，也写了无数遍。小姐说，其实嵇康和山涛是真兄弟，嵇康只是一时愤恨，临死时，不是把儿子托付给山涛了？"

李调元有些惊讶地看着她，刚蘸的墨，从笔尖跌落，掉在了那张一字未书的纸上。

芸儿嫣然一笑问："我说的不对吗？"

李调元一把将她拉过来，紧紧搂住。过了一阵说："没想到，你从小姐那里学了不少。"

芸儿把头贴在他胸前说："不仅是我，香儿也一样。"

那支笔仍在手里，又一滴墨眼看要掉下。他赶紧松开芸儿，见纸上那滴墨正缓缓洇开。忽觉心里一动，便就着那滴墨，走笔如飞。纸上一片缭乱，仿佛毫无顺序。芸儿看了一阵说："第一次看你乱写乱画。"

李调元却格外专注，只说："就当是鬼画桃符吧。"

这是川北土话，芸儿还不怎么懂，但纸上似乎有了些眉目，那笔也时疾时缓。渐渐的，一树老蜡梅开始显现，横斜而出，既遒劲又柔丽。

芸儿不禁说："小姐也爱画梅。"

李调元心里一沉，似觉马氏就躲在自己画的这棵梅树后，幽幽地望着自己。他又蘸了一笔墨，于左上角信笔写下四句——

> 悠悠往事不可追，却说佳人喜画梅。
>
> 幽魂不知系何处，夜夜清泪弹向谁。

芸儿再也忍不住，背过身去，哭泣不止。那支锐利的笔尖，停在左下角，迟疑一阵，也缓缓收起。

腊月中旬，陈蕴山派家仆送来两条火腿、两坛自酿的桂子酒、一袋晾干的冬笋和一罐子蜂蜜。这是借着年关与李调元和解，李调元不禁大喜。想来想去，回赠了几斤上好的巴山木耳、一袋蜜枣、一袋干黄花、十斤风干的牛脯、两只干鸡，并写了一张贺帖，贺新春之禧。

为了庆祝新年，魏长生教了弟子们几出戏，囊括弋阳腔、秦腔、皮黄和灯戏。陈玉桥排了全本《桃花扇》，本为四十出，为了对应魏长生的戏目，每晚演四出，其中每个角色分由四人饰演。他不再反串，都交给李朝隆为首的弟子们。

两班鼓乐丝竹，也颇有起色，提前一月并入雅部、花部，完成了从生疏到熟练的过程。

腊月二十六傍晚，再不分主仆，也不分男女，都在宽大的正堂里用饭。身为主人，李调元向每个家仆敬酒，感谢他们的辛劳，除了把薪酬发给他们，还有一份额外的礼，俗称年钱。此外，李调元还给每人准备了一刀肉、一坛子酒、一大包糖果。吃完这顿饭，仆人们就会告辞，要正月初七后才会来。

但今晚要唱戏，家仆们哪里舍得回去，把礼物放回各自住的房里，也随主人们去看戏。

首先是子弟的父母，来得极早，一户不漏。李朝础得知，立刻招呼他们，搬了许多凳子搭在台下，让他们坐。

乡人们也得到消息，携老扶幼而来，把一方阔过一亩的空地，挤了个满满当当。

首先登场的是一出皮黄，更是一出老戏，戏名《斩蔡阳》。扮关公和蔡阳的，是两个十二三岁的少年，声腔、做派居然有几分老练。只是那把青龙偃月刀有些长大，使起来有些不那么称手。

李调元不禁暗叹，不到半年，魏长生竟能把一帮少年，调教到如此地步，真可谓名师高徒。

这出《斩蔡阳》唱了半个多时辰，该雅部登场了。这回与上次截然不同，生、旦、净、末、丑，济济一台，简直多姿多彩。

台下的父母们，既认不出，也不敢相信，是自己家里那个脏污邋遢，只知上山捉鸟、下河摸鱼的孩子。

　　唱到三更时分，这台十出合成一台的戏才收场。一直在一侧监督司乐的魏长生出来，向台下抱拳说："今晚就到这里，明晚请早！"

　　那些父母不约而同拥向后台，要看看，到底哪个才是自家屋里那个捣蛋鬼。少年们粉墨敷面，他们还是认不出来，但儿子却认得自己的父母，一个个跑到自己父母跟前。

　　父母们立即觉得儿子变了，变得彻底不同了，有些陌生，有些遥远。但这陌生和遥远，却是可喜的。他们抱头而泣，但哭得温馨而甜蜜。

　　台下，太夫人却不肯随胡氏和翠儿离开，口里絮絮叨叨，说没看见梅官儿出来就散了。李调元赶紧上去扶她，边走边说："放心，要一直唱到腊月二十九，梅官儿是唱压轴戏的。"

　　这戏每夜两台，一台花部，一台雅部。李朝隆依然扮的李香君，最后一晚才登台。虽比那个侯生高出一头，但风仪姿态，做派唱腔，又远胜首次登台。

　　魏长生依旧坐在台侧，时不时提醒司乐的弟子。坐在魏长生身边的陈玉桥只看李朝隆，几乎看得两眼尽是哀伤。魏长生瞟了他一眼，小声说："玉桥先生，是否有些生妒了？"

　　陈玉桥一笑，却笑出两眼泪来，赶紧扯起袖子去揩。摇了摇头说："除了肚子里的戏文，他与我已无伯仲之分了。"

　　魏长生也看了一阵万种风情的李朝隆，转过头来说："他是十年寒窗的读书人，学唱戏，相当于笼中捉鸟。你我从小就进了戏班，没进过一天学堂，哪里能与他比？"

　　陈玉桥赶紧点头说："说的是，魏先生说的极是。"

　　大年三十早饭后，李朝隆照父亲的意思，把五十个少年叫到前院空地里，站成几排。不一时，李调元带着李朝础过来。李朝础提着满满一大袋银子，每人五两，依次发给这些即将回去过年的少年。

　　少年们有些欣喜，更有些惘然。李调元说："你们给我唱了几台戏，这是酬劳。我给你们父母说过，要你们靠唱戏挣钱，说出的话要算数。这银子，你们一定要交给父母，要是不交，我会替他们打你们的屁股。去吧，正月初七来这里赶午饭。"

七

又一个蜂蝶乱飞、桃李如染的芳春，李调元收到陈蕴山的来信，忽然忆起，三月十三是陈蕴山五十五岁生辰，何不让李朝隆带上雅部，去南部替他祝寿，也顺便使这个学有初成的班子出去历练历练。

他请来陈玉桥商量。陈玉桥却说："若不把花部一并带去，魏先生那里恐怕不好交代。"

陈家也是书香门第，尤其陈蕴山，趣味高雅，加之去的人太多，恐不好安排，故而李调元没考虑花部。但陈玉桥的提醒颇有道理，赶紧把魏长生请来。商量一气，决定各派一部，配齐生旦净末丑并司乐，一共二十五人。

雅部这边，陈玉桥又教了一出《长生殿》，适合喜庆。花部那边，这类戏多不胜数，魏长生已教会了好几出。

这些日子，魏长生也发现了几个难得的苗子，尤其一个叫刘田林的少年，不仅生得标致，嗓音也极好，遂将他拔为首座弟子。为了找到最合适的戏路，生旦净末丑，都叫他试了一遍，最终决定让他攻老生。

三月初九是两部出发的日子。初八夜里，魏长生先把刘田林叫到自己房里，说："我给你起了个艺名，磕头领受吧。"

刘田林赶紧跪下，磕了三个响头。魏长生工花旦，艺名一枝春，而刘田林攻老生，小一枝春之类不适合，遂取名柳林生。

领下这个艺名，又叫他把将要出门的弟子都叫来，嘱咐说："行住食宿，听小玉桥李朝隆安排，花部戏目，包括角色指定，由柳林生刘田林做主。"

见弟子们面面相觑，知道他们都想有个艺名，于是笑说："只要这回不演砸，等你们回来，人人都有个艺名。"

听见这话，弟子们高高兴兴去了。

与此同时，李调元把李朝础、李朝隆叫来书房，让李朝础拿一百两银子过来，交给李朝隆，作为盘费。嘱咐李朝隆，陈蕴山就住在城郊江畔，先不去他那里，找家客栈住下，三月十三才去他家。这么多人，若去他家食宿，反而成了麻烦。又说："我欠蕴山的人情，恐怕这辈子都还不清，所以，任何打赏都不得收取。"

说完拿出一封贺信，并提早备下的贺礼，交给李朝隆。

等李朝隆带着雅、花二部离家而去，李调元整日待在书房寻思，如何使五种声腔各异的戏融合一处，另创一种几可与昆曲、秦腔等并驾齐驱的川戏。

昆曲太雅，而灯戏太俗，若能雅俗并用，势必别开生面。假如以灯戏为底，取昆山腔、弋阳腔、秦腔、皮黄之魂，移花接木，或可集诸戏之大成。这条路子，应该没错。但灯戏，无论形式与腔调，都失之单一，若以其为基调，必与昆曲等相差甚远。

于是基调这两个字，如一道魔咒，死死罩着他，使其不得安生。

辗转反侧，多日不得要领。正在此时，收到了李朝隆寄来的信，说雅、花二部在陈蕴山那里大获成功，陈蕴山一再挽留，演了三天三夜。此间，南部城里的士绅纷纷过来邀请，已收到上百两银子的订金，恐怕要夏日过尽才能回来了。

信末称，陈蕴山让其转告，庭院里的枇杷眼看成熟，请父亲再去他家，以枇杷佐酒。

李调元暗想，既然久思无果，不如应陈蕴山之邀，出去走走，或许在行走中灵光一现也未可知。于是收拾行李，告辞魏长生、陈玉桥并家人，带上包袱、雨伞，出门而去。

前些天，刚下过了一场大雨，溪河俱满。快到罗江县城时，已是夕阳西下。放眼望去，一派碧水长天，晴空如洗。恰是月满时节，不如去玉京山听刘虚静对月抚琴。

李调元径来江岸，欲呼渡。恰有一艘上水船，在几十个纤夫的奋力牵引下，缓缓走来。一阙悲怆高昂，又不失婉转悠扬的巴水歌，在江声里响起——

　　　背时那个妹儿吧

　　　你莫笑哟

　　　哥哥嘛拉的是大花轿

　　　花轿嘛拉到你门口

二话那个不说嘛

抬你那个走

好心那个妹儿吔

你莫哭哟

哥哥嘛走的是生死路

生死嘛有头路无头

来世那个再拉嘛

你的那个手

……

这割心割肠的声腔，一人领，众人和，顿时击溃了李调元，在泪水涌出的那一刻灵机一动，这是多么难得的声腔，自己苦苦寻找的基调，竟就在这条奔流不息的江上！

亏我在水边长大，竟忘了这百转千回的巴水歌！

他禁不住立刻转身，沿来路返回。哪里也不去了，必须紧紧抓住巴水歌的余音。至于陈蕴山，只好写封信去，他日再去拜访了。

一路急行，巴水歌的声调始终在耳畔回响。几乎可以说，他是听巴水歌长大的；或许因为，那高亢入云，甚而盖过江涛的声腔，太过熟悉，熟悉到听而不闻，视而不见时，往往会堕入麻木。恰如东坡先生的名句——不识庐山真面目，只缘身在此山中。

踩着一路皎洁的月光，回到庭院时，已近五更。不便去叩响那道紧闭的大门，幸好书楼不在围墙内，而看守书楼的李桂芝上了年纪，醒得早，不如去那里坐坐，顺便问问是否有子弟来此借阅。

刚到书楼前，忽听有人问：“楼下何人？”

李调元仰头一望，一个人影倚在楼栏上，是李桂芝，忙道：“是我。”

李桂芝是李化楠身边的老人，至今仍把他称为少爷。照李调元的意思，李桂芝开了那间读书室。

李调元见李桂芝有些局促地站在那里，便叫他坐下说话。李桂芝却始终不坐，只说请少爷吩咐。李调元只好闲话少说，直奔主题。李桂芝的回答说，自他来看守书楼那一天起，天天都有人来。除了本乡本土，还有德阳、梓州来的几个秀才，借住在附近人家，前些天才告辞回去。还有个举人说，想写一句话，比如蜀中藏书之冠，又不敢班门弄斧。

不觉，天色微明，开启院门的声音传了过来。李调元告辞，步入院内。那个替代李桂芝，专事洒扫的人也姓李，是个哑巴，都叫他李哑巴。见李调元这么早回来，李哑巴有些惊讶，一直望着他。

李调元虽然一夜未合眼，却毫无倦意。当他出现在饭堂时，一家人不免大惊失色。

除了宴聚，魏长生、陈玉桥都不来这里用饭，毕竟有这么多女眷，不方便。李朝础特意安排了一间房，用于二人饮食，三餐皆由厨房送到那里。

饭毕，李调元把魏长生、陈玉桥请入书房，直接把那阕巴水歌唱了起来。

二人一直看着他，似乎不认识，只觉一条大江扑面而来，江上一舟，逆水而上；一条条纤绳，紧紧勒入一只只黝黑的肩头。而这声腔，从踏水而走的脚下溅起，扶摇而上，直达云端。

唱完之后，李调元说："这是巴江一带的巴水歌，是拉上水船的纤夫天天唱的，二位可能未曾听过。与西蜀田歌，或玉桥老家的苏州小调都不同。"

二人似乎深陷那一声腔，走不出来。李调元也不多说，只一句话："就是它了，望二位助我一臂之力！"

自此日始，课徒之余，魏长生、陈玉桥都来书房，与李调元商讨。李调元暂时放下书稿雕刻，专注于此。

三人或争吵，或分辩，最终达成共识。以为巴水歌之气质，与弋阳腔异曲同工，可先改弋阳腔为川腔。

魏长生不愧百戏通，仅用时三月，居然制出一套曲谱。三人依谱吟唱，边唱边改，一月之后定稿。

此时，李调元的方向已完全明确，借昆山腔、秦腔、皮黄、灯戏之本，以改造为川腔的弋阳腔为魂，不再追求融合，且由他一本五枝，五花并艳。

八

春去秋来，匆匆三载过去。三人合力，一本五枝、五花并艳的戏谱，经反复推敲、删改，已成雏形。至于演变、完善、发展，最终至善之美，那是后人的事。

李调元知道，一种戏剧，自古以来，没有任何人可凭一己之力，于一时之间使之完美无缺。但必须有人走出第一步，成为那个拓路先行的人。

这期间，李朝隆、刘田林等，受各地之邀，四处辗转，雅部、花部，都已小有名气。尤其小玉桥和柳林生的名头，更是越发响亮。

但因川戏始成，尤其曲谱，尚须从头习练，故而命李朝隆等回来。恰逢此时，绵州知县陆明昌持帖登门拜访。

自归乡以来，不乏来此访问的各地官员，李调元总是以患病或出门在外为由，拒而不见，只让长子李朝础出面应付。时间一久，来者渐少，直至再无官员登门。

至于陆明昌，李调元曾有耳闻，传说此人不仅贪婪，还颇有心计，为人相当阴毒。李调元更不愿见，对送拜帖来的李朝础说："就说我卧病在床，已久不见客。"

过了一阵，李朝础去而复来，说陆明昌生母诞辰在即，想请花、雅二部去城里唱几天戏，还带来了一盒湖州兔毫笔，一刀上好的通草和一刀宣纸，并三十两银子订金。

李调元想了想说："本来，唱戏不必择主，但既是陆明昌这号狗官，就该另当别论。不用多说，礼物和订金一概不收，只说两个字，不去。"

李调元的秉性为人，陆明昌虽早有耳闻，还是没想到会碰这么一鼻子灰。心想戏班曾四处受邀，其中也不乏官员，李调元竟不给他面子。作为本邑知县，好歹也是父母官，就算当朝权臣，也不至如此！你李调元不过夺职还乡的一介犯官，竟这般对我，是可忍孰不可忍！

于是陆明昌带上一份厚礼，连夜求见绵州知州颜泽时。前些年，因绵州遭遇水害，州治被毁，遂移治罗江，罗江县也随之改为绵州县。

自履任绵州知县以来，陆明昌几乎每月都要给颜泽时送上一份礼，不到半年，已成颜泽时第一心腹。

这次，陆明昌献上的不是银子，而是一方温润如脂、雕刻精美的昆山白玉。不用多看，颜泽时便知，此物价值在五百两银子上下。

陆明昌的意思，是想强令李调元出钱充抵徭役，目的不在出钱多少，而在使其于乡人那里失尽体面。但他只是个区区知县，何况其从弟李鼎元、李骥元皆为京官，不敢擅举，欲请颜泽时撑腰。

颜泽时有些不解，笑问："李调元归乡已好几年，历来知县皆与之互不相扰，陆知县何故如此？"

陆明昌遂将自己如何具礼而去，如何受辱而回，添油加醋说了一遍。停了停，又加了几句："李调元亲口说，休说你一个小小知县，就算知州、巡抚，又能如何？"

颜泽时虽有些将信将疑，但暗自以为，人家好心上门请班子唱戏，又不白唱，你李调元至少不该如此待人。此外，我好歹是一方要员，你李调元在我治下，不说登门拜问，派个人递张帖子，表示一点起码的敬意，总是应该的。然而，差不多两年以来，居然不闻不问，实在太把自己当回事了！

想到这里，颜泽时一笑，看着陆明昌说："与李调元这号人斗法，应该讲点技巧，不能那么简单粗暴。"

陆明昌连声称是。颜泽时冷笑道："李调元身为进士，却聚徒养伶，非但有辱读书人身份，更有辱天子门生之誉！此非小事，当奏报朝廷，问其失德之罪！"

陆明昌却说："依卑职所知，大凡外官奏事，需经内阁，内阁若不递送，便无圣旨。若无圣旨，恐不能罪及李调元。"

颜泽时笑说："看来，陆知县有所不知，李调元与首席大学士和珅颇有过节，恨不得置其于死地，何愁不能到皇帝那里。"

二人商议一番，决定两步同走，由颜泽时撰写奏表，经驿传送入内阁；陆明昌率衙役，直扑李调元家，先强行遣散一众子弟。

陆明昌大喜，拜辞回去。翌日一早，便来县衙，点起二十多个年轻力壮且胆大无惧的衙役，带刀执棍，直奔李调元家。

这些天，李调元已经抽身出来，专心雕刻书稿印版。眼看正午将近，颇觉眼花，正欲去看看戏班排演改造后的戏目，李朝础喘吁吁跑来，惶惶地说："不好了，陆明昌带了一帮衙役，说是奉知州颜泽时之命，要来遣散戏班！"

李调元一怔，忙问："陆明昌何在？"

李朝础说："恐怕快到了，一个乡亲得知消息，专门跑来报信！"

李调元略一沉思说："赶紧搬一张椅子搭在院门口。不要慌，该干啥干啥！"

李朝础飞一般跑去自家院子里，将一把椅子当门搭下。李调元拿着一卷书，不紧不慢走来，往椅子上坐下，展卷阅读。

过了一阵，听得一阵喧嚷声响来，陆明昌带着衙役，已到了书楼、戏楼之间的那块空地里。闻讯而来的乡邻，站得远远，望着这边。

李调元假装不知，似乎完全被那卷书吸引。到了跟前的陆明昌顿觉有些诧异，李调元如此镇定，未必暗中有备？遂往大门里望了望，不见有人。

于是示意衙役们暂时勿举，朝李调元略一拱手说："不好意思，绵州知县陆明昌，奉知州颜大人之命，来此遣散戏班子弟，还请勿拒。"

李调元这才抬起头来，十分不屑地瞅了他一眼，淡淡一笑说："颜泽时嘛，呵呵，叫他自己来吧。"

陆明昌从那一眼里，感到的何止不屑，更多的是不可冒犯的凛凛之气。不由四处一望，来此看热闹的乡邻已不下百人，但无人出声，只盯着这边。他明白，作为堂堂知县，已经输不起了，只能进不能退。于是朝衙役们一挥手，大了些声说："那就对不住了，闯进去！"

李调元忽将书一卷，放出两眼寒光，只轻声说："你敢！"

他的目光比刀子更冷，虽只盯着陆明昌，但那些平常横着走路的衙役却被顿时镇住，无一人敢动。在这两道寒光下，陆明昌觉得自己不仅虚弱，甚至有些可怜，顿不知进退。

李调元把书轻轻一展说："去吧，我不跟你计较。告诉颜泽时，我李调元在这里等他。"

陆明昌立刻明白，这是李调元给自己搭的梯子，好让自己下台，赶紧手舞足蹈地说："好好好，你就等着吧，看颜知州来了，你又有何话说！"

众目睽睽下，陆明昌带着那帮衙役，一路叫嚷，匆匆走了。

李调元也起身进来，躲在大门后的李朝础、李朝隆、魏长生、陈玉桥等一齐围上来。李朝隆忙问："颜泽时会来吗？"

李调元笑道："放心，你请他，他都不会来！"

正如李调元所料，颜泽时没来，但那份奏表，却于半月后到了内阁。见奏表涉及李调元，几个学士都不敢做主，递到和珅那里。和珅一看，不禁有些暗喜，遂写好条陈，附在面上，将其送呈乾隆。

当年，他一退再退，最后只让李调元递张名帖过来，就可让其复职。没想到，这个倨傲不驯的家伙，宁愿去通州教书也不肯低头！

故此，和珅对李调元，可谓旧怨未解，又添新恨。他深知，皇上视道德、世风高于一切，尤其对士大夫，几乎不容任何失德。造就古今第一圣朝，是这位古稀天子的梦想。

去岁，乾隆寿诞，和珅曾于贺表里称颂当今为圣朝，贺匾上也是圣朝天子四个大字。宫内立刻传出话来，说群臣贺表、贺匾，陛下独嘉大学士所献。

在乾隆治下，致仕还乡的官员，因道德有失而获罪者，从来不乏其人。所以，和珅以为，李调元甘为伶优，一定会使皇上震怒。他知道，要不了两个时辰，奏表就会批下来，或者干脆召自己觐见。若是后者，那个又臭又硬的李调元，不说有性命之忧，起码也会流放边疆。

不出所料，皇上的口谕果然来了，命他去御书房觐见。和珅抑制满腹的兴奋与期待，被太监领了进去，叩拜称颂，伏地听命。

乾隆把一份奏折抛到和珅面前，厉声喝问："何故把这份折子递进来了？"

和珅一看，正是绵州知州颜泽时的奏表，不禁大惑，忙叩头奏称："臣以为，李调元有辱天子门生之誉……"

乾隆声如春雷，怒斥道："够了！都到这一步了，还不放过他，还想赶尽杀绝？"

和珅不住叩头，连称有罪。

乾隆稍停片刻，声色已缓下来："这些年，每当用人之际，朕首先想起的，并非你和珅，也非他人，而是李调元。"深叹一口气，又说，"唉，算了，也不多说了。朕特意给李调元写了几个字，你差人送去绵州，交予知州颜泽时，命他制成一匾，一月之内，亲自给李调元送去，亲手挂在他的戏楼上，然后上奏复命。此间若有任何差池，朕必严加责问！"

和珅赶紧叩头称是。待太监小五将那张题字递来，他举目一看，竟是"奉旨为戏"四个大字！

和珅谢恩而去，不敢怠慢，立即命一个内阁供事，带上御笔亲题，驰往绵州，交付颜泽时，并宣天子口谕。

颜泽时接到这份御笔亲题及皇上口谕，虽大惑不解，也不敢怠慢，赶紧找了个专做牌匾的匠师，生怕误了期限，一再催促，终于制成一匾。他带上知县陆明昌，厚着脸皮，敲锣打鼓，把这块匾送到李调元家，赔了许多不是。最后，亲手把匾挂在了戏楼上。

此事传说开去，各地官员，包括总督、巡抚，以及富商巨贾，纷纷登门，邀请李朝隆等前去唱戏。如此一来，小玉桥、柳林生等名声大噪，几乎盖过了所有的同行。而经改造的川腔，更是令人耳目一新，获誉越来越广。各地戏班，纷纷来此观摩学戏。

李朝隆遂与魏长生、陈玉桥商量，欲仅留三十余人，其余子弟则派往各地，传送川腔。

这些散入巴蜀各地的弟子，仿佛一粒粒种子，到处生根发芽，惹出无边春色。

不数年，川中梨园，已是处处川腔。一本五枝、五花并艳的梦想，终于成为现实。

此际，年岁愈高的魏长生，已觉如一只吐尽腹丝的春蚕，既无戏可教，不如还乡。李调元挽留不住，遂赠银三千两，命李朝础送至金堂。

魏长生一去，陈玉桥也乡思暗起，虽几十年来孑然一身，无牵无挂，但毕竟家山多情，也要告辞。李调元一样赠银三千两，送至罗江，欲再去玉京山听一次刘虚静抚琴。不料到了景乐宫，方知刘虚静已于半月前去世。

二人唏嘘良久，只好下山入城，借宿一家客栈。翌日一早，李调元送陈玉桥到码头，执手相看，久不忍弃。船家一再催其登舟，只好洒泪而别。

那条客船，顺一泓秋水而走，渐去渐远，渐远渐无。李调元依旧伫立岸上，望着那一江浩淼的烟波，似乎忘尽了归路。

九

过了好些日子，李调元依旧满怀别绪，似比以前更为软弱，更为敏感。既无心读书，也无心著文，更无心雕刻印版。眼里心里，所有的故人，所有的离散，所有的怀想与思慕，都一一涌起，如送走陈玉桥的那江秋水一般，邈远连天，无际无涯。

尤其马氏，尤其芙奴，这两个命运各异、气质不同的女子，早已浸入他的每一寸肌肤、每一滴血里。也包括那个寡居在家的俞氏。她们并未离开，只是换了一种与他相处的方式。她们无可替代，即使占尽风流，她们也是最动人的芳华。

他想书写，想把对她们的怀念付诸笔墨，但每每提笔在手，却总是难著一字，最终只好一遍遍写下几个人的名字——马氏，芙奴，俞氏……面对这些牵心动魂的名字，他不禁暗自感慨，当情到极深时，所有的文字都是苍白无力的。

胡氏、芸儿、香儿看在眼里，急在心里，但她们知道，任何劝解都是多余的。与其付之以言，不如付之以行。芸儿、香儿决定拿起刻刀，替他雕刻那些书稿，包括那部卷帙浩繁、尚未刻完的《函海》，包括历年所著《雨村诗话》《童山诗集》《淡墨录》等，以期将他吸引过来。

李调元忽有所悟，芸儿、香儿，似乎以手里的刻刀告诉他，人已老迈，来日不多，应在有生年使这些著述问世。

他也终于拿起了刻刀，暂把一切托付在一笔一画里。

时光在锋利的刀尖下流逝，年华在一道道刻痕里暗暗消磨。又是三年有余，这期间，胖哥儿李朝夔已入了村学，太夫人也于某个黄昏无疾而终。

李调元更是足不出户，专意雕刻。

这是一个格外明丽的秋天，所有的书稿，终于刻完了最后一刀。当李调元抬起头来，看向芸儿、香儿，不禁顿时愕然，曾经艳若桃花的面容，不仅春色褪尽，还暗生了缕缕皱纹；柔若蚕丝的乌发，已经有些暗淡，有些焦黄。

他知道，此时此刻，一切感慨都无意义，必须让这些包含她们青春光华的书稿尽快付梓。

他叫来了几个年轻力壮的家仆，把这些刻版一一包起来，装进了几架板车。

翌日一早，他便带着几个家仆，拉着几车刻版，沿官道往成都。

两日后，李调元一行住进城东一家客栈。省城里有许多同窗、同年，但李调元无心拜访，更无心应酬，只想找一家满意的书局，将书稿付印。

他知道，成都有三家书局名气颇大，信誉也极好，尤其芙蓉书局，堪称其中之冠。当年，先父遗稿《石亭诗文集》就是交给芙蓉书局的。

用过早饭，便率家仆推上刻版，直奔芙蓉书局。书局在西门花牌坊，需穿城而过。为了避免被故人认出，他特意备了一顶宽檐草帽，一出客栈便戴在头上。

走到文殊院附近，忽有人自背后往他肩上一拍。李调元一惊，回头一看，一个身着长衫、白发苍颜的人站在面前。

"王心斋！"他失口惊呼。

王心斋拱手一揖，笑道："一看龙行虎步的样子，就知道是李雨村！"

李调元赶紧拱手还礼说："年兄，久违了。"

王心斋乃成都新繁人，曾就读锦江书院，李调元游学于此时，与之结识，此后一同登进士第。王心斋做过两任知县，一任通判，最后还蜀，寓居成都。

得知李调元欲往芙蓉书局，王心斋执意同行。

接待他们的是书局襄理。襄理得知，来此印行书稿的是大名鼎鼎的李调元，赶紧把书局老板周云森请来。周云森受宠若惊，彼此见礼之后，李调元立刻奉上事先理出的书单及各部目录。周云森一一看过，略一斟酌，赶紧开价，生怕李调元不满意，将书稿押付他局。

《函海》稿酬三千两银子；《雨村诗话》《淡墨录》《童山诗集》等，每部皆按三百两结付，一共近五千两。

听完报价，王心斋不禁笑道："周先生厚此薄彼，王某情何以堪？王某的文集，也是贵局印行的，仅付了五十两稿酬。"

周云森向王心斋拱手说："还请心斋先生海涵，雨村先生乃一代名士，凡出其笔下，当不虑售卖。书局也是做生意，虽不失仁义，但利也是要图的。"

王心斋呵呵笑道："周先生认真了，我是替雨村兄高兴。"

稿酬多寡，李调元本无所谓，于是笑而不语。周云森不禁惶惶，以为李调元嫌少，忙道："周某开出的稿酬，仅指起印数，若所售超过此数，再与雨村先生分成。"

李调元却说："周先生误会了，我非唯利是图之辈，不谈分成，唯望早日成书。"

周云森大喜，赶紧叫来账房，将稿酬全部付给李调元。事毕，周云森邀二人去酒肆，要设宴款待。王心斋却说："我与羹堂为同年，彼此相违，已三十余载，这第一顿饭，必须由我做东。"

李调元不好推辞，深知这一来，那些同窗、同年，定会闻知，一时脱不了身。待饭后，遂让几个家仆先回。

王心斋不许李调元寄住客栈，坚持请去府第。

果然，李调元来成都的消息不胫而走，众人争相邀请。除了日日饮宴，不免四处游览，更不免赋诗联句。

不知不觉，已是一月有余，李调元虽归心似箭，却身不由己。

眼看八月将尽，李调元正欲去酒家，包几桌宴席，答谢一应故旧，然后告辞。恰在此时，一个曾送书稿来成都的家仆，惶惶找到王心斋家门外。正值李调元、王心斋赏菊回来，家仆远远跪下，望李调元一边磕头，一边说："老爷，出大事了，万卷楼遭烧了！"

此话如晴天霹雳，当头炸响，李调元身子一颤，几步抢上去，一把抓住家仆，两眼喷血地问："万卷楼？"

家仆泣道："是啊，老爷，都烧成灰了……"

李调元浑身瘫软，往地上坐去。王心斋赶紧上来，一把将他搂住。见其面色如土，气息已失，忙叫家人出来，将李调元抬进府去。

李调元醒来时，见自己躺在床上，王心斋及那个赶来报信的家仆，满面焦急站在床前。

"走，马上回去！"他一翻身爬起，不顾王心斋苦苦挽留，带上家仆，去车马行租了一辆马车，连夜驰还罗江。

翌日下午，李调元到了已成一堆灰烬的书楼前。不单是书楼，还有戏楼，相隔一箭之地，竟也未能幸免。这不是失火，是有人故意放火！

不用看，那一万余册先君与自己购买，历尽艰辛押回的书，已经片纸不存。他结结实实瘫在地上，似已失去所有的知觉。是的，那个寄余生于诗书的李调元死了，或者连同那些书，被一起焚毁了。

李朝础像一块行走的枯木，从院门里出来，跪在父亲面前，一边叩头一边哭诉："李朝础罪该万死，有负父亲重托，没看好这些书……"

李调元木然地看着他，似乎不认识，或者不知道他说的啥。

在夜离成都，坐上马车的那一刻，他忽记起看守书楼的李桂芝，遂问家仆。家仆告诉他，那天是李桂芝生母的冥诞，请了一天假，回家祭祀，躲过了这一灾。大少爷因此怀疑，这火与李桂芝有关，或者他知道有人要放火，所以借故回家去了。

毕竟人命关天，李桂芝躲过了那场火，无论如何都是幸事。

当胡氏、芸儿、香儿以及两个儿媳过来劝他时，他终于回过神来，向李朝础说："限你三日之内，搬出去，从此不准跨入这道门槛！"

他说得近乎从容，近乎温和。但所有人都知道，这是最彻底的决绝，毫无余地。

李哑巴也出来了，手里挂着一把锄头，直勾勾地望着他。李调元忽然心里一动，似觉哑巴明白自己的意思，便向他伸出手去，哑巴赶紧把锄头交给他。

他拿着这把锄头，绕着那堆如山的灰烬走了一圈又一圈。最终停在一侧，举起锄头挖下去。

胡氏、芸儿、香儿，包括李桂芝在内的所有家仆，以及闻讯而回的李朝隆，要去帮他，都被他一口拒绝，唯让李哑巴跟他一起，花了整整两天，掘出一个大坑。李哑巴找来两把扫帚，一人一把，将那些纸灰，小心翼翼扫进坑里，然后封土，封成一座巨冢。

巨冢堆成那一天，李朝础带着妻小，搬离了这座由他一手建造的醒园，先去叔父李谭元那里暂住。此后，母亲胡氏过来，把他叫上，指了几百亩水田并一百亩旱地给他。李朝础便在指给自己的地界里选了一处地基，欲在此建房。

李调元把自己关在书房，几乎无声无息。芸儿、香儿要去劝他，胡氏却说："让他独自待几天吧，他这人我知道，只有他自己能把自己劝回来。"

芸儿、香儿给他送饭，无论如何都喊不开那道门。香儿灵机一动，拉着芸儿说："把胖哥儿叫回来吧，也许只有他能把门敲开。"

芸儿赶紧去了学堂，给先生告了几天假。已是翩翩少年的胖哥儿端着饭菜，在书房外喊："爹，我是胖哥儿，来给你送饭，快把门开了。"

屋里终于响起了一个暗哑无力的声音："你不在学堂里念书，跑回来干啥？"

胖哥儿按事先设计好的步骤说："你不吃饭，我就不念书了。"

那门终于开了，当胖哥儿走进门去，远远躲在一旁偷看的胡氏、芸儿、香儿，忍不住喜极而泣。

过了一阵，胖哥儿拿着两个空碗和一张纸出来，交给芸儿说："爹叫把这个给朝隆哥哥，叫他找个石匠，刻成碑。"

芸儿赶紧展开一看，纸上是两个悲情的大字——书冢。

十

正如胡氏所说，李调元自己把自己劝了回来，但他总是觉得，自己已被那一堆残灰埋葬了。之所以还留在这里，是因为尚有一个心愿未了——要以自己的方式，给芙奴，给马氏，给俞氏，给所有曾走入自己心里的女人，一个最合适的交代。

这些天来，他已经找到了方法，那就是写一出戏，把芙奴，把马氏，把俞氏，芸儿、香儿，以及被自己称作管家婆，虽说不上相亲相爱，但一生无怨无悔的胡氏，一并放进戏里。

这是一个霜清露重的早晨，窗外金菊如泪。他独坐窗前，在清淡的菊香里，写下了戏名——《芙奴传》。

他翻开封面，于内页上一路写下去——

第一场　劫赃

（太湖泽畔，三江峡口）

陈刚初　（内唱）

三江口聚英雄纵横湖上

（陈刚初率周武、李海、娄军等，各驾飞舟上，隐入芦苇）……

他笔下如飞，他的那些女人们，无不在字句里一一复活，与他重逢，与他牵手，与他相对一笑，与他窃窃私语。时空，阴阳，生死，再也不是障碍；过去，现在，来日，都属于他和他的每一个女人。

他在自己的戏里，与自己的女人倾情上演，欢笑或者哭泣，悲哀或者喜悦，都那么真实，那么饱满，那么无拘无束。而世间的苦恨，怅惘，失意，蹉跎，甚至陷害，出卖，中伤，打击，都那么虚妄，那么可笑，那么微不足道。

他在这出戏里沉醉，一次次出戏、入戏，终于写到了最后——

山海恩
侠义情
终身铭感
祝你们
如松柏
永耐严寒

仿佛某种宿命，当他写下最后一个字，芸儿正好捧着一束蜡梅进来，那缕缕深沉的香气，恰如其分地向他涌来，将他淹没。

原来已经腊月初四了，明天便是他的生日，掐指一算，已经六十八岁了。

写完这出戏，他感到的不是轻松，而是空，仿佛一只走完了所有航程的老船，搁浅在这个腊月，再也不可能出发了。

翌日一早，胡氏拿着一件新做的袍子，笑吟吟进来，说是自己和芸儿、香儿三人一起缝的，要他换上。又说："今天是你六十八岁生辰，应该穿得体体面面。"

待他穿好这件棉袍，胡氏才说："朝础两口子带着润儿、端儿，来给你祝寿，一早就候在门外，没你一句话，不敢进来。"

李调元冷声冷气地说："叫他哪里来哪里去。哼，祝寿，他祝得起，我受不起!"

胡氏赶紧劝说："哎呀，父子之间，哪里那么当真。润儿今年刚中了个秀才，还是第一，都留起胡子了；端儿也成人了，比我还高。"

李调元几把将刚穿好的棉袍脱了，一翻身躺回床上，盯着胡氏说："这生，你就和他过吧，我不过了!"

胡氏忍住已到眼边的泪水，忙说："好好好，依你的，我这就叫他们回去，永远不再来了。"

候在外面的芸儿、香儿已听见了那些话，见胡氏一脸凄然出来，赶紧上去劝。芸儿说："我跟了他这么些年，就没见他在任何人那里让过步。这是他的秉性，姐姐比我们更清楚，不必跟他计较。"

胡氏苦苦一笑，摇了摇头说："他呀，就是一头犟牛，只往前奔，不往后退。唉，没办法，认命吧。"

中午时分，领班子在外唱戏的李朝隆也赶了回来，为父亲祝寿。一家老小都围在身边，也算高兴。

夜饭后，他将李朝隆叫进书房，把那部名曰《芙奴传》的戏文给他。

李朝隆当然明白父亲的意思，坐下，认认真真看了一阵，抬起头来说："这部戏不简单，虽然只有十场，但含意极其丰富。那帮子弟虽然唱了多年戏，也能识文断字，但毕竟有限。恐怕需排演半年才能登台。"

李调元一直不出声，只充满期许地看着他。李朝隆想了想，又说："此外，两个班子都接了许多台戏，也要半年左右才能唱完。这样吧，从现在起，不再接戏，明年下半年把两班都带回来，争取在您六十九岁生日那天上演，您看如何?"

李调元点了点说："我等你们。"

其实，自从搁笔的那一刻起，他已觉得自己如一盏耗尽油的残灯，随时都可能熄灭。但为了等自己的戏上演，他必须强撑，必须让自己等到那一天。只是，他不明白，谁来为自己这盏残灯，添上一点油。

好在新年过去不久，芙蓉书局送来了几大箱样书，这些馨香满纸的新书，恰到好处地成了他的灯油。

他躲在书房里，如一盏必须躲开每一次风吹的灯一样，阅读自己的书。

时光在书里暗自流逝，当他翻过了最后一本的最后一页，那个日子终于来了。

　　因戏楼焚毁，且未重建，这出戏在鹳鸰寺那方戏台上首演。午饭后，小睡一阵，芸儿、香儿一左一右，扶着穿上又一件新棉袍的李调元出门，往鹳鸰寺去。

　　鹳鸰寺已是人山人海，远乡近村的人们得知消息，都争着来看这出由他们奉若神明的李调元亲笔写的戏。

　　戏如期上演。当戏中主角芙奴出场时，李调元顿时热泪横流。他看见了二姐芙奴，看见了小妾马氏，看见了那个他有心牵手却无缘相聚的俞氏……

　　当戏终人散，他已完全瘫软。家人们一齐围上来，有李朝础夫妇，胖哥儿李朝夔，一脸粉墨的李朝隆，已经成人的润儿、端儿……

　　他们轮流背着他回去，一路都是隐忍的哭声。当他躺在床上，看着环立四周的一家老小，说出了最后一句话："朝础，搬回来吧，这个家，就靠你了。"

　　李朝础大哭，赶紧跪下，立即答应。哭声泅开，惹出一片抽泣。他知道，他们也知道，这是平生宁输其头，不输其志的李调元，做出的唯一一次，也是最后一次让步。

　　芸儿恍然若悟，赶紧跑去书房，把那瓶自己亲手插进去的蜡梅捧来，搁在床头。

　　他明白，自己已在弥留之际，但因这一缕沉沉的梅香，他却比任何时候都清醒。

　　不知过了几天，他已经水米不进。搬回来的李朝础带头跪在床前，李朝隆、李朝夔等也纷纷跪下。李朝础忍住哭声说："爹，儿子、孙子，都等您的教诲呢。"

　　他看着他们，知道他们想听自己的临终嘱咐。是的，在他们眼里，他一生沉浮，一定有许多足以使后人引以为鉴的感悟。然而，此时此刻，他却深陷无边无际的迷茫。

　　他想说，你们应当如我一样，疾恶如仇，始终如一，历尽磨难而不悔；或者，你们应该以我为戒，左右逢源，八面玲珑，切勿固执己见。

　　但他实在不知该如何开口，也许二者皆有失，或许任取一种，或许二者皆取，都是对他们的贴误。

那就不说吧，那就闭上眼睛吧，把一切关上。看不见他们了，一切都淡去了，如一张被点燃的纸，随火焰漫来，不断退缩，不断被侵蚀。在彻底烧尽的那一刻，他感到自己脱离自己的那种轻松，那种透彻的释然。

他融进了缕缕梅香，轻轻飘起……